〈螺旋《らせん》プロ…ト〉とは

…roject?

…決めて、
「原始か…歴史物語を
みんなでいっせいに書きませんか？」

伊坂幸太郎の呼びかけで始まった8作家＝**朝井リョウ、天野純希《すみき》、伊坂幸太郎、乾《いぬい》ルカ、大森兄弟、澤田瞳子《とうこ》、薬丸岳《がく》、吉田篤弘**による競作企画。本作はこの企画から生まれた。

ルール1

「海族」vs.「山族」の対立を描く

ルール2

共通のキャラクターを登場させる

ルール3

共通シーンや象徴モチーフを出す

1冊でも面白いけれど、続けて読むともっと面白い！
〈螺旋〉に隠されたメッセージを、あなたはいくつ読み解けるか。
コラボレーションをより楽しむヒントは次ページから。

〈螺旋〉の秘密を解くカギ

Keys to unlock several secrets of the RASEN

謎めいた「伝承」

本篇の前後に置かれた「海と山の伝承」は、
全作品が共有する〈螺旋〉のエッセンス。

対立する一族の特徴

◆瞳が青い
◆水に強い
◆猫が好き

◆耳が大きい
◆野山に強い
◆犬と仲良し

どの物語にも出てくる「超越的な存在」

「海族」「山族」の対立の歴史を
知るキャラクターで、物語によって
性別や年齢、姿形は異なる。

それは誰なのか?

共通のシーンが必ずどこかに

時は夕暮れ、何かが壊れるとき、
8作家8様の演出で「対立」を
めぐる会話が始まる。

物語の後半に出現?

作品をまたいで見え隠れするモチーフ

作家が互いの伏線を拾い合い、物語をつなぐ重要な役割を果たすことも——

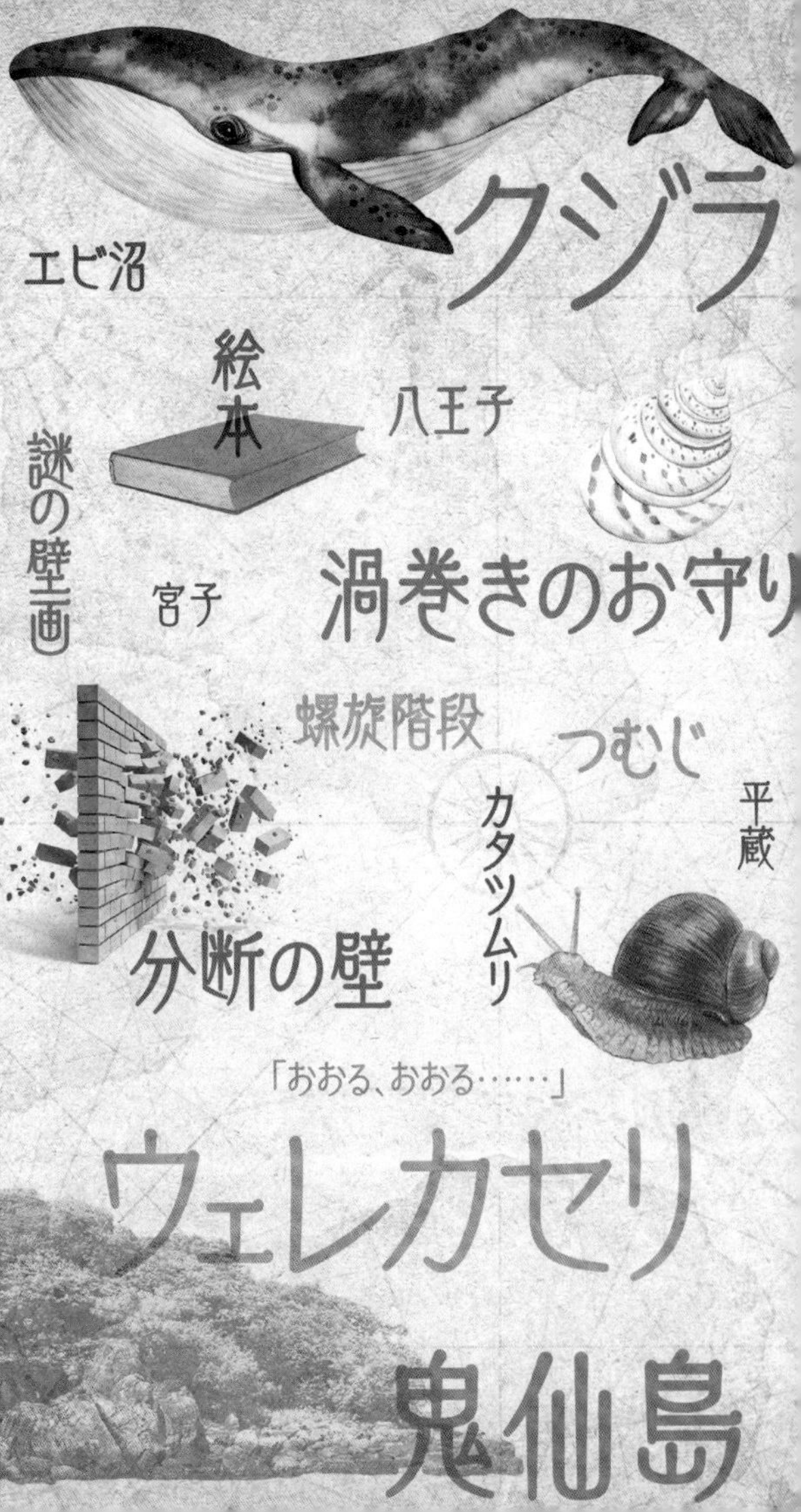

RASEN PROJECT

Chronology

〈螺旋〉年表

★この年表はネタバレを含みます

年表の見方
青の文字……海族
緑の文字……山族
オレンジの文字……主な共通アイテム

原始

BC

3000
- 寒冷化が始まる
- イソベリが海岸で集落をつくる
- ヤマノベが山から海辺へ押し寄せる
- ウナクジラがイソベリの聖地・シオダマリに座礁する
- イソベリとヤマノベの対立、激化
- ウェレカセリの描いた壁画が発見される

昭和後期に再発見され、ニュースに!?

古代

AD

- 724 聖武天皇即位、光明子が皇后に
- 729 長屋王の変（藤原四兄弟の陰謀）
- 740 藤原広嗣の乱、その後遷都が相次ぐ
- 752 東大寺大仏開眼供養
- 753 鑑真来日
- 756 聖武天皇崩御

- 940 平将門の乱、終結
- 1185 屋島・壇ノ浦の戦いで源氏が平家を滅ぼし鎌倉幕府開設

『ウナノハテノガタ』
大森兄弟

『月人壮士《つきひと おとこ》』
澤田瞳子

イラスト：スケラッコ

中世・近世

1192 **源頼朝**、征夷大将軍となる
1198 **頼朝**、落馬（**平教経**による襲撃？）
1333 鎌倉幕府滅亡　**足利尊氏**、**楠木正成**ら活躍
1336 室町幕府開設
1369 **足利義満**、征夷大将軍となる
1399 応永の乱　**大内義弘**ら、**義満**に討たれる
1560 桶狭間の戦い　**織田信長**台頭
1582 本能寺の変　**明智光秀**、**信長**を討つ
1586 **豊臣秀吉**、太政大臣に
1600 関ケ原の戦い　**徳川家康**勝利
1603 江戸幕府開設
1837 **大塩平八郎**の乱　息子・格之助、**鬼仙島**へ
1863 新選組結成　**土方歳三**ら活躍

瀬戸内海のどこかにある島。江戸時代以降、迫害された海族の人間が集まるようになる。

明治

1868 明治維新
1877 西南戦争　**西郷隆盛**死去（『もののふの国』ここまで）
平蔵、**鬼仙島**へ
1890 呉鎮守府開庁
山神司令長官のもと、**榎木新太郎**らが勤務
新太郎の妹・**鈴**、**鬼仙島**へ
1891 海軍、**鬼仙島**を襲撃　**灯**ら海賊が迎え撃つ

『もののふの国』
天野純希

『蒼色《そうしょく》の大地』
薬丸 岳

昭和前期

1937 日中戦争勃発

1941 真珠湾攻撃、太平洋戦争勃発

1942 ミッドウェー海戦／戦局悪化

1944 **浜野清子**、お守りとともに宮城県にある高源寺へ疎開、**那須野リツ**と出会う

1945 **清子**、帰京／東京大空襲

渦巻き状の模様が彫り込まれた木製の首飾り。各時代で登場する。

昭和後期

1951 サンフランシスコ平和条約締結／冷戦激化

1980頃 国内情報機関の強化／**宮子**、スパイとして活躍

1982 **宮子**と北山直人、出会う

バブル景気はじまる

宮子と直人、結婚／**宮子**と直人の母**セツ**の対立激化

1989 紀元前の壁画が発見される

直人夫婦、**セツ**と別居

絵本『アイムマイマイ』の制作開始

螺旋を背負ったカタツムリのヒーローが活躍する。

1989 平成に改元

1992 **南水智也**、**堀北雄介**、北海道で生まれ、幼なじみとしてともに育つ

絵本『アイムマイマイ』、漫画『帝国のルール』流行

近未来

2030頃 人工知能ウェレカセリの研究が進む
バンド・ɣ《ガンマ》モコ流行、作曲担当の田中カタナ死去
2032 **水戸直正**、**檜山景虎**、自動車事故で家族を失う
大停電により、情報のアナログ化が進む
2050 ɣモコの杏アント死去
ウェレカセリの開発者・寺島テラオ死去
水戸直正、寺島テラオの最後の手紙を運ぶ
2071 **壁**が建設される

東京を東西に分断する長大な壁。

未来

2085 SSS〈スーパー・シミュレーション・システム〉が未来を予測、
その後、映画『眠り姫の寝台』の脚本が作られる
2089 〈レイドバック〉施行により技術の進化がとまる
2092 東京に不眠症が蔓延
壁の崩壊がすすむ
2095 **シュウ**、睡眠コンサルタント〈ドリーム8〉に勤務、
眠り姫の秘密を追う

2011 **智也**、**雄介**、北海道大学に進学
2012 古文書に**鬼仙島**の記述が確認される
「嬉泉島」が海山伝説の聖地に
2014 **雄介**は渡航を計画

〈螺旋〉の舞台
RASEN Map

8つのバトルが燃え上がる！

海族 vs. 山族

昭和前期

都会っ子 vs. 山っ子

乾 ルカ

コイコワレ

疎開先の村で出会った二人の少女による宿命の対決！

平成

「生きてるだけ」vs. 生産性

朝井リョウ

死にがいを求めて生きているの

平成を生きる若者たちの絶望と祈りの物語

伊坂幸太郎

下記2篇は『シーソーモンスター』に収録

近未来 配達人 vs. 国家

スピンモンスター

ある天才科学者が遺した手紙を携え、二人の男が世界を救うべく激走する！

昭和後期 嫁 vs. 姑

シーソーモンスター

バブル期の気弱な勤め人の悩みは嫁姑の過激すぎるバトル

古代

藤原氏 vs. 天皇家

澤田瞳子

月人《つきひと》壮士《おとこ》

母への想いと、出自の葛藤に引き裂かれる若き聖武天皇

未来

吉田篤弘

眠り姫 vs. 睡眠薬開発者

天使も怪物も眠る夜

2095年、東京は不眠に悩まされていた。睡眠薬開発を担う青年は謎の美女と出会う

織田信長 vs. 明智光秀

中世・近世

天野純希

もののふの国

千年近くにわたりこの国を支配してきた武士、その戦いの系譜

明治 海賊 vs. 海軍

薬丸 岳

蒼《そう》色《しょく》の大地

明治海軍と海賊の戦いの中で、少年と少女の運命が交錯する

原始 イソベリ vs. ヤマノベ

大森兄弟

ウナノハテノガタ 不明

生贄の運命から逃れた女の登場に、死を知らない海辺の一族が戦慄する

中公文庫

シーソーモンスター

伊坂幸太郎

中央公論新社

目次

口絵デザイン　bookwall

シーソーモンスター

少年が息を荒らげ、山を登ってくる。

砦で女が彼を迎え、どうしたのかと訊ねると、

「これ、何？　下で見つけたんだ。カタツムリの殻かな」と言う。

女はそれを節くれだった指で受け取り、かざす。

日が透けた。

「これはたぶん、貝殻。貝」

「貝って」

「貝は、海のもの」

その途端、隣で寝そべっていた黒犬がむくっと頭を上げた。

少年は分かりやすいほどにおびえ、顔に手をやらんばかりだ。

「海のものがどうして山にあるの？　海と山はまざらないんじゃないの」

「まざるとかまざらないじゃなくて、ぶつかるの。わたしたちは海の人と会えば、衝突するようになっているからね」


海にあるはずの貝がどうして山にあったのか。昔、海の人間がこのあたりに来た印なのか。もしくは海に行った何者かが持ち帰ったのか。

確かなのは、そこで大なり小なりの争いが起きたことだ。

山の者と海の者の対立は、太古から未来まで繰り返され、その衝突のひとつひとつに物語がある。

海と山、両者を自在に行き来する唯一の者、争いを見届ける者がいつかそう語ったという。

「仲良くやればいいのに」

少年が言った時、海の集落でも、海の子供が海の大人に同じことを口にしていた。

仲良くやればいいのに。

「会ったらいけないんだ」

どちらの大人もそう答えるほかない。

――海と山の伝承「螺旋」より

シーソーモンスター

日米貿易摩擦が新聞を賑《にぎ》わせていますが、その一方で、我が家の嫁姑《よめしゅうとめ》摩擦は巷間《こうかん》の噂《うわさ》になることもなく。

私が嘆くと、居酒屋の隅の席で向き合っている綿貫《わたぬき》さんが、ジョッキに口をつけた後で乾いた笑い声を立てた。「噂になってほしいのか」

「そういうわけじゃないですけど」

大学生と思《おぼ》しき男女が品のない囃《はや》し歌で、誰かの一気飲みを煽《あお》っている。店内には、ローラースケート付きで歌って踊れる流行《はや》りのアイドルグループのヒット曲が流れていた。

「いや、言いたいことは分かる」「本当ですか?」「特にニュース性はなくても、ありきたりの問題でも、当事者にとっては大問題、大きな苦しみだからな」

「そうなんです」

身を乗り出すように、気持ちの上では綿貫さんの体を抱きしめんばかりに感激した。世の中にはたくさんの「大変なこと」がある。それを、「不幸」という無味乾燥な言葉でくくってしまうのは気がひけるが、数年前に墜落した日航機の事故や、コロンビアでの火山噴火、ディスコの照明が落下した事故、それぞれに大きな被害と苦痛を受けた人たちがいるわけだから、私の抱える悩みなど、比較すればほんのゴミ屑《くず》のようなものだ。自分がこの世で最も不幸で、ああ日本政府よ私のことを牛肉やオレンジ以上に守ってほしい、と主張するつもりはない。

ただ、ゴミ屑も積もれば山となり、その結果、精神の柱がぼろぼろと毀《こぼ》れてきているのも事実で、「あなたの柱、ちょっと大変なことになっていますね。大丈夫ですか？」といったささやかな労《ねぎら》いの言葉を誰かにかけてもらいたい、と願っていたのだ。

同じ製薬会社の四期上の綿貫さんは、尊敬できる先輩で、その綿貫さんから、「浮かない顔しているなあ。飲みに行くか」と誘われ、それだけで心の黒雲が晴れる思いだったが、さらに自分のつらさを理解してくれたものだから、涙を流しかけた。

「同居しているんだっけ」

「はじめは別居という話だったんですけど、父が亡くなった後、母を一人にするのが心配で。母は内職をやっていたことがあるくらいで、世間のことも何も知らないですし。それで妻に話したら快く」

そうね、お義母《かあ》さん一人は寂しいかもしれないからね。

妻の宮子《みやこ》は笑顔を見せた。家事とかも分担すればわたしも楽できるだろうし。

「北山《きたやま》、悪いが、それは考えが甘すぎる」綿貫さんは鋭かった。「奥さんの立場では、そこでなかなか反対できないぞ。悪い嫁と思われたくないだろうしな。本音では嫌だったんじゃないか」

そう、私は物事を単純に受け入れすぎた。

もちろん、「母との同居を、妻は許してくれるだろう」と甘く考えていたわけではない。むしろ、逆だ。「同居の話」は重大な案件だと認識していた。だから、重大な案件においても建前と本音を使い分けるとは思わなかったのだ。私が高圧的だったわけでもない。

「大事な旦那に嫌われたくない、という気持ちから我慢する可能性はあるだろ」

「嫌なら嫌と言ってね、と伝えたんですが」

「それでもなかなか嫌とは言えないものだよ。面白いことに、人はね、『大丈夫？』と訊《き》かれれば、『大丈夫』とうなずいてしまうものなんだよ。決まり文句だ。大丈夫じゃない時にも、病気が悪くなっている時にも、大丈夫、と答えてしまう。不思議なものだね」

ハウアーユー？　アイムファイン、サンキュー。の定型のやり取りを私は思い出す。それと同じようなものだろうか。

「それに、奥さんだってはじめから、お母さんとうまくいかないと思っていたわけではないんじゃないかな。同居前はどうにかなる、うまくやれると思っていたんだろうな」

「綿貫さんは何でも分かりますね」

「冷やかすなよ。ただ、嫁姑の大事な相槌《あいづち》『さしすせそ』を知ってるか？」

「さしすせそ？　砂糖、しょうゆ、お酢」ちょっと違う、と思いながらも私は言っている。

「それは料理のだろ。こっちの、さしすせそ、は、さすがですね。知らなかった。素敵ですね。せっかくですから。そうですね」

「そういう言葉を言い合えばいいってことですか」

「病は気から、じゃないけど、コミュニケーションの行き違いや摩擦は、言葉から生まれるからね。特に人は、裏メッセージを読む」

「裏？」

「言われた言葉に裏があると思いがちってことだよ。たとえば」綿貫さんは、自分の頭の中から例題を探しているのか間を取るが、それもほんのわずかの時間だった。「子供の頃、母親から、『隣のだれそれ君はもう、九九を覚えたんだね』と言われたら、どう思う？」

ああ、と私はうなずく。「あなたはまだ覚えられないの？　と暗に責められている気がしますね。それですか」

「裏に何か別の意味がある。それを人間は察知する。もしかすると機械よりも優れている点かもしれない」

「そういえば」私は思い出して、話す。「I先生がこの間、言ってたんです」

「内科の?」

「そうです。赤坂《あかさか》のSで食べて、六本木《ろっぽんぎ》のAで飲んでる時に」

赤坂ツアーもそろそろマンネリ化してきたね。前に聞いたんだけれど、どこぞの先生はラーメン食べるためにチャーター機で北海道に行ったらしいね。

「今度は自分もその接待を受けたい、という裏メッセージですよね」

「裏どころか完全に表に丸見えだ。人間の欲に際限はないもんだな。とにかく人と人とのやり取りには裏メッセージが込められていたり、込められていなくても勝手に勘繰《かんぐ》ることが多いんだよ」

「確かに」何の他意もなかったごく普通の挨拶《あいさつ》や謝意を述べただけのつもりが、なぜか妻が不愉快になった、という事例がいくつもある。

「板挟みはさぞかし大変だろう。どちらも君にとっては大事な人間なんだろうし」

「綿貫さん」

優しい労いの言葉に自分の目が潤《うる》むのが分かる。綿貫さんも気づいたのか苦笑交じりに、

「かなり、まいってるな、北山」と言う。

「病気になりそうです」

「製薬会社の社員に相応《ふさわ》しい言葉じゃないか」

「いい薬ないですか」私は溜《た》め息を吐《つ》き、嫁と姑の双方からの苦情を日々、聞かされる苦しみについて語った。「今日、お義母さんからこんなことを言われたんだけれど」「宮子さん、こんなこと言ってたんだけれど」と何気ない報告に見せかけた苦情申し立てが届く。「気にしないほうがいい」であるとか、「そんなつもりで言ったんじゃないと思うよ」といったコメントは、使いすぎるほどに使ったため、もはや効果を失っている。

　昔のことを蒸し返すのはずるいかもしれないが、結婚前の妻は、「わたし、両親すぐに亡くしちゃったから家族が多いのに憧れるんだよね」と言っていた。一度だけではなく何度も、お笑い芸人の得意の持ちネタの如《ごと》く、口にした。聞くたびに私は、なるほどそうなのか、と感涙しかけた。

　実際、宮子は千葉の海岸沿いの町で育ち、子供の頃、海難事故により両親を失って以降は親戚に育てられたらしいが、愛情溢《あふ》れるあたたかな家庭とはほど遠かったのは、彼女が自分の戸籍や住民票について神経質になっていることから想像できた。伯父《おじ》夫婦に居場所を知られたくないのだろう。

　だから、私に対して言ってくれた、「直人《なおと》の両親とも一緒に暮らしたい」という言葉も本音として受け止めていた。

　疑う理由がない。

　交際中、「直人のお母さんってどういう人？」と訊かれた時には、「母は大らかではあるが、時に無神経にも感じる」であるとか、「社交性はあるが、言い方を換えれば、ただの話し好きで鬱陶《うっとう》しい」であるとか、正直に説明をした。

宮子は、「そういったことは大丈夫」と即答した。「わたし、ほとんど放っておいて育てられた感じだから、むしろ、鬱陶しいくらいの距離感の家族が羨ましかった」

とはいえ、蓋を開けてみないとうまくやっていけるかどうかは分からないだろうな、と警戒は緩めていなかったものの、まさか、「本当に蓋を開けたらこんなことに」「蓋のあるとないとでは大違い」という心境だった。

「まあ、いくら、人づきあいが好き、と言っても実際に交流してみたら、ストレスが溜まるものだから」綿貫さんが言う。

「そうなんでしょうね。ただ、それ以上に、相性が良くない気がするんです」

「奥さんとお母さんの？」

「はい」私はうなずく。「最初に紹介した時から、ぎくしゃくしていたというか」

衝突がないうちから、ばちばちと電気が走っているような気配はあった。

「馬が合わないのか。苦手なタイプの相手とは、どうしてもうまくいかないことも」

「綿貫さんのところはどうなんですか？　奥さんとお母さんとの関係は」

「うちは、結婚前から同居だけは駄目、と釘《くぎ》を刺されていたからね。母親も悠々自適、海外旅行やら何やら遊びに行くし」

「羨ましいです」

「だけど、孫にも興味を示さないからね。薄情だよ」

ああ、と私は呻《うめ》き声を出す。確かに、どの人にもそれぞれの悩みがある、ないものねだり、と思う一方で、「孫」という単語に胸を突かれ、重く苦しい気持ちになった。

私と宮子の間に子供がなかなかできない。

そのことが、妻と母の関係を悪くしているのは間違いなかった。

「お父さん、昔から言ってたんだよね。おまえは長生きしそうだから、孫の顔を見られるだろうな、ってさ。でもわたしも見られなそうだから、あっちでお父さんに、孫のこと訊かれたらどうすればいいのやら」無神経な母の物言いが頭に蘇《よみがえ》る。一度だけではなく何度も、こちらもまたお笑い芸人の持ちネタの如く、口にした。聞くたびに私は、勘弁してほしい、と抗議したくなる。

「直人、宮子さんはね、あんたが思ってるほどやわじゃないんだから。意外にタフなのよ」という母の言い返しがまた、腹立たしい。

「双方から苦情を聞くのはつらいもんだよな」

綿貫さんはさすが分かっていらっしゃる。

でしょうが」

「日米貿易摩擦ほど世間への影響もないですから、これくらいで僕が愚痴るのも駄目なんでしょうが」

「通産省や外務省の人も陰では愚痴ってるに決まってるよ」

その後、私たちは社内の噂、部長が愛人と喧嘩《けんか》したであるとか、綿貫さんの同期の女性が、金持ち大学生にソアラを買わせて送迎させ、俗に言うアッシー君として扱っているであるとか、そういった話をした。

「俺たちはイッシーのお相手だけどな」

一瞬何のことかと思うが、医師なのだと分かった。

「北山、体は大丈夫か？」

「どういう意味ですか」

「接待であっちこっち行って、たくさん飯食って、夜は遅いだろうし、まだ若いといっても体壊したら元も子もないだろ」

「糖尿病になって、患者側の視点から『弊社の薬』を処方してくれるようにアピールしますよ」

綿貫さんは笑ってくれたが、どこか弱々しかった。悩みがあるのは、綿貫さんのほうだったのではないかと思ったのは、帰りのタクシーの中でだった。

家に近づくと足が重くなり、顔が自然と引《ひ》き攣《つ》るが、室内の電気は消えているようではっとした。遮光カーテンが引かれていても、蛍光灯の明かりは小さく洩《も》れる。光が見えないということは、電気が消され、妻も母も寝静まっているということなのだろう。眠った人間からは愚痴を聞かされることもない。

鍵をそっと開け、物音をできるだけ立てぬようにリビングに行く。ネクタイや背広をしまい、ソファで少し休むのが帰宅後の習慣だった。

電気を点《つ》けた瞬間、ソファに人影が浮かび上がり、その場に飛び上がりそうになる。座っているのは妻の宮子だった。

寝ていたのかと思えば、そうではなく、まっすぐ座っているものだから幽霊じみており、怖がりな私は悲鳴を上げかけた。「どうしたんだ」

「さっきまでテレビ観ていて、ちょうど消したところ」テレビに挿《さ》したイヤフォンが伸びて、テーブルの上に置かれていた。

「部屋の電気は」

「点けてると、お義母さんが起きてくるから」

「さすがに寝ているだろうし、大丈夫だよ。暗い中、テレビを観ているのも目に悪いんじゃないかな」

「そう？」

「暗いところで本を読むと目が悪くなる、と言うじゃないか」

「それ、どうも嘘《うそ》らしいよ」宮子はあっさり言うが、そんな話は聞いたことがなかった。

「遅くまで大変だね。何か食べる?」宮子がキッチンのほうへと歩いていく。

腹は満杯で、食欲はない。それよりも、わざわざこの時間まで起きているからには、話を聞く必要があるのだろう。一日の仕事はまだ終わっていないのだ。

「風船がいっぱいに?」と訊《たず》ねると、「そうだね」と彼女はうなずく。

同居している姑に対する不満は、日々、蓄積されていく。

風船を想像してみて。

彼女はだいぶ前に私に言った。あなたは忙しいし、わたしは基本的に家にいるだけだから、捌《は》け口がないわけ。だから、見えない風船にいつも不満を吐き出している。

言わんとすることは分かったし、なぜ風船の比喩が使われているかも容易に想像できた。

風船は割れる。

「なるべく、自分の中で処理しようとしているんだけど、風船はもうこんなに膨らんでいて」と両手を大きく広げた。「いずれ破裂する。だからその前に、あなたに言って」

「ガス抜きを」

「お義母さんに対する不満をガスと言っていいのかどうか分からないけれど」

彼女なりにそのあたりは気を遣っているのだな、とほっとするのも束《つか》の間、「しいて言えば、毒ガス」と続けるのだから、こちらの風船も膨らんでくる。

「いったい今日は何を」

「子供のこと」「ああ」

結婚当初は、子供のことは大きな問題と捉えていなかった。夫婦として普通に生活をしていれば、そのうちできるだろう、と思っていた。私の帰宅が仕事で遅くなり、主に医師に対する接待だったが、そのせいで夜を妻と過ごすタイミングが合わない日々が多かったことも一つの要因と感じ、つまり、時機が整えば、と思っていた。

結婚し四年が過ぎたあたりから、母が口を出すようになった。それ以前から、たとえば私たちの結婚の翌年に父が亡くなった際、「こういうお葬式とか、孫がいればあたたかい気持ちになるんだけどねえ」と一般論に見せかけた当てこすりを口にするようなことはあったから、心の根っこでは、孫はまだか、という思いはあったのだろう。

「昼間、お義母さんとテレビを観ていたの。サスペンスドラマやっていて、ラストで女性が、あの子はわたしの子供じゃなかったのよ、と崖のところで叫んでいて」

「それが犯人？」「どうして分かるの」

「僕が脚本家だったら、そんな深刻なことをラストに脇役には叫ばせないと思って」

「子供絡みの話だったから、わたしも一瞬、まずいな、と思って胃が痛くなったの。そうしたら、案の定」「また母が粗相《そそう》を」

「そう言えば、宮子さん、病院とかで検査してもらったことあるの？　と言うの」ずいぶん直球を投げてきたものだ。

「そう言えば、ってどういうことなのかまったく分からないんだけれど。『検査って何の検査ですか？』って白々しく訊き返したら、黙っちゃって」

以前、妻から類似した苦情を受けた際に、「言われっぱなしでは不満が溜まるだろうし、ちくっとやられたら、宮子も言い返したほうがいい」とアドバイスをしていた。「それくらいしないと、相手はどんどん嵩《かさ》にかかってくる、防御一辺倒ではなく時にはカウンターを」と。

「おふくろ、困りものだなあ」私は言う。が、宮子は依然として冠を曲げたまま、という状況だ。慌てて、「困りもの、というか、ひどいな」と付け足した。彼女がまだ私の言葉を待っているのは分かるため、「ひどい、というか、最低だな」とさらに表現を変えると、彼女もようやく納得がいったのか、少し表情を緩め、「実の母親に、最低だなんて言ったら駄目だと思うけれど」とたしなめてきた。

「ああ、そうだね」反論したい気持ちもなかった。「そうそう、来月の宮子の誕生日、レストラン、予約取れたんだ」

「あ、本当？」

宮子の誕生日はクリスマスが近いため、都内の有名店は予約がいっぱいだったが、接待で時折使う店のオーナーから、キャンセルが出たと連絡があった。行く予定だった女性との関係が壊れてしまった誰かがいたのだろう。まだ大学生の身分で、高級ホテルを半年も前から予約している男が少なからずいる、と聞いたが、そういった人間がどのような社会人になるのかと想像し、顔をしかめたくなる。

「じゃあ、その日、どこかホテルに泊まろうよ」妻が言う。

「え」

「いいじゃない。せっかくなんだから。時にはのびのびと」宮子の視線はわざとなのか無意識なのか天井に向けられ、明らかにその「のびのび」が、母からの解放を意味しているのだと分かった。

もちろん私も賛成だった。「のびのび」が必要な人間、に自分も入っているはずだ。気にかかるのは、ホテルが予約できるのか、という点だった。それなりに豪華なホテルはいっぱいだろうし、かと言って、安いモーテルに行くわけにもいかないだろう。というよりも、モーテルもまず、満室ではないだろうか。ただ、今ここで冷静に懸念を伝えては、彼女の期待に水を差すことになりかねない。私も、私に水を差されたくない。

「来月楽しみだね」気づけば宮子がすぐ横に立っていた。腕に体を絡めるようにし、胸を押し当ててくる。今、自分に蓄積されている疲れと、今の時刻、明日の起床時間、抱き合う段取りを頭に並べるが、もはやここで必要なのは計算ではなく欲望の熱だ、と思い、そのジャッジ自体が計算とも言えたが、宮子の体に手を伸ばした。女性にしては背が高く、一見華奢《きゃしゃ》に見える体型でありながら、筋肉質だ。子供の頃からバスケットボールに励む運動少女で、今も時折、「体が鈍《なま》っちゃうから」と早朝にジョギングをする。それも母は気に入らないらしい。

体の膨らみやくぼみを撫《な》でるが、そこで宮子はさっと体を離し、急に背後のドアを見やった。どうしたのか、と私は目で訊ねる。

「ううん、お義母さんが起きてるんじゃないかと思って」

「さすがに寝てるよ」

「そうね」と言いながらも宮子は、二階の床に耳をつける母の姿でも思い浮かべているのか、表情を強張《こわば》らせたままだ。

私は溜め息をぐっとこらえ、妻と初めて会った時のことを思い出している。

七年前、東京から新大阪まで向かう新幹線に、私は発車寸前のところで飛び乗った。製薬会社に就職したばかりで、不慣れな営業の仕事に、時間はもちろんエネルギーも使い果たしており、週末はほとんど寝て体力の回復を行うことに使っていたのだが、その日は学生時代の友人の結婚披露宴に出席しなくてはならなかった。そして寝坊した。挙式に間に合うかどうかという新幹線に駆け込み、座席に腰を下ろした直後には、安堵《あんど》もあり眠っていた。

隣に人が座っていることに気づいたのは、しばらくしてからだ。肩に寄りかかる重みがあり、目を開けると女性がいた。つまりそれが潮田《しおた》宮子、現在の私の妻なのだが、彼女の頭ががくっと揺れたことで起き、「ああ」と私を見た。「ああ、すみません」「いえ、こちらこそ」と私は言う。ブラウスに長めのスカートを穿《は》き、爽やかな服装で、大人しそうに見えた。率直に言って可愛らしく、幸運だと感じるほどだった。その幸福感のあたたかみに包まれたからか、私はとにかく眠くて、そのままた目を閉じようとした。そこで彼女が、「どこまで行かれるんですか?」と訊ねてきた。

新大阪です、と喉まで出かかったが寝惚《ねぼ》けていたこともあり、それで良かったのだろうかと不安に駆られ、切符を確認する。ポケットには見つからず、窓際にかけていたスーツの内ポケットに手を入れた。結果的には鞄《かばん》の中にあったものの、その時は見つけられず、私はばたばたしたことが恥ずかしく、取り繕うつもりで、「明日まで」と言った。「明日の日本に着くまで」と答えた。自分でも意味不明だったが、おそらく眠っている間に見た夢に関係していたのだろう。

彼女が沈黙し、私は赤面する。気まずさがさらに増幅した。彼女もその気まずさをどうにかしたかったのだろう、「車内販売が来たら、何か頼みますか?」と言った。

「お茶でも買おうかな」私は答える。

「あ、お茶いいですね」

車窓に目をやる。流れていく景色の速さはすさまじく、それをぼんやりと眺めていると、自分の日々の生活の速さのようにも感じる。病院に行き、医師に挨拶をし、薬の説明をし、報告書を書き、上司に叱られ、専門書を読み、息を吐く間もなく今日は昨日へと流れていく。矢の如し、とはまさにその通りで、意識を少し離していると、びゅうんと飛んで終点の的に刺さってしまうのではないかと怖くなった。

近くの座席が騒がしくなったのは、少し後だった。私たちの二つ前あたりで、向かい合わせにしたシートで宴会めいたものをはじめたグループがいたのだ。煙草《たばこ》の煙で車内を曇らせる、中年男性たちで、声が大きい。

鬱陶しさ以上に、緊張感をもたらした。

大きな声はそれだけで恐ろしいんだよ。以前、綿貫さんが言っていた。動物としての反応だろう、と。男は何かというと大声を出したがる。女性はそれに怯《ひる》む。これはもう、そういう仕組みなんだ。だから、偉そうな言動をする人間は、ぼろが出るまでは、偉い人物として扱われやすい。ただ大きい声が出せるだけで、だよ。

ワゴンを押す車内販売の女性が前方からやってくると、その騒がしい集団が呼び止め、あれやこれやと買いはじめる。代金を求められると、「少しまけてくれ」と言い、品のない笑いが起きる。「駄目なのか、ケチくさいんじゃねえか」と脅すような声も続いた。

隣に目をやれば、ブラウスを着た女性、のちに私の妻となる彼女は、ちらと前を見た後で、俯《うつむ》く。心配そうな表情だが、どうすることもできないと分かっているのだろう。

私が、「あ、買いたいんですけど、来てもらっていいですか？」とワゴンの女性を呼んだのは、そうすれば酔っ払いの集団から彼女を引き離せると思ったからで、つまりは軽率で、短絡的な英雄行為だった。

車内販売の女性は、私の目論《もくろ》み通り、いかにも客に呼ばれたので仕方がなく、といった気配で酔客集団に謝罪をし、会計を事務的に済ませ、こちらに来た。自分の機転のおかげで場がうまく収まったことに私は満足し、隣の女性にもその、私の小さな活躍に気づいてほしかった。

「何を」買いますか？　という具合に、車内販売の女性が訊ねてくる。

「お茶を」と言ったが、わざわざ呼んでおいてそれだけでは心苦しいと思った。そこで口から出たのは、「冷凍みかん、ありますか？」だ。

車内販売の女性を、酔客の一人が追いかけてきたことは予想外だった。トイレにでも行くのかと思えばそうではなく、私たちの一つ前の二人掛けシートが空席であったからそこに体を入れ、「お兄さん、横入りしないでよ」と私に言った。「俺たちが買っている途中だったんだから」

目が据わり、口調は厳しい。今この場を写真に撮り、現像したものに、「面倒な事態」

とキャプションを書いても似合うくらいの、面倒な事態になっていた。

しかも彼は、「いい女を連れちゃって」と、隣の女性を私の同行者と勘違いしたらしく、冷やかしまじりに嫌な言い方をしてくる。代金を受け取った車内販売の女性はいつの間にか姿を消し、私の手には冷凍みかんがあった。

「いい女ではないです」咄嗟に私は言い返した。むろん、「私の恋人、私の連れではない」という意味合いだったが、言葉足らずで、不規則発言として捉えられても致し方がない。

隣の彼女がはっとした表情になるのは、横目に見えた。

慌てて、「いや、彼女が悪い女というわけではなく、他人だということで」としどろもどろに弁解した。

「何だ他人なのかよ。じゃあ、こっちに来て、一緒に飲めよ」

男のその論理展開が私には理解できなかったが、とにかく論理を超えた強引さは、誘いではなく脅しだった。隣の彼女は硬直し、すぐには声が出ないようだった。青褪《あおざ》めている。

男が手を伸ばし、無理やり連れて行こうとし、その瞬間、私は立ち上がった。

「やめてください」と言っている。

男が目つきを鋭くした。人を威嚇するのに慣れているのかもしれない。しまった、と思ったが、後戻りができない。お酒の匂いをふんだんに撒《ま》き散らし、男が何か言ってきたものの私は受け止めることができず、外国語の罵声《ばせい》を聞き流すような気分だった。

「やめてください」私は先ほどよりもしっかりとした声を出している。「僕、これから彼女を口説《くど》くつもりなので。連れて行かれると困ります」とそう言っていた。そして、「これ、差し上げますから」と冷凍みかんを一つ出し、手渡した。彼も意表を突かれたのか、「おお、ありがとな」とみかんを持って、意外にあっさり帰っていく。手に持っていたみかんはいつの間にか溶けていた。

隣の彼女はもちろん鼻白んでいた。当惑と警戒心を滲《にじ》ませ、「ええと」と首を傾《かし》げている。「お礼を言ったほうがいいですよね」と口元を、可笑《おか》しさからなのか恐怖からなのか分からぬが、綻《ほころ》ばせた。

恥ずかしさで頭が空っぽになり、静岡駅に停車していたことにも気づいていなかった。芝居じみた咳払《せきばら》いをやり、改めて彼女に話しかけようとしたところ、車両に入ってきた背広の男性に声をかけられた。「座席、誤っていませんか?」

え、と慌ててまた指定席券を探し、ここでようやく鞄の中から見つかったのだが、座席位置を確認する。「申し訳ありません、すぐに移動します」と私は荷物を慌てて抱える。座席どころか車両が一つずれていたのだ。鞄のファスナーが開いていたらしく、ご祝儀袋と名刺入れを落としたことも分からず、いそいそと移動した。

しばらくしてから彼女が、別の車両まで来て、「これ、落としていましたよ」と渡してくれたのだが、それが私と彼女が交際を始め、結婚に至るきっかけとなったのだ。

「宮子さん、わたしがここに置いておいた本、知らない？」

二階から降りてきた途端、義母、北山セツが言ってきたため、わたしはさっそく嫌な気持ちになる。彼女の言葉には暗に、「あなたがなかなか降りてこないから、話もできなくて困っていたのよ」という不満が含まれている。

「いえ、知りません。何の本ですか」

「ペローさんのよ。童話」

義母に関する謎はいくつもあるのだが、そのうちのひとつが、童話好きという点だった。わたしは童話に詳しくなかったが、「善き人が報われ、意地悪な人はしっぺ返しを食う」という定型があるのだと思っていた。その童話を散々読んでいるにもかかわらず、自らの意地の悪さが改善されないのはなぜなのか、不思議でならない。自分の性格や言動の悪さにはなかなか気づかず、童話の中の意地悪な登場人物と自分を結びつけてはいないのか。

「ペロー作『眠れる森の美女』宮子さん読んだことある？」

「呪いで百年、眠らされちゃう話でしたっけ？　百年経《た》って、王子によって目が覚めるとかそういう話ですよね」どうせ、と言いたくなるのをこらえた。

「最終的には、人喰《く》い女の話になるのよ」

からかっているのだとわたしは思い、冷ややかに笑ってみせた。まさか、「眠れる森の美女」の話が本当にそういうあらすじだとは知らなかった。

「わたし、ここに絶対、置いていたんだけれどねえ」義母はダイニングテーブルの、自分の座る定位置、テレビの正面の場所に手を置き、文庫本の大きさを再現するかのように両手で四角形を描いている。「どこにも持って行ってないのよ。なのに消えちゃうなんて、あるかしら」

わたしがそれを触った記憶はない。もちろん、彼女の物をわたしが移動することはよくあり、それは何より彼女が、「出した物を元の場所に戻す」という非常に当たり前の作業をやらない、やれないからに過ぎないのだが、その文庫本に関しては記憶がなかった。

どうしてなのかしら。宮子さん、知らない？

わたしの知らないところで何かやった？

片付けるなら、一言言ってくれれば良かったのに。

同居当初は、義母の言葉に真面目に対応し、不満の解決、状況の説明、疑いの払拭、といったことに心を砕いていたが、今はそれにエネルギーを費やす気にはなれなかった。無言のまま、リビングを少し歩き、本がどこかにないかと探すふりをしてみせた後は、特に言及せず、掃除機をかけることにした。

掃除を終えて買い物に出ようとしたら、「トイレットペーパーをよろしく」と義母の声が聞こえる。はい、と小さく答えると、「ちゃんと安いのを探してね」と言い足された。以前、わたしが買ってきたトイレットペーパーを見て、レシートを見せるように要求し、あそこの店のほうが五十円安かったんだから、と言われたことがある。「もったいない、という感覚がないのかしらね」と独り言めいた口調で、こちらをつついた。「宮子さん、ほんと世間知らずだからね。うちの直人と出会っていなかったら、今ごろ、何やってる人だったのかしら」

それは、義母の好きなフレーズの一つだった。うちの息子のおかげで、あなたは救われたのよ、そうやってのんびり専業主婦でいられるのは幸運なのよ、と恩着せがましく言ってくる。

最近は、「今ごろ、ディスコで踊っているだけだったんじゃないの」と言うことも多い。あたかも、放っておくとわたしがそういった煌《きら》びやかで華やかな、品格が爛《ただ》れたような場所に吸い寄せられるに決まっているかのような言い方は、腹が立つ。

わたしは生来、目立つことは苦手で、真面目にこつこつとした作業をするのが向いているのだ。

彼のおかげで、平和な日々を暮らせているのは嘘ではなかったものの、専業主婦イコールのんびり、と決めつけるのはいかがなものか、と思ったし、さらには、そう言うあなたも専業主婦ですよね、とわたしはいつも不満に思う。

買い物を終え、帰宅すると義母はいなかった。ダイニングテーブルには、「お隣に行ってます」とメモがあった。

隣の一戸建てに住む、古谷《ふるや》さんの家だろう。義母と同世代で、夫婦二人で暮らしている。息子が二人いるのだが、どちらも結婚し、家を出ている。人のいい人たちではあったが、義母の前で孫の話をするのは困った。たいてい、それに感化され、義母が帰ってくる。

洗面所の脇にある棚に、文庫本を発見した。『ペロー童話集』とある。義母が探していた本に違いない。おおかた、手を洗う際に、そこに本を置き、忘れてしまったのではないか。何が、「どこにも持って行ってない」だ。濡《ぬ》れ衣《ぎぬ》もいいところだろう。下手に触れば、難癖をつけられるかもしれないため、置いたままにする。

チャイムが鳴ったのは、そのすぐ後だった。玄関の魚眼レンズから外を窺《うかが》うと、見知らぬ男が立っていた。少し年配の、四十後半か五十過ぎくらいか。ドアを開ける。

「突然お邪魔して申し訳ありません」相手は礼儀正しく、頭を下げた。小柄だが、肩幅があり、がっしりとした体つきだ。「ええと、北山セツさんはいらっしゃいますでしょうか」

どちらさまですか、と訊ねると、これは失礼しましたと名刺を出してくる。

生命保険会社の名前があり、石黒市夫《いしぐろいちお》と名前があった。「セツさんに保険の話を聞いてもらっていまして」

「そうなんですか」初耳だった。大雑把《おおざっぱ》で、慎重さに欠けるあの義母と保険とはなかなか結びつかないが、あの人なりに将来についての考えがあったのかと新鮮さも覚える。

「わたしが代わりに聞けることなら」

「いえ、直接お話ししますので」石黒市夫は丁寧に言い、くるっと踵《きびす》を返すと背中を向けて遠ざかっていきそうだった。途中で立ち止まると、再びわたしのほうに近づく。先ほどの仕事としての顔とは異なり、好奇心のある表情になっていた。手で右の耳朶《みみたぶ》をこする。ずいぶん大きい。

「あなた、目、蒼《あお》いんですね」

目をまじまじ見つめられた。石黒市夫には失礼な様子や不気味さが皆無で、むしろ珍しい虫を見つけた子供のような純朴さが感じられ、わたしは不快にはならなかった。「よく言われます」

常に海を眺めているかのように蒼い、と昔から指摘された。

「ご両親のどちらかもそうですか」

「いや、両親はわたしが子供の頃に」

「ああそうでしたね」

そうでしたね、という相槌は妙だ。聞き間違えたのかと思ったが、家族の死の話題は保険会社の人間と遠くもないだろうから、義母が話した可能性はある。

「一方で、セツさんのほうは耳が大きいですね」

「でしたか」確かに義母の耳は大きく、尖《とが》っていたが、関心があると思われるのも不本意で、わたしはとぼけた。

「うまくやっていますか？」

「え」わたしは眉間に力を入れてしまう。なぜそれを、と訊き返しかけた。「何か、言ってましたか？」

「ああ、いえ」石黒市夫は取り繕うでもなく、手を左右に振る。「誤解させてしまい申し訳ありません。そういうわけではありません」

「それならどういう」

「セツさんと、お姑さんと、初めてお会いされた時、どう思われましたか」

「え」

「おそらく、お会いになるまでは、それなりにうまくやっていく自信があったんじゃないですか？」

そんなに昔のことを訊かれても、と思った。すでにたっぷりと暗色の絵具で分厚く塗り重ねられたキャンバスの、元の色を訊ねられたかのようで、わたしは実際、頭の中で乾いた絵具を少しずつ剝《は》ぎ取っていく感覚になる。そして、「そうだった」と思った。そうだったのだ。わたしは、直人の両親とうまくやっていける自信があった。

「愛してる人の親だから、大事にできるに決まってる」わたしは言う。「と甘いことを考えていたわけではないです。人と人との関係は難しいですから。どういう人間相手でも、すれ違いや衝突は避けられませんし、不満は溜まる一方です」

「その通りですね」石黒市夫は満足げにうなずいた。「どんな生き物も狭い空間に共存していれば、争いはじめます。人間関係において、絶対大丈夫ということはありませんから。愛し合っていた夫婦が、罵り合って離婚することはもちろん、尊敬していた師匠に弟子が愛想を尽かすことや、分かり合っていたはずのチームメイト同士が急に、相手を蛇蝎《だかつ》の如く嫌い合うこともあります。珍しいことではなく、よく」

「だからわたしも、安易に、義理の両親とうまくやっていけるだろうと思っていたわけじゃないんです。むしろその反対です。どう言えばいいのか」

「おっしゃることは分かります」石黒市夫は保険会社の社員とは思えなくなっていた。

「熊とうまくやっていけるのは、熊の恐ろしさを知っている者です。愛があれば動物とはうまくやっていけるはず、と無邪気に信じる心の美しさでは太刀打ちできません」

「まさにそれです」

「あなたは、人と人の関係について詳しく、つまり情ではなく技術的な理由から、うまくやっていけると思っていた。それが、実際に会ったらうまくいかなかったわけですね」

わたしは強くうなずきそうになり、はっとする。初対面の保険会社の男と長話をするのは無警戒すぎるのではないか。そう思うが、胸の内側からするすると言葉を引っ張り出されているような感覚になっていた。

「仕方がないんです」石黒市夫は言う。少し寂しげで、目には同情が溢れていた。

「え」

「あなたの力量や技術、心の問題ではないんですよ。それはお母さんのセツさんも同様です。先日、セツさんもおっしゃっていました。息子の嫁とはうまくやっていけると思っていたんだけれど、と」

「そう言われると、わたしがいけないように聞こえますね」

「そうなんです。いえ、あなたがいけないというよりも、あなたとセツさんとではうまくいかないんです」

「どうして」

「相性です」

「相性？」そんなもので説明づけていいのかどうか。

「ただし、規模の大きな相性です」

「規模の大きな、って何ですかそれは」わたしはようやく我に返り、冷静さを失っていたと気づいた。玄関前の立ち話で、初対面の男、保険会社の社員と話すような内容ではない。

「ご先祖様から伝わる因縁なのです、とか言わないですよね」

わたしは、相手が怒るかもしれないと思いつつ茶化《ちゃか》すように言ったのだが、想像に反し、石黒市夫は不快感を見せなかった。目を細め、「まさにそれなんです」と感心するように首を縦に振る。意味が分からずわたしが黙っていると、さらに、「お舅《しゅうと》さんとは、どうでしたか」と訊ねてきた。

「お舅さん？」直人の父、わたしの義父のことか。

「お父さんとは比較的うまくいっていたんじゃないですか」

ちょうど通りかかった近所の婦人、ピアノ教室をしている女性が、「こんにちは」と挨拶をしてくる。わたしの前に立つ男を気にするように、好奇心なのか警戒心なのか視線をやりながら過ぎて行く。それがきっかけとなったのだろう、石黒市夫も、長々と話してしまい申し訳ありませんでした、とお辞儀をし、門扉を開けて立ち去った。

義父は六年前、休日の夜に神社の階段から落ち、亡くなった。六十を過ぎたばかりでまだ若く、体は細いが植木職人としてずっと体を動かしていたからか足腰はしっかりし、健康そのものに見えた。同居していなかったが、会うたびにわたしに気を遣ってくれ、さほど面白くない世間話を、さも面白そうに話してくれ、わたしはそれを愉快がって、返事をした。悪い関係ではなかったと思う。もちろん、女性を男性より低く見る傾向はあり、嫁を小間使いのように思っている節は多々あったが、それは、義父の性格云々《うんぬん》というよりは世の傾向、男社会に根付いた感覚なのは間違いなく、わたしは、「罪を憎んで人を憎まず」の精神で、やり過ごすことができた。まれに義父の機嫌が悪く、八つ当たりをしてきても、特に苛立《いらだ》ちを覚えなかった。人間関係のストレスはゼロにはできない。うまく受け流し、あちらの不満をそれとなく吐き出させるくらいがちょうどいい、とわたしは知っている。

それがなぜか、義母とはうまくいかなかった。彼女の一言一言が頭の中に火をつけてくる。冷静に、水をかけ、鎮火させようとするにもかかわらず、それは決して消えることがなく、冷静な心をどんどん燃やす。罪を憎んで人を憎まず、どころか、坊主憎けりゃ袈裟《けさ》まで、の心境になった。わたしとしたことがどうして、と不思議だったが、やはり舅と姑とでは勝手が違うのだろうか、同性間だからこその斥力《せきりょく》というものがあるのだろうか、と考えていた。

ご先祖様から伝わる因縁なのです。

自分で先ほど発した言葉が、頭を過《よぎ》る。

洗濯物を洗濯機から取り出し、籠《かご》に入れると二階のベランダに行き、干しはじめる。洗濯バサミに靴下を挟ませながら、直人と初めて会った時のことを思い出した。

七年前の東海道新幹線だった。

指定席車両のその座席は、わたしが乗る時点では空《あ》いているはずだった。わたしが新横浜駅から乗り、通路側に座る。静岡駅から乗車する男が窓際に座る。そう聞いていたものだから、東京駅の時点ではじめから男がすでにいて、眠っていることに戸惑った。もちろん、うろたえたのは一瞬だ。わたしたちは、常に落ち着いていることが最大の仕事と言ってもいい。まずはその男のことを確認しなくてはならず、自分も眠ったふりをし、軽く寄りかかり、目を覚まさせる。それから、「どこまで行くのか」と質問をぶつけた。

そうしたところ、「明日まで。明日の日本に着くまで」と相手が、決められた合言葉を答えてきたため、わたしは、なるほど、と思った。なるほど、静岡から乗ってくる予定だったのが、急遽《きゅうきょ》、東京からに変更になったのだろう、と。

とはいえ、手順を踏まなくてはならないため、わたしは第二暗証、符牒《ふちょう》の確認として、「車内販売が来たら、何か頼みますか」と質問をした。

そこで、「昨日のビール」と返事があれば、本人確認は完了し、仕事の話、情報の交換をはじめることになる。

が、横の男は、「お茶」と答えるものだから、わたしはまた驚く。もちろん平静は装いながら、彼の反応を即座に観察した。ふざけている様子はまるでない。つまり彼は、符牒のことなど知らぬただの乗客だと分かった。となれば、最初の返事、「明日の日本」が合言葉と一致したのは本当にたまたま、偶然だったことになるわけで、そんなこともあるのだなとわたしは苦笑しそうになった。上司に話せば、だからこそ、符牒が二つあるのだと誇らしげに言われるのは間違いない。もしかすると今後、機関の講習で、暗証や符牒の話が出る際には、わたしのこの体験が事例として語られていく可能性があるとも思った。

この男は、席を間違えているのだろう。

それを気づかせる方法はいくつもある。だがわたしがすぐに、そうしなかったのは、その後で別の乗客と車内販売の女性の関係する小さな騒ぎが勃発《ぼっぱつ》したからでもあるが、それ以上に、もう少し一緒に座っていたかったからだった。気になったのだ。

二枚目であったり、運動能力が高かったり、冷静沈着で有能な男は、わたしの周辺では珍しくなかった。隣の男はそれに比べるとかなり弱々しく、だらしなく、頼りがいがないのは、一目瞭然だった。が、どこか魅力を覚え、それは単純に、わたしの好み、と合致しただけなのかもしれないが、安心感を覚え、可愛《かわい》らしいと受け止めた。

車内販売の女性を助け出そうと勇気を出したのも好感が持てた。わたしたち情報員は何よりも仕事の遂行が大事であるから、その最中に、無関係の出来事に遭遇しても、関与してはいけない。愛らしい犬が虐待されていようが、見知らぬ子供が誘拐されそうだろうが、自分の携わっている任務と無関係ならば、見て見ぬふりをする訓練を受けている。それに比べ、彼はシンプルな正義感に突き動かされているようで、そのことが微笑《ほほえ》ましく、酔った男に冷凍みかんをプレゼントする行動も可笑しくてたまらなかった。

しまいには、わたしのことを口説こうと思っている、などと言った。

わたしの胸は弾んだ。

その時点で、情報員として失格しはじめていた、とも言えるのかもしれない。

静岡駅から本来の仕事相手、情報交換する男が乗り込んできて、彼の座席間違いを指摘した時、これで別れてしまうことに寂しさを覚えたわたしは、咄嗟に彼のバッグから名刺入れを掏《す》った。まさかその時は、彼と結婚し、機関を辞めることになるとは想像していなかった。いや、正直に言おう。心のどこかでは、この男性と一緒に、穏やかな人生を送りたい、と思っていた。

わたしの勘は正しかった。

直人はわたしにとっては理想的な男性で、生活に不満はなかった。

誤算は、姑のことだけだ。人とのコミュニケーションについてかなりの訓練を積んできたわたしとしては、姑との同居くらいは余裕でこなせると思っていたが、甘かったのだ。

⚖

義母との軋轢《あつれき》は、初めて会った時から生じた。

それまでは余裕があった。「お義母さんに嫌われたらどうしよう」と初顔合わせの数日前に怯《おび》えてみせたものの、内心では楽観していた。

現役の情報員として機関で訓練を受けており、人とのコミュニケーション技術については一通り習得していたからだ。

国の機関といえども、もしくは国の機関だからこそと言うべきかもしれないが、メインの仕事は男がやり、女はそのサポート役という偏見が、偏見とも呼べぬほどの当たり前の考え方として定着していたため、はじめは各情報員の管理や、もしくは他国の要人をもてなすための接待要員のような仕事をあてがわれていた。かつてどこからどう見ても、わたしよりも能力の低い男が重要な任務につけられていることに腹を立て、直属の上司に抗議したことがあったが聞き流された。

機関内に、優秀な女性情報員がいなかったわけではない。上層部に食い込むほどの腕利きもいた。が、彼女たちはたいがい伝説、と言っては大袈裟《おおげさ》だが、語り継がれる存在となっており、女性が活躍するだけで語り継がれること自体が、公平でないことの証拠だった。辞めてしまうのも逃げ出すようで癪《しやく》だったため、給料をもらいながら格闘術や尋問術を学べるのなら、それはそれで人生においてプラスではあるだろうと割り切るような気持ちで、訓練を続けた。

結果、わたしは認められた。

とりわけ有能と判断されたのは、爆弾処理と、他者から情報を得るための観察力と交渉術だった。人間の心も爆弾と同じで、感情を起爆する配線を丁寧に辿《たど》っていけば、穏やかに、こちらの望むように扱える。

だから、甘く考えていた。

ヒューミントと呼ばれる対人諜報《ちょうほう》活動に比べれば、恋人の母親とうまくやるくらいはお手の物、そう思っていたのだ。

顔合わせの際、わたしは約束の時間よりも早めに、ラウンジに着いた。相手を待たせることは心理的に不利になる。直人の両親に対して、引け目を感じる要素は少しでも減らしたかった。裏を返せば、早めに着けば相手に対して優位に立つこともできる。だから、到着したのはかなり早めだったはずだ。

相手はそれよりも先にいた。

「いやあ、早く着いちゃってね。いつも暇なもんだから早め早めに行動することになっちゃって」と直人の父親は穏やかに言ってくれたが、母親のほうはむすっとし、わたしを睨《にら》みつけ、小さく溜め息を吐いた。

驚きはしたものの、わたしはもちろんそれくらいでダメージを受けることはなく、遅れたことを丁寧に詫《わ》びた。

「あ、みんな早かったんだね」直人は最後にやってきて、慌てた。

「本来なら待ち合わせて、二人で一緒に来るべきじゃないの？　わたしたちとこのお嬢さん、初対面なんだから」直人の母親は依然としてむすっとしていた。わたしのほうにはほとんど視線を向けないため、気に入らないのだなとは推測できた。まだ会話もほとんど交わしていない。わたしの言動がどうこうというよりも、見た目や雰囲気が気に食わないか、もしくは、一人息子の交際相手という一点ですでに敵視しているかのどちらかだ。

「いや、今日、日曜日だけれど一件、仕事が入っていたんだ」直人が説明をする。

「直人さんは待ち合わせて一緒にここに来ようと言ってくれたんですけど、わたしが一人でも大丈夫と言ったんです。お義母さんたちをお待たせすることになるのも申し訳ないですし、早く、お義母さんたちにお会いしたかったので」恋人を弁護しつつ、母親にも媚《こ》びてみる。

「一人でも大丈夫、とか言う人にかぎって一人では何もできなかったりするのよね」

棘《とげ》のある、棘の一つ一つに「嫌味」とシールを貼ってあるかのような分かりやすい嫌味をぶつけられ、さすがにわたしもたじろぎ、その後で、むっとしたが、感情を抑え込む。

自分の力を過大評価しちゃうんですよね。

照れ臭そうに笑いながら、あくまでも殊勝にそう答える。つもりだったが、口から出たのは、「そんなにムキにならなくてもいいかと思いますよ」という挑発するような言葉だった。箱の中に押し込めたはずの感情が、反発して飛び出した。

母親の目がこちらを向く。慣れない自らの感情に戸惑う。自身の失言に驚いたのか義母の反応に慄《おのの》いたのか。

全身の毛が逆立った。

「あら。どういう意味？」直人の母親は涼しげな口調で言った。「それはどういう意味？」

目を逸《そ》らしたら負けだ。

とっさにそう感じた自分にまた驚く。勝ち負けにこだわる必要がない場面なのだ。どうしてそう感じるのか。

その時、わたしの頬にそっと風が当たった。室内であるから、外から風が吹き込んでくるとは思えなかったが、涼しさを含んだ風を感じた。

しかも、潮の匂いがした。ほかのテーブルの料理の香りだろうかと気になるが、調べるわけにもいかない。

「まあまあ」直人の父親は初対面の時から人の良さそうな優しげな顔だった。

「おふくろ、ちょっとぴりぴりしているじゃないか。宮子だって、怖がるよ」

「わたしが怖いわけないでしょ」母親はそこで初めて笑った。「ねえ」

「ええ、怖くはないです」わたしは答えたが、それはそれで彼女からすれば不本意だったのだろうか、鋭い視線で射るようにしてきた。

なかなか手強《てごわ》い、一筋縄ではいかない、と思いつつも、ここから関係性を築き、信頼を得ていくことを、やりがいのある訓練のようにも感じた。

直人の父親が気を遣い、いくつか質問を投げかけてきた。正直に話せる部分はそのまま話し、そうでない部分は、たとえば機関に勤めていることは最たるものだが、嘘をついた。そのままなら顔合わせ自体は滞りなく終わったのだろうが、そうはいかなかった。

「お客様、こちら、落とされています」

横に、黒のベストを着てぱりっとしたウェイターがいて、ナプキンを拾ってくれた。膝に置いていたはずがいつの間に、とわたしは礼を言い、新しいナプキンを受け取る。向かい側に座る直人の母親が厳しい目で睨んでいるのは、見なくとも察した。物を落とすなんてだらしない、とでも言いたいのだろう。この程度の失点も許されないのか。わたしは腹を立てるよりも、これは気が抜けない、と背筋が伸びる思いだった。厳しい試合は望むところだ。

ナプキンを広げようとしたところで、その隅にサインペンで小さな三角形が書かれていることに気づいた。はっとしたが、それを表情には出さない。

わたしは少し恥じらいを浮かべながら隣に座る直人に、「トイレどこかな」と囁《ささや》く。

ラウンジを出て、ホテルのフロントがあるほうへと歩いていけばトイレの案内がある。

ナプキンに記されていた印は、わたしたちが使う符牒だった。重要な任務にあたる前は念入りに段取りを決めるが、いざ本番となれば何が起きるかは分からない。臨機応変に対応し、作戦を練り直していく必要もあるため、野球チームが試合中に出すサインのように、いくつかの簡単な合図は用意されている。

あの三角形はこう言っている。

――情報を交換するから一番近いトイレに向かえ。

人目につかぬように打ち合わせができる場所は限られている。映画館やエレベーター、エスカレーターのすれ違いを使うこともある。出入り口近くに設置された長椅子が目に入り、トイレの中に入る必要がないことは分かった。

わたしが端に座るとすでに腰を下ろしていた男が顔を上げ、「よお」と挨拶をした。お人好《ひとよ》しがスーツを着たような、なごやかな外見の彼は、わたしより一回り年上の情報員だった。「偶然だね、ここに用事が？」

どうしてここに？　と思うと同時に、彼らの班がひと月前から関わっている案件のことが頭に浮かぶ。行方の分からない他国の工作員を追っているのだ。

言葉を使わずに情報のやり取りをする方法はいくつかあるし、ほとんど独り言のような喋《しゃべ》り方で会話をする技術もある。が、この場では、むしろ偶然会った会社の同僚同士を装うのが最も効率的で、スムーズだと判断したのだろう。

「そこのラウンジで、彼の両親と会っているんです」これは隠す必要がない。

「へえ。それはそれは」

「仕事ですか？」

「まあね。お得意さんが予定を前倒しにするって連絡があって」得意先の我儘《わがまま》に苦笑する営業社員の、諦めまじりの反応に見えるが、彼らが追っているのは、未知の神経毒をばら撒くために潜伏している工作員であるから、相当、神経を磨《す》り減らしているはずだった。

「どういう方か分かったんですか？」

班が違っているとはいえ、わたしたちの機関ではお互いがサポートし合う。何しろ、わたしたちの任務の目的は、大雑把に言ってしまえば「国益」であって、その「国益」に関する案件となると、結局のところ、根っこの部分ではつながっていることが多いのだ。「危険」を掘っていけば、だいたい、「米国《アメリカ》」か「ソ連」のどちらか、もしくは両方の問題にぶつかる。好むと好まざるとにかかわらず、協力するのは自然なことだ。

「それが分からないんだ。どういう人なのか」

「だとすると、大変ですね」

ひと月前、ソ連から神経毒が持ち込まれたことが分かった。都内でそれを使い、大量殺人を起こすつもりだという情報も手に入っていたが、計画はもう少し先だという話だったのだ。それが今日？　よりによって、このホテルで？

「わたしも何かお手伝いしましょうか」そうは言ったものの答えは想像できた。案の定、彼は、「いや、これはこっちの仕事だからね。ただ、一応伝えておこうと思っただけなんだ。君たちが巻き込まれるのは良くない」と肩をすくめた。「君たちは別の場所で、ゆっくりしてもいいんじゃないかな」

ここから避難したほうがいい、と助言してくれているのだ。

わたしたちの仕事は、警察のそれとは異なる。これが一般的な大量殺人犯であれば、警察が大規模警戒を行い、ホテル利用者を片端から安全な場所へ誘導するだろう。

が、わたしたちの仕事の優先順位は違う。一番に守るべきは一般国民の安全や社会の治安ではなく、国益だ。そのためには、人命の優先度は下がる。

今回の件に関して最も重要なのは、「工作員と新型神経毒のことを、日本は知らない」と思わせることだった。ソ連にはもちろん、同盟国である米国に対してもだ。いや、米国にこそ、と言うべきかもしれない。

そのためには、犯人を捕まえるために派手なことをしてはいけない。わたしたちの機関がおおっぴらに行動することはできない。状況によってはすべてを見て見ぬふりをする必要すらあった。ラウンジに戻ると、それとなく周囲を窺った。機関の情報員が数人、客を装い座っていることが分かる。ウェイターもおそらく、メンバーの一人だろう。

「それで、あなた、得意なこととかあるの？　お料理とかお裁縫はできるの？」席につくと、直人の母親が無表情で訊ねてきた。何か取柄があるのかしら、あるわけないわよね、と小馬鹿にされているのが分かる。

不愉快な感情が湧くのを抑えた。いつもであればその程度のことは軽く受け流せるのだが、工作員が潜んでいる可能性が気になり、頭の中が冷静さを欠きつつあった。料理も裁縫も人並みにはできることを伝えたが、焦っているがゆえに少し尖った口調になったかもしれない。とはいえかまってはいられない。

直人の母親が、「トイレどこにあるの?」と訊ねる。わたしの後で彼女も席を立ったが、トイレの場所が分からなかったのだという。

わたしがトイレのある方向を話すと、直人の母親はラウンジから出て行った。忙《せわ》しい歩き方のせいか迫力があり、歩き方で不機嫌を表現する競技があれば、かなりいい線いきそう、と思った。

彼女がいなくなったのは幸いで、わたしは、「あの、実はさっきトイレに行くときに」と直人に話す。直人に向けて話しながらも、直人の父にも聞こえるように、と声量を調整した。「スリの被害があったとか、そんな話が聞こえちゃったの」

「え」

「ちょっと怖いから、別のお店に移動しませんか?」

とっさに思いついた口実は最上のものとは思えなかったが、悪くはない。直人はすぐには状況が理解できていない様子だった。

「スリ？ってあのスリ？」父親のほうが、のんびりしつつも野次馬心を刺激されたのか首を伸ばし、周囲を見渡した。

悠長なことは言っていられない。

そこで直人の母親が戻ってきた。往路と同じくのしのしと来るものだから、小柄な老婦人の椅子に体をぶつけてしまう。老婦人はテーブルの上に置いていたバッグを危うく落としかけたが、直人の母親は気にもかけず戻ってきて、わたしの正面に腰を下ろす。「で？何の話だったかしら」

「あ、ちょっとお店を変えようと思って」直人が説明する。

母親は眉間にくっきりとした皺《しわ》を刻み、わたしとは目を合わせないようにした。「スリ？そんなことあるの？」

「あ、さっき実はロビーのところでそういう話を耳にしたんです」わたしが言うと、母親はついにわたしにまっすぐ、刺すような眼差《まなざ》しを向けた。痛みすら感じるような鋭い目つきだった。「あら」と言う。「あら、単にここにいると都合が悪いんじゃないの」

「都合が？　わたしがですか？」

「見られたくない人がいたんじゃないの」

「見られたくない人」わたしは見当がつかないものだから、ただ復唱するようになった。

「直人のほかに交際している男がいるとか」

思わせぶりな言い方は、冗談ではなく、彼女が本気である証拠にも感じられた。

混乱したのは一瞬だった。

先ほどトイレの前で同僚と会って話していたのを見られたのでは？　と気づいた。

「その男がこのへんにいるから、動揺しちゃったとか？」

いつ見られたのか。わたしは舌打ちをこらえる。トイレの場所が分からず戻ってきた、と言っていたのは嘘だったのかもしれない。

「おふくろ、ドラマの見すぎだよ」

頭を回転させる。誤解を解くべきだとは思ったが、誤解されてでもいいからこの場から離れるべきだ、という考えもあった。直人をはじめ、わたしたちが大きなトラブルに巻き込まれることに比べれば、「わたしに、ほかの男がいるのでは問題」は些末《さまつ》な話だ。どういう方向に誘導すべきだろうかとわたしは思案する。

ラウンジ内に動きがあった。

ばらばらに座っていた、ばらばらの客たちがあたかもおのおのの事情でばらばらに立ち上がったという様子で、席を移動しはじめたのだ。会計を終える者もいれば、人を探しにロビーに出るような素振りの者もいる。ラウンジのすぐ近くに公衆電話もあったから、電話をかける者もいただろう。さすがと言うべきか、当然と言うべきか、同僚たちはみな自然な動きだ。

「ちょっと、わたしの話聞いてるの？」

直人の母親が言うので、はっとする。いえ、そんなことは、と取り繕うが、彼女の目は明らかに怒っていた。

「やっぱり、あなた、隠し事があるんじゃないの」

「おまえ、そんなに怖い言い方をしなくても」

「そうだよ。それよりも、スリの話は怖いね」ありがたいことに直人のほうは、母親の疑惑に耳を貸そうとしなかった。

「あの、とにかく、お店を変えたほうが」

「まだ頼んだものが来てないのに？」直人の母親はむすっと言ったかと思うと体をひねった。「ちょっと、お店の人！」と大きな声を出し、手を伸ばした。注文した品はまだなのか、と問い合わせたかったようなのだが、声が大きく張りがあるため、周囲の客たちがいっせいにこちらを見てきた。

「おふくろ、声がでかい」「おい」直人と父親が囁き声でなだめるように言うが、彼女は気にした様子もなく、むしろいっそう声を大きくし、「ちょっと、早く来てよ」と後ろを見ながら手を振った。

わたしの座る位置からは、ウェイターが慌てて近づいてくるのが見えた。気が急《せ》いていたからだろう、テーブル間を通り抜ける際、体をぶつけてしまう音がする。

先ほどの老婦人のテーブルからスプーンが落ちるところだった。ウェイターがはっとし、「申し訳ありません」と謝ったが、彼女は反応良くスプーンが落ちる前にそれを拾った。

あまりに反応が良かった。

ほかの誰も疑問に思わなかったようだが、わたしは、その女性が反射的にスプーンをキャッチした姿に違和感を覚えた。

どこからどう見ても高齢の女性だったが、白髪が本物とは限らない。本人は下を向き、デザートのようなものを食べるのに専念しているが、それは気配を消すためにも思えた。

テーブルの上に小さなバッグを置いている。

腕時計を確認した後で、その老女が席を立った。

気になる。

ラウンジ内の同僚はみな消えていた。

わたしが確かめるしかない。

考えるより先にわたしは直人に、「ごめんなさい。おなかが痛くなってきちゃった」と言っている。

「え、大丈夫？」

「緊張しちゃったからかも」

「ほら、おふくろが怖いから」

「わたしが何をしたって言うのよ」直人の母親は言った。ウェイターが来たので、「わたしの頼んだカフェオレはまだなの？　カフェオレは」と問い質《ただ》している。

少々お待ちくださいませ、とウェイターが頭を下げたところで、「ごめんなさい、もう一回トイレ」と小声で直人に告げ、わたしはラウンジを出た。

トイレに向かう老女の足取りはきびきびとしていた。その時点でわたしはほぼ確信していたと言っていい。早足で距離を縮めると、ロシア語で呼びかけた。

老女は明らかに、一瞬ではあるが、歩く速度を緩めた。とっさのことに反応してしまったのだろうが、その後は、そ知らぬ様子で前に進む。わたしは大股で距離を縮める。タイミングを計り、後ろから右足をすっと伸ばし、老女の歩く動作に引っ掛けた。

「大丈夫ですか？」

周囲からは転んだ老人に慌てて駆け寄るように見えただろう。わたしは、彼女が体勢を立て直すより先に、その体を押さえ込み、手首を強く握った。

動いたら骨を折るからね。と耳元で囁く。

「大丈夫でしょうか」ロビーからホテルマンが足早にやってきたので、「ええ、トイレに行きたいようなので、連れて行きます」と即座に答えた。わき腹に突きを入れたため、老女は苦しそうな顔をし、喋ることはできない。

幸いなことにトイレ内には誰もいなかった。わたしはすぐさま個室に老女を連れ込む。

弱々しい悲鳴じみた声を出すものだから、もしかすると本当にただの高齢者だったのか、とわたしははっとしてしまう。そこを狙われた。振り返った老女が手を繰り出してきた。針のようなものが光り、わたしは避ける。相手の関節に手刀を入れる。相手はかくんかくんと肘と膝を折り、よろめいた。

そこからは息を止め、必死に動くほかなかった。鳩尾《みぞおち》を指で突く。呻いている隙に、わたしはトイレットペーパーを勢いよく引き出すと丸め、口の中に押し込む。ポケットから小さな拘束具、指錠《しじょう》を取り出した。彼女の両親指にその輪を通し、ロックするとそのチェーンを便器のパイプにぐるぐる巻きにし、固定する。その時点ですでに彼女の白髪が外れ、よくできた鬘《かつら》だとは判明していた。実際は、小柄であるものの若い女だ。彼女のバッグを奪うと、中にプラスチックの小瓶が数本入っていた。

わたしは個室の鍵をかけてから、ドアの上から出る。トイレの外に、「清掃中」のパネルを置く。

運が良かったのは、すぐに同僚が見つかったことだろう。エレベーターホールのほうから背広を着た男性がやってきた。こちらに気づいた様子ではあったが、任務の最中であるから素通りしかけたため、わたしは声をかける。

相手は、任務中にどうして話しかけてくるのか、と目を剝《む》いた。知らないふりを通すべきだろうに、と。こちらとしてはかまっていられない。

「女子トイレの個室に、お得意様がいるから、あとはよろしく。たまたま見つけられたの」とバッグを渡す。「中に忘れもの。貴重品」

貴重品とは、爆発物などの探索中の目的物を指す。

私の同僚たちは囮《おとり》に誘導されていたに違いない。情報が操作されていたのだ。その隙に、あの老女に扮《ふん》した工作員が行動に出る予定だったのだろう。

わたしはラウンジへと戻る。腕時計を見れば、それほど時間は経っていなかったのだが、ラウンジには直人だけがいて、「ごめんよ。おふくろが機嫌損ねて出て行ってね。親父が追いかけていったんだけれど」と困った顔をしていた。


義母との関係がぎくしゃくしたのは、初対面のあれがいけなかったのだろうか。

もちろん、あれは必要なことだった。わたしがいなければ、神経毒を使った騒動が起きていたのは間違いない。のちの組織内の検証でもそう言われ、わたしは、「退職前に大仕事をやった」と表彰されることになった。

とはいえ、直人の両親からすれば、そのようなわたしの活躍は関係がない。交際相手の両親との顔合わせの際に、たびたび席を立つ、無礼な女と認識されたに過ぎないだろう。

最初の印象が悪すぎた。失敗した。義母との関係がうまくいかない時、つまりたいがいの時ではあるのだが、そのたびにわたしはそう思った。

が、今は少し違う。

先日、家にやってきた生命保険会社の営業社員、石黒市夫の言葉が頭に残っていた。わたしと義母との間には、「規模の大きな相性」の問題がある、と彼は言った。遠い昔からの因縁のせいだとするのなら、第一印象がどうこうというレベルの話ではないだろう。

とはいえ、それもまた受け入れがたいのも事実だ。だとすれば簡単には解消できない。


「お父さんには本当に助けられてね」私の隣を歩くＯ先生が言ってきたので、「はい？」と聞き返してしまった。

上を見れば青空、足元に目をやれば緑の芝が広がるゴルフ場のフェアウェイだ。ゴルフクラブの入ったバッグを担ぎ、きびきびと歩く体は、常に屋内で仕事をしている医者のものとは思えない。「私よりもよっぽど足腰がしっかりしていますね」と言ったところ、「もう、病院は息子たちに任せきりで、暇だからね。むしろゴルフばっかりやるから、体が丈夫になった」と笑っていた。

Ｏ病院といえば歴史ある大病院で、Ｏ先生はつい最近、息子夫婦に実権を譲ったが、それでもほかの病院への影響力を持っていた。私は今までまともに話をしたことがなく、ただ、偏屈な頑固者、という印象を持っていた。製薬会社の営業社員たちの間でそういった噂がよく流れていたのだ。変わり者で、接待の誘いにも乗ってこないし、薬の説明にもたついているとすぐに怒る、とも聞いた。それに比べれば、息子夫婦は話が分かるから世代交代したのは本当に良かった、とみなが嬉《うれ》しそうに語っているのを耳にしたこともある。

ただ、実際に会ってみると、O先生は頑固でも変わり者でもないように感じられた。今朝からゴルフを一緒にしただけ、しかもハーフを回り終えたところであるからほとんど何も知らないようなものだったが、それにしても、彼はごく普通の常識人に見えた。

なるほど、と気づくのにそれほど時間はかからない。

高級なバーでの接待を断るのはおかしい、と感じる私たちの感覚のほうこそが麻痺《まひ》しているのだ。製薬会社の営業社員に、薬の説明を求めることは当然のことで、その能力が低い者に対して腹を立てるのももっともなことだと言えた。

O先生は私より背が低く、頭髪も薄く、皺も多かったが、いいショットを打つと子供のような笑顔を浮かべ、若々しかった。

「あのじいさん、上手《うま》いもんだな」ハーフを終えた時、私と二人きりになったところで綿貫さんが感心して言った。

「運動神経がいいんですかね」

「でも、北山、どうしておまえが指名されたんだろうな。心当たりはないのか」

「ないです」

嘘ではなかった。O病院の営業担当は綿貫さんのグループだった。その綿貫さんが、現院長となったO先生の息子と銀座で飲んでいたところ、「そういえば、おたくに北山って営業社員いる？　うちの親父がゴルフ行きたがっていたよ」と言ってきたというのだ。

十ホール目に入った一打目、私はプッシュアウトが出てしまい、右方向に外してしまったのだが、O先生も同じ方向に飛ばした。カート道とは離れていたこともあり、二人でフェアウェイを並んで歩くことになり、そこで、O先生が私の父の話をしてきたのだ。

「父をご存じなのですか」

「実はね」彼は顔をくしゃっとし、「小学校の同級生なんだよ」と言った。父の出身は群馬だったはずだが、幼少期のことはあまり聞いたことがなかった。特に隠したい様子でもなく、父自身がよく、地味な子供だったから取り立てて喋るようなエピソードがない、と自嘲気味に言っていた。

O先生は父と小学校のクラスが数年一緒だったという。

「北山君には勉強を教えてもらったんだ」

「父が？」

「勉強ができたんだよ。私は本当にだめでね。ことに暗記科目が苦手で。歴史の授業なんて頭にまったく入ってこなかったんだ。大昔の話なんて、どうでもいいと思ってね。北山君は歴史に詳しくて、やれ聖武《しょうむ》天皇がどうこう、やれ源頼朝《みなもとのよりとも》がどうした、と語ってくれて」

「すみません」私はなぜか謝っている。

「おかげで私も興味が出たんだ。教科書に載っている歴史上の人物が、年表のような薄っぺらいものじゃなくて、地面の上でちゃんと生活していた、自分たちと同じ人間だと感じられたんだ。聖武天皇にも頼朝にも物語はある。あそこで落ちこぼれなかったからこそ、私は医者になれたんだから、北山君は恩人みたいなものだよ」

「それは言いすぎでしょう」私はもちろん、打ち消すように手を振る。「そんなことを今になっても覚えている先生のほうがすごいです」

「北山君は、君のお父さんは優しかったからね。私は、いつも威張っていたからみんなに嫌われていて、それでも彼はよく話しかけてくれたよ」

父はいつも穏やかだったが、真面目で無口な植木職人であったから、子供時代もいつも教室の隅でおとなしくしていたのだろうと思っていた。

さらにO先生は、「いや実はね、六年か七年くらい前だったかな、お父さんと会ったんだ」と言った。

「え」

「たまたま地下鉄で会った。私はふだん、車で移動しているから本当に偶然だったんだ。でも、私はすぐに、北山君だと分かった」

O病院のO先生は私からすれば、院長の肩書きを息子に譲ったとはいえ、大きな力を持った、常に神経を尖らせて接するべき得意先で、会社の利益にも関係する存在だった。その彼と自分の父が親しかったと言われると、どう接していいのか分からなくなる。

「久しぶりに会って、うれしくてね。彼は早く家に帰りたかったんだろうが、私があちこち店に連れて行って。その時に、君の話も出たんだ。製薬会社で働いているとね」

「そうだったんですか」

「ただ、ここからが彼らしいところなんだけれど、どこの会社かは言わないんだよな。私が、彼との関係を気にして、たとえば息子の、ようするに君の会社に配慮するようなことがあったら良くないと思ったんだろう。君自身のためにもならないと言っていたな。生真面目だね、本当に。植木と一緒で、手を加えないで済むならそれが一番だから、と分かるような分からないようなことを言っていたよ」

私は相槌を打ちながら、当時、父はそんな素振りをまったく見せなかったなと思った。

「仕事はどうだ」とは問われたことがあったが、それ以上に踏み込んだ話はされなかった。

「とはいえね」O先生は言うとアイアンを構えた。ラフに入った自分のボールを見下ろし、第二打の準備に入った。私は少し離れたところに立ち、スイングを見守る形になる。

　クラブが弧を描き、心地よい音とともにボールが空を刺すように飛んだ。

「とはいえね」O先生が話を再開する。「狭い業界だし、北山という名前も多くはない。すぐに君の存在は分かったんだ。ただ、君のお父さんとの約束もあるし、私も自分の息子に全権を委ねるつもりでいたから、でしゃばることはないだろうと」

　だから特に、私に接触することもなかったという話だった。

「それが今回どうして」ゴルフに誘ってくれたのでしょうか。

　私の球もラフの茂みに転がっていた。O先生と同じくアイアンを持つとグリーンの位置を確認して、素振りを一回した後で打球した。

　細かく刻むつもりだったが思った以上に会心の感触があり、遠くまで飛んだ。広がる青空が胸にも溶け込むような心地よさが、体に広がる。

「北山君が亡くなったことを最近知ってね」二人でまた歩きはじめたところでO先生が言った。心底寂しげで、子供が迷子になったかのような、あどけなさすら顔に浮かんでいる。医者というものは人の死には慣れているのだとばかり思っていたものだから意外だった。

　父の葬儀はこぢんまりとしたものだった。隣の古谷さんご夫妻をはじめ、町内の人や昔から庭木の仕事を依頼してくれていた人が参列してくれたが、決して規模の大きなものではなく、目立たず実直な父らしいものだったと言える。

「父のことを連絡できずに申し訳ありませんでした」私は謝る。「まさか、O先生がうちの父と知り合いだったなんて」

「いやあ、それは仕方がないよ。小学校の同級生に過ぎないんだから。ただ、いったいどうして亡くなってしまったのか知りたくて」

私は空を、仰ぐというほどではないが、青さを確かめるように見た。茫洋《ぼうよう》たる大海を思わせる晴天は、不幸を一切合財《いっさいがっさい》帳消しにする爽やかさを発散させている。人の死の話とは不釣り合いに感じる一方で、こうしている今もどこかで、死を迎えている者や病に苦しむ人間がいることにも思いを巡らせたくなる。

「恥ずかしながら、と私が言うのも変かもしれませんが、神社から落ちてしまったんです。ああ、違います、神社の階段からです。転んで、神社の階段から落ちて」

そこではじめてO先生の顔が少し強張った。「事故だったのか」

「そうですね。思いも寄らない感じで」

実際、私は父の死についてはしばらく受け入れられなかった。過去にも仕事中に脚立から落ちて手首を折ったことや、バラの手入れの最中に棘で血だらけになったことはあったから、それと同じように、またしくじったのだな、という感覚にしかなれず、父と今後会うことがないとは信じられなかった。

「病気ではなく？」

「ではないんです」どうして念を押すように確認してくるのだろうと思いつつ私はグリー

ンの見える方向へと歩いていく。

すでにカートで到着していた綿貫さんと、病院スタッフがグリーン近くに立っていた。O先生はそれ以降、スコアこそ良かったものの、口数が減ってしまう。途中で綿貫さんが、「北山、何か機嫌を損ねたのか」と気にしてくるほどで、私は慌てて、「いえ、特に」と答えた。父の話をしただけだった。もちろん私にはそのつもりがなかったとしても、失礼なことを口にしていた可能性はある。

幸いにも、O先生が機嫌を損ねていたわけではないことは帰る直前に分かった。ラウンドをすべて終え、ゴルフ場の駐車場に荷物を運び、綿貫さんがトイレに行くというので待っている時に、大股でO先生がやってきて、「こんなことを言うのも何だけれど」と話をしたのだ。

「どうされたんですか」

「お父さんの事故は、特に変わった点はなかったのかい」

「変わった点？」

「誰かの故意が関係しているような」

彼の真剣な目つきを見て、事故ではなく誰かの故意による死を心配しているのだと察した。「あの、それはどういう意味ですか」

「久しぶりに会ったと言っただろ。その時に北山君が、気になることを言っていたんだ」

「気になることというのは」

O先生は顔を引き締めた。検査結果をもとに重大な病を告知されるかのような気持ちになり、手足の先から血が引く感覚に襲《おそ》われた。

「お互い飲んでいたから冗談だと思っていたんだが、さっき転落事故だったと聞いて、引っかかってね」

殺人と事故死の見分けはつくものなのかい。

父はそう言ったらしかった。

どういうことだ、とO先生が聞き返すと、「たとえば、俺がどこからか突き落とされるようなことがあったらどうなるのかなと思って」と父は答えたという。

「なんと答えてくださったんですか」

「そういうのは警察の仕事だからね」O先生が笑う。「検死やら、動機の捜査やら、そういうのは警察だろ？　北山君にもそう答えたよ。ただ、誰かに突き飛ばされたとしても不自然なことがなければ、事故死だと思われることもあるだろう、とは言ったよ。警察だって、何でもかんでも疑うわけにはいかないから。でも本当に事故で亡くなっちゃうなんて。しかも」

「階段から落ちて」

「何か予感があったのかな、彼は」

「事故に遭うような。というよりも、それは本当に事故だったのかい」

「え？」

「恐ろしいことを言って申し訳ないけれど、誰かに突き飛ばされたということはないのかい」Ｏ先生は言った後で、「いや、すまんね」と自ら打ち消した。「北山君が事故と殺人の話をしていたものだから、ふと思ってしまっただけで。普通に考えれば、階段から落ちただけだろうね」

　ではまた、今日はありがとう、とＯ先生は挨拶をして、自分の車に向かって行ってしまう。入れ替わるようにトイレから戻った綿貫さんが、「機嫌悪かったわけじゃなさそうだったな。というよりも親しげだったじゃないか」と言った。「気に入られたのか」

「とんでもないです」

「ポイント稼げたんじゃないか」綿貫さんが言う。

「ポイント？」

「北山にも追い風が吹いてきたかもな」

直人は何気ない気持ちで話したのだろう。ゴルフに行き、業界ではそれなりに有名な病院長と親しくなれたことが嬉しかったのかもしれない。実はこんなことがあってさ、の気楽さで、その病院長との話を聞かせてくれた。「親父と小学校で同級生だったらしくて」と。直人の驚きは理解できたが、わたしが気にかけたのは、義父がその医者に洩らしていた言葉だった。

殺人と事故死の見分けはつくのか。

その質問は、雑談というよりは冗談に見せかけた医師に対する相談だったのではないだろうか。いったいどうして。答えを見つけ出すのにさほど時間はかからなかった。義父は自分がいつか事故に見せかけ殺害される恐怖を抱いていたのでは？

職人気質《かたぎ》で穏やかな義父は、敵対する相手といえば、庭木に巣を作る蜂や毛虫などの害虫程度しかいなかったように思えた。いったい誰に恨まれるというのか。わたしは自分にそう問いかけたが、答えはすでに用意されていたと言ってもいい。

翌朝、直人の出勤後、わたしは部屋に掃除機をかけた。同居してからというもの、家事の大半はわたしの分担となり、掃除については自分なりの手順でやっていたのだが、効率が悪いであるとか余計に汚すであるとか義母から嫌味をぶつけられたために、今では、義母に教えられたようにやる。決められた段取りどおりに物事をこなすのは、爆弾の解体処理をこなしてきたわたしからすればさほど難しいことではない。ただそれでも時折、「宮子さん、どうやったらそんなに雑にできるの」と小馬鹿にした言い方をされる。

「お義母さんに教わったとおりにやったんですけど」

「わたしの教えたとおりなら、こんなに埃《ほこり》が残るわけないでしょ」

俺の作戦通りにやったのであれば試合で負けるはずがない、負けたからには作戦通りやらなかったのだ、とのたまう監督のようだ。

腹が立ったことで、腹をくくった。わたしはなるべく自然に、まさにふとただ思いついただけといった態度で、「そういえば、この間、生命保険の方と玄関のところで会ったんですけど」と話をした。

「保険の？」義母は一瞬、きょとんとした。その後で眉をひそめた。「勧誘？」

「お義母さんに話があったみたいでした」嘘ではない。石黒市夫と名乗った彼は、保険の話を義母とするために来たと言っていた。「保険、入られるんですか？」

「何言ってんの。縁起でもない。保険ってのは、死ぬのが前提の話なのよ」

お義母さん、人間は死ぬのが前提です。わたしは言いかけたが、あまりに馬鹿らしいのでやめた。代わりに、「保険、入っていないんでしたっけ」と訊ねる。

「ないわよ。あなた、入りたいの？」

絶好のパスが来た、と言っていい。わたしはすかさず、「そういえば、お義父さんはどうだったんですか」と言葉を滑り込ませた。「あの事故の時、保険は」

義母は顔を強張らせた。「何？　何が言いたいの？」

ムキになった口調で、しかも、硬直の前にぴくっと引き攣ったのをわたしは見逃さなかった。取り繕っているのは明らかだ。情報員時代、人との駆け引きについては徹底的に学ばされた。相手の嘘を見破り、意思をコントロールする術を叩《たた》き込まれた。いわばわたしと義母とでは、尋問についてプロとアマチュアの差がある。

「前に直人さんが、お義父さんの保険金が入ってきたと言っていたことがあったような気がして。どういう内容の保険だったんですか」

「直人が？　直人がどうして」

どうして知っているのか、と彼女は言いかけた。すなわちそれは、「知るわけがない」と白状しているようなものだ。

さらに畳み掛けようとしたが、やめた。一息に止《とど》めが刺せるほどの武器がこちらにあるわけではなく、のらりくらりと言い逃れられては意味がない。持っている弾は、効果を見ながら撃つ必要がある。むやみに使い果たしてはいけない。

話をうやむやにするようにわたしは掃除機のスイッチを入れた。義母は話題が宙ぶらりんになったものの、自分からほじくる気にはなれないのだろう、近くをうろうろしていた。最終的には居心地が悪かったからか、普段はまるでやらない庭の手入れをはじめた。

「お義父さんが亡くなったのって何年前だっけ？」

その日の晩、義母が古谷さんと出かけたのをいいことに、夕飯の最中に直人に訊ねた。

「どうしたの急に」

「昼間の番組で、似たような事故のことをやっていたから気になって」このあたりの嘘を自然につくことは、私には簡単だった。「ほら、この間のゴルフの時の、病院長さんだっけ？　同級生だった。あの話もあったから思い出しちゃって」

「六年になるかな。いまだに実感ないな」直人は言いながら仏壇に目をやる。そこには、少年のように微笑む義父の写真があった。

「わたし、あまり詳しく知らないんだけれど、お義父さん、どうして夜に神社なんて通っていたの？」

「あの頃、親父の習慣だったんだよ」

「神社に行くのが？」

「いや、カラオケ。神社の向こう側にカラオケスナックがあって」

貨物用コンテナを利用したカラオケ専用の小さな店ができはじめる前の頃だ。義父は余裕があればその店に行き、近道として神社を通過して帰ってきたらしい。

「それで階段、踏み外しちゃったんだね」

事故の状況を聞き出す。直接的に質問しては怪訝《けげん》に思われるだろうから核心に触れることはせず、周辺を撫でるように、それは問いかけの形式を取ることもあれば、確認の形を取ることもあるのだが、直人から回答を引き出す。

転落した義父が発見されたのは、夜も遅かったことから死後数時間が経ってからだったという。たまたま車で通りかかったデート帰りのカップルが見つけてくれたらしい。つまり、どのように義父が階段から落ちたのかははっきりしていないのだ。

「転んだ時の目撃者はいなかったのかな」

「そのあたりはおふくろが警察から説明を受けたんじゃないかな」

警察から連絡があった時、義母は家で寝ていた。が、もちろん本当に寝ていたかどうかの証言者はいない。

気づくといつの間にか直人が、テーブルの上に小さな器具を取り出していた。

「会社で余っていたんだ。誰かがもらってきて、そのままになっていたみたい」

「小学校で昔、使ったやつ？」

「そう、上皿天秤《うわざらてんびん》って言うんだっけ」直人は手元の天秤の左右の皿に、分銅《ふんどう》を載せている。

分銅が入れ替えられるたび、かちゃんかちゃんと左右に傾いた。「当たり前だけれど、同じグラムのを載せると綺麗《きれい》に釣り合うね」

ピンセットで小さなアルミ製の欠片《かけら》を右側に置くとゆっくりとそちらに傾く。

わたしは公園に置かれたシーソーを思い出していた。あっちが沈んだかと思えば、こちらが沈み、飛び跳ねれば高くなる。

バランスの問題のことを考える。

機関に勤めていた頃、わたしは上司との打ち合わせの際に、「このままではアメリカを出し抜くことはできないですよ」と言った。

念頭にあったのは当時、発覚したアイヴィー・ベル事件だ。アメリカがオホーツク海で、ソ連軍の海底ケーブルに仕掛けを施し、盗聴をしていた。元NSA職員の裏切りにより発覚し、ソ連が慌てて対処したが、驚いたのは日本も同様だった。そのような作戦が行われているという情報はまったく入ってきていなかったのだ。アメリカからすれば、日本は自分たちの下部組織という認識であるから、手の内をすべては明かさないことは当然だったのかもしれないが、日本側としては不意打ちを食らったようなものだった。そのことで、アメリカはこちらの味方ではあるが、こちらに腹を割ってはくれない、という事実を日本も意識せずにはいられず、国内における独自情報機関を強化する動機となった。

わたしは、情報機関の能力としてはアメリカと対等、できれば追い抜くべきだという気持ちが強かったのかもしれない。

上司にはなだめられた。「日本の野球がいくらがんばってもメジャーリーグに太刀打ちできないように、さすがに難しいよ。出し抜くなんて夢のまた夢だ」

「そのうち日本人もメジャーリーグで活躍するんじゃないですか」わたしがムキになって言えば、「言うのは簡単だけどねえ。夢物語だよ」と鼻であしらわれた。

わたしは心の中で上司を冷たく軽蔑しかけたが、彼の発した、「煎じ詰めれば、バランスの問題」という言葉には納得する部分もあった。

米ソ冷戦時代にあって、どちらが正しいかを問うのは意味がない。お互いが核兵器の開発と整備を競い合うのは相手を屈服させ、勝利するためではなく、あくまでもバランスを取るためだ。

一方が圧倒的に強くなると、秩序が壊れる。拮抗《きっこう》した綱引き状態がベストなのだ。

「競争はいいことも多いが、デメリットも多い」上司はそうも言った。

「鎬《しのぎ》を削って、切磋琢磨《せっさたくま》していくことで、人は力をつけます」

「それは正しい。ただ、競争社会が世の中を幸福にするとは限らない」

「どういうことですか」

「どちらかがどちらかを打ち負かしても、生まれるのは反発だけだ。人を動かすのは論理じゃなくて感情だからな。そのうち運動会で駆けっこするのすら敬遠される時代になる可能性はある。秩序を維持するためには、みんな横並び、そういう時代が」

「競争のない運動会なんて」

「そう思えるのは、君が勝てる側だからだ」上司はそう言った後で、「我々はアメリカに勝つ必要はない」と繰り返した。「負けた側が抱くのは、不快感と警戒心だ。そのためにもこちらの機関の働きはなるべく隠さなくてはいけない」

直人の触る上皿天秤を眺める。天秤は釣り合っていなくてはいけない。シーソーは沈んだり、浮かんだりを繰り返すべきで、どちらかが常に同じ位置にいることは望ましくない。

わたしと義母が皿に載った天秤を想像する。どちら側に傾いているかといえば、言うまでもなく義母のほうだろう。もちろんそのことは構わない。潜入した組織の中で自分のポジションを意識し、目立たぬように振る舞うのは、情報員にとっては初歩的な技術だ。我慢する能力はあるのだ。

にもかかわらず、どうしてわたしはこうも穏やかでいられないのか。

どうして義母との関係に、こうも落ち着きを失ってしまうのか。

どうしてシーソーの傾きを逆にしたくなってしまうのか。

ご先祖様から伝わる因縁なのです。

保険の営業社員、石黒市夫との間で浮かび上がったその言葉を思い返した瞬間、目の前が急に開けた。窓にカーテンのかかる一戸建てにいたはずが、まわりの景色が消えた。いや、消えたわけではない。白い地面、白い空が広がっているのだ。足元は一面、砂だ。風を感じ、潮の匂いがする。浜に立っているのだと気づき、いったいどうしてと後ろを振り返ったところ、そこに巨大な生き物が横たわっており、ぎょっとする。鯨？　と思った時にはどこからか、人が集まってくるざわめきが聞こえてきた。

「宮子、どうかした？」

直人の声にはっとする。もちろんそこは、いつもの居間だ。

「あら、宮子さん、どこに行くの」

食器洗いと掃除を済ませたところで、義母に声をかけられた。まだ外出の準備をしていなかったにもかかわらず、言い当てられたものだからわたしはびくっと体を震わせてしまう。どうして分かったんですか、と返すのは得策ではなく、無言で、察しの悪い者を演じるように首を傾げるだけにした。すると義母は、「少しお化粧、違うでしょ」と言うものだから、わたしは顔がゆがむのを必死にこらえた。

化粧がふだんと違っている自覚はなかったが、外に行くつもりではあったから、無意識に余所《よそ》行き用の手入れをしていた可能性はある。会って間もない頃には、「あなた、どうしてそんなに目が蒼いの？」と不気味なものでも見るように眉をひそめられた。お義母さんはどうしてそんなに耳が大きいのですか、と言い返したくなるのをぐっとこらえた。

「病院に勤めている友人がいるので」わたしは用意してあった嘘を話した。

「あら、お友達とか珍しいのね」

「知り合いといったほうがいいかもしれないんですけど、あの、不妊治療の話を聞かせてくれるみたいで」

子供ができないことはわたしにとって深刻な問題であるから、軽はずみに口にしたくはなかったが、義母を言い包《くる》めるのに適しているのは間違いない。案の定、彼女は少し言い淀《よど》んだ後、あらそう、それなら、という具合でトーンダウンした。

あなたもようやくその気になったのね、とくどくど言い足してくるのを受け流し、わたしはそそくさと家を出た。

電車を乗り継ぎ、辿り着いたのは、機関で働いていた頃によく通った喫茶店だった。奥のテーブルに行くとすでに相手は席に座っており、迷惑そうな顔を向けた。

「僕、すぐ戻らないといけないんですから時間通り来てくれないと困りますよ」

彼は、わたしが辞める半年前に新人として入ってきた解析部門の男で、年齢は知らなかったがまさに末成《うらな》りの瓢簞《ひょうたん》で、病弱の学生のようだった。体を動かす任務には向いていなかったものの、シギント、イミント、オシント、つまり通信傍受や画像分析、公開されている情報の分析に関しては非常に有能だった。

「じゃあ、早めに済ませよう」

「勘弁してくださいよ。僕の身にもなってください」

「ほら、ポーカーフェイスを維持するのは基本でしょ」

「迷惑だとアピールしたい時は、迷惑そうな顔をしますよ。最近、僕たちの行動について監視、厳しいんです。内部監査というか」

「前よりも？」

「情報の持ち出しには目を光らせていますし、フロッピードライブを使うたびに警告ランプがつくことになりましたし」

「これきりだから」わたしは拝むようにした。

彼にはひとつ貸しがあった。

例の、神経毒を持った工作員に関する騒動だ。あの工作員の情報を仕入れ、解析を行ったのがこの彼だった。つまり彼は、敵側の情報誘導に引っかかり、あの老女に成りすました工作員の存在を見逃してしまったのだ。あのまま大きな事件が起きれば、彼は責任を追及され、いやそれ以上に、彼自身が罪の意識に苛《さいな》まれたのは間違いない。そのため、彼は、わたしに感謝をしている。

「まあ今回は、単なる事故のことで、警察情報を調べただけですから、大したことではないんですけど。国の話ではないですし」彼は言う。「資料は持ってこられなかったので、口頭でいいですよね」

記憶していけ、というわけだ。「了解」

彼は、わたしの義父が亡くなった時に警察がどう対処したのか、記録として残っている報告書の内容について話してくれた。神社の階段からの転落として処理されているのは間違いなく、事故に見せかけた殺人を疑うような情報も残っていないという。

「その日って、暗かったの？」

「調べましたよ。夜だから暗いとはいえ、ちょうど冬至の頃なんですよね。気象データも見たら雲もなくて、事故のあった階段の位置でシミュレーションするとその時間はちょうど月が」

「美しい照明のように？」

「そこまではいかないけれど、でも真っ暗ではなかったと思いますよ。まあ、明るくても人は転びます」

「そうね」「ただ目撃者が」

「いたの？」だとすれば分かりやすい。義父が転んだことには疑いの余地がなくなる。

「ええ。けど、ちょっとだけややこしいのが」

「何？」

「その目撃者もすぐに亡くなっているんですよ。交通事故で。ふらっと道路に飛び出しちゃったんでしょうね」

わたしはしばらく無言のまま、前を見る。職場の後輩ではなく、体温のこもらぬ冷たい眼でこちらを見つめる義母が座っているように感じた。

⚖

それからしばらく経ったある日、わたしは自宅廊下で鋭く体を反転させている。目の前の男の右手が光った。刃物だと認識するより先に、こちらの体が動く。ボクシングのコンビネーションに近い。避けたことで相手は宙を刺し、勢いあまって廊下の壁に右手をぶつけた。壁に刃物が突き刺さる。

わたしはすぐさま折り曲げた右膝で、相手の横腹を蹴った。

意識した以上に力が込もっていた理由はほかでもない。

お義母さんに怒られるじゃないの。という怒りからだった。

掃除中につけてしまった小さな柱の傷すら、義母の目は見つけ出す。わたしを攻撃できる口実を探り出す力には驚嘆するほかない。

宮子さん、この壁の傷、どういうこと？　と責め詰《なじ》られる気持ちになってよ。

男はしつこく体を動かし、刃物を振り回す。右足で、相手の膝関節を蹴る。男がバランスを崩し、膝を突いた。すぐに起き上がるが、履いたままの靴が目に入り、わたしは怒り心頭、穏やかではいられない。床が汚れて怒られるのはわたしなんですけど。チャイムを鳴らされたのは数分前のことだ。書留です、と言われて特に警戒もせずにドアを開けたのはまずかったかもしれない。郵便局員の恰好《かっこう》をしている男を疑うのは難しかったが、現役時代であればこれほど油断はしなかっただろう。

強く突き飛ばされ、家の中に押し戻される。持っていた認印《みとめいん》が飛んだ。

相手は刃物を振り回し、威嚇するため、わたしは間合いを取り、後ろへ下がる。

普段の生活では何の支障もないが、こうして格闘するとなると廊下は狭い。

玄関を上がってすぐのところに二階に続く階段があり、あとは和室と居間のドアまでの小さな空間、といったようなものだ。男と向き合う。見知らぬ顔だ。

格闘技でもやっているのか、その構え方は堂に入っており、わたしも息を整え、左腕を前に出し、半身の状態で相手を見た。

「どうして、狙ってきたわけ?」わたしは言う。

男は答えなかった。

「誰に頼まれたの?」

知っているくせに。

誰かがそう言うのが聞こえるような気がした。自分の声だ。すでに知っているにもかかわらず、受け入れたくないだけではないの？

「蜂の巣に近寄れば近寄るほど、蜂が攻撃してくる」

自分が情報機関で働いていた時に、言われたことがある。探られて困るところに手を伸ばしていけばいくほど、邪魔される。裏を返せば、蜂が脅してくるようだったら、それは本丸に近づいている証拠、と。

わたしの身にこうして危険が迫っているのは、誰かが警戒し、怒っているからかもしれない。わたしが巣に近づいているからだ。

誰の巣に？

数日前、わたしは簞笥《たんす》の引き出しを開けていた。義母は古谷ご夫妻と新宿《しんじゅく》まで映画を観に行っているため、この機を逃してはならないと思った。

義父の死は、本当に神社の階段から落下した不慮の事故によるものなのかどうか。

はじめは半信半疑、さすがに考えすぎだろう、いくら義母に対して負の感情を抱いているとはいえ、人の死に関与していると想像するのは、不謹慎を越え、正しい心を持つ人間としては御法度《ごはっと》、と思う気持ちも強かった。

が、いくつかの新たなる情報が、わたしの疑念を育てることになる。

一つ目は、目撃者のことだ。

深夜の神社、階段から義父が落下した場面は目撃されていなかったが、その直前、神社の中を歩く姿を見た人物がいたのだという。

昔の後輩からは、それ以上の調査を機関に内緒でやるのは難しく、「これくらいで勘弁してください」「よっぽど困っているんでしたら、もう少し頑張って過去のデータ調べますけど、できればこの辺で」と言われたため、あとは自身で調べた。実際、周辺にそれとなく聞いて回れば、北山家の嫁が、義父の事故の状況を気にすることはさほど不自然ではなく、ある程度の情報を手に入れるのは難しくなかった。

目撃者は、三太郎《さんたろう》と呼ばれる高齢の男だった。本名ではないらしいが、その通称三太郎は、「家を持たずに町を徘徊《はいかい》する男」で「ごみを集めてはどこかに売りに行く高齢者」でという。

「歯が抜け、隙間だらけの口で、弁当屋から譲ってもらった残り物をよく食べていた」という。町の人たちは、三太郎のことを話す際、さほど嫌悪感を滲ませてはいなかった。

「いつも微笑んでいて、穏やかだったよ」

「大雨や大雪の後で、流されたごみの片付けをしたり、雪かきを率先してやっていたね」

その三太郎が、死の直前の義父を見ていた。

当時、警察が現場検証をしている際にやってきて、「俺、その落ちた人と最後にすれ違ったんじゃないか」と言ったらしい。警察からすれば、ただの階段からの落下事故であったから、三太郎から詳しく事情を聞かなかったはずだ。

わたしはまず、それとなく直人に三太郎のことを知っているかどうかを訊ねた。「それとなく訊く」にはかなり唐突な話題ではあったが、情報機関時代にはその「それとなく」に関する訓練は嫌というほどやっていた。

はじめ彼は、「誰だっけ」と悩んでいたが少しして、「あ、そうか、あの」と思い出してくれた。「親父の葬儀の時に」「え、来てくれていたの?」義父が亡くなった時、わたしはすでに直人と結婚しており、この家での葬儀のことはそれなりに覚えている。

「いや、あの人は遠慮して、外にいたんだ」

自分みたいに衛生的とは言えない者が中に入ったら悪い、と考えたらしく、三太郎は家の外で手を合わせていたのだという。

「何だかいい人だね」

もちろん、「いい人」と「悪い人」といった区分は人間にはない。どのような人間にもいい面と悪い面があるとも言えるが、「いい」と「悪い」が何を指すのかも難しい。わたしがやってきた仕事では、「国家にとって有害な人物」と「無害な人物」といったジャッジはよくしていたが、それにしても明確な物差しがあるわけではない。東西冷戦の中、東と西の区別すらグレーな部分が存在する。

「そうなんだよ、いい人で。家に入ってくださいよ、と俺が言っても嫌がって。それで、そうそう、親父の姿を最後に見たのは自分かもしれないので、とぼそぼそ言ったんだ。神社を通った時にすれ違ったんだって。親父と挨拶をしたらしいよ」

「へえ」

「あの時、自分が呼び止めていれば階段から落ちなくて済んだのかも、なんて気にしていたけれど、呼び止めたって落ちたかもしれないしね、そんなことをいちいち考えなくてもいいんですよ、と伝えたんだ」

「三太郎さんとはその後」

「あの人、その後、亡くなったから。半年後くらいだったかな。交通事故に遭ってね」やっぱりそうなのね、と言いそうになる。その情報はすでに得ていた。「人生、何が起きるか分からない」

「本当だよ。おふくろもびっくりしていた。おふくろはその直前、三太郎さんに会っていたみたいだし」

「え」声を高くしてしまう。「お義母さんが？」

「会ったと言っても、道で少し挨拶した程度だろうけど。不思議な縁だよ。縁と言ったら不謹慎かな。親父の事故の前に三太郎さんが会っていて、その三太郎さんの事故の前におふくろが」

わたしは黙った。それをただの「たまたま」と受け止めて納得できるほど、わたしは単純ではなかった。いや、わたしの思考のほうが単純と言うべきかもしれない。義父の事故と三太郎の事故の間に、義母を挟めばそこにはつながりができると思った。そうとしか思えなかった。

「お義母さんもショックを受けていたのかしら」

「結構、落ち込んでいた。おふくろ、自分の親も事故で亡くしているから、自分が疫病神みたいな気持ちになったのかもしれないなあ」

呻き声も上げず、表情をほとんど変えずに、つまりはわずかには顔に反応が出たことは認めざるを得なかったのだけれど、それなりに平静を装った自分のことを、わたしは評価してあげたいほどだった。

義母の両親も事故死だったとは。

直人がまだ生まれる前だったらしいが、交通事故により亡くなったのだという。

「続くものだね」

「だから、三太郎さんのこともショックだったんじゃないかな」

「ああ」

これが二つ目、わたしの疑念を育てた要因の。

さらに直人の口から出た話が否応《いやおう》なく、嫌な想像を膨らませてくる。

「おふくろの両親、まあ俺のおじいちゃんおばあちゃんにあたるんだけれど、その、おじいちゃんとおばあちゃんの事故で助かった面もあったらしいよ」

「助かった？」

「その頃、親父が保証人になったせいで、借金抱えちゃっていたんだ」

紀元前のギリシアの教えに、保証人になれば破滅する、という言葉があった話を思い出す。借金と人間関係のトラブルは紀元前から続く問題なのだろう。

「でも、おふくろの両親が亡くなったことで、保険金が入って、それでどうにか返せたらしい。災い転じて福、と言ったらあまり良くないけれど。万事塞翁《ばんじさいおう》が馬、ともまた違うか」

話を交わしながら別のことを考えていた。

人は、一度味を占めると、困った時にはまた同じパターンに頼ろうとする傾向がある。それがうまく法則性を持てば、「必勝法」と呼べるだろうし、あまり根拠のないものだと、「ジンクス」や「思い込み」となる。どちらにせよ、人は過去の成果をなぞりがちだ。

義母の顔が浮かび上がる。

「あ、関係ないけれど、そういえば」とわたしは、直人に質問する。もちろん、関係ないわけがない。「お義母さんって、お金とかに困ったことってあるの？」

「え？　おふくろが？　どうして」

「前に、お義父さんが亡くなった頃のことを話していた時に、いろいろ節約していたとか、そういう話を聞いたような気がしたから」と嘘をつく。

「どうだろうなあ。覚えていないけれど」

お義母さん、保険金を手に入れる必要があったんじゃないの？　お金が必要だったのでは？　わたしは口には出さず、頭の中でそう言っている。

それで、だ。

それでわたしはどうしたか。

まず、箪笥の中を調べた。

義母名義の通帳を調べるためだ。二つの銀行口座があることは知っていたが、それは時折、わたしが振り込み手続きなどでお使いに出される際に持たされることから、秘密の記録が残っているとは考えにくい。あるとすれば、別の銀行口座の存在の可能性だ。

箪笥の引き出しを下から開け、確かめていく。入っているのは着なくなった衣類がほとんどだったが、貴金属のたぐいもちらほら見え、一瞬ではあるが自分が高価な宝石を狙いに来た空き巣になったかのような気持ちになる。

一通り箪笥を調べた後で、時計に目をやる。義母は夕方の五時近くに帰ってくると言っていたから、まだ一時間はある。わたしは二階に移動し、北東角の生前の義父の書斎に入った。書斎とはいえ、四畳半の和室にカラーボックスを並べ、本や百科事典を入れているだけで、マッサージチェアやぶら下がり健康器といった使われなくなった器具の置き場と化していた。特に用事がなければ入ることのない部屋だが、「入ってはならない」と釘を刺されているわけでもない。

カラーボックスの中を端から見ていく。

小説家の箱入りの全集があった。その並びに、写真のアルバムが何冊か置かれているので、それとはなしに広げてみれば、子供の頃の直人のスナップ写真が貼られており、しばらく眺めてしまう。

自分が結婚した相手だからどうしても贔屓目《ひいき》になるが、直人少年は可愛らしかった。日焼けした体で、白い歯を見せ笑っている顔や、運動会で旗を振る姿は、さすがわたしが惚《ほ》れた男は少年時代も輝いているな、とうなずきたくなった。中には、半開きの目であったり、下品なポーズを取っている写真もあったが、それにしても、さすがわたしが結婚した男は少年時代も味わい深い、と好意的に解釈した。

当然ながら家族写真も多かった。義父が撮影するケースが多かったからか、三分の二は義母と直人が二人で写っているもので、わたしは不愉快さを感じた。

アルバムを片付け、別の段に視線をやると、今度はスケッチブックが出てきた。開いてみると、デッサン画があった。

鉛筆で風景を描いたもので、ずいぶん上手い。気楽な写生と思しきものから、精緻な果物の絵もある。さらにめくれば、急にイラストめいた動物や子供の絵も登場してくる。義父が描いたのだろうか。

後ろのほうに行くほど、クレヨンによる線や図形が多くなり、もしかするとそれは幼い頃の直人が遊んで、汚していたのかもしれないと想像できた。

「あら、懐かしいわね」

後ろから声がした瞬間、わたしはまさにその場で、畳につけていた尻で飛び上がらんばかりだった。

はっとすると同時に血の気が引く。振り返った際には表情を取り繕うことはできた。

「お義母さん、帰られていたんですか」

「五時くらいって言ってたでしょ？」こちらの失点を論《あげつら》う言い方をする。

「え、もうそんな時間でしたか」とわたしは言いつつ内心では、そんなはずがないと思ってもいた。作業をしながら、時間経過を感じ取る訓練は積んでいる。一階の居間の時計で四時を確認してからまだ三十分といったところではないか。

すると、まさかこちらの不満、不審を察したのだろうか義母は、「ああ、下の時計を見たのね？　さっきわたしも気づいたんだけれど、一時間遅れていたみたい」と言う。少し鼻孔が膨らんだのをわたしは見逃さない。勝ち誇ったかのようだった。

時計がずれることは初めてではなかったが、わたしは、わざとでは？　と疑っている。五時に帰ると言い、時計をずらし、わたしを油断させたのでは、と。

何のために？

留守にしている間、わたしを泳がせ、家捜ししているところを取り押さえるため？　いや、そうだとするならば、義母は、「わたしが義母を疑っていること」を知っていることになる。

さすがにそこまでは。

が、義母の勘の良さが侮りがたいのも事実だ。

「掃除をしていたら」わたしは平静を装い説明を口にしようとしたところ、即座に彼女は、「掃除？」と訊き返してきた。

ここで怯んでは負けだ。「さっき通りかかった時に、この部屋の床に少し埃が溜まっているのが見えて」

「あら、よく気づいたのね」

「たまたまです。それで、掃除機をかける前に、床を片付けようと思ったら、いろいろ見つかって。あの、このスケッチブックは」

「わたしのよ」

「上手いんですね」これはお世辞ではなかった。ずいぶん本格的で、手馴《てな》れている。

「昔は絵でよく褒められたんだけれどね」照れ臭いのか、面倒臭いのか義母は話を乱暴に切ろうとする。

「アルバムの写真も見ちゃいました。これ、直人さんの昔の写真」

アルバムを出して開いてみせると義母は、「懐かしい」と少し声を高くした。わたしの前ではつっけんどんな態度が多い義母もさすがに、息子の少年時代の写真の前では、表情が弛《ゆる》むようだ。

「これは学芸会とかの時のですか？」ステージ上で衣装を着た直人の写真を指差す。

「そうね、これは」

義母ははじめは素っ気無く、億劫《おっくう》な表情を浮かべて説明してきたが、わたしは大きく相槌を打ち、興味津々、どんどん教えてください、といった態度を顕《あら》わにした。すると義母も所詮、人の子、人の母と言うべきだろうか、他のアルバムもめくり出し、思い出話をいくつも並べ出し、わたしが義父の部屋で何をしていたかについてはうやむやとなった。

そして三日前、縁側にいたわたしは、庭に洗濯物が落ちていることに気づいた。

二階の物干しから外れたのだろう。

つっかけのサンダルを履き、それを取りにいこうとした。

上から下にバレーボールほどの大きさの黒い影が、わたしの眼前を通過し、落ちた。

人の頭に見えた。

はっとした直後、足元でその「頭」が破裂する。いくつかの破片となり、炸裂《さくれつ》するかのような音を立て、飛び散る。中から黒い粉が弾《はじ》け出るものだから、爆発物かと判断しかけるがすぐに、植木鉢だと分かった。

顔を上げる。二階のベランダを見る。室内に戻り、足音が立たぬような小走りで階段を駆け上がった。

「何なの、宮子さん、怖い顔をして」洋室でアイロンをかけている義母が強張った目をして言った。

植木鉢が落ちたことにはまるで気づかなかったと主張する。「怪我《けが》はなかった？」と心配してくれたが、もはやその反応自体が白々しいものに思えた。

ベランダには植木鉢が並んでいた。

同じような大きさの、チューリップの球根を植えたもので、一番端のものが落ちたようだった。確かにベランダの先端に置かれてはいたが、何をきっかけに外に倒れたのかは見当がつかない。

「地震があったのかしら」

「いや、お義母さん、それならたぶん、植木鉢全部が倒れているんじゃないですか？」

義母がむっとしたのは、自分の意見が冷淡に却下されたと感じたのか、もしくは、後ろめたさを隠すためなのか。

「あの鳥」義母が急に空を指すので、子供が叱責を逃れるために注意を逸らすかのようなやり口だ、と一瞬呆《あき》れそうになった。どうやら彼女はその鳥が犯人なのでは、と言いたいらしく、「時々、この手すりに止まるのよ」とベランダをぐるっと人差し指で示す。

「鳥が植木鉢を？」本気で言ってるんですか？

「あるわよ」「はあ」

気のない返事を生のまま発してしまい、取り繕うようにしゃがみ、植木鉢を眺めるようにした。スチールラックの上に並んでいるのだが、その段に、カタツムリがいる。

情報員時代、自然の多い地域で生活することを想定し、屋外での訓練は多く、虫や爬《は》虫類《ちゅうるい》、両生類といったものには否応なく慣れさせられていた。まじまじと見てしまう。はじめはただ漫然と眺めていたカタツムリの殻の渦に、引きずり込まれていく感覚に襲われたものだから、ぎょっとした。殻の渦巻きは、螺旋《らせん》状に下っていくようで、わたしはいつの間にかそれに沿って、吸い込まれる。

ぐるぐると落下し、気づいた時には白々とした浜辺に、立っていた。

視線を上げると木の生い茂る森がある。さらに向こう側には切り立った崖、自然崖が見えた。

潮の匂いがし、わたしは周囲を見渡す。

背後に、ぬめりのある巨大な、あまりに大きな塊があり、呼吸が止まるほどに驚く。砂浜が異常に膨れ上がったかのようにも、大地の肌に変色した湿疹《しっしん》ができたようにも思えた。わたしはゆっくりと近寄っている。その塊に、赤い痕を見つけ、血を流しているのだと分かったところで、ようやくそれが生き物であることに気づく。鯨？　海から流れ着いた鯨が傷ついているのだろうか。前にも見えた鯨がそこにいる。

「宮子さん、カタツムリが押した、とか思っているんじゃないでしょうね」

その声で、わたしは殻の螺旋階段からふわっと浮かび上がるように、鯨の横たわる砂浜からベランダのスチールラックの前に戻ってきた。いや、元からそこにいたのだが、わたしの体には殻の渦から押し戻されてきた感覚が、ぎゅっと萎《しぼ》んだ体が細い隙間を通り抜けた感触が、残っている。

カタツムリがゆっくりと、植木鉢に向かって這《は》っている。まさかこの力で押せるわけがない。

義母はベランダの手すりから下を覗《のぞ》き、和室の縁側近くで、粉々になっている植木鉢を確認すると、心配そうにわたしを見た。「ほんと、これは大変だったわね。ぶつからなくて本当に良かった」

「あ、はい。ちょうど目の前に落ちてきたので、びっくりしましたけれど」

「どこも怪我はないのね？」

義母の目をじっと見る。本音がどこにあるのかを探りたかった。心配しているのか、落胆しているのか、警戒しているのかが分からない。

ポーカーフェイスの相手、もしくは感情とは反対の顔を作る相手の本心を見抜くことにも長《た》けている自負があった。が、義母の気持ちはまったく見えない。現役を退き、観察力も鈍っているからだろうか。いや、と否定する自分がいる。

天候を読もうとするのなら、しっかりと落ち着いた目で上空の様子を眺めなければならない。義母を前にした時に感じる、怒濤《どとう》渦巻く心の荒波が、わたしの観察力をぐらぐらと揺すり、邪魔しているのだ。

植木鉢だけであれば、それでおしまいだったかもしれない。

ただ、その翌日、買い物のために新宿に出て、交差点で信号待ちをしていたところ不意に後ろから、どんと人にぶつかられ、危うく車道に飛び出しかけるという事態が起きたため、これは、楽観視できない、と気を引き締めることになった。

どん、の後、体をひねり、ぶつかった相手の姿は確認できた。義母ではないのは明白の、少し小太りの背広姿の男で、汗を撒き散らしながら必死に走り去る様子であったから、急いでいる際に、たまたまぶつかった可能性はあるが、わたしの内なる警告装置は音を鳴らしていた。

そして今、わたしの前に、刃物を持った郵便局員が、いや、郵便局員に見える服を着た男が立っている。

体が小さく揺れているのは、わたしも同じだ。じっと止まっているよりも、柔軟に手足を出すことができる。

男の呼吸のリズムを計る。息が上がっている。素人でないのは明白だが、腕はこちらが上だろう。押さえつけることはできる。

問題は、いかに家に傷をつけさせないか、だ。

すでに壁を刃先で引っ掻《か》かれているものの、これ以上、破壊されるのはごめんだ。

宮子さん、わたしたちの家をぼろぼろにしたいわけ？

義母の嫌味を想像し、腹にむかむかとした、煮え立つというよりは腐敗臭を発散させるマグマを感じずにはいられない。あの人にだけは優位に立たれたくない。

わたしは何に対してムキになっているのか。

義母のこととなると、平常心を失うほどの不快感がどうして生まれるのだろうか。

郵便局員の服装の男が動いた。

前に出した左腕を鋭く打ってきた。それを目くらましにし、刃物を持った右手で突いてくるのだろうと予測した。その通りだった。わたしは体を半身にし、左拳を避けてから飛んできた右手を払った。狭い廊下の壁に刃物がぶつかる。

わたしは後ろへ退く。構えを崩さず、向き合いながら、一歩二歩と下がる。

男が突進してきたタイミングで、右側の、トイレのドアノブを素早く回転させ、手前に引いた。弧を描いて開いたドアが盾となり、男が激突した。

間髪いれずに思い切り力を込め、ドアを向こう側に押した。

男がバランスを崩し、倒れる音がする。

その隙にわたしは洗面所のスペースに体を滑り込ませ、かかっていたタオルをハンガーからするっと抜き取る。

廊下に戻るとようやく男が膝を立て、起き上がろうとしているところだった。

もう少し機敏にやらないと駄目、と指摘したくなる。

よろめきながら、男が刃物を馬鹿の一つ覚えよろしく突き出してきたので、両手で広げたタオルでその手を包み込んでくるっと丸め、絞るように引っ張った。

男の背後にその手をひねり上げた時には、刃物は廊下に落ちている。

足払いをし、男を廊下にうつぶせに寝かせる。

わたしは男の背中に乗ると、「どういうつもり。何が目的なの」と質問をぶつけた。

誰かに頼まれたんでしょ？

綿貫さんの体の濾過器官《ろか》は優秀なのだろう、どれほどアルコールを口に入れても顔色一つ変わらず、思考の乱れもほとんど感じさせない。一口飲んだだけで顔が赤くなり、自分で自分が心もとなくなる私とはだいぶ違う。

「北山家の外交問題はどうだ。嫁姑摩擦問題は」

覚えててくれたんですか綿貫さん、と感激する一方で何も若院長のいる場でそんな話をしなくても、という戸惑いもあった。が、O病院の現院長、父親のO先生から実権を譲られたばかりの若院長は、特に気にした様子もなかった。どうやら綿貫さんからその情報はすでに、聞いていたらしかった。「まあ、うちも似たようなもんだからな。板挟みってのはつらいよ」

すき焼きとしゃぶしゃぶで有名な店の個室だ。一ヵ月ほど前、女性を連れて行くと十中八九喜ばれる、ギブアンドテイクのギブの圧力としての効果は抜群、と雑誌で取り上げられてからは連日満席らしい。綿貫さんはいとも簡単に、おそらくは顔の効き目によるのだろう、予約を取り、さらには私に、「今日、O院長と行くからおまえも来いよ」と声をかけてくれた。

「院長先生も嫁姑の板挟みになっているんですか。想像できないです」二割増しほど大袈裟に驚いてみせる。

「先生の奥さん、副院長は、気が強いですからね」綿貫さんがうなずきながら言う。

気が強い、とは褒め言葉とは言いがたく、むしろ批判的なニュアンスが強いものだから、そんなことを言ってしまって大丈夫かしらと焦ったが、若院長はまんざらでもない様子で、どうやら二人の間では、夫人のことを悪く言うのは定番の盛り上がり方の一つらしい。

「ぐっと我慢している若院長は大したものですよ」

「うちの場合は、ほら、親父もうるさいから、板挟みというか、四面楚歌《しめんそか》というか、板が四方から挟んできてる。綿貫ちゃんくらいだよ、分かってくれるの」

「若院長はほんと、がんばってます。だからもう、せいぜい、少しでもストレスを発散してほしくて、こうして仕事が終わった後に美味《おい》しいものを」

「だいたい、病院に来るのは患者だろ。負のエネルギーばっかりで、もうぐったりよ。おまけに嫁はあだし、親父は分からず屋だし。あ、そういえば、ええと、君」若院長が私を指す。「うちの親父と意気投合したんだって？」

先日、ゴルフを一緒に回ったことを言っているのだろう。私の父親がO先生と同級生だっただけです、と正直に話す。

「いやでもまあ、親父、ゴルフから帰ってきても嬉しそうだったよ」若院長はむすっとしたまま、「良かったね、おまえ、合格。親父の機嫌取り合格」と投げやりに言った。

「いえ、そんな」

「うちの北山は、すっと人の懐に入るのが上手くて」

初めて言われた。どこでそんな説が唱えられているのか、と確認したくなる。おそらく、今まさにこの場で唱えられただけだろう。

「でも、覚えておいたほうがいいぞ、今はもう俺が院長なわけだから、親父に気に入られても意味がないんだよ」

「あ、ええ、もちろんです」私がすぐに答えたのは、若院長の目が、力瘤《ちからこぶ》ができるほど強張っていたからだ。冗談めかしてはいるが、彼の自尊心にとっては重要な念押しなのだろう。射竦《いすく》められ、動揺したせいで、「でも、病院だけに院政を敷かれたりはしませんよね」と駄洒落《だじゃれ》を口にしたのはまずかった。

若院長が、「え、どういう意味？」と眉をひそめた。

綿貫さんがすかさず、これはまた美味《うま》そうですよ、と若院長の意識を肉のほうに滑らせてくれた。

しゃぶしゃぶは美味で、箸で肉を湯にくぐらせるのに、しばらく夢中になる。いや、夢中になっているふりもあった。綿貫さんと若院長の仲は予想以上に良さそうで、会話の中には、仕事についての赤裸々な愚痴や「ここだけの話」が含まれており、私のいる場で喋ってしまっていいのだろうか、と怖くなったからだ。聞こえていませんよ、と強調するために箸を動かす。

「それにしても綿貫ちゃん、何か面白いものないかな。買いたくなるようなもの。欲しいものってなかなかないんだよ。ゴルフ会員権もさ、もういいよな。俺、分かるもん、あのゴッホの絵買った人の気持ち。さすがに、あんなのは買えないけれど、それにしても、みんなに一目置かれるようなものを買いたくなる気持ちは分かるよ」

「あれ、五十億円以上でしたっけ」綿貫さんが言う。「今の日本に買えないもの、ないような気がしますよね」

「ジャパンマネーパワー、すごいからな。俺は気分がいいよ」

「何がですか」もしかすると綿貫さんは、このやり取りを以前もしたことがあるのかもしれない。分かっていながら、相手の望む相槌を打っているようにも見えた。

「アメリカみたいな大きい国をね、小さい日本が圧倒してる。戦争で負けたけれど、勤勉な日本人が本気を出せば、勝てる。いい気味だよ。近いうち日本人が、ハリウッドの老舗スタジオとか買っちゃうんじゃないの？　アメリカ人ご自慢のハリウッド映画も、こっちのものだ。のものだ。エコノミックアニマルだとか言って、揶揄《やゆ》してくるけどさ、こっちは別にずるをしているわけじゃないし、金ほど分かりやすいものはないよな」

「そうですね」綿貫さんは深く同意している。「この間も、予約診察室の問題があったじゃないですか」

私もさすがにそのニュースは知っていた。緊急性のない、重症とも言いがたい高齢者が、病院の待合室にたくさん集まるのは社会問題となっており、ある病院が、予約診察室なる別室を用意したのだ。予約料金を支払えば、一般の混雑を回避し、そこで診察が受けられる仕組みだ。だが、それが健康保険法に違反していると告発された。

果たして本当に違法かどうか、明確な結論はまだ出ていない。

「より多く金を払った客が、より良いサービスを受けられるなんてのは、ごく普通のことだと思うけどね、俺は。金は数字だ。人間性や努力の量みたいに、見えないものじゃない。よっぽど分かりやすいし、公平だよ」

「目に見えるものは分かりやすいですよね」

「だな。ほら、こうやって」と言ったかと思うと若院長は、どこからか折り畳まれた一万円札を取り出し、それを数枚ずつ、私と綿貫さんに手渡してきた。親戚が小遣いをくれるかのような態度だったが、親戚のほうがもっと丁寧かもしれない。

綿貫さんを見れば、仰々しく受け取っているため、私ももちろん倣《なら》った。

お金が余っている。

お金が余っているだけなんだよ。

その言葉がふっと頭に灯《とも》り、いったい誰の言葉だったかと思い出す。宮子だ。いつだろう。深夜に帰宅した私のために夕食を用意してくれた時の会話ではなかったか。大学病院の関係者を連れ、接待で店をいくつも梯子《はしご》したことを話した後で、「お金の価値が分からなくなるね」と言ったところ、彼女が、「余っているだけなんだよ」と答えたのだ。

「確かに、余ってるとしか言いようがないよね。会社も、どんどん使えって感じで」

「今一番、お金を持っているのはどこだか知ってる？」

「どこ、ってどこ？」そんな場所があるのだろうか。

「銀行だよ。銀行はたくさんお金を抱えている。でも、持っているだけじゃ利益を生まないから、貸すしかない。どんどん貸す。いらないと言っても、借りないと今後一切貸さないぞ、みたいに脅して」

「そんなに？」

「国も、公共事業をどんどんやってるから、土地の値段もうなぎのぼりで、法人税も下がって、企業だってお金が余ってる」

「おかげで、僕たちの給料も上がってる。同期の何人かは、投資用マンションも買ったらしい」

「何も考えずにマンションを建てちゃってるからだよ」

「別に同期が建てたわけじゃないよ」

「土地が値上がりしているから、今のうちに、と買う企業があるわけ。それで、買ったからには使わないといけないでしょ。ビルやマンションを作る。できちゃったら、それを売らないといけない。すでに自宅を持っている人は、自宅はいらないけれど、投資のためなら買うかもしれない。儲《もう》かりそうだから、みんなが買うの」

「宮子の言い方だと、マンションを買うのは、馬鹿のやることに聞こえるなあ」少し棘のある言い方をしていたかもしれない。

宮子は穏やかなもので、いつだってそうなのだが、「この間ね、南海泡沫事件《なんかいほうまつ》ってテレビでやってたの」と話してくる。

「火曜サスペンスみたいな?」

彼女が笑って、首を左右に振った。「十八世紀のイギリスでね、国の借金が多すぎるからそれを引き受ける会社を用意したんだって。それが南海会社。貿易で儲けるつもりの会社だったんだけど、うまくいかない。で、株を発行しはじめてね。会社の責任者、ジョン・ブラントには二つの原則があったんだって」

「二つの原則?」

「一つ目。あらゆる手段を使って株価を上昇させることが、会社の利益を増やす唯一の方法である」

その頃から、株取引と株価の話があったのか、と私はそちらのほうに感心しそうになった。「二つ目は？」

「混乱すればするほどいい。自分たちが何をしているのか、人々が理解できないようにしろ」

「混乱するほどいい？」

「実際、南海会社は、見かけだけでいいから、株価を上げるための仕組みを作って、それを実践したの。株価が上がれば、人はその株を買うでしょ、そうするとまた株価が上がる。儲かりそうだから、みんなが株を買う。今の日本と似ていない？　儲かりそう、買っても大丈夫そう、という雰囲気で誰も心配しない。不動産は高騰して、贅沢三昧《ぜいたくざんまい》の人がたくさんいて」

それを聞いたあたりで私も、似ているな今の日本と、とは思った。「それで、どうなったの」

「南海会社の株が儲かるのに便乗して、よく分からない、小さい株式会社がたくさんできてね、泡みたいな泡沫会社が乱立して。さすがにこれは、と思ってそれを禁止した途端、株価暴落。株を持っている人たちもみんな大損。南海会社のも一緒に暴落。天体の動きなら計算できるが、人々の狂気までは計算できなかった」

「それ、ニュートンの言葉じゃなかったっけ？」

「ニュートンはこの時に大損して、その台詞《せりふ》を口にしたみたい」

「ニュートンには、騙《だま》されてほしくなかったな」

「みんな、うすうす、こんなのは長く続かない、いつか破綻するって分かっていたんだよ。だけど、もう少し長く続くと信じて、目を逸らしていたの。今の日本もそれと同じじゃないのかな」

「それは、ええと、宮子の考え？」

「わたしがこんな難しいこと考えられるわけがないじゃない、テレビテレビ」

「いや、君は頭がいいから」

「初めて言われた」

「前から思っているよ」嘘じゃなかった。普段、家事で忙しい日々を送っているだけで、社会事情や政治のことになど無関心のようなのに、時折、鋭い分析を口にする。本人は、テレビで評論家が言ってた、とか、雑誌の受け売りだ、とか言うが、私にとっては目新しい観点の意見が多かった。どの番組？　と訊ねても、何だったかな忘れちゃった、とはぐらかされる。

「でね、その時にたくさんできた、訳の分からない泡沫会社と南海会社に関するものだから、南海泡沫事件と呼ばれているんだって。サウス・シー・バブル」

「夢は泡」そんな諺《ことわざ》がなかっただろうか、と私は思いながら言った。今の日本がそれと同じ状況にあるとは思えなかった。十八世紀といえば二百年以上前、日本なら江戸時代だ。その時に比べれば、社会は経済でも政治でも経験を積んでいるはずで、破裂する泡をありがたがるような馬鹿はやらないだろう。「さすがに、破綻しないように対策は打ってると思うけれど」

「対策を打とうとしている人はいるかもしれない。ただ、打ちたくても打てないこともあるの。暴走している列車を見れば、誰だって、止めなきゃ、と分かるけれど、止め方がなくて、どこかにぶつかるのを待つしかないでしょ。それに、泡の中にいると、泡かどうかは分からないものだから」

「日本経済はいつか悪くなるのかな」想像もつかなかった。

「それはもちろん」

「え、そうなの?」

「たぶん、そんなに遠くないんじゃない。かなり落ち込んで、後の数十年は、あの頃に戻らないかな、って思い続けるのかも」

「あの頃に?」

「わたしたちが過ごしている今。こんな異常な景気を懐かしんでいるうちに、数十年経っちゃう」宮子があっさりと言うものだから、さすがに私は呆れた。

日本経済の好調さが永久に続くとは思わないが、そこまで落ちぶれるとは思いがたい。

米ソ冷戦が、冷たいままでいることに飽いて、熱い戦争をはじめることのほうが、それを熱戦と呼ぶかどうかはさておき、そのほうが、「ありえる話」に感じられた。

「おい、北山、ぼんやりするなよ。聞いてたか？」

「あ、すみません」私ははっとする。

しゃぶしゃぶの肉を口に入れ、咀嚼《そしゃく》した若院長が、「いや、ぼんやりしているくらいがいいよ。綿貫ちゃんみたいに頭と気が利くタイプは頼りになるけど、怖いから」と言った。

「見捨てないでくださいよ」わざとらしく綿貫さんが縋《すが》る恰好をしている。

今度からおまえがO病院の担当になれ、と命じられたのはその後、若院長の「若いパワーを浴びたいね」の一言で出向くことになったディスコでだった。流行っていることは知っていたが訪れるのは初めてで、その点、綿貫さんはやはり慣れており、ビル入り口での服装チェックや真鍮《しんちゅう》製の大きな飾りに怯む私を引っ張ってくれた。

踊っているのは遊び慣れた若者ばかりで、どちらかといえば私たちは場違いだったのかもしれない。二人はその場違いを気にすることなく、ソファに座り、ユーロビート舞踏に恍惚《こうこつ》とする男女を、見物しはじめている。

「いやあ、いいねえ」しばらくすると若院長が、じっとしていられない、とダンスフロアに消えていく。

「大丈夫ですかね」私は心配した。いったい何を心配したのか、自分でも分からない。

「好きにさせればいいさ。俺たちは、医者を好きに行動させて、気持ちよくさせるのが仕事だからな」

「あ、はい」

「医者が一番喜ぶのが、何だか分かるか？」綿貫さんが問いかけてくる。室内には大音量の電子音とボーカルが流れているため、自然、大声での会話になった。

「ストレス発散ですか？」

「儲けることだよ」

「え」

「金儲けできれば、幸せなんだよ」

私は乾いた笑いを返した。医者にだって、いろいろな人がいるだろう。冗談にも程がある。「嘘だよ、医者にとっての幸せは、患者の笑顔に決まってる」と無表情で続けてくるため、余計に、どちらが本音でどちらが軽口なのか判断がつかなくなる。

そして、「北山、おまえに引き継ぐからな」と言ってきたのだ。「O先生とも仲良さそうだし、ちょうどいいだろ」

「ちょうどいいも何も」

「いいからいいから、O病院は経営状態もいいし、というか儲かってるし、若院長はあんな感じだ。楽な担当だよ。頼まなくても、うちの薬を使ってくれる」

人事部や上司を通さず、このような場所で担当の引き継ぎを言い渡され、私は動揺した。

たまたま視線をやった先に、汗まみれで踊りまくる若院長の姿がある。

O病院は儲かっている。このように遊びまわっている院長の経営がうまくいくものだろうか？　ふっと浮かび上がりそうになる疑問を、押さえつける。


「それにしても大変でしたね」石黒市夫は、同情の言葉を無表情で発した。

前回は玄関先で立ち話をしたが、今回はダイニングテーブルでわたしと向き合っている。

先日の、刃物を持った闖入者《ちんにゅうしゃ》の騒動がようやく一段落つきはじめていた。わたしが取り押さえたところに義母が帰宅し警察に通報したのだが、それからがまた大変で、警察が到着して犯人を連行し、会社を早退した直人が血相を変えてわたしを心配してくれたことは嬉しかったとはいえ、鑑識が作業をし、警察から状況説明を求められ、と慌ただしかった。わたしが簡単に犯人を撃退しました、とは言えないため、逃げながらとっさにトイレのドアを開けたら、ぶつかって倒れていたと証言した。

「あれはただの、無差別の強盗犯だったんですね」石黒市夫がお茶に口をつけ、言う。

「みたいですね。うちの前にも何軒か押し入っていたようです」わたしは、警察から聞いたままにそう答える。「取り調べもまともにできないみたいで」

「脳機能の障害ですかね」彼は、堅苦しい言い方をした。「最近は、地上げのために、その家に放火するって聞いたことがありませんか？」

「地上げがどうかしたんですか」

「放火の罪は重いです。だから噂によると、比較的、罪に問われにくい人物にやらせるらしいですよ。精神疾患があったり、もしくは未成年であったり」

「それがどうかしたんですか」

「実行犯の背後で糸を引いている人物がいる」石黒市夫が断定するような言い方をしたのでわたしはぎょっとしたが、すぐに、「と思われたりしませんか？」と続けられ、今度は別方向から小突かれた感覚になる。

「どういうことですか」

義母は、わたしのことを心配してくれた。刃物持参の闖入者に慌てふためき、怪我はない？ 大丈夫？ 病院で検査してもらわないと、と気にかけてくれた。その必死の形相を見れば、彼女が本心からこちらの状態を気にかけてくれているのは明白で、この犯人に指示を出した黒幕だと疑ってしまった自分を悔いた。

が、それもやがて、「宮子さん、変なことをされなかったでしょうね」であるとか、「どうしてうちだったのかしら。近所の人が変な目で見てくるし」であるとか、さらには、「宮子さんが留守だったら良かったのに」であるとか、嫁の身を案じるよりも世間に対する体裁を気にかけるメッセージを露骨にのたまうものだから、開きかけていた心の門も再び閉ざさずにはいられなくなった。

気づけば石黒市夫が、テーブル上にパンフレットを広げている。

「お嫁さんの保険のことまで考える方はなかなかいません」と感心したようなことを言う。いいお姑さんですね、と。

「今回の事件で、わたしに何かあったら、と気になったんでしょうね。また襲われても、保険に入っていればお義母さんにお金が入るでしょうし」

「また、見知らぬ男が侵入してきたら、もはや、お祓《はら》いを考えたほうがいいでしょう」

「呪われてます」自分の発した言葉に、わたしの記憶が刺激された。「そういえば、前に言ってましたよね。わたしとお義母さんの相性が悪いのは、ご先祖様から伝わる因縁なのです、と。あれも呪いの話ですか」

石黒市夫は真顔で、「そんなことを言いましたか？　私が？」と首を傾げた。

「ええ」「この私が？」

単にとぼけているに違いないが、彼は発言を翻さない。かわりに、と考えたわけではないだろうが、「よく聞く話で、海の一族と山の一族の話がありますね」と言った。

「知りません。よく聞くんですか？」

「遠い昔から、対立していたんですよ。もともとは小さなエリアでぶつかり合っていたんでしょうが、その血を継ぐ子孫も対立するようになって」

「親から子に、『あの一族は信用するな』と言い伝えられて、とか？」

「最初はそうだったのかもしれませんが、それがもう染み付いて」

「まさか遺伝する、とか言わないですよね」

「猫は、蛇を見たことがなくても、蛇に似た物を、ロープなどを怖がりますよ」

「天敵の話とは違うんじゃないですか。今の話は、人間と人間、同じ動物同士の対立ですよね」

石黒市夫がうなずく。「でも、あるんですよ。ずっと」

「ずっと？」

「どうしても対立せずにはいられない相性があるんです。海の血を引く人間は、山の血を引く人間と出会ってはいけません。否応なく、ぶつかり合うことになるんですから。決して分かり合えません」

「それなら、織田信長《おだのぶなが》と明智光秀《あけちみつひで》は海族と山族だったのかもしれません」

もちろんわたしは茶化すつもりで言った。が、石黒市夫は無表情のままだった。「いつの時代にも、世界中のどこかで、海と山の争いが起きています」

「決闘でもするんですか」

「時代が時代なら、そうでしょう。もちろん、対立が起きても常に決裂するわけではありません。ぶつかった結果、和解することもあります。分かり合えないながらも、どこかで折り合いをつけるわけです」

「仲良くやれないことのほうが多い？」

「どちらかがどちらかを打ち負かすこともあれば、双方が」

わたしはだんだんと、目の前の生命保険会社の男に対して警戒心を抱きはじめる。真顔でこのような話をする人物がまともだとは思えない。相手の動き次第では、すぐに反撃できるように身構えた。

ただ、石黒市夫はそれ以降は、何事もないように保険の内容説明をはじめるものだから、わたしは、先ほどの対立する一族の話など聞かなかったのではないかと思いかけた。

一通り話を聞いたところで、わたしは、「さっきの話ですけど」と質問をし、自身を驚かせた。どうしてそんなに興味を持つわけ、と思いつつも、抑えられなかった。

「さっきの？」

「海と山の話。たとえば、海側の人が産んだ人はやっぱり、海側になるのですか？」

「ええ、そうです。海の人から生まれれば、海の人となります」

「海の人と山の人が結婚して、子供ができたらどうなるの」

「そもそも、結婚するほど親しくなることはないでしょうし、子供はまず生まれません」

学者が専門分野について解説するかのように、すらすらと答えてくるので、わたしは可笑しくなった。そして、ふうん、と答えながら「それならば、うちの嫁姑関係とは無関係だな」と判断した。

わたしと義母が対立する理由が、もしそのような過去からの因縁であれば、納得できるところはあった。だからこそ、あれほどまで自分の心が平静でいられないのだ、と。が、もしそうであるのなら、直人とわたしが惹《ひ》かれ合った辻褄《つじつま》が合わない。理屈からすれば、直人もわたしと敵対する海だか山だかの人となるはずだ。お互いを好ましく思い、結婚まで したのは筋が通らない。

「何かご質問はありませんか？」

最後に石黒市夫が言ったが、保険に関するものなのか、それとも、海と山の話についてなのかの判断がつかず、わたしは曖昧に、「いえ、今は特に」と答える。

⚖

体操服を着て笑っている私がいる。すでに写真自体がうすぼんやりと古ぼけており、背景の空も青くはない。ただ、その時に輝いていただろうよりも、今の私には眩《まぶ》しかった。

友達と一緒に誇らしげに、Vサインをしている。

小学校六年生の時だ。日付を見なくても分かる。万国旗が斜めに掛かっていた。リレーを走った後だ。覚えている。正確には、深夜過ぎに帰宅したダイニングテーブルの上に無造作に置かれていたこの写真を見たことで、思い出した。自分が覚えていたことを、思い出した。

六クラス対抗で二走者目が転んだため、いったんは五位まで落ちたのだが、次の私とアンカーの彼で挽回《ばんかい》し、一位となった。同級生は歓喜し、私たちは大興奮、その日を含め数日間は学級内ではヒーロー扱いで気分が良かった。

写真は人の姿を残し、こうして時を経た私にそれを見せてくれるが、この写真を撮った者の表情は残してはくれない。父が撮ってくれたのだと思う。きっとご機嫌だったはずだ。暗い室内で、仏壇のあるほうに目をやってしまう。

この小学生の時が自分のハイライトだった。

芋づる式に、中学時代の場面も私は思い出した。

学校からの帰宅途中、不良たちに絡まれている友人がいた。その友人こそが、私と一緒に小学時代のリレー大逆転の立役者となった、アンカーのあの彼だった。そのころはすでに、部活もクラスも違っており縁遠くなっていた。私は、小学校卒業時に、俺たちは親友だよな、と肩を組んだ記憶が蘇るのを必死に抑え、目を逸らして早足でその場を通り過ぎた。そそくさと立ち去る私のことを、彼が見ているのではないか、それが怖くて顔を伏せたままだった。

それ以降、校内であの彼を見かけるたびに罪の意識を覚えた。会話を交わしたことはあっただろうか。

ダイニングテーブルに座ったまま、溜め息を吐く。

「あら、お帰り」と後ろから声がした。妻が二階の寝室から降りてきた。

「起こしちゃったかな」深夜零時を過ぎている。「音を立てないように気を付けてはいたんだけれど」

「トイレ、トイレ」彼女は笑い、実際、トイレのほうへと消えた。

そして戻ってくる。「いつも遅くまで、仕事、大変だね」

「まあ、うん」

「寝不足は万病のもとだよ」「そういう言葉があるの？」

「言葉はないかもしれないけれど、人の体はそうなっているの。睡眠不足で、精神的にも身体的にもバランスが崩れるんだから」この間、テレビでやっていて」

「テレビは何でも知っている」私は言うが、実際のところ、妻の知識はテレビ番組の受け売りには思えないことも多かった。

「あ、その写真、懐かしい？」彼女は、私の手元に気づき、嬉しそうに言う。「この間、二階のお義父さんの部屋のアルバムで見つけたの」

「この時が人生のピークだったよ」本音を吐露したつもりだったが、妻が、「その後で結婚したわたしに失礼でしょ、それ」と言うものだから、ごめんごめんそういうんじゃないんだ、としどろもどろに弁明する。

「話して」

「え？」

「何か悩んでいるんでしょ。話してみてよ。こういうのって、誰かに話したら意外にすっきりするものだよ」

がたがたと椅子を動かし、すでに彼女は私の向かい側に座っている。

「大したことじゃないんだ。仕事のことで」

「担当する病院が変わったんだよね？」

「O病院のね」

綿貫さんから引き継いだのは一ヵ月前だ。仕事内容は特に難しくない。若院長のご機嫌取りと接待に体力を削られることはつらかったが、それはどの営業担当者も同じだ。O病院の場合は、綿貫さんが築いてくれた土台がしっかりしているため、改めて新しい取引をする必要もない。その土台を延々と磨き続ければいいようなものだ。

「O病院の今の院長って、ぼんぼんの、駄目な跡取りなんでしょ？」

どうしてそれを、と私は言いそうになる。「ぼんぼん」も「駄目」も主観に過ぎず、定義がはっきりしていないのだから、断定するのは気が引ける。「それもテレビで？」

「噂、噂。主婦の噂話って怖いんだから」

「でもO病院は、別にここの近所でもないし、話題になるとも思えないけれど」

「噂話の広がる速さ、甘く見ないほうがいいからね」宮子はそう言って笑う。「何に悩んでいるの？　悩んでいるのは一目瞭然、顔見れば分かるんだから」

私は両手で自分の顔を洗うようなしぐさをする。

見て見ぬふり、の問題なんだ、と言いかけた。

「あ、待って静かに」と宮子が指を口に当てる。何事かと思えば、視線を上にやり、耳をそばだてている。母が起きているんじゃないかと気にかけているのだ。

「そういえば、お義母さんって絵が上手なんだね」

急にどうしたのか、と言えば、母の描いたデッサン帳のようなものを見つけたらしい。確かに昔は、絵の勉強をしていたと言っていたのを聞いたことがあるが、絵が上手かったのかどうかまでは知らなかった。

「お義母さんに繊細な絵が描けるなんて意外で」

いつもは冷静沈着、感情的にならない宮子が、露骨に嫌味めいた言い方をした。母も妻もどうして仲良くできないのか。

黒のハンカチが歩道に落ちていたため、わたしは次の角を曲がり、立ち止まった。やがて背広姿の男が腕時計を確かめながら、「今、何時ですか」と訊ねてきた。

「合図、昔から変わっていないんですか?」黒のハンカチがあったなら、次の角を右折したところで待て。

「サインは日々変わるよ。ただ、古いのじゃないと君が分からないだろ」

「古いわたしのようなものを呼び出して、何の用なんですか」

情報員として働いていた時の、ほとんど年の変わらぬ同僚だった。突然、電話があり、昔ながらの隠語を使い、落ち合う約束をさせられた。

急な呼び出しに驚きはしたが、自分が現役の際にも引退した情報員にコンタクトを取ることはあったため、特別な事態とは思わなかった。

「あいつを知ってるだろ」元同僚が口にしたのは、解析部門の若い情報員の名前だった。末成り瓢箪じみた彼に、わたしは個人的な調査、義母に関する情報収集を依頼していた。なるほどその件か、とわたしは、「すみません、ちょっと義父の事故について知りたいことがあったので、頼んじゃいました」と謝りかけた。でも一度きりですし、警察情報を探ってもらっただけで、と。

　それより先に元同僚が、「あいつが襲われた」と言うものだから息を止めた。

　帰宅途中に運転していた車が当て逃げされ、意識不明となっているらしい。

「当て逃げ？　事故ではないんですか？　襲われた、と言うからには」

「最近、あいつが尾行されている痕跡があって、うちで調べているところだった。そこに、当て逃げだ」

「あの」わたしは最も気になっていることを口にする。「わたしが疑われているんですか？」

「今、あいつが狙われる理由を調べているんだが、業務外でいくつかのデータベースにアクセスしていることが分かった」

　やはり、それか。「すみません、わたしが」

「旦那の父親の事故死について調べてもらったんだろ。もちろん許せることではないが、すでに把握はしている。身内に頼まれて、簡単な調べごとをするくらいは、誰しも多かれ少なかれやっているから、大目に見ていた。ただ、あいつがずいぶん熱心に、君や君の家族について情報を集めているのが気になって」

「熱心に？」

「君があいつから報告を受けたのは」

「一度だけ」義父の転落事故の状況を、警察の情報から入手してもらった。「それ以降も、あいつは調査をしていた。その形跡がある」

頭に浮かんでいたのは、義母の姿だった。

元同僚の彼は、こちらの反応をじっくり観察してくる。すべてを話していないことくらいは見透かしているだろう。ただ、義母のことを今の時点で話す気にはなれなかった。

「わたしが、何か疑われているんですか？」ともう一度訊ねた。

いや、どちらかといえば心配しているのだ、と彼は言う。「先日、君も襲われた」

「偽郵便局員が」家に侵入して、刃物を振り回した。あれは突発的で、無差別の強盗犯、と見做《みな》されているが、わたしもちょうど今、そのことを後輩のことと結び付けていたところだった。「何か裏があるんですか？」と訊ねたわたしのほうこそ、その裏に当たりをつけている。

「何か分かったら連絡する。君も何かあれば」と言い残し、セールスマンの営業用を装った名刺を寄越《よこ》してくる。

「あの」とわたしは呼び止めた。「引退しても、わたしの情報とかは消してもらえないんですか？」

「情報は宝だからな。よほどのことがない限り、消せない。紙で管理されていた時代ならまだしも、今は全部、ディスクの中だ」

「そのうち、昔の人は紙に字を書いていたんですよ、と歴史の授業で習うかも」

家に帰りながら、わたしの頭の中では即席の会議が開かれる。現役の情報員だったころから、客観的に物事を見て判断を下すために、自分の意見に反対する別の自分との対話をする癖がついていた。

「お義母さんは怪しい」「といっても、あの解析部の彼を襲う理由がない」「わたしが頼んで、義父の事故を調べてもらった。彼がその後も、独自に調査をしていたのはなぜなのか分からないけれど、彼は彼なりにわたしの義母を怪しみ警戒する理由があったのかもしれない。そのことで義母に目をつけられたのでは？」

「憶測に憶測を重ねても、憶測でしかないけれど」

「ただ、彼女の周りで、人が亡くなりすぎているのは事実」

「誰の周りにいる人間も、いつかはみんな亡くなるよ」

「それにしても多いでしょ。彼女の両親は交通事故。彼女の夫は、神社の階段から落ちた。さらに、三太郎と呼ばれる男も、彼女と会った後で交通事故に」

「義母がその事故死に関係していると？　動機は？」

「少なくとも、ご両親が亡くなった後は保険金が手に入っている」

「だからってそこまでする？」

「世の中の犯罪の三分の二以上は、お金が原因で起きている。それに半月前に聞いた、あの看護婦長の証言もある」

元看護婦長の話を聞きに行ったのは、義母の両親、義父と三太郎が事故の後で運ばれた病院が同一であることが分かったからだ。自宅から近い距離の病院であるため、そこに運ばれること自体は異常とは決めつけられないかもしれないが、気にはなった。病院は院長の他界によりすでに閉院されており、当時、働いていた看護婦数人のその後を辿った。

大きな病院では、患者やその家族のことをいちいち覚えていられるはずがない。北山家のことですが、と訊ねたところで思い出すものなどない者がほとんどの中、当時、看護婦長をしていた女性が、「そういえば」と語ってくれた。「そういえば、北山さんの奥さんと病院長が懇《ねんご》ろじゃないか、って噂あったわ」

「ねんごろですか」

「院長と北山さんの奥さん、時々、二人でこそこそ話しているのを看護婦が見かけてね。そうそう、わたしね、前から言いたかったんだけれど、看護婦って言い方もどうかと思うのよね。女がやる仕事前提みたいになっているでしょ。看護士って資格もあるけど」

「看護婦」の名称については同感だ。それなりに意見を交わしつつ、どうにかこうにか話を聞き出そうとした。結果的には、「病院長と北山セツがこそこそ話をしていることが何度かあった」ということ以上の情報は得られなかった。

男女の関係、ねんごろ説よりも、わたしは別の憶測を巡らせる。

義母は病院長に何かを頼んでいたのではないか。

たとえば？

死因の捏造《ねつぞう》だ。義父にしろ、三太郎にしろ、真の死因は別にあるのかもしれない。事故ではなく、他殺だったのではないか。そのことを隠蔽するために、院長に協力を乞うた。

そう考えられないか。

だが、院長が医師としてのモラルを捨てて、嘘をつくだろうか。

義母が病院長の弱味を握り、脅していたとか。

「そこまでして、義母を悪者にしたいの？」もう一人のわたしはさすがに呆れ気味だ。

「悪者にしたいわけじゃないけれど、どう考えても裏があるようにしか思えない」

「機関で働いていた時、成心《せいしん》をもって人に臨むな、とさんざん学んだのでは？」

先入観は捨てなくてはならないことは重々承知している。

「だけど、お義母さんが解析部の彼にまで手を出すと思う？　過去を少し調べられたくらいで？　そもそも、郵便局員のふりをした刺客《しかく》を手配できるなんて、冷静に考えると突拍子もないことかも」

わたしは、わたしの指摘に対し、「それはそうだけれど」と口ごもりつつ、「でも」と続けたくなる。その、「でも」を遮り、内なるわたしが指摘した。

相性が悪いがゆえに、義母の力を過剰に捉えすぎているのでは？　坊主憎けりゃ袈裟まで憎い、とは違うけれど、義母が憎けりゃ義母が極悪人にしか見えない、という可能性はあるのか。

暗いフロア内が、明滅する照明でちかちかと輝く。ユーロビートに合わせて、けたたましく星が生まれ、瞬間的に消えていくかのようだ。

若院長は、どこから連れてきたのか、若くて豊満な体の女性を横に並べ、中身のない自慢話と下心のある猥談《わいだん》を繰り返している。私は適度な相槌を打ち、ご機嫌を取る。ずいぶん慣れたものだね。

誰がそう言ってきたのか、私には分かる。子供の頃の私だ。先日、自宅のダイニングテーブルの上に置かれていた、小学校時代の写真、あそこに写っていた私が、皮肉交じりなのか、それとも素朴に感心しているのか、言ってくる。

楽しそうでいいね。その女の人なんて、裸の上に裸を着ているみたいな服じゃないか。大胆なボディコンを見ることにも慣れてきた私は、その小学校時代の私に肩をすくめてみせる。

「北山ちゃん、ちょっと踊ってくるよ」と言い残し、若院長はダンスフロアへと移動していく。体を揺すりながら、不自然なくらいに女性と体を触れさせていた。若い女の肌や汗に薬効があると信じた行者が、必死に儀式を行っているかのような敬虔《けいけん》さすらあった。

小さな城で王様気取り、と医者に対して揶揄する同僚はいる。世間知らずで人生のほとんどを病院の中で過ごし、会う相手といえば、自分を、「先生、先生」と頼りにする患者ばかりで、ろくな社会経験もない、と。

ただ、世間知らずなのは自分たちも同じだ、という思いが私にはあった。

病院を巡り、夜の接待、ゴルフの付き合いに人生の大半を費やしている。私たちの業種だけじゃなく、どのような仕事でも似たようなもので、誰もが決まった範囲の小さな世界で生きている。一生でできる人生経験など高が知れている。

少なくとも医者は、人の病を治し、明確に役に立っているのだから、一般的な会社員よりはよっぽど価値があるのではないか。

こうして目の前で、痴態を披露してくれる若院長も決して、軽蔑すべき人ではない。

なるほど、じゃあ、そのお医者さんをこうして接待するのも大事な仕事なんだね。

小学生の私が、ほっとしたかのように言う。未来の自分の仕事にもちゃんと価値があるんだね、と。

以前の私であれば、「そうだよ、この仕事には意味がある」と即答できたかもしれない。

夜な夜な、心が爛《ただ》れるような豪遊をしていいのだろうか、こんなことをしている時間があるのならば家庭を大事にしなくてはいけないのではないか、といった罪の意識を振り払うために、自分に言い聞かせることができた。

が、今はそれとは違う次元の疑念が、私の頭に渦を作っている。

O病院は、若院長は、不正を働いているのでは？


その疑いが頭を過ったのは一ヵ月前、このディスコでだった。

その時も、やはりこのテーブルにいたのかもしれない。若者のありがたい薬効に触れ、享楽のダンスに夢中になる若院長を見て、よくこんな院長が経営してうまくいっているものだな、と呆れたのだが、そこで記憶のどこかから、以前、病院の待合を通り過ぎた際に耳にした老人の言葉が頭にぽっと浮かんだ。

「O病院は空《す》いているから助かるよな」

その時は、何とはなしに聞き流していたから、その言葉を自分が覚えていたこと自体に驚いたが、改めて反芻《はんすう》すると、空いているのに経営が成り立つ、とは世の摂理に反するように感じられるのも事実だ。

言われてみれば、営業で病院を訪れる際、受付や診察室が混雑している印象はなかった。

本当に経営はうまくいっているのか？

とはいえ、綿貫さんに雑談交じりに質問した時はまだ少し軽い気持ちだったのだ。

「若院長、いつもあんなに暇そうで、よくお金ありますよね」

てっきり綿貫さんからは、「おまえが行く時間は診察時間とずれているんだよ」と冷静な指摘か、「父親の稼いだお金を食いつぶすのが若院長の役目だよ」と皮肉まじりの悪口が返ってくるものだと想像していたが、反応は予想とは少し異なっていた。綿貫さんは目を強張らせ、「北山、何だ？　何か見たのか？」と言ったのだ。

「え」

綿貫さんははっとしたように表情を崩し、「俺が、せっかくおまえに担当を引き継いだんだから、余計なことは考えずに、ちゃんと決まりきったことをやっていればいいんだよ」と冗談めかしつつも、目元は縫い目きっちりの刺繍《ししゅう》のように綻ばなかった。

何かあるのだろうか？

疑惑を抱いたところで、集められる情報は限られており、O病院の経営状態や関係会社の動向を知るくらいしかできないだろうから、と気軽に調べはじめたのがいけなかった。思いのほか簡単に、O病院が何をしているのか、察しがついてしまったのだ。

保険料の不正請求だ。

新奇な悪事ではない。私も時折、そういった事例を耳にしたことはあった。実際には診療していないにもかかわらず、さも診察を行ったかのように書類を処理し、保険料を手に入れる。パターンは様々らしいが、路上生活者から健康保険証を安く買い取り、名簿化し、売買が行われているケースもあり、そういった場合は、もれなく、物騒な業者、ヤクザやそれに準ずる者たちが関係している。

ニュースで見る地上げ問題のように、現実の事件とはいえ自分とは無縁の出来事、それと同じようなものだと思っていた。まさか、O病院が？　にわかには信じがたく、さらに言えば、私が手に入れたのは確固たる動かぬ証拠ではなく、状況証拠からの推測に過ぎなかったため、いっそう、「まさかね」の思いが強かった。

いったいどうすればいいのか、と悩んでいる時、あの小学校時代の写真が出てきた。自分の力で勝利を手にし、満面の笑みを浮かべている少年の私と、そこから思い出された、友人の危機を見て見ぬふりをした思春期の私、その二人が私の中に立ち昇ってくる。

悪いことをしている人がいたら、ちゃんと報告しないといけないんだ。

小学生の私は、そう言う。

いや、綺麗事だけでは大変なことになる。時には見て見ぬふりも必要なんだ。そうだよね？

中学生の私はたぶん、今の私を擁護してくれるだろう。

汗をかきながら若院長が戻ってきて、私はさっと立ち、迎え入れる。いちいちそのような仕草をするのは大仰に過ぎたが、当の若院長は満足そうなので、遠慮する理由がない。

「あ、先ほどの女性は」赤のボディコンを着た女性の姿がない。

若院長は不貞腐《ふてくさ》れ、「知らない。どっか行った」と短く答える。大方、別のいい男を発見し、そちらについていったのだろう。

「今度、北山ちゃんの奥さんに会わせてよ」

「え、うちのですか」

「そうそう。こういうところの女はさ、すれていて駄目だよ。尻が軽いというか、もうさ、軽すぎて頭より尻を上にして歩いているようなもんだろ」

女に逃げられたことが腹立たしいのだろう。こういった場合、手っ取り早く、私を見下せる話題を口にし、削られた自尊心の穴を、優越感のパテで埋めようとするのが若院長のパターンだったが、私の妻を話題にしても仕方がないのでは、と訝《いぶか》る気持ちもあった。

すると若院長は、「どうせ」と続けた。「北山ちゃんの奥さんなんて、地味でぱっとしないんでしょ。俺は、そっちのほうがいいよ。高級料理よりも、白米だよ。地味だけど飽きない。立場を弁《わきま》えてる。きっとそんな感じだろ」

「若院長、うちの妻のこと悪く言わないでくださいよ」抗議をしたが、相手にとっては抗議のように見せかけたお追従《ついしょう》と思えたのかもしれない。

「悪くなんて言ってない。単に、奥さんに会わせてよ、と言ってるだけで」

「いや、うちの妻は会わせるほどの」どうしてここまで遜《へりくだ》らなくてはいけないのか、と思いながらも、感情を殺して言い返す。

「まあそりゃそうだろうけども」

若院長のその言葉で、私に罅《ひび》が入った。亀裂の入る音がする。

「でも、いいじゃないの、うちらのおかげで北山ちゃんたちの仕事も成り立ってるんだからさ、細かいことを気にせず、俺の言うこと聞いてよ」

別にO病院だけと仕事をしているわけではありません、と言いたいところをぐっとこらえる。

背後に、二人分の視線を感じる。小学生の私と、中学生の私、彼らがこの今の私がどのような態度を取っているのかを、じっと観察しているのだ。

これが今の俺の、未来の君たちの仕事なんだよ。

言い聞かせるように、私は思う。大変だけれど、がっかりする必要はない。これはこれで大事な仕事なんだ。

でもその人、悪いことをしているんでしょ？

まだ決まったわけじゃない、と私は内心で答え、そうだまだ決まったわけじゃないのだ、と強く念じる。

「最近、別の病院の奴に聞いたんだよ。あそこはさ、北山ちゃんのところとは違うけど、そこの製薬会社から散々、接待されてね。ほら、前に飛行機チャーターして、北海道にラーメン食べに行ったっていう、そうあの、あいつ」若院長は目が据わり、口調がきつく、その分、余計に本音を吐露する様子だ。「今度ね、営業担当者の恋人と一日デートすることになったんだってさ。好きにしていいですよ、って。俺が思うにたぶん、その営業、どこかのソープ嬢を恋人に仕立てて、あてがうつもりなんじゃねえかな」

ソープ嬢なら安易にあてがってもいい、という言い方に、私は抵抗を覚える。さらに話がもっと嫌な方向に流れる予感もあった。

「で、俺はそれに対抗して、営業の恋人じゃなくて、営業の奥さんとデートしようかなと思ったんだよ。どうこれ。いつ別れるか分からない恋人よりも、夫婦の約束を交わした奥さんのほうが興奮するよね。ほら、ここまで言えば分かるでしょ。全部言わせないでよ」

少年時代の私、過去の私が不安そうに見つめる中、さすがにここで、自分の感情を殺し、みっともなく下を向いていることができなかった。

気づけば、「若院長、確認したいことがあるんですよ」と言っていた。

投げるべきかどうか逡巡《しゅんじゅん》していた爆弾を、そもそも爆弾なのかどうかもはっきりせず、仮に爆弾だったとすれば爆発の影響範囲はどの程度なのかも分からず、だから投げずに隠していたものを、あっという間に放っていた。

やっちゃえ、と小学生の私が声を上げ、中学生の私が目を見開いている。

「確認？　性病検査ならしてるよ。こう見えても、俺、医者だよ」

品のない若院長の言葉が、私を後ろから押した。

「空診療《から》のことでして」丁寧な言葉を使い、回りくどく、抽象的な訊き方をするつもりが、単刀直入に近い言い方になっていた。

手を離れた爆弾の軌道を茫然《ぼうぜん》と眺め、血の気が引く。

若院長は一瞬、動きを止めた。はっとし、体を硬直させた後で、むっとし私を見る。ちっ、と舌打ちした気配すらあった。はっ、むっ、ちっ、といった反応にすべてが顕れている。

目の前が暗くなった。ただ、私を見ている彼らのためにも、ここで引き返すことはできない。賽《さい》は投げられた、後は野となれ山となれ。野も山もどちらも歓迎だ。妻の宮子の姿を思い出し、ごめん、と謝ってもいる。

「空診療？」今まで見たことがないほどに、若院長が顔を歪《ゆが》めるものだから、私も怯む。すみません、と一気に撤退したくなるが、背中のほうから強く支えてくる力を感じた。

慌てないで。こういうのは動揺を隠すための顔だよ。焦ってるから怒ってみせてるだけだ。子供の頃の私のほうが冷静だった。

「はい、空診療による不正請求のことです」O病院がそれをやっている、とも、やったことがありますか？　とも言っていない。キーワードを並べただけの、質問どころか感想とも呼べない、言葉の投げかけに近い。相手の反応を見て、次の展開を考えるつもりだった。

「ふうん」と若院長は口を尖らせる。

どう出てくるのだろうか。

それよりも私はどうすればいい？　感情に流されて言ってしまったものの、もちろんそのことに後悔はなかったが、これはどのように収拾すべきことなのか。離陸したものの、着陸の方法が分からない。

若院長が急に酔いが蒸発した顔で、口を開いた。「これさ、綿貫ちゃん、知ってるの？」

「え」

「綿貫ちゃんと話をしてきなよ。まったく」若院長は、私を見下すように鼻から息を吐き出した。


後輩情報員が意識を取り戻した。元同僚から、例によって少々面倒な手続きを介してその連絡があった時、わたしはすぐに、「これで義母の正体がはっきりする」と確信した。彼から、自分を当て逃げした犯人の情報が入ると想像したからだ。

いよいよ、わたしと義母の力関係に変化が訪れる、と気を引き締めた。シーソーのこちら側がぐっと重く下がり、義母はふわふわと浮かび上がるほかない。

だが、山下《やました》公園のベンチで会った元同僚に告げられた事の次第は、予想に反したものだった。

後輩情報員が実は、ソ連側から指令を受けた潜入工作員で、彼が殺されかかったのは、その任務から降りようとしたがためにソ連側が怒ったためだ、と言うのだ。炒飯《チャーハン》を注文したのにパフェが運ばれてきたかのような当惑を覚えた。「これ、頼んでないですけど」と言ってしまったほどだ。

「頼んではいないとはどういうことだ」

「それよりも教えて。ようするに彼は、お蕎麦《そば》屋さんに襲われたってこと？」

ソ連のことを「ソ」がつくから蕎麦屋、アメリカのことを米屋と呼ぶのは、さすがに安易な隠語だから業務中には使ったことがないが、引退後の会話なら問題なかろう。

「そうだ」

「それなら、わたしは無関係ってこと？　彼が、わたしの家族のことを独自に調べていたというのは」

「関係はあった」

「どういうこと？」

「君の引退試合があっただろ」

「引退試合？」と訊き返した後で、理解する。直人の両親と初顔合わせの日のことだ。たまたまわたしは、ソ連側の神経毒を所持した犯人を発見し、捕らえた。確かに今から考えれば、あれが最後の大仕事だった。「あの時、あの彼が敵工作員を」

解析し、絞り込むはずだったが、「蕎麦屋」の誘導に引っかかり、情報員たちはまったく別のターゲットに振り回された。

「わざとだったんだ。あいつは、わざと解析ミスをした」

「新人ゆえに、相手の情報操作に引っかかったんじゃなくて？」

「そう思われるように、装っていたってわけだ」

わたしは、あの末成り瓢簞的な彼のことを思い出す。頼りなく、憎めない弟じみた彼が、実はこちらを翻弄する実力派間諜《かんちょう》だった。言われても実感が湧かない。

そしてついでのように語られた次の話が、わたしをさらに驚かせた。

「君が家で襲われた件、あれもようするに、彼が関係していた」

「え？」

「もっと言えば、君の引退試合だ。国内に神経毒を持ち込み、工作員がパニックを起こす予定だったのを、君が邪魔した」

「人の恋路と神経毒は邪魔したくなかったんだけれど」

「あいつは、蕎麦屋との関係を断ち切るために、君を差し出すことにした。交換条件みたいなものだ」

「でも、わたしの引退試合って七年くらい前のことだけど」

「あの作戦を邪魔した、手強い諜報員の正体がようやく判明した、とでも言ったのかもしれない」

「それで？」

「じゃあ、その優秀な諜報員を始末しろ、とあいつは命令された」

「で、偽の郵便局員が派遣されてきたってこと？」

「ああ。ただ、失敗した。そのあたりで、蕎麦屋からの信頼もなくなっていたのかもしれないな。揉めた結果、あいつは車に当て逃げされた」

とりあえず、これにて一件落着、他言無用でよろしくな、と元同僚はすっきりしたような表情で立ち去ったが、わたしはといえば、すっきりどころか、頭の中で出来上がりつつあったパズルが豪快にひっくり返されたショックで、しばらく考えがまとまらなかった。

義父や三太郎の死の裏には、義母の影があり、それを調べはじめたわたしに対し、彼女が攻撃をしかけてきた。そう推理していた。

今回の、解析部門の彼が当て逃げされたのも、間違いなく義母の仕業だと。

ところが、わたしを襲ってきた偽郵便局員の正体がソ連の暗殺要員だと判明し、義母が関わっていないことはほぼ確定だ。自分の被害妄想だった、と恥ずかしくなる。

「どうしたの、何かわたし、変？」ソファに座っている義母が、観ていたテレビ番組がコマーシャルに入ったタイミングで、そう言ってきた。

「え、どうしてですか」変といえば、いつだって変だ、わたしには。

「なんか視線を感じたから」義母は眉をひそめ、不快感を隠そうともしない。「白髪が増えたとか思われているのかしらって」

「何言ってるんですか、お義母さん、白髪少ないじゃないですか」

実際、義母の頭髪は黒々とし、ボリュームがあった。本来なら年相応に、薄くなるべき個所や、萎《しお》れるべき部分があるはずなのだろうが、髪は多く、肌もつやがある。誰かから養分でももらっているのではないかと言いたくなる。もしかしたら、わたしが乾燥肌になっているのもそのせいか。ぶつぶつと文句が頭に浮かんだ。

てっきりお義母さんが、身内を殺害する犯罪者だと決めつけていたけれど、違うと判明して拍子抜けしたんじゃないの？

もう一人のわたしが、わたしに皮肉交じりに訊ねてくる。

そこまでして、義母を犯罪者に仕立て上げたいのか。

保険会社の石黒市夫のことがまた頭をかすめる。彼によれば、わたしと義母の間には、個人的感情を超えた、昔からの因縁が関係しているという。猫がなぜネズミを追いかけるのか、猿と犬はどうして喧嘩するのか、なぜなら干支《えと》を決める際にね、と昔話を持ち出されるようなものだ。が、今や、それも笑い飛ばすことができなくなっている。

「昔から、お父さんにはからかわれてね。おまえの髪は硬いし、多いし、丈夫だから何かの役に立てればいい、って。筆にでもすれば、いいんじゃないかとも言われて」

「お義母さん、絵が上手だから」話を合わせるために言ったのだが、先日見たスケッチブックのデッサンに感心したのは事実だ。

「絵なんて描いたって、一銭にもならないけれど」

「お金が欲しいんですか？」

「そうじゃないけど、趣味で描いてもねえ。まあ、わたしみたいな主婦は時間もあるから、それでもいいんだけど」

「絵が趣味っていいじゃないですか」

義母はそこで一瞬黙り、わたしをまじまじと見た。

「どうかしましたか？」不安に駆られる。

「いいえ、珍しく、本音で言っているように聞こえたから」義母が肩をすくめる仕草をした。

「いつも本音ですよ」

「はいはい」

明らかにこちらを小馬鹿にした調子だから、わたしは湧き上がる苛立ちの高波を必死に鎮める。

三日後、わたしは久しぶりに、直人と出かけた。ブランドバッグの店やブティックを覗いた後で、銀座通りを歩く。楽しい時間ではあるものの、隣の直人の顔色は明らかに冴《さ》えず、目を逸らしているうちに倒れるのではないか、と気が気ではなかった。

「どうしたの？」直人が訊ねてきた時、本当であれば、わたしのほうが先に投げかける台詞のはずだったから、出遅れたことが悔しかった。「考え事をしているみたいだけど」

「久しぶりに直人とこうしてデートに来られたことに、しみじみ感じ入ってるだけだよ」

信号待ちの際、電光掲示板に、天皇陛下の容態に関するニュースが表示され、流れていった。生まれてこの方、昭和の時代しか経験していない身としては、このまま永遠に昭和が続いていくと思い込んでいた。去年、体調を崩したものの、開腹手術を受けた後は、歴代天皇において初の開腹手術という報道に悠久の歴史を感じずにはいられなかったが、とにかく少しずつ落ち着いてきた雰囲気があった。ニュースによれば今年に入り、また病状が悪化してきたらしい。「自粛」の言葉が広がりはじめている。祭りの開催が見合わされ、CMの「みなさん、お元気ですか？」の音声が消える、と話題になった。難しいところだ。

集団生活において、他者の悲しい出来事を共有し、不謹慎な者を非難するのは大事なこととも言える。大変な人がいるのに、こっちだけ楽しんじゃって、ちょっと申し訳ないな、と思う感覚は、「俺たちには関係ないからな」と開き直るよりもよほど好感が持てる。

「直人こそ大丈夫？　せっかくの休みなんだから、家でゆっくり過ごしていたほうが良かったんじゃないの？」

「いいんだよ。こういう時間を大事にしないと」

その言葉にわたしは感激する一方、声にどこか悲観的な色が滲んでいることが気になった。

「仕事、大変？」仕事が大変なのは聞くまでもない。帰宅時間や帰宅後の顔つき、出社時の憂鬱《ゆううつ》そうな表情から一目瞭然だった。水を向け、苦労を言葉にして吐き出させたかったのだが、わたしが予想した以上に、直人は顔を引き攣らせた。「やせ我慢」と題名をつけて貼り、出品できるのではないか、と思えるほどに歯を食いしばり、「まあ、それなりにね」と肩をすくめるものだから、これは相当深刻な段階に入ってきていると分かった。

残業が多くなったころの直人のぐったりとした様子は、睡眠不足と疲労が主な原因のものだった。心配はあったもののあくまでも身体的なダメージによるもので、仮に部署が変わり仕事が楽になれば状況は改善されるたぐいのものに思われた。それがだんだんと溜め息が増え、もっと気持ちの上での負担で疲弊してきたのが見て取れ、さらに一昨日《おととい》あたりからは、目に怯えが見え隠れするようになった。

「O病院ってどうなの？」直人が担当していると聞き、わたしは簡単にO病院の評判を調べたことがあった。前の院長は人望があり、親しまれていたが、引き継いだ長男のほうはエリート意識が強い後継者、といったところだった。馬鹿なぼんぼんを接待するために、直人がわたしとの時間を削ることには腹が立ったものの、大きな害はないかと考えていた。

「え」直人は敏感に反応し、「どうして、O病院のことを？　何か知ってるの？」と動揺丸出しとなる。

「単に、直人が営業担当だから聞いただけで、深い意味はなかったんだけれど、その様子だと、何かあるの？」

「ああ、いや」直人は遠くを見るような顔つきで、口ごもる。

銀座通りには人がごった返し、車道にはタクシーが、川を作るように走行していく。穏やかにたゆたい、見るものの神経を落ち着かせてくれる自然のものとは対照的で、競い合うように流れていた。

「たとえば、たとえばの話だけれど、もし俺が会社を辞めたらどうする？」

なるほど、とわたしは思う。「別にどうもしないよ。直人が辞めたほうがいいと判断するならそうすればいいし。今は就職口ならいくらでも」

転職が容易な時代はすぐに終わるだろう。正社員よりも自由のあるフリーターがもてはやされていたが、そう言っていられるのも今のうちかもしれない。十八世紀の南海泡沫事件が起きたころのイギリスと同じく、今のこの国は、ひと夏の短い夢を見ているに過ぎない。夢から覚めれば、あとは地道で、苦難の続く現実が待っている。わたしの分析からすればそうだ。

ただ、直人が今の製薬会社に固執する必要は感じなかった。「わたしのことはまったく気にしないでいいから、直人が楽しく生きられるように、選択してくれればそれで」

直人の表情に、明かりがぱちっと灯るが、まだ常夜灯レベルだ。

それからわたしたちはホテルで数時間、裸になり、義母と同居する家ではできないほど奔放に抱き合い、その間だけは、わたしはもちろんおそらく直人も頭に浮かぶもやもやとした悩みに蓋をし、心地よさを堪能《たんのう》した。本当ならば宿泊したかったのだがそうもいかず、結局、帰路についたのは深夜近くになっていた。

直人は浮かない顔ながら、少しはリフレッシュできたのか、溜め息の数が減っている。

人影に気づいたのは、自宅の町内会エリアに入ったあたりだ。背後から近づく者が数人、明らかに息を殺している。

お蕎麦屋さん、まだ、根に持っているわけ？

元同僚は、もうわたしが狙われることはないと言っていたが、話が違うではないか。

直人と一緒となると、自由に動き回ることも難しい。相手は武器を持っているのか、それが銃なのか刃物なのか、はたまた毒のようなものなのか、それによっても対応は違ってくる。わたしは直人との会話を続けながら、背後に意識を向けていた。

「おい、ちょっと待てよ」

品のない声が後ろから飛んできた。その時点で違和感を抱いた。直人がはっとして振り返るのに合わせ、わたしも後ろを見るが、どこからどう見ても組を構成していると思しき男たちが三人いる。

違う、とわたしはとっさに判断できた。ソ連側による襲撃であれば、このような段取りは踏まないだろう。声をかけるまでもなく、背後から一気に攻撃をしかけ、可能な限り素早く、できるだけ静かに目的を果たす。このように、見るからにヤクザ、といった者を派遣し、昔の武将が戦《いくさ》の前に、「我こそは」と自己紹介をするが如く、挨拶をさせるような愚かな真似は絶対にやらない。たまたまいちゃもんをつけてきただけなのか？　夜中に仲の良さそうな男女を見れば、冷やかさずにはいられないという者はいる。

「おい、おまえ」彼ら三人のうち二人は高そうなスーツ姿で、もう一人はスタジアムジャンパーを着て、金髪だ。体の動かし方からすると元ボクサーだろう。

そこで直人が、「はい」と声を震わせた。「何ですか？」

「忠告だ。余計なことに首を突っ込むな。いいな、分かってるよな」と真ん中の男が胸板を張るような姿勢で言った。声は大きくなかったが、暗くなった町の冷たい歩道をびりびりと伝い、こちらの体に響く。脅し慣れているのだろう。

余計なこととは何だ？

頭を回転させている横で、直人が、「余計なこと？　それというのは」と言う。足を震わせている。怯えがこちらにも伝わってくる。

目的はわたしではなく、直人のほう？

実際、彼らの視線の大半は直人に向いており、時々、スタジャンの金髪男がちらちら、品定めをするような視線を、わたしに寄越すくらいだ。

「とぼけるんじゃねえよ。分かってるだろ。おまえがいい子ちゃんぶると、俺たちの仕事も困るんだ。別に、見て見ぬふりしたって、世の中にさほど影響はねえ。分かってるだろ。賢くなれよ」男は言い、「綺麗事のせいで、ほら、こんなに綺麗な奥さんが、汚くされちゃう可能性だってある」と意味ありげに続けた。

わたしは目を見開き、おぞましさに茫然とする。というふりをした。

怖くはなかったが、困ってはいた。どうやって対処すべきか。松坂屋《まつざかや》で買った服の入った紙袋をじっと見つめる。

直人の横顔をちらと見つめる。

そこで、わたしの人生において、感動的なことが起きた。直人がすっと、わたしを守るように一歩前に、盾になるかのように足を踏み出したのだ。彼が怯えているのは間違いない。立っているのもやっとで、突然の脅迫者の登場に、落ち着きを失っているはずだ。その状況で、このわたしを守ろうとしてくれた。

街路灯がこの瞬間、美しく光り、スポットライトを直人に、わたしに当ててもいいかもしれない。夜の星が揺れ、交響曲の一つも流れてもいい。

いや、それはもう少し後に取っておこう。

「彼女には手を出すな」

直人はそう言った。ような気がする。わたしは、うっとりとしていたので、空耳だったのかもしれない。男たちは余裕のある笑みを浮かべている。人数で優位に立ち、しかも喧嘩慣れしているのだから卑怯《ひきょう》この上ない。

「挨拶がわりにおまえの腕を折っていく。こっちはここまで来るのに骨を折ってるんだからな」

気が利いているのかいないのか、そう言って男が近づく。ほかの二人もにやけながら、のしのしと続く。

さてどうしよう。どうやろう。わたしはまず、紙袋を持ち替え、中の荷物を片手で触る。買った服が包装紙に包まれ、リボンが巻かれているのだが、そのリボンを指でそっと引いた。

そのあとで、「あ」と彼らの背後を指差す。さも、知り合いの姿が見えたかのように装った、見え見えの注意の逸らし方だった。

見事に引っかかり、三人そろって後ろを見てしまうものだから、苦笑せざるを得ない。

わたしはすぐに直人の手を引っ張り、逃げましょう、と後ろへ走り出す。同時に、持っていた紙袋の中に入っていた服を、道路に落とす。直人が慌ててついてこようとした時、さっと足を出し、わざと転ばせ、彼が地面に倒れそうなところ、その頭の部分に松坂屋の紙袋を被《かぶ》せた。そのあとで、彼のベルト部分をつかんで引っ張り上げ、まっすぐに立たせる。包装紙を巻いていたリボンで、紙袋を外側から軽く縛る。これで簡単には、外れない。

突如、視界が消えたからか直人は、何が起きたのか分からず、おろおろとしている。喚《わめ》いているが、紙袋に息がぶつかるので、よく聞こえない。

じっとしていたほうがいいかも。紙袋を被った頭の、耳あたりにわたしは言う。

あとは男たちの相手をするだけだから、これはもう簡単なものだ。自分の夫に紙袋を被せた、奇行妻にぎょっとしている彼らは隙だらけで、まずは真ん中の男の顔面に掌底《しょうてい》を、手首近くの固い部分をぶつける。その右隣の男にも同様に、鼻に掌底突きを食らわす。二人とも顔面を押さえ、しゃがみこんだ。

残ったのは、元ボクサーと思しき、スタジャンの男だ。さすがに気を引き締めたのか、ファイティングポーズを取り、リズムよく足を動かし、左へ左へと回るように移動する。

わたしも両手で防御を作り、男に合わせて体の向きを変えていく。

時間をかけるつもりはなく、睨めっこをする気はなかった。早く仕掛けてきてよ、と思った瞬間、男が前に飛び出し、右拳を振った。

わたしはその場で沈む。足をほとんど百八十度開脚し、地面にぺたりと股をつけるようにした。男のパンチはその上を通り過ぎる。開いた足を閉じる反動で、また体を元の位置に戻しながら、下から掌底を男の顎に当てた。

手ごたえはあった。スタジャンの男がふらっと揺れ、その場に倒れる。

わたしは彼らを気にせず、すぐ直人のもとに駆け寄り、リボンを取ると紙袋を破いた。

「宮子！」直人が心配そうにわたしの名前を呼び、抱きつくようにしてくる。「無事か」と何度も言った。

はい、今。念じた瞬間、月が角度をくるっと変え、わたしたち夫婦に照明を当て、空に光る小さな白い星が小刻みに揺れ、雲が流れ、音楽を奏ではじめる。

いつ眠ったのか、気づけば窓からの日差しが寝室に射し込んでいた。はっとし、周りを窺い、慌てて一階へ降りていくと宮子が朝食の準備をしており、「お義母さん、今朝は朝イチで古谷さんとお出かけ」と言ってくる。

そんなことよりも、と私は声を高くした。待ち伏せされ、危うく腕を折られそうになったのは昨晩だが、本当にあったことなのかどうか、実感がない。

宮子が言うには、パニック状態となり紙袋を放り投げたところ、それが何と私の頭に被さったらしかった。しかも宮子が立ちすくんでいると、なぜか、あのヤクザらしき男たちが仲間割れをはじめ、急に同士討ちとなったのだと。

説明を聞けば聞くほど、夢のよう、というよりも嫌な夢を見ただけとしか思えなかった。

「いったい何があったの。あの人たちは何なの」ダイニングテーブルで向かい合った彼女が、そう訊ねてくる。

時計を見ると会社へ向かう時間が近づいている。宮子を巻き込んでいるのは間違いないため、説明は必要だ。「今度ゆっくり話をするけれど」と断った上で、概略を話した。

O病院が不正を働いている可能性があること。そのことに気づいたため、最近は悩んでいたこと。先日、自分が不正を知っていると若院長に知られてしまったこと。どうしたものかと思っていた矢先、昨日の出来事が起きたこと。

「その不正請求に、あのヤクザたちが関係しているってことね」

「たぶん。どこからか健康保険証や名簿を用意しているのは彼らなのかも」

「駄目院長が告げ口したのかな。あなたを口止めしないと、面倒になっちゃうよ、って」

「かもしれない。まさに、藪《やぶ》をつついたら蛇が出てきたような」

「この場合は、藪をついたのは悪いことじゃないでしょ。見て見ぬふりできなかったんだから」

そうなんだ、と私は強くうなずく思いだった。「小学生の自分に対して立つ瀬がなかったから」そして、中学生の自分を勇気づけたかったからだ。

「何のこと？」

「警察に通報しなくて良かったのかな」私はそのことにやっと思い至る。昨日の出来事は明らかに、警察が捜査に当たるべきたぐいの事件だ。

「通報したほうが良かったのかも」宮子もうなずく。「ただ、そうするとＯ病院の悪事が表に出ちゃうよね」

その通りだ。もちろんそうなるべき、とは思うが、一方で、まだそこまで覚悟ができていない自分もいた。若院長の発した、「綿貫ちゃんと話をしてきなよ」の言葉が引っかかってもいる。

「警察には曖昧に連絡しておこうか。夜中に、物騒な男たちが絡んできて怖かった、って。そうすれば、パトロールはしてくれるだろうし」私の思いを忖度《そんたく》してくれたのか、宮子はそう言う。「Ｏ病院のこととかは伏せて」

自分よりも彼女のほうがよほど落ち着いている。

出社した私が真っ先にやったのは、綿貫さんを探すことだった。話をしなくてはいけない、どこまで綿貫さんは知っているのか、できれば綿貫さんは無関係であれば、と縋るような思いを抱きながら社内を行き来した。営業部の上司や同僚に訊ねても、まだ出社していない、休暇の連絡もない、と答えがあるだけだ。

鼓動が速くなり、嫌な予感が私の体の中を巡っている。いてもたってもいられなくなり、私は外回りを装い、綿貫さんの自宅マンションへ向かった。タクシーで帰宅する際に何度か同乗したため、場所は分かる。

綿貫さんはいなかった。インターフォンを押しても返事はなく、その時点で私にできることはなくなった。

おそらく急用ができたのだろう。親戚に不幸があったのかもしれないな。もしくは体調を崩し、病院に行っているのだな。

自分を安心させるためにいくつもの理由を、頭が生み出す。そのどれかに寄りかかりたかったが、いずれの理由も少し触れただけでぱたんと倒れてしまいそうだ。

どこの誰に相談すべきか。

それすら思い浮かばなかった。O病院の若院長に連絡をしたのは、事情を知っているとすれば彼しかいないのでは、という思いからの窮余の策だ。

電話をかけると、若院長は思いのほか愛想が良く、「この間はつっけんどんな態度をして悪かったよ」と言った。「改めて、話をしたいんだ。もうさ、いろいろ腹を割って、話を聞いてもらったほうがいいと思って」

「綿貫さんと連絡がつかなくて」

「ああ、それも大丈夫。今から、こっちに来てくれるかな」

「病院にですか？」

進むべき方向を見失った状況で、案内板を出されると、その矢印を疑うより従いたくなるのかもしれない。私は言われるがままに、O病院に向かった。タクシーを降り、敷地に近づこうとしたが、そこで羽交《はが》い締めにされた。

強い力で押さえられ、口を塞がれる。息ができないまま、後ろに体が反らされるため、空だけが見えた。青く、雲一つなく、濃淡すら分からない。

なぜか不意に、周囲が燃えている場面が見えた。日本家屋が焼けている光景の中に私はいた。熱さよりも音と煙に囲まれている。向こうから人影がくる。前に出した私の手はひどく小さく、小学生よりももっと前、幼いころの自分だとようやく気づいた。

男たちに引きずられ、車の中に押し込まれると、直後に頭を殴られた。意識を失うようなことはなかったが、痛みがひどく何も考えられない。

宮子へ。こんなことをしてしまい、本当に申し訳ない。今まで本当にありがとう。君と結婚できて本当に幸福だった。いろいろな人に迷惑をかけて本当につらいので、自分で命を絶とうと思います。

「本当に、が多い」

指摘され、私は顔を上げる。前に立っているのは、スーツ姿の綿貫さんだった。アルマーニのダブルに、黄色のネクタイ、きっちりと固めたヘアースタイルは、スマートに仕事をこなす、いつも通りの綿貫さんだったものだから、営業報告書の書き方指導をされているような錯覚を覚えてしまう。自分が置かれている立場を見失っており、「綿貫さんが無事で良かったです」と的外れなことを言ってしまうくらいには、頭が混乱していた。

「本当におまえはよくできた後輩社員だよ。真面目で、人がいい」

「ありがとうございます」

綿貫さんの眼差しに同情が滲んでいた。「引き継いだ仕事もちゃんとやってくれる。だから今回も安心して、仕事を任せられるよな」

「いえ、さすがに引き継げないですよ。不正請求は、綿貫さんが入れ知恵したんですよね。

それが分かった今、O病院の担当から外してください」

「北山、違う」

「違うんですか？」

「もちろん、おまえがO病院の担当を、何も考えずに続けてくれればいいとは思っていた。ただ、余計な勘繰りと余分な正義感を出してしまったんだから、さすがに今までと同じようにやってもらうつもりはないよ」

「担当替えですか」

綿貫さんはきょとんとした後で、笑った。「おまえは鋭いのか鈍いのか分からないな。いいか、担当替えも何もない。おまえが引き継ぐのは、もっと違うことだよ。だから、それを書いてもらっている。そうだろ」

あまりの恐怖に、記憶を消したかったのかもしれない。

自分が今、書いているものは遺書だ。

今書いた文章を目で追い、「命を絶とうと思います」の部分を読み、その意味するところを把握した瞬間、鳥肌が全身に立ち、前が真っ暗になった。

私は遺書を書かされているのだ。自らの意思に背いて、だ。

両脇にいる男たちがぐっと椅子に身体を押し付けてくるため、私は自分が暴れたことに気づいた。

このままでは死ぬ、危険だ！　と察知しているのは、私の頭のほうではなく、体のほうだ。頭は依然として現実を冷静に見つめることができず、まさか自分がそのような目に遭うわけがない、綿貫さんがひどい人間のはずがない、と理性的な判断を下そうとしている。理性よりも、直感的に危険を受け止めている身体のほうがよほど理性的だ。

「早く書いてくれよ、北山」

「綿貫さん、どうするつもりなんですか。こんなことをして」

「こんなことをして？　そんなに俺のことを心配してくれて本当にありがたいよ。安心していいぞ、北山。俺は大丈夫だ」

「不正請求の件は」

「おまえが全部、俺の罪を背負って自殺してくれるんだから、大丈夫だ。本当に感謝している」気の進まない接待を私が代わりに行ってあげた時にも、綿貫さんは似たようなことを言った。どういたしまして、と答えそうになった後で、「本当に」という言葉が多いのは綿貫さんのほうではないか、と言いたくなる。

「とにかく早く、書いてくれよ。遺書。俺、この後、六本木でデートなんだから」

軽薄な言い方が、ますます私を狼狽《ろうばい》させる。このままではまずい、相当にまずい、と私は慌てて、「書きたくありません」と言った。声が震えているが、どうすることもできない。自分が書かなければ、遺書はできあがらない。

それでも命を奪われる可能性はある。が、だとしても自分が罪を被ることからは免れる。それがせめてもの抵抗だ。私の頭がようやくまともに働きはじめた。

どうして自分が言いなりにならなくてはいけないのか。怒りがやっと湧いたが、そこで綿貫さんの言葉が、またしても私の頭を硬直させる。

「北山、奥さんのこと大事だろ」と言ってきたのだ。

「え」

「いや、奥さんを守るためにも遺書を書いたほうがいい」

「どういうことですか」とぼけたわけではなく、実際に何も考えることができなくなっていた。

「おまえが遺書を書いてくれれば、奥さんには何もしない。ただ、それを拒んだったら、奥さんもただじゃ済ませない」

「どっちにしても」

「そうだよ、おまえはどっちにしろ死ぬ。ただ、おまえだけが死ぬのと、奥さんもひどい目に遭うのとどっちがいい？　奥さんの命は奪わない。けれど、ほとんどそれに近いくらいに、大変なことにはなるだろうな」

私は、勢いよく立ち上がっていた。すぐに男たちが、片腕の太さが私の太ももほどあるのだが、彼らが強い力で押さえる。肩に指が食い込み、肉がちぎられるかのような痛みに、動物の鳴き声じみたものが自分の口から洩れた。

「ひどいじゃないですか」

「俺にとってはひどくないんだよな、これが」綿貫さんは本心からそう思っているようだった。「選択肢はそれほどない。奥さんも道連れか、もしくは奥さんを助けるか」

「保証がないです」ようやくそれだけは言えた。「僕が仮に遺書を書いたとして、その後、妻に危害が加えられない保証がない」

「おまえは死んじゃってるから、確認できないもんな」

このような場面で、そのような言葉を、どうして愉快げに口にできるのか、と呆れる一方で、綿貫さんにとって人の命を奪うことは初めてではないのかもしれない、と気づく。座っている場所が冷たく感じるが、自分が小便を漏らしたのかどうか、それも分からない。

「だけどな北山、安心しろ。おまえがちゃんと遺書を書いてくれたなら、俺たちには、おまえの奥さんに手を出す理由がない。余計なことをするのはリスクがある。むしろ、おまえの関係者からは遠ざかるだろう。ただ、おまえが遺書を書かないのなら、話は別だ。その場合は、別のシナリオがある。そのときは奥さんも襲われることになるだろう」

私は金魚の如く、口をぱくぱくとさせるのが精一杯で、妻の声を聞かせてください、とだけどうにか言えた。

綿貫さんは満足そうだった。「そうだな、それがいい」

「あの、電話。どこかに」

そこではじめて私は場所を見渡したようなものだった。車で連れてこられた際に目隠しをされたわけではなかったが、乱暴に引きずられ、まわりを眺める余裕もなく、自分がいる場所が広い洋室だということが今、ようやく分かった。

目の前に、電話機のワイヤレス子機が置かれた。

「確かに、奥さんと喋ったほうがいい。だって、北山、おまえはこれから、その奥さんのために立派に死んでいくわけだからな」

頭の中に言葉をこすりつけるように、綿貫さんが言ってくる。抵抗を覚えるよりも、なるほどそうか、死から逃れることはできないのだから、それが今でも構わない、むしろ妻のために立派に死ぬことができる、と前向きに納得しつつあった。

顎で電話を指しながら、綿貫さんがうなずいた。

時間は分からなかったが、おそらく午後のまだ遅くない時間であるから、家には母か妻がいるだろう、と思っていると向こうの受話器が上がる音がした。

「どうしたの」妻の声が聞こえてきた瞬間、感情が爆発しそうになる。

「どうして」

「何が」

「どうして俺だと」

「今、言ったでしょ。自分で」

そうだったのか、と私は動揺で自分の言動すら把握できていないことに、溜め息を吐きたくなる。「ああ、そうかも」

「どうしたの」

「いや、ちょっとね」余計なことを言ったらどうなるか分かっているだろうな、と綿貫さんの目が言っている。約束は反故《ほご》にされ、私の人生だけでなく妻の宮子の人生も台無しにされる。「ただ、少し」

「わたしの声が聴きたくなったとか」宮子が冗談めかして言ってくる。

そうだよ、と私は答えて、冗談と思ってもらうために笑ったが、あまりにぎこちない。

「大丈夫？　何か大変そうだけれど」

「まあ、仕事というのは楽なものじゃないからね」言いながら首をひねる自分がいる。さすがに、今の自分よりは楽な仕事があるんじゃないだろうか。罪を着せられ死ぬことを強要されているのだ。というよりも、これはそもそも仕事ではない。「あ、おふくろはいるかな」

「お義母さん？　古谷さんと出かけてるけど」

「ああ、そうか」「何か伝えておく？」

私の頭の中に、過去の様々な場面が氾濫した川の激流の如く、流れ込んできた。小学生の頃から十代、私が結婚した際や、父の葬儀の時の記憶が、ぶつかりあって泡立つ。自分が噎《むせ》ぶものだから、慌てた。涙が口の中に溢れ出すようだ。声がひっくり返ってしまい、受話器を遠ざけた。まばたきをし、呼吸を整えた後で平静を装い、「そうだね。ありがとう、と言っておいて」とどうにか続けた。ありがとう、まさにその言葉しかなかった。

「何かあったの？」

「いや、お礼を」もちろん君にも、と言いたかったがそれでは明らかに怪しまれる。

「今日は夕飯、どうする？」と妻がいつも通り、訊ねてくるものだから、またしても嗚咽《おえつ》をこらえるのが大変だった。「帰るの遅くなるから」とだけ答えた。

電話を切った瞬間が、私にとっては覚悟を決めた時だったのかもしれない。死の覚悟はできない。できたのは、何も考えない、という覚悟だ。恐怖を感じることも、抵抗することも何も考えない、とそう決めた。

肩に手を置かれ、顔を上げれば綿貫さんが目を細めており、私の持つ電話機を取った。感動的な場面に目を潤ませているようにも、無力な後輩の無様さに必死に笑いをこらえているようにも見える。

夕飯、どうする？

妻の言葉が頭に残っている。何も知らず、私が帰ってこないのをずっと待つ彼女を想像すると、胸が苦しくなる。考えてはいけない。

受話器を置いたわたしの耳には、直人の声が残っている。怯えていた。強がっていた。「帰るの遅くなるから」の語尾は弱々しく震えていたではないか。

「どう？　分かりそう？」わたしが訊ねると、ダイニングテーブルの向かい側に座っている女性が、「ちょっと待ってください」とトランシーバー型の電話を耳に当て、答えた。紙にペンでメモを取っている。

会社から、直人の行方が分からない、と電話があった瞬間、昨日のチンピラの件を思い出し、何かあったに違いないと判断した。すぐに昔の同僚に電話をかけた。「これが最初で最後。お願いだから力を貸して」と。快諾が得られるわけがなかったが、それはこちらとしても想定通りだった。「この間の、そちらの若者のせいでわたしに危害が加えられた件はどうなの？　あれにわたしは怒る権利があるでしょ。しかもそれほど大掛かりなことをお願いしたいわけじゃないの。ほんのちょっとした」と交渉した。取引というよりも、同期のよしみ、というほうが大きかったのかもしれないが、元同僚はわたしの事情を聞いた上で、スタッフを一人派遣してくれた。

それが今、携帯電話で電話会社に連絡を入れている彼女だった。

「ずいぶん小さくなったんだね」彼女が通話を終えた携帯電話を指差し、わたしは言った。

「もっと小さくなりますよ。将来予測だと、家の電話よりもこっちが普及していくかもしれないそうです」彼女は愛想がなかったが、印象は悪くない。「そのうち、なんでもデジタルになって、そうなれば電話の逆探知はずっと楽になるかと」

「そうなの？」

「今は、電話局でこっちの電話につながっている回線を目で追って辿らなくちゃいけなくて、だから今も話を引き延ばしてもらったわけですけど、デジタルならつながった時点で、発信情報が分かります」

「便利だけど、少し怖い」

「そのうちコンピューターが政治をはじめますよ」

「そのほうが平和かも」少なくとも面子《メンツ》や恨み、義理などの感情的な理由で国の将来に影響を与えることはなくなる。

「人工知能は怖そうですけど」彼女がメモ書きを寄越してきた。「これが今かかってきた電話の住所です」

藤沢金剛町《ふじさわこんごうちょう》の交差点近くにあるビルらしかった。近いわけではないが、恐れていたほど遠くはない。じゃあ、とわたしはすぐに立ち上がる。

「一人で行かれるんですか」女性局員が帰り支度をしながら、訊ねてきた。

「一緒に来てくれる？」

「いえ、さすがにそこまでは」

「サポート外だもんね」わたしは笑う。

「逆探知してくれただけでも、本当に助かっちゃった。ありがとう」

「これで貸し借りなし、らしいです」彼女は、わたしの元同期からの伝言を口にし、素早く家を後にした。


石黒市夫に出くわしたのは、自宅車庫から車を出そうとした時だった。久しぶりに会った上に、訊きたいことはいくつかあったが、今はそれどころではない。また今度、と思いながら車を発進させようと思ったところ、いつの間にか彼が車の正面に立ち、あろうことか通せんぼをするように手を広げるものだから、慌ててブレーキを踏んだ。急なことで、クラッチを踏み損ない、エンストを起こす。

この緊急事態に何てことを。ふざけるなよ。感情の爆発をクラクションにぶつけようとしたが、その時にはすでに彼は運転席の横に立っている。いつの間に移動したのか、私は飛び上がりそうになった。石黒市夫は平然としており、こつこつと窓ガラスを叩く。どうして窓を下げてしまったのか自分でも分からない。構わずに発進させるという手はあった。

「何なんですか」

「諍《いさか》いですか？」

「はい？」

「トラブルに巻き込まれたのかと思いまして」

「保険会社ってそんなにぶしつけなんですか」

「自分では解決できないこともありますから」

「直人のこと？　あなた何か知っているの？」彼が巻き込まれているのは、O病院の不正にまつわる、ヤクザ絡みの事件のはずだが、なるほど保険会社の社員であれば、関わりがあっても不思議はないか、と憶測を巡らせていたところ、「ああ、旦那さんでしたか」と返事がある。「私はてっきり、お義母さん、セツさんとの間で何かあったのかと」

こんな男に構っている時間はない。それどころか、危険人物に思えてきた。無視して通り過ぎるべきだと思い、実際そうしたつもりだったのだが、気づけば、石黒市夫が助手席に乗っていた。わたしが乗せたのだろうが、その記憶がない。

「何で乗ってるの」とアクセルを踏みながら言うと、彼は、「そちらが話を聞かせて、と言ったんですよ。大丈夫です、途中で降りますから」と冷静に言う。

「わたしとお義母さんの話って、いったい何なの？　前にも言っていたけれど、昔からの因縁がどうこう、とか。海と山でしたっけ？　ずっとぶつかってきたんでしょ。ただ、それなら違うの」

「違う？」

「わたしとお義母さんは、それとは違う。もしそうなら、直人も海族とか山族とか、そのどっちかってことでしょ」口に出しながらも、その漫画じみた表現が恥ずかしく、自ら苦笑せずにはいられない。「もし、それだとしたら、わたしと結婚することは変ですよね。だって、お互いは反発し合うわけですし、ましてや子供ができるなんて」言ってから、はっとした。わたしたち夫婦の間に子供ができていないことも事実だったからだ。それが原因？「というよりも、石黒さん、あなたはどうしてそれを知っているんですか。海と山の研究家？」

「私は」と石黒市夫は言葉を区切った後で、続けた。「無能な審判みたいなものです」

「審判？　審判ってあの、アウトとかセーフとかの？」会話に意識が行きすぎ、危うく交差点での右折を忘れそうになった。

「見守るだけ、と言ってもいいかもしれません。何もできません。ただ、いつだって、海と山の争いを見ることになります。みなさんの人生がはじまるよりももっと昔から」

わたしはさすがに噴き出す。「ちょっと待って、石黒さん、何なの？　仙人？　絶対死なない人とか言わないでよ？」

「何もできません。もともと争いは嫌いなんですよ。争いを嫌う審判です」

「試合嫌いの審判ねえ」

「いくらそう思っても、争いはなくなりません」

言われなくともそんなことは分かっている。時代は変わる、とはいえ、争いはなくならない。争いをなくせ、と主張する者たちが最終的に、「争いをなくさなければ、争うぞ」となるのが常だ。「争いはなくならない、ってアメリカのミュージシャンがさんざん、歌ってそう」

「アメリカに限らず」

「もっと別のことを歌ったほうがいいのに。蒸し暑いね、とか、死ぬほど寒い、とか」

「気温のことを、ですか」

「そのほうがイデオロギーや立場の垣根を越えて、共感を呼ぶから」わたしは投げやりに言った。「石黒さんは、争いを観戦するベテランってことなんですね」

わたしの嫌味まじりの、小馬鹿にした言い方を石黒市夫は意にも介さず、「先ほども言いましたが、無能な審判です。ストライクゾーンも分からないで、突っ立っているだけの。お急ぎのところ申し訳ありませんでした。わたしはてっきり、お義母さんと何か揉《も》め事でも、と思いまして」

「試合がはじまるなら審判であるところの自分がいないと、と慌てたんですか。だいたい、海族と山族って、いつもどっちが勝つとかあるんですか?」

「海族と山族が出会えば、対立します。時には大きな争いになりますし、人の命が関わることも少なくありません」

「そのうち、いくつか話してみてください。過去の名試合とか」

　すると石黒市夫は真顔で、源氏《げんじ》と平家《へいけ》がどうこうだとか、明治時代に海軍と海賊が、であるとか、戦争の疎開先で、であるとか語りはじめる。

「平和に終わることはないわけ？　どっちかが勝つとかばかりじゃなくて、今回は引き分けだったね、みたいな試合はないわけ」

「引き分けがどういう状態を指すのかは分かりませんが、いつもどちらかが破滅するわけではありません。ぶつかり合わないように、それぞれが工夫したり、争いを避けようと努力する場合も少なくないですから」

「赤組も白組もどっちも頑張れ」

「対立の結果、昏睡《こんすい》状態になった相手を、ずっと見守る者もいます」

「敵を見守るなんて、泣ける。看病の結果、目覚めたり？」

「どうなると思いますか？」

「関係ないわたしに質問しないで」

　関係なくもないんですよ、いずれ関係します、などと彼が言い出す。これはさすがに危険かもしれない、と今さらではあるが警戒し、路肩に車を急停止させ、「ここで降りて」と乱暴に伝えた。

予想に反して彼はむっとした様子は微塵《みじん》もなく、それこそ、いつの時代もそういった扱いをされてきた、という貫禄《かんろく》さえ浮かべて、「ではまた」と車から降りた。

はっと気づく。直人を助けなくてはいけないのだ。勢いよくアクセルを踏み込んだため、タイヤが甲高い奇声を上げる。

藤沢金剛町の目的のビルはすぐに分かった。築年数は多くなさそうだったが、大通りから離れた場所に建っているため、暗く、古ぼけた印象を受ける。ビルの前の道はさほど広くなく、駐停車禁止の標識の近くに停車させた。

入り口からまっすぐに進むと、エレベーターが一基ある。横の小さなパネルに、フロアごとのテナント名が書かれていた。どの階も名称の語尾に「事務所」とあった。直人はどこにいるのか。

すべての階を探すつもりではいたが、エレベーター表示によれば一番上の五階に停止しているのが分かる。少なくとも、五階で人の出入りがあったというわけか。

まずは、階段で五階まで駆け上がった。

階段を蹴るたびに、様々な想像の場面が頭に浮かぶ。過去の経験、もしくは、こういった不正を行う集団の行動パターンからすれば、おおかた、自殺に見せかけて殺害するのではないか、首吊《つ》りか飛び降りか、そのあたりではないか、と想像がつく。目新しいパターンではない。が、目新しかろうがなかろうが、直人の身にそのような恐ろしいことが起きるのは耐えがたい。絶対に阻止しなくてはいけない。

五階に到着した瞬間、「当たった」と思った。

一番奥の部屋のドアの前に、見るからに柄の悪そうな、着ているシャツは無地で柄はなかったが、パンチパーマの男がスラックスのポケットに手を入れ、つまらなそうに足踏みをしているのだ。

物騒なことが起きていますよ、と分かりやすく教えてくれているようなものだ。

わたしは階段から通路に出て、まっすぐに歩いていく。

足音に気づき、男が顔を上げた。「あ、何？」

「すみません、ここに夫がいないかと」

「夫？　何のことだよ」

人は、体格と腕力で劣っている相手に対しては、余裕を持つ。差別や階級に対する意識の問題とは別で、動物的な反応だ。自分より体が大きく、力の強い者には警戒心を抱かずにはいられない。いざとなった時に、相手が自分をつかんで放り投げられるほどの大男であれば、たとえその大男が腰の低い、穏やかな人物であっても、用心する気持ちはどこかにあるもので、その反対に、華奢な体の相手に対しては、もし何かトラブルが起きたとしてもこちらが組み伏せられることはないだろう、という安心感を抱く。

目の前の男が、わたしを不審に思っていながらも、強く警戒していないのはそのあたりが理由だったに違いない。

どうにかなる、と甘く見ている。が、どうにかはならない。

「あの、中に入れて」わたしが言うと、「誘ってくれるのかい」などと答えてくるから、腹が立つ以上に呆れてしまう。

「いい、分かる？　その部屋の、中に、入れて」と言葉を投げるように言うと同時に、男の首をつかみ、壁に押し付けた。親指で喉元をぐいぐいと突く。男ははじめは驚き、次に怒り、この女ふざけんなよ、とわたしを目で齧《かじ》るような顔になったが、すぐに苦しさに表情を歪める。噎《む》せ返っているが、構わず、力を込める。「この部屋に入りたいわけ」

今度は素直に首を縦に振ったため、手を離す。

相手がドアを手前に引いた。横に避けたところ、男が体当たりをしてきたのだが、もちろんそれくらいのことなら予想していたことだから、簡単に受け流す。相手の耳朶をつかむ。ちぎってやろうかと力を入れたが、ちぎれはしなかった。痛みに悲鳴を上げた男の股間を蹴る。

うずくまった相手はそのままに、何しろわたしは急いでいたから、部屋の中に土足で入る。中から、「おい、何かあったか」とやはりパンチパーマの男がむすっとした気配で近づいてくる。

「わたしの夫はどこ?」「何だおまえ」

喉か目か、と悩んだ末に、つま先で鳩尾を蹴った。細かい急所を狙っているのも面倒だった。さて、ここから、短絡的に発火したチンピラたちが大勢、奥の部屋から現れてくるだろう、と身構えたが意外にもそうはならず、室内がしんとし、そのことにわたしはぞっとする。隣の部屋に行き、別の部屋を見るが、どこも無人だった。

ここではなかったのか?

腹を押さえて倒れた男のもとへ戻り、襟首をつかむと引っ張り上げる。

「ねえ、直人はどこ?」

痛みに苦しみながらも、反発した顔つきを浮かべる。これだから、男性ホルモン優先で生きてきた人ってのは、と思いながらもわたしは相手の指をつかむ。

力を込める。折る気満々だったが、男は意外に早く降伏した。さほど隠すべき情報ではなかったからかもしれない。「もう別のところに行ってる」

「ここじゃなく」

「ここが汚れるのはまずい」男は強がり半分なのだろうが、そこで笑った。

「どこにいるの」わたしはもう一度指を折ろうとしたが、男は首を左右に振った。「やめてくれ。それは本当に知らない。外にいた奴がいるだろ。あいつは知ってるはずだ。この後、行くって言ってたからな」

わたしはすぐに外へ出たが、先ほどの男はすでに姿を消していた。エレベーターを見ればー階に移動している。逃げられたか、とわたしは階段で下に向かった。二段抜かし、三段抜かし、しまいにはほとんど階から階へと飛び降りるようにし、下る。外へ出るが、男の姿はない。

どうする？

ここに来て初めて、わたしは狼狽した。それまでは、直人がいなくなったことに焦りはしたが、冷戦を生きる諜報部員を相手にしていたことを考えれば、いくら物騒なグループだったとしてもどうにかなると高をくっていた。けれど、相手を見失ってしまうと、手詰まりだ。

男が行ったのが右か左か、徒歩で消えたか車を使ったのか、と歩道に立ち、考えていた。すると、だ。そこに、背中から車が突っ込んできた。

車の気配を感じ、振り返った時には、マークⅡの顔があった。ぶつかった瞬間、どうにか体を転がして衝撃を吸収した。急突進された割には、歩道の上でうまく受け身が取れたのかもしれないが、手を突き、立ち上がろうとしたところで下半身に激痛がある。左足だ。地面に足をつけると同時に、体を痛みが刺してくる。

車はわたしに当たった後、看板に突っ込み、斜めになって止まっていた。運転席から出てきた男は、先ほど五階でわたしが喉をつかんだ相手、柄のないシャツを着た柄の悪い男にほかならず、手には黒い棒をつかんでいた。腕を振ると、その棒が少し伸びた。特殊警棒だろう。

鬱陶しいといったらない。

こちらの性別や見た目で高をくくり、油断している相手ならまだしも、男はすでにわたしに一度、こっぴどくやられ、警戒している。通常のやり方では敵《かな》わないと思ったからこそ、車で突っ込んでくるような真似をしたに違いない。なりふり構わず、わたしを倒そうとしているのは明らかで、足を負傷した状態では、相手にするのは容易ではない。

「まったく、ふざけた女だな。何なんだよ」男は顔を真っ赤にして、つかつかと寄ってくる。警棒を振り被った瞬間、わたしは避ける。つもりだったが、足に痛みが走り、動きが遅くなった。肩にめり込むような重みがあった。警棒がぶつかったのだ。

思わず、呻く。呻いた後で、舌打ちが出てしまう。見え見えの攻撃を、避けられないことが屈辱だった。しかも男は興奮気味で、相手を屈服させる快感に浸りたいのか、素早く次の攻撃を繰り出してくる。警棒を振り、足の裏で蹴り飛ばしてくる。

左足の怪我がばれてしまうと、そこを狙われる。騎士道精神やフェアネスを重んじるタイプには到底、見えない。痛みを我慢しながら、体勢を工夫し、どうにか攻撃を凌《しの》ぐ。

こんなことをしている場合ではない。直人を、直人を助けないと。

男の警棒が次々と襲ってくる。車の事故に気づいた誰かが通報しているのだとすれば、そろそろ、警察車両が登場してくるのではないか、と期待したがサイレンが聞こえてくる気配はない。焦っていると、男の蹴った足がわたしの左ももにぶつかる。不意に襲ってくる激痛は、さすがに意志の力ではどうにもできないのか、わたしは体を捻《ひね》って、小さく声を上げてしまった。

よがり声でも聞いたかのように、男は興奮する。

「ここ、痛いのかよ」と笑い、人の弱みに罪悪感なしで、よくぞそこまで付け込めるものだと感心するほど、嬉々《きき》として警棒を振ってきた。

歩道の隅の電柱に半ば体を預けながら、腕で警棒を避け、避けるというよりは腕を犠牲にし足を庇《かば》うだけだったが、もはや防戦一方としか言いようがない状況だった。

何か使える物は？　あたりに目を走らせる。窮地に立たされた際に劣勢をひっくり返す訓練は、現役の頃によくやっていた。むしろ、そういった状況を想定することのほうが多かった。武器はなくとも、一発逆転できる物や道具が近くにはないか。視線を素早く走らせ、探す。

カラスが突《つつ》いたと思われるゴミ袋がある。折れた傘が目に入る。あれらが使える？　もしくは別の物か。

また自分の口から悲鳴が出た。

警棒で足を狙われ、体を反転させたところバランスが崩れ、歩道に倒れ込んでいた。自分の体が思うように動かないことに、怒りさえ感じる。

この大事な時にどうなっているのか。

立つために四つん這いになったところ、左半身が千切れ、頭頂部が炸裂するかのような痛みがあった。後ろに立つ男が思い切り、警棒を足に振り下ろしてきたのだ。相手は興奮状態で奇声すら発していたのかもしれない。頭の中が痛みでいっぱいになり、感情や思考が追いやられた。痛い、痛い、と警戒を促す信号だけが体を満たす。この痛みから逃げなくてはいけない、逃げなくては。

その時、後ろから聞こえてきたのは、わたしのよく知る声だった。

「あら、宮子さん」

聞きおぼえのある声に一瞬、当惑する。馴染みのある、けれど不快感を伴う声だ。「お義母さん、危ないです」と声を上げた。実際には体を起こそうとしたため、足の痛みで、最後までは言えなかったのだが、振り返ったわたしの目に入ってきた光景がわたしにはすぐには理解できなかった。

「宮子さん、大丈夫？　自分が思っているほど若くないものよ、っていつも言ってるでしょ」

義母はいつも通りの、先輩面とも言える見下す口調で言う。それはまだ受け入れられたが、彼女が、柄の悪い男の腕を背中側に捻り上げ動きを制しているのだから、状況が理解できない。

男が、痛い痛い、と甲高い声を出すと同時に握っていた警棒を落とした。

「あのね、うちの嫁に何してくれるのよ」義母は言うと、男を前に蹴りだすようにした。男はよろけ、少しして立ち止まると、やはり困惑しているのか、わたしと義母を交互に眺めた。

わたしはどうにか立ち上がり、「あの」と義母に呼びかける。

「まったくねえ、あなた、肝心なところで詰めが甘いのよ」と言いながら近づいてくる。

「あの」

「ほら、初めて会った日も」

「初めて？」

「顔合わせって言うのかしら、ホテルのラウンジで。あの時、あなた、トイレに行くとか言って、仕事してきたでしょ」

あの、神経毒を運ぶ高齢の女のことか。わたしがトイレの中で拘束した。「何でお義母さんがそれを」

「わたしのほうが先に気づいていたんですから」

「あの、いったい何が」どういうことなのか。

「あの女、怪しかったのよ。一人でラウンジに来て、食事を楽しむでもなければ、どこか気もそぞろだったし。おまけに落ちたスプーンを素早く拾うくらいに反射神経が良くて」

それは覚えている。義母が呼んだウェイターがその女のテーブルにぶつかり、スプーンが落ちかけた。拾う際の動きがあまりに良かったため、わたしも不自然に感じ、それで気になった。

「あなたが席を立ったから、ああ、あの女を調べに行ったのね、とすぐに分かったんだけれど。お手並み拝見という気持ちで」

お義母さん、ちょっと、ちょっと待ってください、ストップストップ、とわたしは必死で話を止める。まったく話が見えなかった。「あの、どういう」

「あなた、あれでちゃんとやったつもりかもしれないけれど、全然駄目だったのよ。わたしが行ったら、あの犯人、拘束を解いて逃げようとしていたんだから」

わたしの話や問いかけを無視し、自分の喋りたいことを喋るのはいつもの義母に違いないが、それ以外は、別人としか思えない。口から出た、「何を言ってるんですか」とは反論ではなく、字義通り、義母の言葉の意味が分からなかったのだ。

「しょうがないから、わたしが縛っておいたんだから」

男が動きを見せた。義母の登場に驚いてはいたが、攻撃的な人間特有の生存本能がこの場をどうにか切り抜けなくてはいけないと働きかけているのだろう、その場から立ち去ろうとした。

わたしはすぐに駆け寄り、もちろん左足どころか半身から頭に激痛が走ったが、もはやそれどころではなくなっており、なぜかと言えば、この義母の前で弱みを見せてはならない、と体中の細胞という細胞が一致団結し、踏ん張りを見せていたためで、とにかくわたしは痛みから意識を遠ざけることに成功し、男の腕をつかみ、後ろに捻った。

先ほど義母がやったのと同じやり方だ、と気づいてから、頭の中で回路のつながる音が鳴った。敵の動きを封じる際に、腕をつかんで背中へと捻るやり方は、護身術に近く、目新しいものではなかったが、わたしが習得したのは、諜報員の新人時代の訓練でだった。もしかして、と改めて、義母を見つめると彼女は、やっと気づいたのか、と言わんばかりの表情で、「まったく、わたしの頃はね、女ってだけで大変だったんだから」と言い、ゆっくり近づいてくる。「あなたなんて、もう楽だったでしょ。組織内でも男女の区別もそんなになくなっているんでしょうし」

そんなことはない！　言い返したいのをぐっとこらえる。実際、わたしも初めは、女性だからという理由で、男性とは違った仕事をやらされそうになり、そこを実力で突破してきた自負はあった。簡単に、「楽だったでしょ」と言われれば、苦労も知らないくせに、と唾《つば》を撒き散らしてでも反論したいところだったが、それだけに、義母がさらに苦労したことも容易に想像できた。「いつ」と言っている。「いつまで」働いていたんですか。

「ずっと昔。ただ、あなたは知らないだろうけど、わたしはそれなりに顔だったから、あそこの情報網は使えるの。だから、直人が婚約者を連れてくると言った時に、すぐに調べたわけ。まさか、あそこで働いているとは思わなかったから、びっくりしちゃった」

それで、わたしの正体を知ったの？　ずっと知っていたってこと？　眩暈《めまい》を覚え、倒れかけた。痛みではなく、敗北感からだろうが、男が暴れだしたことで我に返る。「ちょっと、大人しくしていてよ」と感情的に叱り、ついでのように指を強く、関節とは逆に折ってしまった。

今は何より直人のことだ、と思い出す。

義母も同様だったのか、「話はあとでいいから、とにかく直人がまずいんでしょ」と言い、ためらいもなく、男の手をつかんだ。「どこに行ったか、教えなさいよ。年寄りだと思って甘く見ないほうがいいからね。急いでるし。というか、宮子さん、こういうの得意じゃないでしょ」

「何がですか」

「無理やり情報を聞き出すやり方よ。そういう汚れ仕事とかやらないタイプでしょ。食器を洗う時も、汚れが落ちていない時あるし」

「何言ってるんですか、お義母さん」わたしはもうムキになるほかない。自分たちがいるのは路上ではなく、家の居間だと思いかけていた。男の指に手をかけて、力を込める。

男が悲鳴を上げる。

「あのね、叫ばせてどうするの？　情報を喋らせないと意味がないんだから」

義母の腕が動き、男が高い声を発する。言葉ではなく、鳴き声じみている。

「喋ってないじゃないですか」わたしは、男の肘関節に指をめり込ませる。

そこからは義母とわたしで、尋問術競争のようになった。順番に、男の指やら背中やらに痛みを与え、どちらが口を割らせるかと競ったのだ。男はもはや抵抗する気もなかったのだろう、あまり時間を待たず、白状した。


「この車に何か載せていたんですか？」わたしは助手席で、左足に包帯を巻きながら訊ねた。骨をやられてはいる。罅《ひび》なのか折れているのかは分からないが、現役時代に教わった通りのやり方で固定していく。痛み止めがあればさらにいいが、そこまでは望めない。

義母はハンドルに手をかけ、まっすぐに車を走らせている。「わたしの時代は、誰かの位置を知るのに、電話帳くらいの機械が必要だったんだけれど、今はずいぶん小さいのね。喫茶店のコースターみたいな」

「いつから」そんなものを車に付けていたのか。

「ずっと前からよ。あなたが日中買い物に行ったついでに、遊んでいないかどうか、調べるために」

わたしは声も出さずに、苦笑いをすることしかできない。冗談としか思えなかったが、今日、義母がわたしの居場所を知ることができたのは、車に位置情報を知らせる機械がついていたと考えるのが最も無理がなく、さらには義母のおかげで助かったことも間違いがなかった。ここは素直に感謝すべきだろう。にもかかわらず口からは、「人の行動を監視するなんて、悪趣味ですよ、お義母さん」と批判が飛び出してしまう。彼女とわたしの体の中に磁石があるかのようだ、と思った。近い場所にいると心の中で斥力が働き、反発してしまう。海と山、と言った石黒市夫の声が頭の中で、こだました。

義母は口をぱかっと開き、そこからミサイルを発射するかのように、「宮子さん、あなたね」の攻撃が来ると想像したが、そうはならなかった。溜め息を一つ吐くと、「とにかく、直人を助けないと」と言う。

ああ、その通り、その通りなのだ、今は完全にお義母さんが正しい。

流れ続けているラジオの声が少し大きくなった。電波が良くなったのか、単にわたしたちが黙ったために相対的にそう感じたのか。

五千年ほど前の壁画が見つかったニュースについてディスクジョッキーが喋っていた。山で道に迷った少年が見つけたのだという。はじめは岩壁が削れただけと思われていたようだが、石のような物で削られたものだと分かった。絵というよりも、細かい線が曲がりくねった、象形文字めいた模様がびっしりと描かれているらしく、専門家は歌劇の一場面を描いているのではないか、と分析しているようだ。「これ、子供が自分で描いちゃった、という話もあるらしいんですよね」とラジオの男は茶化している。

発見された壁画とはどういうものなのか。

五千年前、と言われてもぴんと来ない。その時代に誰かが生きていて、絵を描いていたのか。

「何か言った？」義母が訊ねてきた。

「え、何も」

「今、オトガイがどうこうって言わなかった？」

「オトガイ？　何ですかそれ」

「わたしも知らないわよ」

「あ、お義母さん、スーパーマーケットがあったら停《と》めてくれませんか」

「この一大事に、何言ってるの」

「すぐ用は済ませます。ゴミ袋が欲しくて」


ここなら汚れても平気だから、と綿貫さんは言った。

連れてこられた場所は、建設中のビルだった。車に乗せられていたため、場所は分からないが、かなり大きなビルになる予定なのは間違いない。鉄筋が組まれた状態で、恐竜の骨格標本を思わせた。

「北山、本当はおまえが自分で、自分の汚したところは片付けるべきだけどな、今回は、後始末は俺たちがやってやるからな」恩着せがましいその言い方に、ありがとうございます、と答えそうになってしまう。「綿貫さん、本当にこれでいいんですか？」

「何が？」

私の両側には相変わらず男が二人立っており、こちらの腕をそれぞれがつかんでいる。

「こんなことして、いいんですか？　人を殺すのって大変なことですよ」と言ってから、大変なこと、とは、お仕事大変ですね、といった労いの意味合いだと受け取られかねない、と察し、訂正しようとするがいい言葉が思い浮かばない。「人として、やっちゃいけないことですよ。絶対、良くないですよ」と必死に訴えた。

「おまえ、木から落ちた猿に、猿としてどうなんだ、と責めるのか？　木から落ちるのもまた猿なんだよ。自分のために、他者に苦痛を強いてしまう。これもまた人間だ。あとな、言っておくけど、俺は別におまえをどうこうするわけじゃない。おまえが、自分でやるだけだ」

ちょうどいい高さの鉄筋を探して、ロープをかけろ、と命令される。建設現場には脚立があり、それを使えばいい、と。

自分が死ぬ時のことなど想像したことはほとんどなく、将来の一場面として考えたとしても、それは老いた後での病院であったり、自宅であったり、もしくは突発的な事故であっけなく、といった状況で、まさかこのような無味乾燥な工事現場で自らロープを持って、とは想像したこともなかった。

「よし、じゃあ、さっさとやろう。な、北山」と他人の人生を、職場の掃除のように言い捨てる綿貫さんの存在が、私を混乱させた。

小学生の自分、中学生の自分、これまでの自分が、今の私を心配そうに眺めているのが分かった。

いつの間に移動しているのか、気づけば目の前に脚立がある。視線を上にやれば、ロープがすでにかかっていた。いつ自分が立ったのかも覚えていなかった。

視界がずいぶん狭くなっていた。周囲が薄ぼんやりとし、足元がふわふわとしている。

「目隠しをしなくていいのか？」私の右に立つ、腕の太い男が言った。

「目隠し？　どうして」綿貫さんが眉をひそめる。

「首吊った男に睨まれるのは気持ち悪いじゃないか」

「見なけりゃいい。目隠しをして、自殺する奴がいるか？　偽装が疑われるかもしれないからな。だから、腕も縛っていないだろ。痕が残るのは困る」

その会話を平然と聞いていられるほどには、私の感覚は麻痺していた。意識が遠のきそうになり、慌てて、いけない、しっかりしないと、と思い直す。

しっかりしないと？

しっかり、ちゃんと死ぬ？

そんな必要がどこにあるのか。

車がどこかに停まる音がしたのは、その後だ。シューズが体育館の床にこすれて音を立てるかのように、タイヤを鳴らし、停車したので振り返る。

なるほど、死の番人、人生の終わりに現れる案内人は車でやってくるわけか。

ただ、綿貫さんたちが、「あれ、誰だ」と言っているため、ほかの人にも見えるものだと分かった。

うちの車に似てる。そう思った時から、私は幻を眺めていたのだろう。何しろ、うちの車そっくりのセダンのドアが開くと、運転席からは母が、助手席からは妻が降りてきたのだ。この場所に二人が来ること自体が現実的ではない。ましてや、二人があれほど一体感を醸し出しながら並んでいる様子など、あるはずがない。

最後の最後に見る幻が、嫁と姑の仲良き光景だとは。それほどまでに自分は彼女たちのぎすぎすした関係を気に病んでいたのか、とはっとさせられた。

二人はゆっくりと歩いてくる。宮子のほうは足を少し引きずっているようでもあった。

ああ、綿貫さん、米ソ冷戦の終わりですよ、日米貿易摩擦の解消ですよ、嫁と姑が仲良くやってきます、と感嘆したくなった。

妻がどこからか袋を取り出した。黒色の、毎週三回のゴミ収集の際に使うビニール袋だ。あの黒色こそが、死の象徴なのだろう。ふわっとそれを広げると、あっという間に妻はすぐそこにいて、私の頭にそれを被せた。

これが合図となり、私の意識はぷつんと途切れ、人生が終わった。


と思ったものの、私はまだ、存在していた。頭を覆うビニール袋で視界は塞がれながらも、呼吸は続いており、息苦しさに焦りを覚える。窒息するほどではないが、いったい何が起きているのか、と手をばたばたさせ、状況をつかみたかったができない。

炎が現れた。混乱によりひっくり返った記憶の箱から飛び出した、過去の場面が、映写されたのかもしれない。自分を取り囲む柱や壁を、炎が舐《な》めまわすようだ。熱い。体を焼くかのような、熱い火が四方八方を舐めながら、ぱちぱちと音を出し、次々と飲み込んでいく。私はその中で立ち尽くし、周りが火の色に塗られていくのを、ただ眺めているほかない。上から梁《はり》が崩れ落ちてくることが恐ろしくなり、いっそのこと火に囲まれて自分が溶けたほうが楽なのに、と思っていたが、すると前からのしのしとやってくる女性がいた。「はい、逃げるよ」と言いながら手を出す彼女は、年齢からすると妻の宮子のようであったが、声は母のものだった。私は縋るように手を出そうとしたが、その手は小さい。私は子供だった。

体が揺れ、炎の場面が掻き消え、私の眼前には黒いビニール袋があるだけの、もともとの状況に戻っていた。

ビニール袋を取れば、目の前には先ほどまでの建設現場が広がっている。

足元に人が倒れており、うわっと飛び跳ねる。誰かと思えば、先ほどまで私の腕をつかんでいた男だった。

いったい何がどうなって。

前を見た時、目に飛び込んできたのは綿貫さんだった。いつもの余裕のある顔つきとは正反対の、感情剝き出しの表情で、いつもの整った髪型は崩れ、いつもの高級スーツははだけている。

しかも、手に刃物が握られていた。

それを前に向けたまま進んでいくものだから、綿貫さん危ないですよ、と私は声をかける。聞こえていないのか、止まる気配はなく、私は足を踏み出す。

彼の刃先が向かっていく場所に、後ろを向いた妻の背中があって、背中に冷たいものを感じた。

宮子、危ない！　私は飛び出し、あっと思った時には自分の腰のあたりに、綿貫さんの手がぶつかっていた。彼の握る刃は、私の体の中に音もなく入り込んでいる。痛みはまだやってこない。周囲が赤く光り、ブレーカーが落ちたかのように、私の目の前は真っ暗になった。


「説明してください」わたしはお義母さんに詰め寄っている。

都内の総合病院の一階、夜の八時を回り、明かりがほとんど落ちた外来診療の受付前のベンチだ。

「もう、怖いわねえ、宮子さん」義母は苦笑いに余裕を滲ませる。「わたしは別に隠すつもりはないんだから。あなた、わたしの両親や夫の死のことを気にしていたんでしょ。さすがに鋭い、と思ったけど、あ、まさかわたしがこっそり裏で、家族を殺《あや》めたとは考えなかったでしょうね？」

「お義母さんが？　考えるわけがないじゃないですか」わたしは口に手を当て、大袈裟に答えてみる。

嘘ばっかり、と義母は苦笑する。「うちの親のはほら、あれよ。あなたの時は何と言っていたのか分からないですけど、米ソ冷戦の」

「蕎麦屋、ですか」

「ああ、今でもそう言うの?」

「今はもう分かりません」

「卑怯だと思わない? 相手にダメージを与えるために、その家族を狙うなんて」

「ああ」

「わたしが邪魔なら、わたしを邪魔すればいいだけじゃないの。どうして家族に」

たぶん、と言いかけて、わたしはやめた。たぶん、義母を邪魔することは困難で、それ以外で最も効果的に邪魔するには、家族を狙うべきだと判断した誰かがいたのだろう。行き過ぎた活躍は、本人だけではなく家族にもしっぺ返しが来る、という実例を残せば、将来的にも牽制《けんせい》となる。蕎麦屋はそう考えたに違いない。もちろん、こちらも同じようなことを考え、同じようなことをやっていたはずだ。米ソ冷戦も、嫁姑問題も、根底にあるのは自らの鏡像との闘いなのだ。義母は、わたしと似ているのかもしれない。横に座る彼女に目をやるが、すぐに、同じだとは思いたくない、全然似ていない、と否定する自分もいる。

「お義父さんが亡くなった時は、お義母さん、もう仕事辞めていましたよね?」わたしが直人と結婚した時は、すでに専業主婦だった。というよりも、わたしが情報機関に勤めていた頃よりも前に、義母は引退していたはずだ。データが紙で管理されていた時代だった上に、義母の情報は簡単にはアクセスできないものなのかもしれない。

「あれは、ブーメランね。仕事時代に買っていた恨みが、利息付けて戻ってきたの」軽々しく言うが、軽々しく考えられる問題ではない。思えば彼女は身近な家族のほとんどを、自らの仕事のせいで喪《うしな》ってきたのだ。一体どれほどの苦しみに耐えてきたのだろうか、と想像しかけたが、やめた。

「買った恨み？」

「こっちは真面目に仕事をしているつもりでも、そのせいで大変な目に遭う人はいる。その人は恨みを持つでしょ」

わたしの頭にとっさに浮かんだシナリオは、義父を突き落とす三太郎、そして夫の仇《かたき》を取るために三太郎を事故死に見せかける義母、というものだった。恨みを持っていたのが三太郎なのか、それとも恨んだ何者かが、三太郎に復讐を依頼したのか。が、それは頭の中に転がっている素材を単純につなぎ合わせただけとも言えた。義母はそれ以上、説明をしようとしなかったため、わたしも追及はしなかった。

「あ、そうじゃなくてお義母さん」わたしはそこで、そもそも説明してほしかった事情について思い出した。

「宮子さん、声、大きいって言われない？」

ここに至っても嫌味めいたことを口にする義母と、いちいちむっとする自分に、感心せざるを得ない。

遠い昔からずっと対立し続けてきた血、と石黒市夫のその話を思い出さずにはいられなかった。海と山とはまじりあわず、出会えば対立する。会ってはいけないんだ。その言葉が耳の奥で、近いのか遠いのか分からない鐘の音のように、鳴った。石黒市夫の声ではない。そのような言葉を彼は口にしなかった。どこから聞こえてきたのか。

わたしは息を吸い、一気に質問を吐き出す。

「お義母さん、直人とはどういう関係なんですか？　どういうことだったんですか、さっきのあれは」

義母は寂しげに息を吐き、急に、敗北を認めるかのように弱々しい表情を浮かべるものだから、わたしも寂しくなる。

刺された直人はすぐに病院に運び込まれた。出血が思った以上にひどく、わたしも義母も、生死に関わる場面を人の何十倍も体験してきたはずであるのに、うろたえていた。ただ、結果から言えば、直人は助かった。手術後、依然として眠っているためにまだ意識は戻っていないものの、それでも、「大丈夫です」と言う医師のうなずき方を見れば、助かったのだとは分かった。

問題はそこではない。

病院到着後、医師から、「出血がひどいです。すぐに輸血します」と言われた際、すぐさま義母がおろおろしながら、「わたしは血液型合わないの」と言った。

その時は、ああ、お義母さんの血液型を今まで知らなかったな、と思った程度だったのだが、手術室の前で待つ間に、義父の血液型は以前、聞いていたことを思い出し、それをパズルのように頭に描いてみたところ、シンプルな疑問が浮かび上がった。

血液型から判断する限り、義父と義母の間から直人が生まれることはありえないのだ。どちらかの連れ子？　もしくは、養子？　とっさに浮かんだ解答はその二つだった。いずれも直人から聞いた覚えはなかった。

「あのね、宮子さん、これだけは言っておきますけど、わたしたちと直人は親子ですよ。何がどうあろうと」

隣で言う義母の発言は、声こそ大きくなかったものの、この病院にいる者全員の耳元に囁くかのような、真剣な告白に感じられた。安易な返事を口に出してはいけない。わたしはうなずいた。

「直人がまだ本当に小さい頃でね。わたしたちが踏み込んだ家にいたのよ。家が燃えて」

これについても義母は詳細を語るつもりはないのだろう。ぼそぼそと話すだけだ。

義母が情報機関で仕事をしていた頃、何らかの任務の中で、直人を引き取ることになったのだろうか。

「うちに子供ができなかったのは、直人が来るためだったんだと、わたしは思ったわよ。

うちの旦那も」

やはり、返すべき言葉が思いつかなかった。義母にしても、何か言ってほしいわけではないだろう。義母が黙ると、その場は静まり返る。音もなく、院内のどこか遠くで誰かが歩いている、ぴたぴたという音が聞こえたが、それもすぐに消え、わたしは義母とともに、厳粛な気配の夜の森に囲まれているかのような感覚になった。

やがて、ひっくひっく、とこの場にふさわしくない滑稽な音が聞こえはじめる。それに合わせて、わたしの体も揺れるものだから、いったい何事かと思っていると、横にいる義母が、「宮子さん、あなた、何で泣いてるのよ」と言った。いつもの、こちらを蔑む口調ではなく、親しみすら感じる言い方だった。わたしは慌てて頬に手をやり、目をこすった。いったい何の涙なのか、と戸惑うが、自分に問いかけたところで、答えは分からない。

そのまま喋らないまま、二人でしばらく座っていた。五分にも一時間にも感じられた。質問すべきこと、確認したいことがいくつもあった。そしてどれについても義母は答えてくれないのではないか、という確信もあった。

「お義父さんはどうだったんですか？　お義母さんの仕事、そのことを知っていたんですか？　直人を育てることになった時、お義父さんはどう思ったんですか？　もし、お義母さんの仕事を知らなくて、突然、よその子供を受け入れたとするなら」

「お人好しで、愚鈍な夫」と義母がふっと笑う。

「そうは言いませんけど」わたしは、義父には悪い印象を持っていなかった。

「もし、わたしの仕事を知っていたのだとすれば、それはそれでお人好し」

「そうは言いませんけど」

「あのね、宮子さんが分かった気でいても、それは、ぜんぜん真実じゃないんだからね」

腹は立つが、今日の一日で、義母から新事実をふんだんにぶつけられたこともあり、わたしは、ぐうの音も出ない気持ちになる。とはいえ、ぐう、くらいは出しておきたく、

「直人の昔の写真を見ると、お義母さん、だいたいむすっとして別のところに視線をやっていましたけど、あれって、昔の仕事の時の習慣で、周囲を気にしていたからなんですか？」と訊ねた。

義母は意外そうに、「え」と言い、「わたしの写真、そんな風だった？」と心もとない口調になる。

「でしたよ」

ふん、と義母は鼻で答えた後で、取り繕うように、「そうね。昔からの癖で、まわりを」と言いかけるものだから、「単に写真うつりが悪いだけなんですね」と指摘する。

結局、こうなるのだ。

テレビからは、ソ連がアフガニスタンから撤退を完了した、というニュースが聞こえてきますが、その一方で、我が家の実家からの撤退の話は巷間の噂になることもなく。口には出さず、私はそんなことを思いながらワイシャツにネクタイを通している。

食器、置いておいてね。後で洗うから。

ダイニングテーブルにスケッチブックを広げている妻が言ってきた。その後で、「ねえ、お義母さんって、新しい年号、覚える気ないの？」と不服そうに言った。

「どういうこと」

「お義母さんからの郵便って、いまだに全部、昭和って書いてあるんだよね」

「まだ慣れないんだよ」実際、会社で作成する書類の日付欄も、年号が混在しているものがあり、修正する作業が次々に発生している。昭和を平成に書き換えるたび、私はどこか寂しい気持ちになり、そして同時に、明日の日本を遠くに見るような気分で、背筋を伸ばしたくなる。

「だけど、わたしが何度も言ってるんだよ。年号を書くなら、ちゃんとしてください、って。なのにいつも昭和。昭和六十四年って書いてくる。だったら、日付書かなければいいのに、それはやめないし。わたしの言ってることなんて、聞いていないんだから」

「まあまあ」私はなだめる。日付の年号が間違っていたところで、世が終わるわけでもない。どうして、そのような些末なことでそこまで怒れるのか、と不思議でならなかった。

実家を出て、隣の区のマンションに住み始めたのは、去年末だ。急に宮子が言い出し、母も賛成した。

一人で実家に残って寂しくはないのか、と何度か訊ねたが、母は、「これが一番、平和なんだから」とそのたびに答えた。

「わたしとお義母さんは、直人も気づいていたかもしれないけれど、磁石の同じ極みたいなものなんだよ。近くにいると反発するの。わたしたちがどれだけ、仲良くやりたいと思っても」宮子が言ったことがある。「もしかすると昔からの因縁?」と冗談めかす。嫁姑の問題を、磁石の比喩で簡単にまとめてしまっていいものか、と私は思ったものの宮子は、「だからね」と言った。「だから、磁石と磁石は少し離れて置いておく。それが、安定する方法」

「だからこそ別居?」

「別居というと、マイナスな雰囲気もあるけれど。距離を置くことは悪いことじゃないし、二つの国がうまくやっていくための政策みたいなものだよ」

「貿易摩擦解消」

「あ、それよりもこれ見て、お義母さんの意外な才能」そう言って宮子がテーブルから持ち上げたのは、大きめの画用紙に描かれた絵だった。昨日、郵送されてきたもののようだ。デフォルメされたカタツムリの絵があった。可愛らしい上に、躍動感があり、確かに、素人の絵には見えない。

「これ、おふくろが？」

「わたしと絵本を作ることにしたの」

その意味が理解できず、「はい？」と訊き返してしまう。

「お義母さん、若い頃、絵を描くのが好きだったみたいなの。だったらそれを生かした仕事でもしたらどうか、って言ったら、何がどうなってそういう話になったのか分からないけど、わたしが話を考えて、絵本を」

おままごとのようなことを、と言ったら怒られてしまうだろうが、私は呆れた。「カタツムリの？」

「カタツムリのヒーロー。変身すると鋼鉄の体になるわけ。槍《やり》を出すと、ロンギヌスの槍だったりね」「あの、キリストを刺したという」「聖なる槍ね」「それをカタツムリくんが？」「いいアイディアでしょ」

「面白いね」と言ったがもちろん、心から面白いと感じたわけではなかった。ただ、宮子と母が共同作業をすること自体は歓迎したかった。

一緒に暮らしていたほうが、作業しやすかったのでは？　と思わずにはいられないが、宮子はその点に関しては寸毫《すんごう》の悩みも見せず、「これでいいの。離れた場所で、郵便でやり取りするのが一番平和。これでわたしたちは折り合いをつけていくんだから」と言う。

「折り合いって何の」

「海と山の」

「海のものとも山のものとも」私は反射的に口ずさんでしまう。

時計を見れば、家を出るべき時間ぎりぎりで、じゃあ行ってくるよ、とばたばたと玄関へ向かい、見送りにやってきた妻に手を振り、外に出た。

あの悪夢じみた事件から数ヵ月が経ち、私の背中の縫い傷もようやく落ち着いてきたが、社内は相変わらず、慌ただしかった。社員が犯罪を起こし、別の社員が殺されそうになったのだから、当然と言えば当然だ。自殺を強要された私がどうやってあの場から助かったのかは、実は私自身がよく分かっておらず、気づけば病院のベッドの上で、手術後の状態でほとんど何も状況を把握できていない、という体《てい》たらくだった。警察にもそう話すほかなかった。はっきりしていることは、綿貫さんが逮捕され、余罪が予想以上に見つかったということだ。

綿貫さんは、私に罪を着せようとしたことは認めたらしいが、あの工事現場で何が起きたかは話していないと、警察からは曖昧に説明された。頭をぶつけたのか、記憶が飛んでいるようだった。O病院は不正請求が発覚し、結果的に、経営が続けられなくなった。父との思い出を懐かしそうに語ってくれた元院長、O先生のことを思い出すと切なくなるが、私にはどうすることもできない。

「あの時、宮子とおふくろの姿を見た」と話したところ、妻は残念そうに、「朦朧《もうろう》としていたんじゃないの？　わたしたち、そんなに仲良くないからね」と肩をすくめた。

だろうね、あれは幻だったんだろうね。

JR線に乗り、出入り口付近で立ったままの私は、外を通り過ぎていく景色をぼんやりと眺める。駅を出て、徐々に加速していくにつれ、建物が素早く後方へ流れていく。その向こう側、さっぱりとした清々《すがすが》しい青空に浮かぶ、綿菓子めいた白い雲はじわじわとゆっくりと形を変える。

なぜか目の前の情景が掻き消え、私の知らない何者か、おそらくは同世代の男だが、その男がやはり、電車の窓に寄りかかり、外をぼんやりと眺めている姿が見える。いったい誰なのか。見当もつかないが、どこか親近感を抱くのも事実で、私は自分の後ろ姿を見ているのではないか、と思いかけた。

目を閉じる。

よく思い出すのは、傷を負い、手術を受けた後、病院のベッドで目を覚ました時、瞼《まぶた》を開けた時に飛び込んできたものだ。

妻がいて、母がいた。

彼女たちは、目覚めた私に気づくと、表情を明るくし、お互いに顔を見合わせたが、すぐに磁石の斥力が働いたかのように体を離した。眠る私のために、絵本を読んで聞かせてくれていたかのような温かみを感じた。私はその瞬間の、二人の顔を、いつまでも忘れないはずだ。

スピンモンスター

記憶とは面白いもので、自然と忘れてしまうことはあっても、「このことは忘れてしまおう」と自らの意志によって忘れることはできない。嫌な思い出、不快な場面に限っていつまでも覚えている。

パソコンのハードディスクのように、コマンドを実行して削除できればいいのに、と思わずにはいられない。

絶対に思い出したくない場面は、決して消えない。

その時、僕たち家族は新東北自動車道を北上していた。小学校の夏休みのど真ん中、青森への旅行だ。高速道路の自動走行自体は僕が生まれる前から行われていたが、五百キロ以上の距離が完全自動で走行できるようになり、自動走行の決定版と銘打たれた白の新型ミューズを購入したばかりだったこともあって、父がやたら乗り気だったのだ。

一泊二日の予定だった。まさか、一泊もできないとは、もっといえば、僕以外の家族にとっては、「ゼロ泊∞日」となるとは思ってもいなかった。

僕は、静かに後ろに流れていく景色を、後部座席でぼんやり眺めていた。

子供のころから僕はとにかく、無敵のカタツムリ「マイマイ」が活躍する『アイムマイマイ』が好きだったため、その本をペーパータブレットで読んでいたような気もする。

運転席に父、助手席に母、後部座席に姉と僕といった具合で、東京を出て数時間が経ち、新仙台南《しんせんだいみなみ》インターを過ぎたあたりで姉が、「トイレに行きたい」と言った。今から考えればその台詞《せりふ》こそが、家族の運命を、誤った方向へと折り曲げる呪文だった。

父がハンドル脇のディスプレイに指で触れると、「サービスエリアに立ち寄ります」と応答する声が聞こえる。サービスエリアで販売されている名物についても読み上げた。女性の声で、はきはきとしていたものだから頼もしく、父は、馬でも乗りこなしているかのように得意げだった。

車線をすっと移動して、ミューズは滑らかに進み、ハンドルから手を離したままの父は、「楽だなあ」と何度も言い、その楽ちんさを堪能《たんのう》するためになのか、読みたくもない雑誌をめくる。

すっと黒の車が、僕たちのミューズを追い抜き、前に入ってきた。同じ車種の色違い、そう、あちらも新型ミューズで、黒だった。あら、割り込んできた、と母が言った直後だ。

衝撃が襲ってきた。見えない巨大な手で肩をどん、と突き飛ばされたかのようで、まず視界が消えた。瞼《まぶた》を開けた時には、世界が回転している。遠心力のせいか、体が座席に押し付けられ、動くことができない。声も出ない。横を見やれば、姉も口と目を大きく開けていた。独楽《こま》のように何十回も回転していたのだと感じたが、後に見たニュース記事には、五回転半とあった。高速道路にはカメラが設置されており、そのうちの一つが捉えていたのだ。五回転半の後、反対方向に跳ね返された。道路脇の壁に激突した。ベルトをしていなかった姉は車の外に飛ばされた。

僕が次に見たのは、病室の天井だ。

父と母、そして姉が即死だったことは、すぐには知らされなかったが、病院でリハビリをしているうちに、おそらくそうなのだろう、とは察した。病院スタッフが、家族の話になると明らかに挙動不審になり、見舞いに来た祖父母が涙ぐんでいるのを見れば、小三とはいえ、うすうすは分かる。

リハビリはもちろん大変だった。ただ、スタッフの叱咤激励《しったげきれい》もあり、耐えることはできた。だから最も大変なことは、リハビリや自分の体、家族を喪《うしな》ったこととは別のところにあった。

裁判だ。

当時小学生の僕が、裁判に直接、関わることはない。保険の手続きを含め、祖父母がやり取りをしてくれた。祖父母は温厚で、穏やか、人望も信頼も、おまけにお金もあり、非常に頼もしかったから、まさか裁判があれほどこじれ、おぞましい争いとなるとは、周囲はもちろん本人たちも予想外だったのではないか。

自動走行プログラムにバグがあったこと、サービスエリア入り口の、最も近い位置のカメラが事故で破壊されていたことが、事態をややこしくしたのは事実だが、それ以上に、祖父母が驚くほど感情的になり、理性的な判断ができなくなったことも大きく影響した。

そっちがそう来るならこっちは、と言わんばかりにヒートアップし、売り言葉に買い言葉の様相も呈しはじめ、僕の前でもよく先方を非難した。

あちらの遺族を罵倒し、侮辱し、執拗《しつよう》に謝罪を求めた。

しかも、だ。驚くべきことに、相手側も同じだったのだ。

何が同じか。

まず、黒ミューズに乗っていたのは、僕たちと同じく四人家族だった。そしてやはり同様に、男の子一人が生き残った。

あの事故現場では、家族をいっぺんに喪った小学生男子二人が、それぞれの車内で倒れていた、というわけだ。

さらに先方も、裁判に、その子の祖父母が出てきた。

祖父母同士による代理戦争だ。

当時の僕は、裁判の何たるかなど分からないから、温厚だった祖父母を鬼の如《ごと》く変貌させた、この恐ろしいイベントが早く終わってくれないか、とそれだけを祈った。

「身が滅んでも決着をつけてやる」と祖父が言ったことがある。親の仇《かたき》のように、正確には、息子家族の仇だったが、とにかく異様なほどの執念を見せていた。が、その思いとは裏腹に、裁判はあやふやに終わった。あちらの祖父母、こちらの祖父母、双方四人が次々と病で亡くなったからだ。四人中一人が癌《がん》でもう一人が肺炎だった。

兵《つわもの》どもが夢のあと、ではないが、草木の枯れた荒れ地に、僕だけが取り残された。正確には僕と彼、あの事故で生き残った同い年の二人だ。

おまえが水戸直正《みとなおまさ》か。

総合学校の四年生、十六歳の時、転校してきた男子生徒がいて、初対面であるにもかかわらず教室の隅の席の僕にすっと近づいてくると、囁《ささや》くように言った。

唐突に、どうして「おまえ」呼ばわりされるのか、と僕は驚きとともに憤りを覚えたものの、その後に彼が続けた言葉で事態は理解できた。「まさか、生き残り同士、同じ総合学校で会うとはな」

名札を見れば、「檜山《ひやま》」とあった。自分の家族を潰し、人生を折った大いなる災いの名前だ。その場にしゃがみ込んだ。ほかの生徒たちもいる中、こらえきれず嘔吐《おうと》してしまう。

どうして今また、それらの場面を思い出してしまったのか。

理由は明白だ。つい先ほど、車両間のトイレから出てきた際、後方車両に、彼の姿を見かけたからだ。

おまえが水戸直正か。その声が頭のどこかで聞こえる。

あの、檜山景虎《かげとら》が同じ新幹線に乗っている。いったい、どうして？　どうして会ってしまうのか。


彼を見るのは、総合学校卒業以来で、つまり十年近くが経過している。にもかかわらず、一瞬見ただけで、他人の空似などではなくあれが檜山景虎だと確信できた。

総合学校時代から外見が変わっていなかったからではない。外見が変わっているかどうか、それを判断するよりも前に分かっていた。

ヒナタさんの言葉を思い出した。

五年前から恋人同士の関係にある彼女は一つ年上で、僕の生まれる前の一年間でどれほどの経験を積んだのか、と思うほどに、さまざまなことを知っており、思慮深い発言を口にする。

出会いは、驚くべきことにこれもまた、車の交通事故だった。歩いている僕のところに、タクシーが突っ込んできて、そこにたまたま居合わせたのがヒナタさんだった。

僕は意識不明で病院に搬送されたが、近親者はおらず、心配したヒナタさんが家族よろしく看病してくれた。目を覚ましたら、彼女がいたのだ。

初めは赤の他人がどうしてそこまで、と警戒心すら抱いたが、やがて親しみを覚え、いつからと分からないほど自然に恋人の関係となっていた。

その彼女が言ったことがあった。

「どうしたって馬が合わない人はいるからね。なるべく近づかないほうがいいよ。それが唯一の防衛手段」

僕がなぜか、檜山景虎の登場する悪夢を見た時だ。魘《うな》されて起きたために彼女が心配し、だから僕は、「昔の知り合いの夢を見た」と説明した。「相性が良くなくて」と。

するとヒナタさんは、「近づかないほうがいい」と言ったのだった。

「そうだね、近づくつもりはないよ」

だが、そのつもりはなくとも、ばったりと出会ってしまうことはある。まさに今がそれだ。新幹線内のトイレから出て、ふと振り返ったところ、ドアの小窓から後方車両の中が見えた。あ、と思った時にはその場から遠ざかっていた。

檜山景虎だ。ここから逃げなくては。どうしてこんなことに。

あの小三の事故以来、僕にとって、鬼門と呼ぶべきものはいくつかある。「檜山家」「檜山景虎」は言うまでもないが、「自動車」もそうだ。事故の恐怖は薄れることがなく、運転免許すら所持していない。人の車に乗る際も、自動走行車両に乗るといつも震え、吐き気を催すものだから、できるだけ避けた。

とはいえ、避けても避けられないからこその「鬼門」なのだろうか。五年前に僕は、歩行中に車に衝突され、意識不明となった。数ヵ月の入院の末、社会復帰できたが、もはや、「自動車」に対する恐怖はそれが駄目押しとなった。さらに、「東北地方」も敬遠していたものの一つだ。青森へ向かう自動走行中に、あの事故、あの衝突、あのスピンが起きたため、日本の東北方面には、禍々《まがまが》しさしか感じ取れないのだ。旅行はいつも西方向を選んだ。だから、新東北新幹線開通後、乗車するのは今回が初めてだった。まさかその東北行きで、檜山景虎と会うとは。

動転している。自分が動転していると把握しつつも、焦りが抑えられない。

どうしよう。

どうしよう、も何もどうすることもできないだろ。列車から降りるわけにもいかない。

次の駅で降りたほうがいいのでは？

降りる？　仕事じゃないか。自問自答が続く。

降りると、次の新札幌《しんさっぽろ》駅行きはずいぶん後になる。仕事の予定がすべてずれていく。それでもいいじゃないか、取り返しのつかない事態になるよりは。取り返しがつかない？　昔の同級生と会ったからといって何が起きるというのか。

胸騒ぎとはよく言ったもので、僕の心中はざわざわとし、まったく落ち着かない。問いと答えのいりまじった嵐が収まらず、いても立ってもいられない。

その僕をさらに慌てさせたのは、自分の座席に戻ったところ、隣に、見知らぬ男がいたことだった。まさか檜山？　いつの間に追い抜かれたんだろうか、と思うがさすがに違う。新東京駅を出てから、窓際の僕の座席の隣はずっと空いていたはずだ。あたりを見渡せば、特に満席でもない。席を間違ってしまったのか？　ポケットからパスカを取り出し、翳《かざ》す。窓際の座席の、ヘッドレストの小さなランプが点灯した。席は誤っていなかった。

どうも、と通路側に座る乗客に声をかけ、自分の席に腰を下ろす。ちらと横目で見れば、眼鏡をかけた細おもての男性だった。背広を着ていた。年齢は、四十代か三十代か、前者なら若く見え、後者なら老けている。

僕の着席を感知し、目の前にはホログラムでニュースが流れはじめる。太平洋沿岸に打ち上げられた鯨のことや、昨日亡くなった偉大なるミュージシャンの死因のこと、政治資金規正法の改正のこと、などが表示されていく。そして、大量の広告が流れはじめる。

「少し値段は高くても、広告なしのチケットにしたほうがいい」と以前、アドバイスをもらった。ホロ広告ほど鬱陶《うっとう》しいものはないし、眠れない、と。ただ、せっかく初めての新東北新幹線であるから、その煩わしさも体験してみたかった。

星座占いが表示される。今日の僕は、「いろいろな乗り物を楽しめるでしょう」ということらしく、吉とも凶とも言えないな、と思った。

「お願いがあるんですが」少しして、眼鏡の男性が隣から急に話しかけてきた。

「あ、え？」

「時間がないので、簡単に」

「あの、さっきまで座っていませんでしたよね」席、合ってますか、と質《ただ》したかった。

「時間がないので、説明は省略させてください」丁寧な話し方をしてくることには好印象を抱いたものの、それ以外の部分は不信感しかない。「あとでこれを読んでください」と眼鏡の男性は言い、右手の角度を変えるようにし、封筒を渡してきた。

宛先も差出人も書かれていない。目新しいところのない、薄茶色の封筒に見えたが、手に取って裏返すと、なかなかセキュリティレベルが高い物だとは分かった。市街地はもちろん、駅や交通機関のあちこちに設置されたセンサーに把握されないタイプのもので、しかも封筒の隅に記された規格コードは初めて見るものだった。「これは」

「まだ一般発売はされていない封筒です。よく気づきましたね。さすが、プロです」

褒められ、気恥ずかしかった。すぐに疑念が湧く。プロ？　どうして僕の仕事を知っているのだ。訊《たず》ねようとした時には、彼は腰を上げ、「では」と立ち去ろうとするものだから、「どこに」と訊ねた。

彼は一瞬動きを止め、少し考えた後で、「昨日の日本に」と言う。

どこですかそれは、とさらに問う余裕もなく、彼は前の車両方向へと消えた。

僕は後を追おうと立ち上がりかけた。

が、その瞬間、背中に嫌な震えを覚え、即座に座った。

檜山だ。檜山景虎がこの車両に入ってきたのだ。見なくても分かる。僕はとっさに窓際に顔を背け、寝たふりをしている。体中で警報が鳴っている。

目を閉じたまま、早く通り過ぎてくれ、と念じていると、「おやすみのところすみません」と呼ばれた。その場で飛び上がらんばかりに驚きながら、目をこすってみせる。てっきりそこに檜山景虎の顔があるかと思えば、違う男で、「すみません。こういうものなんですが」とカードを目の前に掲げてくる。警察組織の身分証明書だった。実際に見るのは初めてだったが、映画やドラマではよく見る。立体画像が回転し、所属と名前が浮かび上がった。

こんなデジタルの情報を誇らしげに使っているなんて、公的機関はどこか時代錯誤だ。

デジタル化によるペーパーレスを推し進め、実体を伴った物よりも情報を備えたデータで事足りた時代もあった。

二十年ほど前まではそうだったはずだ。

デジタル化されたものは容易に複写され、改変が容易で、記録も残る、という基本的な短所から目を逸《そ》らしていたのだ。蓄積されたデータが奪われ、流出するだけで莫大な被害が生じる。

重要な情報ほどデジタルからアナログへ、内緒のやり取りは電子メールではなく手書きの手紙へ、と世の流れが変わったのは、二〇三二年の大停電がきっかけと言われている。大量に発生した多足虫《たそくちゅう》が発電所のシステムを機能停止に追い込み、首都圏の電気が丸一日消えた。さらに落雷が追い打ちをかけた。停電時補助システムが動かなかった上に、省庁の文書データが保存されていたサーバが壊れた。重要データのバックアップは常に用意されているはずだったのだが、スケジュールプログラムが機能しておらず、保存された情報はほとんど意味をなさなかった。「データが消えたら一巻の終わり」「ネット上に流出した情報は消すことができない」とは昔から言われたことだったが、その大停電のあたりから、真剣な議論が行われるようになった。デジタル情報を過信していると本当に大変なことになるぞ、と身に染みたのだ。

さらに僕は、その大停電とは別の、いくつかの小さな出来事が、法改正のきっかけとなったのだと踏んでいる。

官僚のハレンチ動画が流出したとか、ある国会議員が、ネット上に拡散された自分の汚点を検索結果から除外しろ、と検索サービス会社を脅す証拠がネット上に拡散し、さらにそれを削除しろ、と激昂《げっこう》する雄姿がネット上に拡散した件だとか、そういった事例が、権力を持つ者たちを動かしたのではないか。ずいぶん昔から、ネット検索履歴情報を売買する業者が横行し、誰もかれもが、検索行為自体に消極的になっていたことも関係しているだろう。代行でネット検索をする業者も出てくると、ネットの最も優れた点、「便利さ」がどんどん消えていった。

そもそも、重要なことに関してはデジタルとかネットとかを使わないほうがいいよね、とは数十年も前から若者世代では共通の認識となっていた。

送ったメールはすぐにコピーされる。スクリーンショットで保存される。内緒の話のつもりがいつの間にか大勢で共有される。一世一代の恥ずかしい告白も、永遠に残る。「言った言わない」の争いは不毛だが、むしろその、「言ったのか言わなかったのか」の状況が好ましい場合もある。

紙資源の無駄遣いが問題視されていた頃ならまだしも、ケナフをはじめとする代替植物の計画栽培が、飛躍的に進歩した今は、紙の大量使用を控える理由がない。デジタルもアナログも万能ではない。一長一短あり、使い分けていくべきだ、という風潮はここ十年で浸透した。おかげで僕のような、手書きのメッセージを人力で運ぶ仕事も需要があるわけだ。

「パスカ、見せてもらえますか」目の前の警官が、私服だが捜査員なのだろうか、言ってくる。

逆らう理由もなく、僕はポケットからパスカを取り出し、見せる。相手は短い定規じみたセンサーで、それに触れた。僕の身分証明情報と、利用した駅の履歴が表示されているはずだ。「ちょっと失礼しますね」と今度は別の、ドーナツ型のセンサーで体を、触れるか触れないかの距離で調べた。

「何かあったんですか？」

「いえ、特に」と答えるが、新幹線の乗客をこのように調べ、「特にない」わけがないだろう。

「移動しましょうか」近くから声がした。

僕の前の捜査員が少し離れ、振り返る。

そこに、あの男がいた。檜山景虎だ。この捜査員の仲間なのだ。彼は、僕を見た。目を見開く。そして一歩、退いた。

だろうね、と思った。気持ちは分かる。さっき君を見かけた時の僕がそうだったんだから。ぎょっとし、混乱した。全身が、「離れろ」と命じてくるのを感じた。

「水戸か」と彼が言う。「こんなところで」

「ああ、うん」

口から出た言葉は短く、ほとんど呻《うめ》き声に近かったが、内面は暗雲垂れ込め、稲光が走らんばかりに荒れている。

「知り合いか？」捜査員が、檜山景虎を窺《うかが》う。

「ええ、まあ」と彼は答えてから僕を見て、「配達人をしているんだよな？」と言った。

なぜそれを、と僕は問わなかった。彼が警察組織の一員ならば、検索すれば僕の現在の仕事程度はすぐに分かるだろう。それくらいのデータベースはあるはずで、調べたいと思うか思わないかの差しかない。

「君は」僕は息苦しさを覚えながら、訊ねる。「君は、警察の仕事を？」

彼の目の奥で、ゆらっとするものがあった。

車内アナウンスが流れる。天井のスピーカーから、「緊急停止いたします」と声が流れた。目の前の座席の背もたれにも、ホログラムで赤い文字が浮かび上がった。「緊急停止します。車体が揺れる恐れがあります」

緊急停止？　と思った時には車体がつんのめるようになった。ブレーキ音は実際に鳴ったのか、僕の頭の中でだけ聞こえていたのか分からなくなる。

立ったままの捜査員はバランスを崩しそうになるが、座席に寄りかかって転ばぬようにしている。

「おい檜山、前だ。行くぞ」もう一人の捜査員が言った。「何かあったのかもしれない」

上司か先輩なのか、檜山景虎は反対することはなく、僕をちらちらと見ながら車両から出て行った。

久しぶりに向き合った彼は、変わっていなかった。くっきりとした眉に、高い鼻、何より大きな耳といった外見はもちろんのこと、冷たく刺すような視線もそのままだった。その途端、頭の中で映写機が動き出す。総合学校時代の記憶だ。

頭痛がして遅れて登校した際、教室に入ろうとしたところ、檜山景虎が中に一人でいるのが見え、僕はとっさにドアの横に身を隠した。音楽室での授業だったはずだが、どうして彼一人が残っているのか、と不思議に感じながら、そっと中を覗《のぞ》けば、明らかに僕の机を覗き込んでいるではないか。何をしているのか？　普段は、教室内で僕に関心を示すことなど皆無で、僕など存在しないかのように振る舞っているにもかかわらず、どうして机を？　意を決して教室に入ったところ、彼は狼狽し、飛び出していった。その後で机を確認するのは非常に恐ろしかったが、何事もなく、ほっとすると同時に、不気味さを覚えるほかなかった。

町で、恋人らしき女子高生と一緒に大通りを歩いている檜山景虎を見かけたこともあった。僕は同級生の友人とともにミュージックエンジンに立ち寄った帰りだったのだが、その友人が、「おおい、檜山」と気軽に声をかけた。「デートかよ。いいなあ」と。彼に近づいていくことには戸惑ったものの、そこで回れ右をし、自分だけ退散するわけにもいかず、肩をすぼめながらその場にいた。彼も、僕がいることには気まずかっただろうが、そのデート中の相手のことを紹介した。友人と彼が話をしている中、僕は手持無沙汰《てもちぶさた》になり、横の女子高生に向かい、中途半端な微笑みを浮かべることしかできなかった。「おまえ、何、人の彼女を狙っているんだよ」と尖《とが》った声で突かれたのはその後だ。え、と思うと、檜山景虎が睨《にら》んでいた。狙っているも何も、とぼそぼそとしか反論できない僕は情けなかった。彼はその女子高生を連れて、そこから消えた。

忘れ去りたい場面だ。

それから少しすると、檜山はいろんな女に手を出しているらしい、と友人間の噂に上った。僕は、関心を抱くな、気にしてはいけない、と自らに言い聞かせた。

結局、総合学校の卒業まで、彼とはほとんど交わることがなかった。

まともに会話をしたのは、記憶が正しければ、一度きりだ。総合学校六年、卒業間近、校舎の屋上でのやり取りだ。

新幹線はなかなか動き出さない。

「緊急停止中で、安全確認をしております。しばらくお待ちください」のホログラムのメッセージが流れ続けている。

バッグからタブレット端末を取り出し、乗り換え情報を検索しようと思ったが、そもそもこの列車がどこかの駅に着かないことには身動きが取れないのだから、とやめた。これが数年前までならば、ミニログを検索すれば乗客の誰かの投稿で情報が得られたかもしれないが、偽情報や暗号化した情報ばかりが流れる今のネットでは余計に混乱するだけだとも分かっている。

封筒が目に入った。

先ほど隣に座っていた眼鏡の男、眼鏡さんと呼ぶことにすれば、その眼鏡さんが渡してきたものだ。「あとでこれを読んでください」

何なのだろうこれは。

あの眼鏡さんは、どうしてここに座っていたのか。これは危ない物ではないのか？

警戒しつつも開けたのは、動かない新幹線の中でほかにやることがなかったからだ。

中には、また封筒が入っていた。封筒の中に封筒、とはマトリョーシカじみた小細工に思える。それとは別に手紙も入っていた。他人様《ひとさま》の手紙を読んではいけない。常識からしても、僕の職業倫理からしてもそうだったが、その紙には、僕が目にすることを予期したかのような位置に、「配達人のあなた、これを読んでください」と書かれているものだから、読まずにはいられない。

はじめに肝心なことを書いておけば、ようするに私は、あなたに仕事を依頼したいのです。この手紙を、旧友に届けてほしいのです。旧友の名前は、中尊寺《ちゅうそんじ》敦《あつし》ですが、珍しい苗字《みょうじ》ゆえ、今は別名で生活しているかもしれません。

分かったことが二つと、疑問が一つあった。まず分かったことは、これを書いた人物、眼鏡さんは僕の仕事を知っている、ということだ。手書きのメッセージを託され、相手のもとへと運ぶ仕事をしている、と。公的機関、郵便配達を利用するほうが価格は安いが、あちらは公的なだけあって、すべての記録がきっちり保存される。情報の流出や複写を恐れてデジタルからアナログに切り替えたにもかかわらず、郵便配達員が小遣い欲しさに流出させたり、複写したりする事案は頻繁に起きる。そこで僕のような、フリーの配達人の出番だ。もちろん、フリーだからこそ信頼できない、と感じる向きもあるだろうが、フリーだからこそ信用が重要で、結局、真面目で誠実、確実な者だけが生き残っていく。

分かったことその二、この手紙を書いた彼は、旧友の今、今の中尊寺敦については詳しくない。苗字は違うかもしれない、と推測で書かれているだけで、実際にどうかまでは把握していない。

そこで、疑問が一つ生まれる。

苗字が違うかもしれない届け先に、どうやって届けろと言うのだ？　宛先の住所すらないのだ。

その疑問に対する答えは、文を読んでいけば判明するのだろうか、と読み進めれば、実際、手紙全文の大半は、その疑問の回答に費やされているのだった。

私と中尊寺とは大学で出会いました。情報工学部の大学院です。最初の印象は、これほど頭が良くて、これほど不愛想で、これほど自分と似ていないにもかかわらず、似ている部分の多い人間はいないだろう、というものでした。後で分かりましたが、彼も同じことを思ったそうです。

語るかのような書き出しで、まさかこのまま長々と説明されるのではないか、と僕は身構えてしまう。字が非常に整っていることが救いだった。読みやすい上に美しく、眼で追うのが心地良い。

いかにして自分と彼とが親しくなったのかが書かれている。ふとしたきっかけで、お互いがγ《ガンマ》モコの作品を敬愛していることが分かり、そこから急に親しくなったという。

γモコのことは、もちろん僕も知っている。バロック音楽のバッハ、ロックのビートルズ、ジャズならチャーリー・パーカー、そして二十一世紀に育ったジュロクのγモコ。ジャンルとしてのジュロクがこれほどまでに普及したのは、γモコがいたからだということは、γモコの作品を否定する者たちも認めざるを得ないはずだ。

音楽に聡《さと》いとは言いがたい僕ですら、ジュロクは好きだし、いまだに現役で作品を発表し続けるγモコの存在は、日本の誇りだと感じる。

手紙の内容によれば、二十年前、彼らが研究室で聴いていた頃は、まだγモコは知る人ぞ知る存在だったらしい。今では考えられないが、それが現実ではあるのだろう。

二十年前の研究室で彼らは意気投合し、研究に打ち込む傍ら、γモコについて語り合った。

「正しいかどうかは、直感でしか分からない。ただし、自分たちの勘は間違っていないはずだ。そのことは遅れて、社会が証明してくれる」

研究者として日々、そう信じている彼らは、γモコに対しても同じ思いを抱いていたのだという。

実際に彼らは間違っていなかった。

嚢中《のうちゅう》の錐《きり》よろしくγモコは注目を集め、人気に火が付いた途端、あっという間に音楽業界を席捲《せっけん》した。

リズムがどうこう、歌詞がどうこう、メロディがどうこう、何より生み出される和音が！

評論家はもちろんごく普通の音楽好きの間で話題に上り、すでに好事家の趣味となりつつあった音楽鑑賞が、復権した。γモコがいなければ、二十一世紀のうちに音楽は衰退していたかもしれない。

そして、あれが起きた。

メンバーの死だ。γモコで作曲を担う田中《たなか》カタナがライブ中、ステージに駆け上がってきたファンに刺された。客席とステージとの間には、防波堤がわりに警備員が並んでいるが、その警備員が犯人だった。即座に取り押さえられた犯人は、γモコに対する思いを吐露するだけで要領を得ず、結局、裁判中に自殺した。

皮肉にも、その事件がγモコの知名度を、別の次元へ引き上げたのだろう。ネットにおけるアクセス数、曲の再生回数の記録を塗り替える。田中カタナの事件に関する本は山ほど出て、ネット上には陰謀論が溢《あふ》れた。さらに、田中カタナがいなくなった穴をほかのメンバー四人が埋め、都市伝説としては、「田中カタナが音楽理論をプログラムとして残していた」と言われるのだが、とにかく、それ以降も創意に満ちた曲を発表し続けた。

私と中尊寺は深夜に曲を聴きながら、ある時、約束をしました。

いつか、また、γモコのメンバーが亡くなる時が来たら、その時はこうやって一緒に曲を聴こう。そう言い合いました。どちらが言い出したのかははっきりしません。ただ、いずれ私たちは別々の道を行くことを、察していたのかもしれません。

まるで恋人同士の約束のようだ、と僕はまず思った。不倫カップルの、と言ったほうが近いだろうか。離れ離れになるけれど、もしある時が来たら、その時は会おうね、とでも言うかのような。

あ、と気づいたのはそこで、だ。

まさに昨日、γモコのメンバーが亡くなったのではなかったか。ドラマーの杏《あんず》アントの訃報を目にしたばかりだ。

先ほどホログラムでニュースが流れていた。死因が判明した、という記事だったか。これだけ癌治療が進化しても、すい臓癌だけは強敵、とはよく言われるが、杏アントも闘病の末、亡くなった、と。

場所を決めておこう、と言ったのは中尊寺のほうでした。いつか、別のメンバーが亡くなる時が来たら、青葉山《あおばやま》、青葉城《あおばじょう》の政宗《まさむね》像の前で会おう、と。研究室が青葉山にありましたから、分かりやすい名所として挙げたのでしょう。仙台杜《せんだいもり》市の青葉山です。

昨日ニュースで杏アントの死を知った時、まっさきに彼のことを思い出しました。今は連絡を取っていませんし、居場所も分かりません。あの約束も、あの時、一度きり話に出ただけでした。ただ、もし彼があの約束を覚えているのでしたら、青葉城に来るかもしれません。

ようするに僕にそこへ行って、もし彼がいたら手紙を渡してほしい、とそういうことなのだ。

しかも、だ。報酬はすでに、僕のクラウドバンクに支払い済みだと書かれていた。ぎょっとしてパスカを取り出し、チェックをすれば、確かに残高が増えている。

もう一度、手紙を読み返した。

二十年前に交わした約束を果たしたい、という内容は、いい話、と言うこともできるかもしれない。

ただ、あまりに不確定要素が多すぎた。二十年前に一度、ほとんど雑談のように交わされた約束など、薄いインクで土壁に書いた悪戯《いたずら》書きのようなもので、月日が経てば、ほとんど消えかけていてもおかしくはない。そもそも、土壁にそれを書いたことすら覚えていないかもしれない。彼は覚えていたが、もう一方の彼からすれば、「そんなことがあった？」ということも大いにありえる。

仮にその彼が約束を覚えており、青葉山とやらに行こうと思ったとしても、それがいつなのかもはっきりしない。彼らの約束は、「もしこれが起きたら会おうね」という曖昧《あいまい》な予定に過ぎず、「ニュースを見てから何時間後」であるとか、「メンバーの死の二十四時間後」であるとか、明確な日時は決められていなかったようだ。そのことからも、彼らが真剣でなかったのは明らかだ。

行ったところで無駄足になる可能性は高い。

いや、そんなことよりも、僕に頼まず、自分で行けばいい。

なぜ、金を払ってまで僕に行かせるのだ。

「大変ご迷惑をおかけしております」

アナウンスが聞こえ、目の前で文字も表示された。やっと出発か、と溜め息を吐《つ》くが、続けて流れるのは、予想していたメッセージ、「間もなく列車が動きはじめます」といったものとは別だった。「システムの故障により、当車両の運行ができなくなりました。お客様には大変ご迷惑をおかけしておりますが、しばらくお座席でお待ちください」

お座席の「お」はなくてもいいのでは、と僕はどうでもいいことが気にかかる。


結局、車両から降ろされ、歩いて新仙台駅まで戻らされることとなった。線路の上に立つのはそれなりに新鮮ではあったが、同時に、いつ列車がやってくるのかも分からない恐怖も感じた。そしてもちろん、困ったな、という思いも大きかった。ボディバッグを開け、中から封筒を取り出す。新札幌の住所が書かれた手紙で、それを渡しに行くのが、都内に住む高齢女性からの依頼だった。

新幹線が動かないとなると、今日中には届けられない。仙台空港から飛行機という手もあるが、交通費が大幅に増す。

パスカを取り出し、タップし、依頼人へと電話をかけた。高齢女性だ。状況を説明したところ、「明日でも大丈夫ですよ」と優しい言葉が返ってきた。「札幌にいる息子が今度、車で東京まで来てくれるので、その時に買ってきてもらうお土産のリストを送りたいだけですから」

お土産のリストなど、メールや電話で伝えてもいいように思うが、その息子は、過去に嫌なことでもあったのか、電子情報は信用できないし、電話は盗聴されているかもしれない、と神経質になっているらしかった。「まったく、そんなことまで気にしていたらきりがないのにね」と彼女は笑った。

線路を歩き、新仙台駅まで戻りながら僕は今後の行動について考えた。

ほかの新幹線の運行状況次第ではあるが、別の列車で都内に帰り、また明日出発することはできる。もしくは今日は新仙台で一泊し、明日、新札幌までここから向かうべきだろうか。前者は交通費が余分にかかるし、後者は宿泊費が必要になる。

実をいえば、きっかけが欲しかった。

本心では、例の、眼鏡さんから渡された手紙を運んでみたかったのだ。

すでに払ってもらった報酬を返金する手間を考えたら、仕事をこなすほうが手っ取り早いじゃないか。新仙台にいるのだから、青葉山に寄るのにはちょうどいい。

引き受ける理由を探していた。

ようするに、二十年前の約束の結果を、知りたかったのだ。

相手が、仮に約束を覚えていてやってくるとしても、何時に来るのかは分からない。今日来るかどうかも。だが、行くだけ行ってみようじゃないか。好奇心が勝った。

初めて降り立つ新仙台駅は思っていたよりも広く、五階建ての構内から外に出る通路ですら迷いそうだった。案内図を見つける。青葉城行きの交通機関がタクシーやバスしかなかったら、歩いて向かうつもりだったが、幸いなことに地下鉄が走っているという。構内を移動し、地下鉄乗り場に行けば、まさに発車する直前だ。駆け込んだところで、ドアが閉じる。

席は空いているが座る気にはなれず、ドア近くに立ち、手すりに寄りかかるように窓から前方を眺めた。

どうしてあの眼鏡さんは、僕が新幹線のあの座席にいることを知っていたのだろう。

疑問が浮かぶ。

仕事を依頼したいのならば事前に正規の方法を取れば良かったのでは？

そう考えたところで、あの手紙の内容を思い返した。

もしγモコのメンバーが亡くなったら。

そのニュースが流れたのは昨日だったから、彼はその後で、青葉城の旧友に手紙を渡そうと思い立ったのだろう。僕に仕事を依頼するには、あまりに急だった可能性はある。

ネット上で二十四時間、仕事を受け付けてはいるものの、最短でも二日後のものしか指定できない。

彼は、別の業者に頼んでも良かった。同業他社はいくつかある。真面目に仕事を遂行することには自信があり、その点を評価してくれたのならありがたいが、僕の知名度はそこまで高くないはずだ。

誰かから勧められたのだろうか？「配達人といえば、あの水戸君がおすすめだよ」と言ってくれた人がいたのでは？　言葉が生まれてから、どの時代でも大事なのは口コミ、ということか。

電車の揺れに体を預け、窓の外、地下トンネルの壁をぼんやりと眺めていると、やがて頭に浮かんでくるのは、檜山景虎のことだ。

先ほどの新幹線内で僕を見た時の、強張《こわば》った彼の表情は、こちらの写し鏡だったはずだ。体が硬直し、動揺し、立ち竦《すく》んだ。

学校の屋上で向き合った、あの時と同じだ。

総合学校六年生の三月、卒業間近の頃、家に帰った後で僕は、教室にタブレットカードを忘れたことに気づき、学校に戻った。その際、校門のあたりでふと視線を上げたところ、屋上に人影があり、はっとする。

屋上から飛び降りるつもりなのか？　と、とっさに思った。

気づいた時には走り出していた。校舎に飛び込み、玄関で靴を脱ぐことすら忘れ、一目散に階段を駆けあがる。

最上階に着くと、普段は鍵がかかっているはずのドアが小さく開いており、迷うことなく僕は、屋上に飛び出す。

そこに立っていたのが、檜山景虎だった。

数メートルほど離れた場所にいた。こちらを見て、体を強張らせたのが分かる。

とっさに僕は、横を向いた。

彼が転校してきてからというもの、僕はできる限り接点を持たないように気を付けていた。おそらく彼もそうだろう。

なのにどうして、卒業も間近の今、こんなところで会ってしまったのか。

人影が見えて、飛び降りたりするんじゃないかと心配になったんだ。君だとは気づかなかった。そう説明すれば良かったのかもしれないが、口から出なかった。緊張しているのか、恐れているのか、それともその両方か。

彼の家族は、うちの車との事故で死んだ。僕の家族は、彼らの車に命を奪われた。さらには、祖父母同士の裁判による争いもあった。お互いが、相手のために、大変なことになったのは事実だ。

敵だと思ったことは一度もないにもかかわらず、会ってはならない天敵に睨まれているかのようだ。

僕は彼を敵視していない。だが、向こうは？

君はどう思っているのか。ずっと訊《き》けなかった質問が喉まで出かかるが、やはり発することはできない。

取り繕うように横を向けば、フェンスの脇に瓶《びん》があった。誰かが持ってきたまま忘れたものなのだろうか。気づいた時にはそれを拾い上げていた。ラベルもなく、中身は空だ。ガラスに少し色がついている、と目の前に掲げたところ手が滑った。

瓶が音もなく、滑るように落下し、悲鳴を発するが如く、短い音を響かせて割れた。

どうして？

ちゃんとつかんでいたんだ。誰に言い訳するでもなく、僕は内心で言っている。

瓶を持つ自分の指を一本ずつ、丁寧に瓶から剝がされたのではないか。そうとしか思えないほどだ。そこで瓶が落ちることが定められていた、と説明されたほうが納得がいく。

檜山景虎が後ろに立っていた。

振り返ったところ襟首をつかまれた。危険だ、と思うより先に、体の中で信号が光る。

警報が鳴る。

彼は目を見開き、鼻孔を膨らませていた。右腕を振りかぶった。殴られる、と分かった瞬間、僕の体の中に、火が点《つ》く音が鳴った。はじめは、やめてくれ、と訴えるつもりだったのが、いつの間にか、別の切迫した思いが自分を満たしている。このままではやられてしまう。やられてはいけない。全身の細胞が、声を発するかのようだ。戦え！　負けてはいけない。

体を捻《ひね》り、彼の右手首を思い切りつかんだ。

その直後だ。ふっと彼は力を抜き、息を吐いた。「冗談だって」とぼそりと洩《も》らした。

「え」

「ふざけただけだ」むすっと言う彼のその言葉がどこまで本音なのか、判断がつかない。

先ほどの動作は、冗談によるものとは到底思えなかった。真剣な、深刻な思いが彼を衝《つ》き動かしていたはずだ。僕もそうだったように、だ。

彼は自分を落ち着かせるためか、深く呼吸を繰り返しており、僕もそれを真似する。

少しして彼が真横に顔を向けた。

視線を追えば、遠くの空が橙《だいだい》とも赤ともつかない色を滲《にじ》ませている。白いブラシで描かれたかのように、かすれた雲が横に長く広がっており、だんだんと輪郭が膨らんでいくのが分かった。鯨のようだ。儚《はかな》い点描の、美しく伸びた白い鯨が太陽の光によって輝いていた。鯨の体内から、幾層もの赤色が放射されている。赤と橙が、空に染みながら広がっていた。じっと眺めているうちに、雲は形を崩し、鯨だったものが緩く溶け始めた。

色鮮やかな夕焼けだったが、どことなく不安な気持ちにもさせられる。

「どうして、争うんだろうな」

その言葉が聞こえた。まさか、檜山景虎が言うとは思わなかったものだから、僕自身が喋《しゃべ》ったのかと思いそうになる。

「争いは簡単に起きる」

今度は、彼が口にしたのだと分かった。争い、とは先ほど、僕につかみかかってきたことを指すようにも感じた。

「人間の歴史は、全部、争いだろ」

「え」

「争いの合間に小休止があるだけじゃないのか」

「争いの小休止？」

「争いゼロの、全部が平らで穏やか、なんて状況は絶対にないんだ」

「絶対に、なんてことは」

「絶対にない。いつだってどこかで誰かが争っている。それが歴史だろ」

「誰かの平和は、誰かの犠牲の上に成り立っているから、ということ？」

僕がそう言ったことに対し、舌打ちかそれに準ずる不満げな態度をされるのでは、と覚悟したがそうはならない。

「争いは悪いものか？　違うだろ。すべての基礎、おおもとだ」

「おおもと、って」どういうことだ。どこまで本気で言っているのか、僕には理解できない。「だけど、争えば人は傷つくし、物も壊れる。ないほうがいい」

　愛読していた子供向けの本のことが頭を過《よぎ》った。もともとは、聖なる槍《やり》と鋼鉄の殻を持つカタツムリが活躍する絵本だったが、アニメや映画となり、今や国民的なキャラクターで、誰もが知る作品だ。テーマパークも全国に存在している。その主人公マイマイが発する定番の台詞がある。「争わないほうが好ましい」僕はそのことを思い出した。「争いたくなる気持ちは分かる。だけど、争わないほうが好ましい」と心優しきマイマイは言うのだ。

　僕が小さいころ、眠る前に母がよく、読み聞かせてくれたのを覚えている。

「一人一人の気持ちだとか、目先の社会のことを考えれば、争いは悪いことかもしれない」檜山景虎は言った。「ただ、違う次元の話なら、争いはなくてはならないものだ。実験室でビーカーの中を攪拌《かくはん》するのと同じだ。かき混ぜなければ、実験にならないだろ」

　どこの誰が何の実験を。

「ぶつかり合わなければ何も起きない。何も進化しない。衝突が変化を起こして、新しいものを生み出す。星だって、そうだ。小さな惑星が衝突を繰り返して、そのエネルギーでマグマの海ができた。月はいくつもの衝突の痕跡でできあがった。水だって、隕石《いんせき》がぶつかったことで生まれたんじゃないのか」

「ああ、うん、まあ」と僕は情けない相槌《あいづち》を打つだけだ。

「できるだけたくさんの可能性を増やす方向に、物事は進む。攪拌して、拡散する。だから、争いは起きなくてはいけない。争いとは、衝突することだから。欲しい物がなくなれば経済は止まる。じゃあ、どうすればいい？　持っている物を奪えばいい。そうすれば欲しい物が増える。現状維持と縮小こそ悪だ。作って、壊す。作って、壊す。いや、壊す、という認識すらないだろうな」

「誰の認識？」

「誰というわけじゃない。ただ、争いはなくならない。争い続けること自体が、目的なんだから」

彼は、沈む太陽が雲を輝かせる空を眺めている。先ほどよりも色が変わり、日差しは黄金めいてもいた。絵に描かれたような景色は、大画面に映し出される仮想映像よりも偽物らしく見えることが多いものの、その時の夕陽の、寂しさを伴う赤さには、生々しい手触りが感じられた。

「だとしたら、僕たちはどうすればいいんだろう。争うのが当然だというなら、それを受け入れなくちゃいけないのか」

「それとこれとは別だ。争いはなくならない。雨や嵐がなくならないのと同じで。ただ、その中でどうにか穏やかに生きていこう、と努力するのは、自由だろ」

「努力？」

「かき混ぜられるビーカーの中で、一生懸命、穏やかな時間を作るのには、努力が必要だ。平和は努力しないと現れない。努力しても平和になるかどうかは分からないが、少なくとも何もしなければ、争いは起きる」

彼がそう言ったところ、風が急に吹いた。屋上の僕たちの足元を、俊足のイタチの如く通り過ぎたかと思うと、彼と僕との中間あたりで砂利を巻き上げるように、小さく渦を作った。ぐるぐると螺旋《らせん》状に、風は尾っぽを作り、それから消えた。

地下鉄は新仙台駅から西方向に進み、広瀬川《ひろせがわ》を避けながら南方向の山の中を走っていく。地下を通る列車が山を上っていく、と知った時には奇妙なものだと思ったが、実際に乗っていると平坦な道を走っているようにしか感じない。青葉城址最寄りの「竜《たつ》の口渓谷《くちけいこく》」駅で降りた。

透明のチューブ型エレベーターで谷底から地上まで上昇する。向かい側に見える崖は壮観だった。紅葉シーズンが近いのか、赤や黄色に染まりはじめた木々があり、その隙間から白壁が窺えた。足元に目をやれば、谷の深さが実感でき、ぞっとするほどだ。

地上に出た後は、ごく普通の歩道が続く。アカシデなのかイヌシデなのか僕には判別がつかないが、道沿いに生える、葉を赤くした木々の横を行く。

百メートルほど進むと、青葉城址の敷地にたどり着く。ゲートをくぐった奥が駐車場で、

その先の小さな公園じみたエリアに出た。

立派な御殿が見えたが、立体映像による仮想建築だと分かる。横に設置された説明によると、戦国時代末期に建てられたこの本丸は、明治時代に破壊され、兵舎施設に使われ、姿を消したのだという。

いつだって、戦争は理不尽に物を壊していく。敵から攻撃を受ける以前に、「戦争の準備」のために建物が破壊される。

争いは悪いものか？　違うだろ。すべての基礎、おおもとだ。

そう言った檜山景虎をまた思い出してしまう。

作っては壊し、壊しては作る、その繰り返しが歴史なのだ、と。

だけど、その争いのために、こんなに立派な建物がなくなってしまったのは事実だ。戦争は最強の「大義名分」なのかもしれない。

クラウドバンクに入金された報酬のことも思い出す。

これは、仕事だ。

いつの間にか薄暗くなっており、観光客も少ないため、入ってはならない場所に忍び込

んでしまったかのような気分になった。周囲を見渡せば、敷地のあちらこちらに置かれた防犯カメラのレンズが見える。

少しうろついたところで、「←伊達《だて》政宗騎馬像」という表示が出ていることに気づいた。矢印に従い、進んでいくと景色が開ける。市街地を見下ろす展望台があり、そこに伊達政宗の像があった。こぢんまりとしつつも品のある台座の上で、貫禄《かんろく》のある馬の上から、仙台市街地を見下ろしている。

その人が目に入った時、僕は声を上げかけた。

伊達政宗の像から見て、右手の奥に木の茂みがあり、ベンチが並んでいる。薄暗い場所だったが、そこに男が座っていたのだ。

ジャケットを羽織り、今はあまり見ない青のジーンズを穿《は》いている。腕を組み、足を組み、考え事をしているのか、それとも眠っているのかだらしない恰好《かっこう》で、目を閉じている。

中尊寺敦？　彼は、二十年前の約束を覚えていたのだろうか。

当事者でもないのに何を興奮しているのだ、と冷静に指摘する自分がいる。僕はつい先ほど新幹線の中で急遽《きゅうきょ》、配達を依頼されただけで、あの眼鏡さんと友人のドラマに関して言えば、部外者も部外者、物語のラストに突如出てきた脇役に過ぎない。

「あの」自分がためらうよりも前に、と僕は声をかけた。

男は耳が隠れる程度の長髪で、無精ひげを生やしている。目を閉じたまま反応しない。

「あの」ともう一度呼びかけても、やはり動かない。

無視されているのかもしれない。僕は少し声を大きくし、さらには手をひらひらと、彼の瞼の上で揺らした。

するとうと男がゆっくりと目を開き、僕に気づき、驚きの表情を浮かべたがそれも束《つか》の間、欠伸《あくび》でもしかねないゆっくりとした動作で、耳に手をやり、イヤフォンを外しはじめた。

なるほどそれで声が聞こえなかったのか。

「あの」僕はまた言った。「あの、中尊寺さんですか？」

彼は眉をぴくっとさせる。「何？」

「あの」僕の人生のうちで、「あの」を一日で口にした最多記録は何回なのだろう、とそのようなことが頭に浮かぶ。もしかすると今日がその新記録の日ではないか。

「配達を頼まれたんです」「配達？」「手紙が。これです」

「配達人？」彼は眉をひそめ、体を起こすと、僕が差し出した封筒を、少し警戒した手つきで受け取った。リアルメールは久しぶりだな、と言ってから、「ああ」と短いながらも重みのある声を発した。表に書かれた、「中尊寺敦様」という手書き文字で差出人が分かったのかもしれない。

「あいつも一応、覚えていたってことか」と笑みを浮かべた。

僕の心の鈴が音を鳴らした。「約束だったんですよね」

「そうだよ。まあ当時は、ただの軽い冗談のつもりだった。俺もあいつも。そもそもほかのメンバーが死ぬなんて、想像もできなかった。ただ面白いもんだな、昨日の杏アントの訃報を知って、意外にすぐに思い出してさ。まあ、あいつが覚えていると思ったわけではないが」

「それでここに来よう、と？」

彼は、にっと笑うと、「暇なんだよな」と恥ずかしがるよりは自慢するかのように言った。「毎日、ぷらぷら街をうろついて、デジロで時間と金を摩《す》ったり、公園で鳩に餌をやったりで。だから今日は今まで、このあたりにいて、γモコを聴いてた」

「それってやっぱり、友達が来るのを待っていたんですか」

「どうだろうな。いつ待ち合わせるかも決めていなかった。ただ、もしあいつが来たのに俺がいなかったとしたら悪いだろ。何しろ」

「何しろ？」

「暇な奴が、忙しい奴に時間を合わせてやるのが筋じゃないか」

「そういうものですか」

「結局、来られなかったんだから、あいつは忙しかったってことだな」

「そのかわりに手紙を」

「律儀な奴だ」彼は封筒を切った。仕事柄、僕は、人が封書を開ける瞬間を数多く見ている。丁寧に鋏《はさみ》を使う人もいれば、レターナイフを使う人もいる。面倒臭そうに、手で破く人も多い。ただ、期待や不安を滲ませながら中から手紙を取り出す人を眺めるのが、野次馬的と言えるのかもしれないが、僕は好きだった。

封筒の中に入っている便箋は、思ったよりも少なそうだ。

古い約束をお互いが覚えていたことに対する感慨深さを表現するのならば、もっと枚数がいるように思えたが、目の前の彼の手にあるのはぺらっとしたもので、一枚か、あっても二枚というところだ。

中尊寺敦は紙を見た瞬間、はっとしていた。目を見開き、その後ですぐに眉をひそめた。いったい何が書かれているのか、と思っていると彼は、パスカを取り出し、操作をはじめた。手紙に書かれていた言葉の意味が分からず、辞書で語彙《ごい》検索でもしているかのようだった。

「なるほど」中尊寺敦が声を洩らしたのは少ししてからだ。なるほど、そうなのか、と。先ほどよりは、厳しい顔になっている。

「どうかしたんですか？」

返事がなく、もう一度、「どうかしましたか」と言ったところ、彼がようやくパスカから顔を上げる。

「こんな手紙を送ってくるから、あいつに何かあったんじゃないかと思って、ニュース検索をしたんだ」

「ニュース?」

中尊寺敦は肩をすくめ、パスカをこちらに向けた。画面上に、ニュース記事が浮かび上がる。

「人工知能『ウェレカセリ』開発責任者、事故死」とあった。

「これが?」と言いながら詳細を読み進めるうちに、僕は目を疑う。人工知能の第一人者と言うべき研究者、寺島《てらしま》テラオが新東北新幹線の高架から落ちて、死亡したと書かれている。寺島テラオは緊急停止ボタンを押し、強引に新幹線を停めた上、線路を走って移動した、とある。その影響により、乗客は新幹線から降ろされ、新仙台駅まで歩くことを余儀なくされた、とも。極めつけは、寺島テラオの立体写真だ。その顔は、間違いなく、僕に手紙を渡した彼、あの眼鏡さんのものだ。「いつのニュースですか」

「さっきだ。今さっき」

「え、僕、新幹線の中で、この人に会ったんですよ。それこそ一時間くらい前に。それで、配達を頼まれて」

中尊寺敦はすぐに、「何だよ、いったい」と頭の中の混乱を吐き捨てるかのように言った。実際、頭からもやもやしたものを掻《か》き毟《むし》って、捨てるような仕草も見せた。

「あの、これ、どういうことなんでしょうか」

「知らねえよ」中尊寺敦のぶっきらぼうな言い方は、彼自身の動揺の顕《あらわ》れにも思えた。

「まったく、どうなってるのか」

「手紙にはいったい」

中尊寺敦は考えをまとめるためなのか、その場でうろうろと動き回っていたが、ポケットに手をやると、取り出した手紙を、ぐいっと渡してきた。

便箋は一枚だけだった。拍子抜けすることすら躊躇《ためら》われるほど真っ白で、縦書きの二行がぽつんとあるだけだった。

君の言う通りだった。

オツベルと象。

それしか書かれていない。


青葉城から出て、どんどん進んでいく中尊寺敦の後をついていったが、思えば、ついていく必要などなかったのだ。

手紙を渡すという仕事はすでに完了しており、さらに言えば、二十年前の友人同士の約束が無事に果たされたことも確認できた。

が、中尊寺敦が、「こっちだ。ついてこい」と僕が一緒に行動するのが前提であるかのように言うため、それは、ついていかなければ大変なことが起きるという警告めいてもおり、従わずにはいられなかった。「俺からあまり離れるな」とまで言うのだ。

青葉城の敷地から出たあたりで、僕は地下鉄の駅があった方向へと歩きはじめたが、そこでも彼は、「おい、こっちだって」と乱暴に言った。

「あの、僕はこのへんで」

「このへんで？　もう諦めるのか」

「諦める？」話がかみ合っていない。諦めるも何も。配達を諦めなかったからこそ、手紙を届けられたのではないか。

「現実が分かってねえんだな」彼は迷子でも眺めるような顔つきになった。

「現実？」

「あいつが死んだのは、事故でも自殺でもない」

「それってあの、手紙を渡してくれた」寺島テラオか。

「あいつは自分が危険だと分かっていた。だから、おまえに手紙を託した。俺に届くようにな。余裕がなかったんだろう」

「あの手紙、どういう意味なんですか」

書かれていたのはたったの二行だ。／オツベルと象。

君の言う通りだった。

「まだ分からない」

「分からない？　まだ？」

「わざと簡単には分からないようにしたんだろ」

「簡単に分からない手紙に意味があるんですか」

「もちろんある。俺に届く前に誰かに奪われたらまずい。答えが書いてあったら、そいつにばれるじゃねえか」

ああ、なるほど、と最初は思った。メッセージが他者にばれないようにするなら、分かりにくくする必要はある。が、送り先の相手にまで分からないのでは、本末転倒だ。

僕の疑問を察しているのか中尊寺敦は、「たぶん、そのうち分かる」と言った。「あいつはそう思ったってことだろ。この俺なら、分かるはずだ、ってな」

「『君の言う通りだった』というのは」

「ついてこい」中尊寺敦が肩をすくめる。「いいか、あいつが死んだってことは、これはかなりやばいってことだ。おまえも無事ではいられないんじゃないか」

え？　どうして。と僕の顔には出ていたはずだ。

「たぶん今頃、あいつの行動は全部調べられている。おまえに手紙を託したことも分かるだろうな。新幹線内のカメラを見れば一発だ。俺と一緒に行動しないなら、居場所がばれて、調べられる」

「あの、どうして居場所が」

「どこもかしこも防犯カメラばかりだ。知ってるだろうが、誰がどこを移動しているかなんてのは、パスカの情報でもばれる」

身分証明書、財布、ネット通信端末といった機能が一枚のカードに収められているパスカは非常に便利で、世界中の大半の人々が使っているが、導入時より政府機関からの監視に使われる恐れがある、とは言われていた。正式には肯定も否定もされていないようだが、僕はさほど気にかけていなかった。世の犯罪がそれで取り締まれるのなら、少々、行動範囲が捕捉されていたところで構わない、むしろ重大事件の犯人がそれで見つけられるのならば大歓迎、といった感覚だった。おそらく、多くの人がそうだろう。自分が故意に犯罪に手を出すことはない、と自信があるからだ。

「別に僕は何も」

「悪いことはしていないと思ってもな、何か知ってるんじゃないか、と調べられるぞ。体の隅々から、家の隅々まで。嫌だろ」

「それはもちろん」嫌に決まっている。

「なら、ついてこい」

中尊寺敦はジャケットの内ポケットから小さな薄い箱のようなものを取り出した。

「それは―」

「ジャマーだよ。大したもんじゃねえけどな、これを持っておけば、防犯カメラやセンサーに記録は残らない」

「どうしてそんなものを」

「子供の頃、夏休みの工作だよ」

冗談だと思い、しかもさほど面白くないため愛想笑いを浮かべ、「それは先生も怒ったでしょうね」と言ったのだが、彼は表情を変えることなく、「それどころか警察が来て、調べられた」と言う。「俺が独自に設計したと言っても、あいつら信じなかったんだよな」

僕がきょとんとしている理由を勘違いしたらしく、「安心していい。これはその時からさらに改良している」と中尊寺敦は言った。

答えに困っているとさらに、「乗せていってやるからしばらく付き合え」と言う。

交通事故の記憶が頭を過る。いや、頭というよりは血液の中を記憶が流れ、体温がすっと下がるような感覚に襲われるが、そこで中尊寺敦の、「自転車だけどな」という言葉が耳に入ってきた。

子供の頃、姉の運転する自転車の後ろに跨《また》がったことはあるのかもしれないが、記憶ははっきりしない。大人になってからの自転車の二人乗りは新鮮で、かつ少し怖かった。荷台があるにはあったが、座り心地がいいとは言えず、尻が痛い。と感じる余裕もほとんどないほどに、中尊寺敦の運転する自転車は一気に、青葉山を下った。くねくねと曲がる車道を勢いよく走っていく。滑降の感覚に近く、僕は、ちょっと待ってください、止まってください、という声を出す余裕もなく、目の前の彼にしがみついた。自転車が傾きすぎ、さすがにこれはひっくり返ると何度か目を瞑《つぶ》ったが、間一髪どうにかこらえていた。ぎりぎりのところで中尊寺敦が足を出し、地面を蹴っているのも見えた。

どうにでもなれ、と達観した直後、自転車が停《と》まったらしく、「おい、いい加減、離れてくれ」と言われた。

はっとし、降りる。再び地面に両足をつけられることに、感謝するほどだ。

さすがに中尊寺敦も息を切らしていた。「そこに入るぞ」と視線で、向かい側の店を指す。

サイコロ形の建物で、壁は真っ白だった。正面には、「ニュース&コーヒー」と表示されている。少し前に話題になったニュースカフェだ。店内にはたくさんの画面が並び、さまざまなニュースが、国内に限らずかなり辺鄙《へんぴ》な国の情勢についても表示され、利用客は飲食しながら、それらの情報を見ることができる。どのようなニュースも、立場や信条によって受け取り方が異なるため、ちょっとした言動がもとで、客同士のトラブルが発生し、問題視されている。「ニュースカフェで、いざこざが起きている」というニュースを、ニュースカフェで見る羽目になる、と誰かが言っていた。

テーブル自体が大きめのディスプレイ画面を兼ね、操作することで、任意のニュース映像に切り替えられる。

やってきた店員にホットコーヒーを頼んだ後で、テーブルに触れる。特に積極的に選んだわけではなかったが、海外情勢のトピックが映像で映し出される。

中東のある国が、少し離れた国の地下資源を狙い、海底深くにトンネルを掘り進めていたことが判明した、とニュースは伝えてくる。怒ったほう、つまりトンネルを掘られていた側の国は抗議するとともに、戦闘も辞さず！　の意志を表現するためか、最新型の潜水艇を大量に、相手国の領海に向けて出発させたらしい。

これはたまたま遭遇した漁船からの映像です、と表示されたのは、「あれは何だ、何だ」とうろたえる外国人漁師と、海上の船の下を次々と通り抜けていく、潜水艇の群れの影だ。「戦争がはじまりそうで、怖いですね」僕は言っている。

中尊寺敦は興味もなさそうで、鼻息を洩らすと、別のチャンネルに切り替えた。

次に表示されたのは、ヨーロッパの小国で起きた殺人事件のニュースだった。殺人とはいえ、規模は大きく、ある町とその隣の町との間で多数の死者が出るほどのものらしかった。斧《おの》や刃物など手近なものを使い、住人同士が殺し合うというもので、前世紀ならまだしも今もまだこのようなことがあるのか、と驚かざるを得ない。

「これ、知ってるか？　もともとは病気なんだよ」

「病気？」

「原因不明の病気が流行《はや》って、人がたくさん死んだ。そうしたら隣の町の工場から菌がばら撒《ま》かれている、って噂が出たらしい」

「実際、そうだったんですか？」

「さあな。そうしたら今度は、工場のある側の町でも病気が流行り出して、これはあっちの町の報復じゃねえか、って話になって」

「それで殺し合いに？」そんなことで？

「いくら人間が理性的だと言ってもな、最終的な決断をするのは、頭じゃなくて体だ」

「どういうことですか」

「動物的な反応に勝るものはない。疑心暗鬼になったら、それくらいは起きるってことだろ」中尊寺敦はぶつぶつ言いながら、テーブルを指で撫《な》でている。

「何を調べて？」

「あいつのことだ。ただ、ここで検索したら履歴がばっちり残るだろうな」

「ええと、寺島さんは、人工知能を作っていたんですよね？」

「ウェレカセリな」

「それって、何なんですか」

「人工知能の呼び名だ。何でもかんでも名前をつけないと気が済まない。それが人間だ」

中尊寺敦は言う。「あいつと俺は学生の頃からずっと、そればっかり研究していた」

「人工知能ってどういうものなのか分からないんですけど」

「何だと思う？」

質問したのはこっちなのに、と苦笑せずにはいられない。「字からすると人間みたいな知能、ってことですよね？」

「実際には人間より遥かに賢いけどな。ようするに、経験や知識をもとに、物事の先を予測するってことだ。予測するだけじゃなく、答えを導き出すこともできる」

「カーナビのような？」頭の中で、あの小学生の時の事故が再現されそうでぎゅっと目を瞑ってしまう。

「そうだな。地図、現在位置、交通ルール、渋滞区間、インプットされたそういう情報をもとに、目的地までの最短ルートを導き出す。それに似ている。カーナビなら目的地、チェスならチェックメイトまでの道のり、とにかく、最善の手を分析する」

「それを作り上げたんですか」

「今まで人工知能と名のつくものを完成させた研究者はたくさんいる。ただ、ウェレカセリはその中でも精度が高くて、有名だった」

「計算が速いとか？」「勘が鋭い」

「勘？　人工知能に勘とかあるんですか？」

「他人から見たら論理的な理由がないように思えるのが勘だ。賢い人工知能ってのは、全部、勘にしか見えない」

「勘をどうやって教えるんですか」

彼がにっと笑う。「教えられねえよ。ひたすら経験を積ませて、勝手に身につけてもらうしかない。人間と同じだ」

「どうしてそれを作った寺島さんが」死ぬことに？

「知らない」

それからしばらく、中尊寺敦は無言でニュースをいくつかチェックしつづけた。

「『オツベルと象』ってどういう意味なんですか」

「まだ分からない」

どうした檜山、青い顔をして。気にすることはないぞ。あの寺島は勝手に飛び降りたんだからな。

声をかけられ、俺ははっと顔を上げた。先ほどまで新幹線車両内を一緒に捜査していた先輩だ。「落ち着いたら、来い。あっちで車内映像のサーチをしている」

新仙台駅の構内に、直方体の巨大なバルーンが置かれている。空気で膨らませた仮設の作業所で、先輩はそこに戻っていく。

線路上を逃げる男、寺島テラオを追ったのは三十分ほど前だ。先輩をはじめ、ほかの捜査員と一緒に高架線路を走るのはそれなりに新鮮な体験で、緊張感と恐怖を伴ったが、俺が青褪《あおざ》めているとすれば、理由はそれではなかった。

水戸だ。

まさかあそこで会うとは。

寺島テラオが新幹線に乗った、という情報を得た俺たちは、新さいたま駅から飛び乗った。そこで寺島テラオを捜すために車内を探索したのだが、水戸が乗車していたことには心底驚いた。体が硬直し、時間が停まったとしか思えなかった。正確に言えば、巻き戻ったのかもしれない。

小学生の時に遭遇した、高速道路のサービスエリア手前、後方から激突された衝撃と、スピンする車からの景色、それらが一気に記憶の映写機から流れ始めた。

あの時の、まだ子供だった俺は後部座席で、体を丸めていることしかできず、車の回転が止まることを祈り続けた。止まった後、あたりが急に静まり返った。親も姉も息をしていない。自分の息も塞がるのだろうかと怯《おび》えながら、じっとしていた。あの恐怖は、二十年経っても、生々しいものとして体を覆ってくる。

水戸は変わっていなかった。

正確には、何が変わっていないのか、何が変わっているのか、それを把握するより先に、水戸だ、と分かった。

全身の皮膚がぴりぴりと震えた。どうしてここに。どうしてまた会わなくてはいけないのだ。

思い出すのは、十六の時だ。

あの事故で家族を喪い、その後、祖父母も亡くした俺は、総合学校のはじめの三年間を、上越《じょうえつ》地方の親戚に世話になり、四年目からは都内の親戚を頼った。

そして転校初日、慣れないクラスの隅で座っていると、突然、同級生が目の前に立ち、「おまえが檜山か」と言ってきた。

唐突に、どうして「おまえ」呼ばわりされるのか、と俺は驚きとともに憤りを覚えたものの、その後に彼が続けた言葉で事態は理解できた。「まさか、生き残り同士、同じ総合学校で会うとはな」

名札を見れば、「水戸」とあり、直後、俺は高速道路の回転する車の中にいる感覚に覆われ、気づけば嘔吐していた。

みなが遠巻きにしている中、水戸がこちらに向けた冷たい眼差《まなざ》しは忘れられない。学校を即座に辞めたくなったものの、ほかに行き場もない。どうにか残りの三年間を無事に、水戸と関わることなく乗り切らなくては、とそれだけを考えていた。向こうも同様だったのだろう、言葉を交わすどころか視線が交差したことすら、ほとんどなかった。

そして、数少ない水戸にまつわる記憶は、ことごとくが不可解もしくは不愉快なものばかりだった。

遅刻した教室に入ろうとしたところ、ほかの生徒は別教室に移動していたにもかかわらず、水戸一人が残っており、はっとしたことがある。覗くようにドアから中を見れば、しゃがんで俺の机の中を覗いている。とっさにドアを開け、足を踏み入れたのだが、すると水戸が顔を青くし、立ち尽くした。いったい何をしているのか。問い質すつもりの言葉が出ず、向こうも言葉を発することなく、教室から飛び出した。後になって同級生同士の会話から、彼が自分のペンケースを誰かに奪われ、取り返すために全員の机の中を覗いていたのだとは分かった。うすうす気づいていたが、水戸はクラス内では悪目立ちしていた。強がり、ひねくれた言動が多く、周囲からは疎ましく思われていた。

水戸が恋人と思しき女子と出歩いているのと遭遇したこともあった。俺が友達と街を歩いていたところ、たまたま見かけ、友人のほうが声をかけた。俺は、水戸と喋るのはもちろん、近くにいることすら体が受け付けがたかったため、顔を背け、立っているだけだった。ただ水戸は、俺の視線の動きを勘違いしたらしい。急に、「おまえ、何、人の彼女を狙っているんだよ」とこちらを突くような強い語調で言葉を発してきたかと思うと、女子を引っ張りその場を立ち去った。俺はぎょっとし、隣の友人も「どうしたんだよ」とうろたえた。

水戸のことはよく分からない。友人の多くはそう言ったが、俺自身は、分かりたくない、という気持ちのほうが強かった。

恨みはない。あの事故では、お互いが被害者だったのは間違いない。とはいえ、仲間意識のようなものは皆無だ。

近づくな。いつだって警告が体の中から発せられていた。

大きく膨らんだゴムとも風船ともつかない見た目の、簡易ルームの中に入ると、捜査員たちがタブレット端末を駆使し、映像のチェックを行っている。

先輩捜査員が顔を上げ、「ちょうどいいところに来たな」と言う。

「何か見つかったんですか」

「まあな。今、リプレイ、映す」

先輩の操作する端末のクローン映像が、スクリーンに流れ始めたところだった。

新幹線の車両内の防犯カメラらしい。通路の前方から、車内を俯瞰《ふかん》する形だ。向かい側、つまり進行方向の反対側のドアが開き、人がやってくる。

「寺島だ」

確かにそれは寺島テラオで、急ぎ足というほどではないが、まっすぐに歩いてくる。そして車両の真ん中よりも少し前寄りの、二人掛けシートの通路側に腰を下ろした。

そして一分も経たないうちに、別の男が同じように、カメラの奥から現れた。

心臓が弾むのと、鳥肌が立つのとどちらが先だったのか。

映っているのは水戸だった。地味なシャツを着ている。後ろを一度振り返った後、前進し、そして席に座る寺島テラオを見て、足を止めた。

そこに人が座っているとは思わなかったのかもしれない。パスカを取り出し、座席を確認する様子も見えた。

結局、水戸は、寺島テラオの隣の席に腰を下ろす。確かに、俺が水戸を見かけたのはこの座席だった。

「この男は仲間でしょうか？」捜査員がスクリーンを指差した。水戸のことだ。

「違うと思う」先輩捜査員は断定気味だった。「明らかに戸惑っている」

しばらくすると、寺島テラオは席を立ち、前の車両へと消えていく。映像が停止され、寺島テラオが立ち去る直前まで、巻き戻される。

「ただここで、この男が寺島のほうを見て、何か言っている。寺島は極力、顔を動かさないようにしているが、何かを託した可能性はある」

「託した？　突然ですか？」

誰かの言うその言葉を聞きながら俺は、水戸が関係しているのか？　とそのことに動揺せずにはいられない。

気づいた時には、「この男、配達人です」と言っている。

みなの視線が集まり、先輩捜査員が、「そういえば、檜山、おまえ、この男を知っているんだったか？」と声を高くした。乗客を調べている際、そのやり取りがあったのを思い出したのだろう。

「総合学校時代に、同級生でした。会うのは卒業以来ですが、今は、配達人をしているはずで」

「配達人ってのは、アナログの」

「手渡しの、です。水戸直正と言います」

先輩捜査員が、「情報、集めろ」と言うが早いか、捜査員が一斉に自分の端末を触りはじめる。

「これは偶然なのか？」先輩捜査員が言う。

てっきり、俺と水戸がここで会ったことを指して言われたのかと思い、もちろんですよ、と強く言い返しそうになったが、彼の言いたいことはそうではないようだった。

「寺島は、この男が配達人だと知ってて、ここで声をかけたのか？」

「分かりません」としか答えられない。

「何をしているんですか」僕が訊ねると、中尊寺敦はちらとだけ視線を向けてきた。静かにしてろ、と言いたげなのは伝わってきた。

ベルトにつけたバッグから、黒い、パスカよりも小さなチップじみた物を取り出した、と思うとニュースカフェのテーブルの下に移動させた。

手が上に出てきた時には、そのチップはなかったから、テーブルの裏のどこかにそれを置いたのだろう。

テーブルに表示される画面に触れ、ピアノでも弾くかのように滑らかに、操作をはじめる。先ほどの黒いチップで、この端末を乗っ取ったのだな、とは、仕組みは分からないものの、想像できた。

黒い画面に文字列が並んでいる。小さな英語が表示され、向かい側にいる僕からは読めないが、中尊寺敦が指を何気なく動かすと、消え、表示され、消え、と切り替わっていく。

何してるんですか？

「あまりきょろきょろするな」

「はい」

「駄目でもともとだが」彼はぶつぶつ呟《つぶや》いた。

店員がグラスに水を注《つ》ぎに来て、僕は動揺してしまうが、中尊寺敦は気にかけた様子もなかった。

店員が去った後で、舌打ちが聞こえる。「やっぱり駄目だな」

「どうしたんですか」

「簡単に入れるわけがねえよな」

「どこにですか」

「ウェレカセリ」中尊寺敦が何事もないように口にしたそれが、ニュース記事にあった人工知能の名前だ、と気づくまで少し時間がかかる。気づいた後で、「そんなことできるんですか？」と大きな声を出してしまう。

「できるって何がだ」言いながら彼はまたテーブルの下に手を伸ばしている。黒いチップを取り外したのだろう、バッグに仕舞う仕草を見せると立ち上がる。

「え」

次の舌打ちは先ほどとは響きが違った。「まずいな」

「え？」

「出るぞ」と言うが早いか、店の出口に向かう。「お釣りはいらない」と言ったかと思うと、硬貨を店員に渡す。客の大半がパスカで支払っているだろうから、店員も戸惑っていたが、中尊寺敦は構わず出ていき、僕もいそいそと続く。

「ウェレカセリってすごいコンピューターなんですよね？」追いつきながら言う。

「すごいコンピューターが何を指すのかは分からねえけどな」

「そこに、入り込むことかできるものなんですか？　というより入って何をしようと思ったんですか」

「あいつが何か残してねえかと思ってな。ただ、当たり前だけどな、簡単には無理だった。サーバのアドレスすら見つけられなかった。おまけにちょっとばれたかもしれない」

「ばれたって、何がですか」

「コマンド打ったら、変なアドレスに飛んだ。あれは罠《わな》だな。ちょっかい出したこっちの場所が履歴で残る」

「居場所がばれた、ってことですか」あたりを窺わずにはいられない。街を行き来する通行人全員が追っ手に思えてしまう。まずいじゃないですか。自転車を停めた場所まで戻ると、中尊寺敦は指紋を翳してロックを解除し、スタンドを外した。

また二人乗りか、と思ったが、「市街地だと、見咎《みとが》められるかもしれない」と中尊寺敦は言い、彼は自転車を押し、僕は徒歩で行くことになった。

今度はどこへ行くんですか？　と何度か訊ねる。まともに答えてはもらえない。どんどん進む彼との間に距離ができる。いっそのこと、このまま別行動を、というよりも別離の道を選んでもいいのではないか、と考えたが、ふと視界に入る防犯カメラのレンズに焦る。ジャマーを所持している、という話の真偽は分からないが、彼から離れた途端に矢に射抜かれるような恐怖を感じてしまった。慌てて彼に近づく。

横から出てきた若者と体がぶつかる。僕は謝罪したが向こうは謝らない。手に持ったパスカを操作しているだけだった。

構っている暇はない、と歩を進めたところ、「あ、落ちましたよ」と呼ばれる。振り返れば先ほどぶつかった若者が、紙を拾い上げ、寄越してくる。「君の言う通りだった。／オツベルと象。」と書かれた、例の手紙だった。

どうして僕のポケットから落ちたのかと不思議でならなかったが、中尊寺敦がこちらを見て、「持っているのも面倒だからな、おまえの服にさっき突っ込んでおいたんだ」と平然と言う。

「だって大事な手紙ですよね？　友達からの」

「大事なのは内容だ。そうだろ？　紙のほうじゃない」髪が長く、今どき見ないジーンズを穿き、口調も砕けているため、礼儀知らずの若者にしか思えないが、年齢からすれば、「ちゃんとした大人」に違いない。が、喋ることはいずれもでまかせの、その場しのぎに聞こえる。

広々とした公園にたどり着いたのは、五分ほど移動した後だ。旧仙台市の市役所や県庁が別の場所へ移った跡地を利用したらしく、かなりの敷地を贅沢《ぜいたく》に使った公園だった。外周を欅《けやき》の木が囲み、ぽつぽつと立体彫刻が並ぶ以外はベンチがあるだけだ。そのベンチの一つに腰を下ろす。すぐ横にある木にもカメラが設置され、こちらを睨んでいる。

「本当に大丈夫なんですか？」

「何がだよ」

「あの、カメラとかに映ってないんですかね」

中尊寺敦は顔を斜めに傾け、「ああ、あれなら大丈夫だ」と言った。「昔の型番だろうしな、俺のジャマーで」

「最新のは無理なんですか」

「そのうち、僕の名前は何でしたっけ、とか言うんじゃねえだろうな」何でも訊いてきやがって、と彼は、僕を見もせずに嘆く。というよりも会ってから一度も、顔を見て喋っていないのでは、と気づいた。

「あの、何か思い出したことありませんか？」

「何をだ」

「あの手紙の意味です」どう考えてもそこを解かなくては先に進めない。「『オツベルと象』のことで思い出すことはないですか」

「ない」

清々《すがすが》しいほどはっきりと否定されてしまい、次のとっかかりがなかなか見つからない。

「中尊寺さんは、どうして研究の道から外れてしまったんですか」

僕としては記憶を蘇《よみがえ》らせるために、軽く言葉で突《つつ》いただけのつもりだったが、彼はこちらをぼんやりと見る。「言ったか？」

「え」

「俺が研究を辞めたとどうして知ってる。俺が言ったか？」

確かに、そのだらしない風貌と怠惰な雰囲気からそう決めつけてしまったが、研究から退いたかどうかは聞いていなかったかもしれない。「暇で鳩に餌をやっている、と言ってましたよね」

「鳩から繋がる人工知能への道、もあるかもしれねえだろ」

「はあ」

「冗談だよ。俺は、もうのんびり暮らしてるだけだ。仙台でな。ゆっくり誰にも邪魔されず暮らしていきたいだけなんだよ。せっかくの一度きりの人生じゃねえか。いいか、おまえは知ってるかどうか分からねえけどな、自由に生きるってのは難しいぞ」

「哲学的な意味で、ですか？」

中尊寺敦が笑う。「かなり現実的な、物理的な意味で、だ。俺がどうして、自作のジャマーを持っているか分かるか？　子供の頃の工作を改良してまで、だ。今の世の中、何をやるにも監視されてるんだよ。いや、違うな。監視というよりもログだ。行動の全部がログに取られてる。防犯カメラやパスカ、ネット接続でな。何かあれば、すぐに見つかって、辿られる。そこから自由になるのは難しい」

「なるほど」と言ったものの、実感が湧かない。

「そういう意味ではあれが俺が研究に嫌気が差したきっかけかもしれねえけどな、昔、俺とあいつが関わった実験があってな」

「どういう」

「人を使って、ログを取る実験だ」

「人を？　カメラを使えばいいじゃないですか」

「カメラは数と設置場所に限界がある。人なら幅が広がる」

「幅、って」

「人の見たものを外付けハードディスクに記録すれば、カメラ代わりになるだろうが」

いったいそれをどうやって実現するのか、僕には見当がつかなかったが、「それって人体実験みたいなものですよね」と冗談まじりに言った。

「もちろんそうだ」と答えがあるものだから、二の句がなかなか継げない。「とにかく、俺たちもそれに関わった」

「人工知能と関係があるんですか？」

「人工知能に必要なのは莫大《ばくだい》な情報だ」彼は、防犯カメラに顎を向けた。「街中にあるああいうのは目の代わりになる。記録を集めれば、たくさんの情報が得られる。それと同じように、人間が情報を集めてくれればこれほど効率的なものはない」

「怖いですね」

「今、おまえが思い浮かべた、怖いですね、の一万倍は怖いだろうな」

「どういう意味ですか」

「人工知能ってのは研究すればするほど、やばさが分かってくるんだよ。はじめは、なるほど、こういうロジックで結論を導き出しているんだな、と把握できるけどな、発達してくるとその思考の理屈がまったく分からなくなってくる。高をくくってる研究者もいるけどな、冷静に考えれば、人工知能を開発するってのは、情報を食べて進化する化け物を作ってるようなもんなんだよ。だから、莫大な量の人の行動が全部、ログに残って、そいつが人工知能に供給され始めたら、もう何が起きるか分からない。だから俺は嫌になった。やばい化け物作りから逃げたかった。気楽に餌を与えている場合じゃない。で、あいつと言い合いになったわけだ。俺がこの研究はろくでもねえぞ、と言ったからな」

「どうなったんですか」

「あいつは真面目な研究馬鹿だ。もともと、γモコのことが例外ってだけで、俺たちはたいがい意見が合わなかったんだよ。あいつは、こう言った。中尊寺は考え方が悲観的すぎるってな」

発達した人工知能は、人間にとって役に立つ。百年も昔からフィクションの中では、人工知能は暴走する、と言われていたが、それはあくまでもフィクションだ。フィクションで必要なのは、悪の存在だから、なんでもかんでも悪者に描く。よく考えてみればいい。暴走しないように組んだプログラムは暴走しない。コードに書かれたことしかプログラムは実行しない。そのことは中尊寺、おまえもよく分かっているだろ？

寺島テラオはそう言ったらしい。

「馬鹿だよな。コードに書かれたことしかやらないプログラムは、知能なんかじゃない。俺たちが作ろうとしているのは、そんなレベルじゃなかった。人工知能は、誰にも止められない。あいつのほうこそ分かっていたに決まってる。あれは、ただ、自分の好奇心と探究心を満たしたかっただけだ。新車を走らせる楽しみを味わいたいからって、『この道の先が崖のわけがない』と自分に言い聞かせてたんだ」

「やっちゃ駄目、と言われたら、やりたくなるのが人情ってものかもしれませんからね」

「何だよそれ。意味が違うだろ」中尊寺敦は小馬鹿にしたように言った。

「それで、どうなったんですか」

「結果は知ってるだろ？　あいつは高架から飛び降りて死んだ」

「あ、そうじゃなくて、さっきの人体実験です。うまくいったんですか？」

「ああ、あれは途中でおしまいだったな」

「途中で？」

「研究だろうが、国家事業だろうが、はじめはやる気満々でも、その後続かない、ってことはよくある。成果が出なそうだぞ、こりゃ儲《もう》からなそうだぞ、ってなったら、潮がひくように予算が減って、人員が減らされて、うやむやになる。どんな企画もそうだ。はじまりは盛大に、おしまいはひっそりと。俺はもう、そのあたりで大学から距離を取り始めてな、それきりだ」

寺島テラオはそれ以降も、人工知能の研究を進めたのだろう。

中尊寺敦が腰を上げた。「やっと来たか。行くぞ」

「え、何ですか?」

「検索屋だ。移動式の」

見れば公園内を、リュックを背負った、黄色のジャージ姿の若者が横切っていくところだった。検索業者には見えなかったが、どうやらそうらしい。

中尊寺敦はどんどん先へ進み、気づけば硬貨を支払っていた。先ほどのニュースカフェでもそうだったが、パスカを使わないのは履歴が残ることを警戒しているからなのだ、とやっと気づいた。

若者はほとんど喋らなかった。リュックを下ろすと、中からラップトップ型のパソコンを取り出す。

見たこともない型のパソコンだった。厚くて、重そうで、明らかに古い。黒い蓋は傷だらけで、まったく知らないメーカー名が刻まれていた。

「技術者はいつだって、最新を相手にしたがるからな。化石みたいな機械はむしろ盲点なんだよ」

古い端末ならではの抜け道があるとでも言いたげだった。さらにネット接続するための機器も見たことがないものだ。数十年前の携帯電話機を思わせる形で、有線でパソコンと繋いでいる。

中尊寺敦は慣れているのか、てきぱきと操作していく。

ベンチに座ると膝にパソコンを置き、タイピングをはじめたため、僕は隣に腰を下ろす。検索屋の若者はいつの間にかヘッドフォンをつけ、こちらに背を向け、その流れてくる音楽に合わせているのか体をゆすっていた。

客が何を検索するのか、どういった情報を探しているのか、それらが目に入らぬように、耳に入らぬように、という工夫なのだろうか。軽薄なノリの若者に見えるが、彼なりの職業意識があるのかもしれない。

「何を検索するんですか？」

「ウェレカセリに直接近づくのは難しそうだから、違うほうから行くしかねえよ。あいつからのおたよりを探す」

「おたより？　手紙なら僕が配達しましたよね」

「あれは最初の鍵みたいなもんだろ」

「鍵ではなく紙でしたけど」

「あいつは、俺に辿り着け、と言ってるわけだ。『君の言う通りだ』と負けを認めてな」

君の言う通りだった。

オツベルと象。

「負けを認めるから、俺に力を貸してくれ、と言いたかったたってことだ」中尊寺敦はキーを叩《たた》く。「どこかに俺しか見つけられない、隠し場所があるんじゃねえか？　あいつの研究室のサーバに侵入して、アクセス履歴を探ってみる」

「力を貸してくれって、何のためにですか」

「手に負えなくなったモンスターをどうにかしてくれってことだろ。ウェレカセリを止めてほしいんだ」

中尊寺敦の操作はうっとりするほど速い。この手際の良さならば、ネット上のどのような情報でも、すぐに見つけ出すのではないか、と僕は思わずにはいられなかったが、一方で、もし寺島テラオのことを別の誰かが調べようとするならば、中尊寺敦同様、情報に辿り着けてしまうのではないか、との疑問がよぎった。


水戸、どこにいるんだ？

仮設ルームの捜査本部で画面を眺めながら、俺は内心で問いかけている。

水戸が新仙台駅に着いた後、地下鉄に乗り、青葉城へ向かったところまでは追えた。パスカ使用の履歴も簡単に判明し、すぐに見つかると捜査員の誰もが楽観していたが、なぜか、青葉城からの足取りが分からなくなった。青葉城敷地内のカメラにも映らず、どこへ移動したのかも不明で、青葉城内にまだ残っているのだと捜査員が向かったところ、姿はすでにない。

どこに消えた?

市内のカメラ情報をかき集め、顔認証により水戸の検索が行われたが、それですら見つからない事態に、雲行きが怪しくなった気配を感じた。

次に調べられたのは、ネット上のメッセージだった。一般の人間が投稿するのは、個人的な愚痴や憤り、他者に対する見栄《みえ》や、面白半分のでまかせが大半だったが、どこから突破口が開けるかは分からない。新仙台駅から市街地あたりまでの範囲で送信されたデータを片端から解析した。

実際、突破口はあった。

「よし」先輩捜査員がまず声を上げた。

すぐさまテーブル上にクローン映像が映し出される。

見たこともない若者が映っていた。

恋人と二人で並んだところを撮ったものなのだろう。これは明らかに、水戸ではない。

いったい何が、「よし」なのかと訝《いぶか》ったが、誰かが、「ああ、ガラス」と言うのではっとした。

彼らの後ろに、今流行りのアイスパックの店があり、その開いたドアのガラスに、人影が反射している。それが、水戸の後ろ姿だと判明したらしかった。

拡大画像が出る。

水戸に見えなくもない。いや、水戸だ。

この写真がネット上に保存された日時、場所が表示される。十五分ほど前、仙台記念公園の近くだった。

「この周辺のカメラには映っていないってのに」誰かが唸《うな》る。「どうやって移動しているんだ」

「ジャマーでも使ってるのか?」

「おい、檜山」先輩捜査員が言う。「水戸ってのは、そういう奴なのか?」

「そういう、というのは」そもそも水戸はどういう人間なのか、俺にはさっぱり分からなかった。

「防犯カメラの通信に細工できるような」

「学校卒業以来、会っていなかったものですから」

言いながらも自分の鼓動が速くなっていくのが分かる。捜査対象が知人であること自体が初めての経験だったが、それがよりによって水戸だとは。

どういう巡り合わせなのか。

友人や家族が被疑者だった際、平常心で捜査ができるのか?

新人研修の際、問われたテーマの一つだった。もちろん、「できます」と誰もが答える。

俺もそうだった。

「大事な知り合いをどうして売れる?」とわざと意地悪に問われた時、俺は、「秩序を守るためには必要だからです」と回答した。

教科書通りの答えだったが、口にした瞬間の俺は、体の隅々まで澄んだ血液が行き渡るのを実感するような、充実を覚えていた。昔からそうだった。

規則は守らなくてはならない。

誰もいない深夜の赤信号を守る必要があるだろうか? 誰かがそう言えば、「規則なのだから」と当然のように俺は口にする人間だった。

一人のちょっとした、「これくらいなら」「大目に見てほしい」という甘えが、全体の秩序を乱す。小さな綻《ほころ》びが、大きな亀裂を生む。

整った列は、いつだって整ったままにしなくてはならない。はみ出す部分は、早めに取り除かなくてはならない。

社会の治安を守るためならば、罪を犯した人物が、もしくは罪を犯す可能性がある者が、知り合いだったとして遠慮する理由はない。

ましてや水戸直正は知人とはいえ、赤の他人以上に他人、といったほうが近い存在だ。

情報を売るも何も、ためらいはなかった。

「この後、水戸がどこに移動しているのか、追えないか?」

捜査員たちがまた端末操作をはじめる。

俺も検索範囲を公園近辺に絞り、カメラの情報をチェックしようとしたが、そこでふと、こちらをじっと睨む水戸の姿が思い浮かび、ぎょっとし、端末を落としてしまう。まわりの捜査員から、大丈夫か、と心配され、あたふたと拾った。

俺が検索しているつもりが、水戸のほうが俺の姿を調べているかのような、それこそ何世紀も前から使い古されたあの表現、覗き込むものが覗かれている、というまさにあの心境だ。

水戸を捜さなくてはいけないが、一方で、水戸に捜されたくはない。そう思ったところ俺の頭にふと閃《ひらめ》くものがあり、気づいた時には手を挙げていた。

「この公園近辺に、検索屋はいないんでしょうか？」

水戸が検索をしている姿が浮かんだがために、発想したに過ぎない。

履歴が残らぬように行動しているのだとすれば、フリーの検索屋を使うことは十分にありえた。おまえが規則をやぶっているのならば、手加減は不要だ。


「駄目だ、何もねえな」中尊寺敦はキーボードから指を離すと天を仰ぐような恰好になった。「研究室のサーバにも繫がらない」

検索屋は相変わらずヘッドフォンをつけたまま、その場で優雅なステップを踏んでいる。

「あの、『オツベルと象』ってどういう意味なんですかね？ 暗号ですか？」

「それもさっきから検索してるんだけどな、よく分からない。二十世紀の童話だ。知ってるか」

絵本『アイムマイマイ』が頭に浮かぶが、あれは児童向けのものではあるものの、童話ともまた違うのかもしれない。「タイトルは聞いたことがありますよね」

中尊寺敦がノートパソコンに表示された内容を見せてくれる。『オツベルと象』の全文が載っていたが、さほど長くないため、読むのにも時間がかからない。

オツベルという男が、象を騙《だま》して働かせる。弱り果てた象が手紙を仲間に送り、その仲間たちによって助けられる。といった話だった。

手紙によって逆転が起きる、というあらすじは、手紙を配達する僕からすれば親しみのもてる話だったが、この短い話が何を表現しているのかまでは理解できない。

「資本家と労働者の関係を描いたんじゃねえか？」中尊寺敦はぶっきらぼうにそう言った。

「寺島さんは、それを伝えたかったんでしょうか」

「そんなタイプじゃねえよな」そんなタイプ、が何を指すのかは分からなかったが、彼がそこで、「へえ」と感心の声を洩らした。

「何かありましたか？」

「この『オツベルと象』の解釈を調べていたら、面白いことが出てきた」

「面白いこと？」

「ラストの一行は、一字不明なんだと」

「一字不明って、何ですかそれは」

「『おや、川へはいっちゃいけないったら。』で終わるんだが、『おや』の次が、読めなかったらしい」

もう一度、画面に表示された童話を読み直せば、確かに、「おや（一字不明）、川へはいっちゃいけないったら。」とわざわざ、「（一字不明）」と記してあった。

「意味ありげですね」

「だよな。いったい、作者の宮沢賢治《みやざわけんじ》は何を書いていたのか。好奇心が刺激される」中尊寺敦は言った後で、「でもまあ、ようするに手書き文字が読めなかったってところだろ。『おや君』だか『おやま』だか分からないが、どうでもいい文字があっただけだ」と自ら結論づけた。

言われてみればそうかもしれないが、身も蓋もない、とも感じた。もっと想像を膨らませてもいいのではないか。

「ただ、ここで面白いのは、『川へはいっちゃいけないったら』だ。いったい誰が川に入ろうとしているのか」

「象じゃないんですか？」

「この童話の最初の一文は、『ある牛飼いがものがたる』だ。つまり、これは、ある牛飼いが語っているという体裁になっている。牛飼いが、そこにいる子供か、もしかすると牛に、『オツベルと象』の話を教えてあげている、という入れ子構造だ」

「はあ」

「ってことはこのラストは、『オツベルと象』の話を聞いていた子供が急に、川に入ろうとするから、おい駄目だぞ、と語り手が注意していることになる。そういう解釈が一般的らしい」

「そこで、現実世界に戻っちゃう感じですね」よくある怪談話で、他人事《ひとごと》のように聞いていたところ、突然、「おまえのせいだ！」と指差されてぎょっとするような、そういった感覚を覚える。

寺島さんが伝えたかったのはそれなんでしょうか？

僕は言おうとした、というよりもほとんど口に出しかけていた。ただ、中尊寺敦がノートパソコンを睨んだまま動かなくなっているため、戸惑う。電池が切れた人形じみており、僕だけが取り残された、と不安に襲われかける。

ああ、と中尊寺敦が小さく呻いた。「思い出したぞ」と小声ながらも、大切なものをぎゅっと握りしめるかのような口調だった。

「本当ですか」何を？

「ああ、思い出した。川へ入っちゃいけないよ。ってな、これは、おばあちゃんだ」

「おばあちゃん？」予想もしない言葉に、耳を疑ってしまう。

「昔、あいつと車で出かけた時があった。γモコのライブを見るために、富士《ふじ》を目指してな。その帰りに迷ったんだよ。カーナビが壊れて、道が分からなくなった。でもって、八《はち》王子《おうじ》の山ん中に入っちまってな。その時、トイレを借りるために、民家に寄ったんだ。おばあちゃん一人で暮らしている家だった」

「はあ」

「その家の前が、川だったんだ。で、俺が顔を洗おうとその川に近づこうとしたら」

「どうなったんですか」

「すっころんで、流された」中尊寺敦は昔の自分の失態を思い出したためか、舌打ちをした。「あれは痛かったな。意外に、深いんだよ」

慌てて寺島テラオがやってきて、おばあちゃんと一緒に、木の蔓《つる》をロープ代わりにして救出してくれたのだという。

「それが、『川へはいっちゃいけないったら』ってこと？　どういう意味なんですか」

「やっちゃ駄目、と言われたら、やりたくなる。そうだろ？　入るな、と言われたら」

「入りたくなるんですか?」

「あのおばあちゃんちに行くしかねえだろ」

八王子に?

ここから何時間かかると思っているのだ。冗談だと思ったが、中尊寺敦は真顔でまた、キーボードを叩きはじめる。画面を覗けば、「レンタカー会社」の予約ページが表示されているではないか。

車!

体の中で警告音が鳴り、僕は血の気が引く。

中尊寺敦はお構いなしに、別画面にコードを綴《つづ》りはじめていた。他人の名義を使い、車の手配をするために、データベースの書き換えプログラムを即興で打ち込んでいるらしい。

自動車に乗ることになるのか、と怯える僕の反応を勘違いしたのか、中尊寺敦は、「登録情報を書き換えるくらいは、楽勝だ」と説明してきた。そしてさらに、「情報ってのは不思議なもんだよな。データに書かれていれば、それが真実だと思えてくる。レンタカーも過去に俺が予約済みだったことにできる。そういう意味では、さっきのカフェで見たニュースもそうかもしれねえぞ」と続けた。

「え」

「中東のどっかで、潜水艇の大群が出発した、とあっただろ。戦争の前触れみたいだ、とおまえも言った。あれも本当かどうかはまったく分からない。ニュースがそう言ってるだけで、実際には、潜水艇は港から出てもいないかもしれない。漁船から撮影された潜水艇の映像だって、本物かどうかは分からない」

何が真実かは分からない。確かにその通りかもしれない、と思った瞬間、僕は自分の見ている景色が斜めに傾くように思えた。

「あ、何だ、こりゃ」

「どうしたんですか」

中尊寺敦を見れば、眉をひそめて画面を見つめている。ニュースページを読んでいるようだった。中東の潜水艇の話に進展があったのかと想像したが、彼の口から出たのは海外の話ではなかった。「都内で、食中毒で倒れる人が続出だと」

「はあ」特に珍しいこととも思えない。

「健康な成人が二十人死亡ってのは、ずいぶん多い」

「何を食べたせいなんですか？」

「調査中だと」

「はあ」やはり関心を抱くようなことにも思えなかった。

「ただ、一部で、誰かが病原菌を撒いたせいだ、という情報が出回っているようだな」

「どういうことですか？」と訊ねた僕の頭を過るのは、ヨーロッパでの恐ろしい事件だった。工場から菌がばら撒かれた、その報復だ、と殺人が続いているという、あのニュースだ。「それって」と言いかけたところで背中に寒気が走った。理由はすぐに察しがつく。新幹線の中で感じたものと同じだったからだ。

「急いだほうがいいかもしれません」僕は言っている。「警察が近づいてきています」

檜山景虎が接近してきているのだ。身体がそれを察知している。

助手席に乗っている間、僕は生きた心地がしなかった。事故で死にかけた時の記憶が蘇り、それを必死に頭の奥へと押し込む。あの時の、母の小さな声が聞こえる。「あら、割り込んできた」と。自動走行機能を満喫するために、ハンドルから手を離す父もいる。「楽だなあ」と洩らす。その直後、小学生の僕を乗せた新車はスピンした。後部座席でお気に入りの絵本、カタツムリのヒーローが活躍する『アイムマイマイ』を読んでいた僕が、くるくると横向きに、独楽のように回り、吹き飛ぶ。

「俺の運転がそんなに心配か？　安心しろよ、今時、よっぽど無茶しなければ交通事故は起きない。起こそうと思ったって難しいくらいだぞ」運転席の中尊寺敦が声をかけてきた。

あ、はい。

起きながらに魘《うな》されているようなものだ。シートベルトにしがみつき、手には力が入っている。目を閉じれば、瞼の裏にあの事故の様子が映し出され、目を開ければ、フロントガラスに再び同じことが描かれるような恐怖がある。

「衝突しそうになれば速度が落ちる。ボディも衝撃を吸収する素材になっている」中尊寺敦が説明する。「特にこれはレンタカーだからな。そのあたりは、普通の車よりもしっかり装備されているはずだ」

新仙台のレンタカーパーキングから乗ってきた車だ。本来なら免許証コードや人物確認が必要だが、レンタカー店のデータベース情報をいじくり、それをやったのは僕ではなく彼だが、偽の登録情報で借りたものだ。

「あ、いえ、車が安全なのは分かってはいるんですが」

「俺の腕を疑ってるのか？」

「いえ、違うんです。嫌な思い出が」

「デート中に、衝突事故でも起こしたのかよ」

「え」彼の言葉が針のように感じられた。突かれた頭の中身がすっかり抜け落ちたかのように、一瞬、何も考えられなくなったからだ。「いえ」と慌てて、首を左右に振った。「立っているところにタクシーが突っ込んできて、入院することになったんです」

「何だよそれは」

「意識不明で」「嘘《うそ》だろ」

「え、嘘じゃないですよ」

僕の語調が強かったからか、中尊寺敦は若干、申し訳なさそうな顔つきになった。

「別に疑っているわけじゃない。意識不明になるほどの事故だとは思っていなかったからな、驚いただけだ」

「事故の後、断片的にしか昔のことが思い出せなくなって」

少しずつ思い出して行けば大丈夫だから、と焦る僕を宥《なだ》めてくれたヒナタさんのことが脳裏を過る。

「記憶喪失か。それはまた大変な」

「今は思い出しましたよ。あの日は、ライブを観に行く予定だったんですよ」

「別に疑っているわけではない」

「ああ、そうでした、γモコですよ。あの日はγモコのライブに」

中尊寺敦の目が光る。「ライブを観に行ったのか?」

嫉妬されたのだと気づいた。「あ、違います。コピーです」

「コピー?」

「コピーバンドの。γモコそっくりのコピーバンド」

γモコほどの有名なバンドであれば、当然ながらその曲を演奏するアマチュアバンドが出現する。ジュロクは、様々な機材を使うため完全な模倣は難しいものの、プログラムによる演奏部分も多いため、解析によってある程度、似せることはできる。

「何だコピーバンドか」彼はほっとしつつも、見下す言い方をした。

「ほとんど完全にコピーできれば、オリジナルと変わりないですよ」

「そんなわけがない。オリジナルあってのコピーだ」

「オリジナルがいなくなったら？」僕自身も、そのコピーバンドにさほど思い入れがないにもかかわらず、抗弁じみたことを口にした。売り言葉に買い言葉に近かったのかもしれない。「オリジナルが消えたら、コピーバンドが貴重に」

「そんな馬鹿なことはない」中尊寺敦は言った後で、「何でこんな話になったんだったか」と話を戻した。

「事故の話です。僕が、車の苦手な理由で」

「そのコピーバンドを観に行く時の事故のせいというわけか」

「ええ。ただ、そういう意味では、一番大きいのは、子供のころの交通事故です」そちらのほうが本命、最大の精神的な傷だったのは間違いない。

「子供のころにも、遭ったのか？」

いったいどこまで話すべきかと悩んだ。僕以外の家族が死んでしまいました、と続けても良かったが気を遣われてしまうのも不本意で、「結構、大きな怪我を」とだけ話した。

こちらの口調が重々しかったからか、中尊寺敦は思いのほか真面目に受け止めてくれたようで、これまでの軽い口調ではなく、「事故で家族全員が大怪我か」と洩らした。「そいつはまあ、大変だったな」

母の最期の言葉が、「あら、割り込んできた」です。と僕は言わなくてもいい細かいことを話した。死を前に口にするにはあまりに長閑《のどか》な言葉で、そのことが、事故の無情さを象徴している。

「そういう話を聞くと、最期の言葉を準備できるってのは、まだ恵まれているってことかもしれないな」

念頭にあったのは、寺島テラオのことだろうか。彼は、メッセージを残した。

中尊寺敦はハンドルから手を離し、地図の表示されているナビゲーションシステムのボタンを押す。

すでに埼玉県内まで来ていた。

機械がサービスエリアの名前を読み上げ、そこに立ち寄ることを告げる。僕の口から悲鳴が飛び出したのは、子供のころの大事故が、まさにサービスエリアに入るところで起きたからだ。ベルトをつかむ。

「寄るぞ。トイレ、行きたくないか？」

返事をする余裕もなく、とにかく早くどこかに到着してほしい、車が停車してほしい、とその一心だった。サービスエリアの入り口は、まさに僕たち家族にとって、死の象徴、絶望の場所だったから、車体が脇に移動していくにつれ、その場で卒倒しかけた。もしかしたら白目を剝《む》いていたかもしれない。

肩を叩かれ、はっと起きれば中尊寺敦が、「本当にやばいんだな。悪かった」と言ってくる。さすがに心配している様子だった。

大丈夫です、と答えたものの、吐き気に襲われ、慌てて口を押さえて外に飛び出し、トイレに駆け込んだ。

トイレで胃の中のものを吐き出したところで、嫌な記憶は頭から出ていかない。ドアを開け、個室から出ると、すぐ近くに中尊寺敦がいたため驚いた。

「好きで近くにいるわけじゃない。離れるとまずいだろ。カメラに映るぞ」

僕は反射的にトイレ内の壁を見渡す。「防犯カメラってこんなところにも、あるんでしたっけ？」

トイレ内は、最もプライベートな空間の一つと言える。カメラを設置するのは難しいはずだ。

「録画はしなくても、顔認証をやってる可能性はある」

彼が、ワイヤレス通信を妨害する、お手製ジャマーを所持しているとのことですっかり安心してしまい、トイレに入る時は気にしていなかった。

手を洗い、外に出る。

「俺たちを追ってくるのは、おまえの知り合いなのか？」「え」

「仙台から逃げる時、追ってくる奴のことを知っている風だっただろ」

「あ、いえ、警察が」と言ってから、隠す必要もない、と思い直した。「実は総合学校時代の同級生です。新幹線の中でたまたま会ったんですけど」

「寺島を追っていたのか」

「たぶん。久しぶりに会って、びっくりしました」

土産物を売る店の入った建物の中を通り抜ける。目的地までの経路情報や天気予報などを確認できるインフォメーションコーナーでは、パスカ片手に調べ物をしている人が多い。誰もかれもが自分たちを追跡するための情報を仕入れているように感じてしまい、早足になった。

建物から駐車場エリアへと戻ってきたあたりで、「おまえも大変だな。友達に追われることになるとは」と中尊寺敦が言った。

「友達なんかじゃありません」

意識している以上に大きな声が口から飛び出し、僕自身がはっとする。

「ずいぶんムキになるじゃねえか」

「あ、いえ」

「恨みでもあるのか」

あれは恨みなどではないだろう。どちらかと言えば、同じ事故でお互いが家族を喪ったのだから、唯一、そのショックを共有できる同志に近い存在だ。にもかかわらず、自分の体の中で生じる反発の力は、同志の間では決して生まれないものだ。「恨みはないですけど」

「天敵みたいなものか」

「天敵？」

「ネズミにとっての猫、カイガラムシにとっての何とかテントウムシ。個人的な恨みじゃなくて、もう、生まれた時から敵同士ってのがあるだろ？　蛙《かえる》と蛇もそうだ。そういえばカタツムリにも」

僕の頭を過ったのは、あの絵本のことだ。カタツムリが鋼鉄の殻と、ロンギヌスの槍により敵を倒すのだ。子供のころからなぜか夢中になり、電子版のみならず製本版まで買ってもらい、暇さえあれば読んだ。

「どうした？」自分たちの乗ってきたレンタカーへと向かいながら、中尊寺敦が訊ねる。

「何か引っかかるのか」

「あ、いえ」あの交通事故と結びつくもののほとんどに嫌悪感を覚え、忌避するようになったのだが、『アイムマイマイ』に関しては、以降も愛読し続け、ずっとファンでいる。そのことを考えていたのだ。

僕の話を聞いた中尊寺敦は、「あの絵本か。俺も子供の時は好きだったけどな」と興味なさそうに言うだけだ。

駐車場内を走りまわる子供がいることに、その後で気づく。

車と車の間を、あみだくじを楽しむかのように進み、縦に走っては横に移動し、さらに縦に走っている。五歳か六歳か、そのあたりではないだろうか。元気な子がいるな、とはじめは温かい気持ちで眺めていたが、その頭がするすると移動していくのを目で追っているうちに、不安が過った。

一心不乱、無我夢中で、もちろん駐車場の車が急に動き出すことなど想像もしていない。車にぶつかるとどうなるのかすら理解していない可能性はある。

子供の名前と思しき五文字を呼ぶ、大人の声が聞こえた。完全に見失っているのだ。呼ばれれば呼ばれるほど、きゃっきゃと子供は逃げていく。

僕は後を追っていた。

気にする必要はないかもしれないが、事が起きてからでは遅い。

危なっかしい。

最近の車両には、人や物との接近を感知するセンサーがついており、衝突するよりも先に緊急停止するが、突然の飛び出しにはさすがに対応できない。そしてその子供は今にも不意の飛び出しをしそうな気配でいっぱいだった。

親がもっとしっかり見守っていてくれないと。

ピックアップトラックが駐車場に入ってきた。

子供が、架空の用意ドンの合図でも耳にしたかのように駆け出したのはその時で、僕は何も考えずに、地面を蹴っていた。

間一髪だったはずだ。子供を抱えたまま、ぐるぐると転がった。

いやあ、子供を救う人間を初めて見た。あれはドラマの一場面のようだったな。中尊寺敦は車内で何度も繰り返した。

「しつこいですって」埼玉のサービスエリアから、東京に入ってくる今までの間、何度、その話をしてきたのか分からない。轢《ひ》かれそうな子供を救っちゃう奴がいるとはね、いやあ、こいつはいいものを見た、と。

「にしても、あの子供の両親の態度はないよな。おまえが、子供を返しても、ろくにお礼も言わなかった」

「何が起きたのか見えていなかったんですから、仕方がないですよ」僕は淡々と答えたものの、実際のところは、拍子抜けした。大切な子供を救ったのだから、両親が泣いて喜んでくれるのではないか、「あなたは命の恩人！」と抱きつかんばかりに感謝してくれるのではないか、と想像していた。「いやあ、当然のことをしたまでです」という返事すら用意しかけていた。

が、こちらが興奮を抑えながら子供を連れていくと、突然のことに子供が大泣きしていたこともあってか、両親はきょとんとしており、そればかりか、子供を泣かした不審者に警戒するような色さえあった。「ありがとうございます」の言葉にも明らかに気持ちがこもっていない。

そこを収めてくれたのが、中尊寺敦だった。「お宅の息子さん、危なかったんだぞ。車の前に飛び出して、あとはもう、撥《は》ねられるところだったんだからな。それを、俺たちが助けてやったんだ」

俺たち、と手柄を共有されていることに若干の違和感を覚えたが、それでも彼の力説、誇張した説明によって、両親も何が起きたのか把握してくれた。泣き止んだ子供が、たどたどしいながらも状況を話してくれたおかげもある。彼らはやっと心の入った、「本当にありがとうございます」を口にした。困ったのは、彼らの感謝が極端なことだった。「息子の命を救ってくれたのだから、ただで帰すわけにはいきません。ぜひともお礼を」と熱い口調でぐいぐいと寄ってきた。急いでいるので、と立ち去ろうとすれば、「ではお名前と住所を」と言ってくる。

さすがに個人情報を開陳するわけにもいかず、どうにかこうにか逃げるように車に乗ったのだが、もはや命の恩人どころか逃亡者の気分になった。

新東北自動車道から、新久喜白岡《しんくきしらおか》ジャンクションで、新圏央道《けんおうどう》に入る。

「なんだか、物騒なことになってるな」

「え」追っ手が？　と後ろを確認してしまう。

「違うよ。世間のニュースだ。ナビ画面にニュース出てるじゃねえか。斧を持った集団が、車を襲って、怪我させたとかなんとか」

自動走行に切り替えているからか、画面の下に文字ニュースが流れていた。中尊寺敦はハンドルから手を離し、それを観ている。

「俺たちを追う暇があるなら、こういうのを取り締まれ、っていうんだよ」

僕は相変わらず、車に乗っている恐怖に耐えるのに精一杯だ。体のあちこちに力が入っているからか、座っているだけにもかかわらず、腕や脚に疲れを感じる。

気を緩めたつもりはなかったが、頭に小学生のころの恐怖の場面、家族を消し去るスピンの情景が映し出されるため、その記憶を振り払う。何も考えるな、考えちゃいけない、と思い、そのうち、いつの間にか眠っていた。肩を叩かれ、起こされて気づいた。

「着きましたか」はっと体を起こすと同時に大きな声で、つまり頭が寝ぼけたままに、言った。

「どこにだよ」

「どこに、って八王子の、その目的の場所にですよ。着いたんですか？」

川へはいっちゃいけないいったら。

『オツベルと象』のその一文から思い出したという、八王子の民家が目的地だったはずだ。おばあちゃんが住む家、と言っていた。

周囲を見渡すと広い駐車場だった。高速道路からはすでに降りているようで、近くに住宅が見える。やっと車が止まったことに胸を撫で下ろす。

「ええと、その、川はどこなんですか？」

「俺に訊くなよ」中尊寺敦は真顔でそんなことを言ってくる。

「誰に訊けばいいんですか。川に流されたのは中尊寺さんですよね？」

「俺と寺島は道に迷って、あの家に辿り着いた。迷った結果だ。覚えてるわけがないだろ」

自信満々に言われてもこちらは、はあ、と溜め息まじりに答えるしかない。

「おまえが暢気《のんき》に眠っている間に、俺なりに、記憶を頼りにあちこち走ってみたんだよ。だけどな、昔と同じように道に迷う、なんてことは無理だってことは分かった。甘く見積もりすぎたな」

「どの川かも分からないんですか?」

彼は彼なりに、当時の記憶の景色を思い出そうとし、八王子近辺の山や川を検索しながら車で走り回っていたようだった。「多摩川《たまがわ》に合流するどれかだとは思うんだけどな」

「ここは?」

「高尾山《たかおさん》跡地の駐車場だ」

「もし、その場所に辿り着いたら、『ここだ』と分かるんですか?」

「おまえは質問ばっかりで楽なもんだな」中尊寺敦は言ったかと思うと、ポケットからパスカを取り出し、操作をはじめる。「昔の画像ファイルから検索して、あの時の写真を見つけた」

「何の写真ですか」

「道に迷った時の記念撮影だ。後ろに、家が写ってる。目指しているのはそこだ」

画面を見る。一戸建てが写っていた。木造で瓦屋根、という外観は珍しい。その前で、三人が並んでいた。「溺れた記念に、撮影したんですか?」

写真の中にいる中尊寺敦は、今とほとんど変わっていない。今も昔も年齢不詳と言うべきだろうか。今が若いとも、昔が老成しているとも言いがたい。髪の毛が濡れているのが分かる。隣にいるのが、寺島テラオだ。新幹線で会った時はほとんど顔を見ていなかったが、ニュースで観た写真の面影はある。

「この婆《ばあ》さんが」と言った後で中尊寺敦は、「おばあちゃんが」と直す。「撮っておけって言ったんだよ」

「なんのためにですか」

「思い出になるんだと」中尊寺敦は苦々しそうに言った。「こっちが嫌な顔をしているのもお構いなしに、カメラを用意して撮り始めてな」

改めてその写真を見ると、二人の間に女性が立っており、満足げに微笑《ほほえ》んでいる。おばあちゃんと言うからには、もっと古びた樹木のような顔つきを想像していた。「若いですね。おいくつだったんですか？」

「さあ、どうだろうな。還暦は過ぎていたんだろうな」

「そんな年に見えないですね」女性は背筋が伸び、姿勢が良く、笑った口から覗く歯も綺麗《きれい》だった。若い男二人が困惑した表情で立っているにもかかわらず、余裕に満ちた笑みを浮かべる彼女は堂々としたものだ。と思った直後、僕は、「あ」と声を洩らしていた。

「どうした？」

「あ、いえ」

「ああ、なるほどな」中尊寺敦は、僕の反応を理解したかのようにうなずき、「この時、還暦過ぎてたら、今はもう、さすがにくたばってるんじゃねえか、って思ったんだろ？　その可能性はある。ただ、最近は長生きする老人は百歳、余裕で超えるからな。山奥でストレスなく生活している風だったし、意外に、しぶとく生きてるんじゃねえか」と言ってきた。「それに、寺島がその家に行け、とメッセージを残したってことは、仮におばあちゃんがいなかったとしても、行く意味はあるはずだ」

「いいえ、そうじゃないです」僕は自分の鼓動が速くなるのを感じていた。「たぶん、まだ生きています」

「何だよそれ。人相占いでもできるのか」

「いえ、この人、知ってるんですよ」本当に？　自分自身からもそう確認してくる声が聞こえてくるようだった。

「何だよそれは。この、婆さん、おばあちゃんをか？」

「この人、せつみやこ、です」

「です、って、誰だよそれ」

「絵本、『アイムマイマイ』の作者の」子供のころから愛読し、つねに人生の横にあったと言っても過言ではない、あの絵本シリーズだ。思い入れは強く、当然のように、その作者にも関心はあった。ネット上で読めるインタビュー記事には一通り目を通したし、一度だけ開催されたサイン会に足を運んだこともあった。まわりは子供ばかりではないか、と不安だったものの、行ってみれば、大人から子供までさまざまな世代の読者が集まっており、ほっとする反面、自分だけが特別ではなかった、とがっかりする思いもあった。「この人、たぶん、そうです」

「絵本の？」

「『アイムマイマイ』ですよ。中尊寺さんも昔、読んでいたって言ってましたよね」

「子供はみんな、あれ読んでるだろ」

「その、作者ですよ」自然と僕の声は大きくなっている。こんなところで、せつみやこさんと繋がるとは思ってもいなかった。

事態が呑み込めていないのか、中尊寺敦は自分のパスカに表示した写真を、じっと見つめる。「でもな、この時は、そんなこと言ってなかったぞ。二十年前、ってことは、もう、『アイムマイマイ』は世に出てたよな。わたしがあの作者でございます、くらい言っても良かっただろうが」

「別に言う必要がなかったからじゃないですか」作者本人の手を離れたアニメや映画作品は継続的に発表されていたが、新作絵本は出ていなかった。サイン会があったとはいえ、それも、過去の全作品を収録した特製本の出版を記念して開催されたものだ。「もうほとんど引退している気持ちなのかもしれません」

「あの絵本の作者だったら、すげえ金持ちじゃないのかよ。山奥の、古い家だったぞ」

「お金の使い道は人それぞれです」と僕は答えた後で、ぱっと頭に閃くものがあった。

「あ」とまた言っている。

「今度は何だ」

「分かるかもしれませんよ」と呟きが聞こえ、それが自分の洩らしたものだと気づく。

「分かるって何がだ」

「せつみやこさん、だいぶ前にニュースサイトに随筆を書いていたんです」

「随筆ってのは」

「エッセイです」

エッセイってのは、と中尊寺敦はさらに訊ねてきたいような顔をした。

「自分の引っ越しと新しい土地について書いていたんですよ。都内の家から、まさにこっちのほうに越してきて」

「こっちのほうってのは」

「今、僕たちのいるこのあたり。自宅から見える景色が細かく書かれていて、しかも、毎日、散歩の帰りにお地蔵さんか何かの前を通るとか」

なぜ、そんなことまで覚えているのか、と言えば、それを読んだ時、尊敬する作家にそこに行けば会えるのではないか、とずいぶん興奮したからだ。それほど克明に、近所の様子が書かれていた。実際に会うことができたとして、何がしたいのか、何を伝えたいのかは想像できず、もちろん、そのためだけに地蔵探しに行く余裕もなく、それきりになっていたが、それにしても、あの随筆は印象に残っている。

「散歩で行ける範囲となったら、その地蔵から近いところに家はあるかもしれないな」

「ですよね」

「その地蔵はどこだ。すぐ行こう」

「さすがにどこか、までは」

「おいおい。じゃあどうしろって言うんだよ。からかってるのか」

「あの随筆を読めば、おおかたの場所が」

「どこで読めるんだよ。ニュースサイトの過去記事を検索するにしても、パスカじゃさすがに無理だからな。どこかでまた検索屋を探すしかねえか」中尊寺敦は車に戻りかけた。

「それなら」僕は言う。「知り合いに頼んでみますか」

「知り合い？　誰だ」

「ヒナタさんと言いまして」付き合って五年になる女性なのだ、と説明する。「ブックライブラリの司書をしているので、ニュース記事の検索も職場でできるはずです。あの、パスカ貸してもらえますか？　それで連絡をしてみます」メッセージ送信や音声通話は発信地の位置情報を残してしまうが、中尊寺敦であれば、自分のパスカに対策を施しているのではないか、と予想した。

「そいつは構わないけどな、危なくないのかよ」

「え」

「おまえは警察に追われている。同級生の捜査員からも」

「巻き込まれただけですけど」手紙を届けただけなのだ。

「どうであれ、だ。おまえの恋人はとっくにマークされているんじゃねえのか？　自宅同様、そのヒナタさんって女の居場所もチェックされているはずだ。気軽に連絡を取ったら、すぐに」

そのことは僕ももちろん考えた。ただ、それでも、「大丈夫なのではないか」という思いのほうが強かった。「僕たちの関係は、ほとんどおおっぴらになっていないので」

「おおっぴらになっていない、って何だよそれは」

「僕とヒナタさんが付き合っていることを知っている人はいないんです」僕には家族もいなければ、友人もおらず、それどころか行きつけの食堂のようなものもなかった。定期的に通うのは理容店くらいだったが、そこでもヒナタさんの話をしたことはない。「彼女も子供のころに両親を亡くして、知り合いはほとんどいないから」

「そんなことがあるのか？」

「そんなことって、どういう意味ですか」

「おまえもその女も家族がいなくて、知り合いもいない？　たまたま？　そんな偶然があるか？」

「別にあっても不思議はないじゃないですか。ほら、僕がタクシーに突っ込まれた話はしましたよね」

「意識不明だったか」

「その現場近くにいたのが、ヒナタさんだったんです。たまたま、いただけなのに、救急車を呼んで、付き添ってくれて。そこから親しくなったんですよ」

「面倒見のいい人間が、たまたま近くにいてくれて、良かったな」と言う中尊寺敦はこちらをからかうようだったが、構っている余裕もない。

「とにかく、ヒナタさんに頼んでみるしかないかと」

意地になったわけでもないが、僕はパスカを操作する。暗記しているナンバーをタッチすると、呼び出し音が聞こえてくる。

様子が変だったら、すぐに通話をやめろよ。中尊寺敦が囁いてくるのでうなずく。僕とヒナタさんとの関係はばれていない、とは言ったものの、絶対にそうだとは言い切れない。

ヒナタさんがなかなか電話に出なかったら、不安に耐え切れずすぐにオフボタンを押していただろう。僕のとは違うパスカＩＤが表示されているのだから、そもそも、無視される可能性も高い。が、彼女はすぐに出てくれた。向こうが声を発する前に、「水戸だけれど」と名乗った。

「水戸君？　あれ、どうしたの。ＩＤ違ってるよね？　パスカなくした？」

「ちょっと訳があって、人のを借りているんだけれど」

「訳を話すと長いってことだね。何をすればいいの？」

「ヒナタさんは物分かりが早い」

「お世辞はいいから、用件を」

「ニュースサイトの過去記事を検索してほしいんだ」

心配そうな中尊寺敦の視線を横目に、「せつみやこさん、知ってるかな？」と説明を試みた。「ほら、『アイムマイマイ』の」


「檜山、車に弱いのか？」

八人乗り警察車両の運転席にいる先輩捜査員が言ってきた。俺は助手席に座り、具合が悪いことを悟られないように、なるべく外に顔を向け、眠っているふりをしていたのだが、様子がおかしいと気づかれた。

「いえ、昔、事故に遭ったことがあるので、車、怖いんです」その事故が、今、自分たちが追跡している水戸直正との出会いだった、とは話さなかった。

「安心しろ、高速自動走行の事故率はかなり低い」

「分かってはいるんですが」

あの事故も、高速道路での自動走行中に起きた。二十年近くが経ち、技術が進歩したとはいえ、ハンドルから手を離す先輩の姿は、スピンする車の中の父の体と重なって見えてしまう。今すぐにでも吹き飛ばされて命を失うのではないか、と怖くて仕方がない。

檜山は遵法《じゅんぽう》意識が強すぎるんだよ。

就職活動をし始めた頃、友人にそう言われたことを思い出す。たしか、就職活動時の面接時期について、表向きの解禁日と実状との違いについて、俺がこだわったからだ。彼の言い草は、どこか小馬鹿にするようだった。

子供の時の交通事故の恐怖が、根底にはあるのだろう。あの時、自分たちの車や水戸たちの車が交通ルールを守っていたのかどうかは分からない。ただ、きっと何か、通常の規則からはみ出す行為があったに違いなく、そのせいで、全員の人生が切り裂かれたのだ。あのようなことが起きないためにも、交通規則はもちろん、決められたことは守り、生きていくべきだ。

「今から間に合いますかね」後ろから別の捜査員が言ってきた。「あいつらもどんどん移動しているわけですし」

「間に合わないと言ったって、行くしかねえだろうが」やはり別の捜査員が当然の如く、口にする。

「だけどどういう関係なんですか。水戸と、その中尊寺ってのは」「そいつが中尊寺だと決まったわけではないんですよね？」「状況からすると、ほぼ決まりだろ」

新幹線内で寺島テラオが、水戸直正とコンタクトを取った場面が、防犯カメラには映っていた。あの水戸直正がどうして関係してくるのか、と俺はひっくり返った。しかも、仙台に到着して以降の水戸直正の行方がまったく分からず、つまりありとあらゆるカメラやセンサーをかいくぐられていたのだから、さらに驚いた。

水戸直正は一人で行動しているのではない。

そのことが、仙台記念公園にいた検索屋からの証言で判明した。「むしろ、同行しているもう一人の男のほうがリーダーシップを発揮していた」とも。検索屋は礼儀のなっていない若者だったが、記憶力は良かった。同行者の特徴を事細かに話してくれ、その結果、浮上したのが中尊寺敦だ。

元研究者で、現在はほとんど無職のようだったが、過去に寺島テラオと同じ大学にいたことが分かると、「こいつだ」と捜査員たちは沸き立った。状況からしても、この男が関係しているに違いない。すぐさま、中尊寺敦の大学時代の同窓生に対する聞き取りを開始したところ、親しい人物はほとんどおらず、得られる情報といえば、「中尊寺は人付き合いが悪かった」といった内容ばかりだったのだが、何と十代の時にジャマーを自作したことで学校から警察に通報されていたことが判明した。在学中に大学内の通信ネットワークをハッキングし、成績を改竄《かいざん》したという話も出てきた上に、あの男ならば防犯カメラに映らない細工程度は朝飯前だろう、と言った者も複数いた。さほど時間がかからず、寺島テラオと中尊寺敦が同じ研究室にいたことも判明する。

「つまり、寺島テラオが、中尊寺に何らかのメッセージを送ったということですかね。そのメッセージを運ぶ仕事を、水戸が請け負ったのでは」

それなら筋が通る。水戸は巻き込まれているだけなのではないか。

分からないのは、依然として水戸直正が中尊寺敦と行動を共にしている理由だった。何かに利用するために連れられているのか、もしくは事情を知らない水戸直正が、騙されるか言い含められるかして、一緒に行動しているだけなのか。

カメラやパスカの情報は頼りにならないことははっきりしたため、仙台記念公園からの二人の足取りは、ネット上の一般人の投稿に頼ることになった。関係するキーワードを機械的に検索することはもちろん、ネット上に飛び交う一般人の投稿をローラー作戦よろしく、チェックした。

すぐに気にかかったのは、都内で起きたばかりの事件に関する情報だった。二十三区内をぐるっと回る環状線の途中で、玉突き衝突事故が起きたらしいのだが、その車両から手足を拘束された者たちが複数人、発見されたのだという。乗車していた者たちの大半が亡くなっているため、拉致《らち》されてきたのか、それともほかの理由があったのか、事情は不明のままだ。斧で通行車両を襲っている集団がいる、という話もあった。

「斧とはな」と捜査員の誰かが洩らした。「オーノー」とつまらない駄洒落《だじゃれ》を口にし、少しばかりの愛想笑いを得ている。

水戸たちが関係しているのでは？　と詳しい情報を探してみるが、これはというものは見つからない。

そうこうしているうちにインターネット上での、話題沸騰中投稿リストにあるメッセージが目に入った。「人助け」「心温まる」「劇的瞬間」「高速サービスエリア」「埼玉」「命の恩人」といったキーワードとともに話題になっている動画があったのだ。

サービスエリアの駐車場での人助けの直後を捉えたものだ。撮影者はたまたま、サービスエリアで仲間と記念動画を撮影するためにパスカを構えていたらしいが、画面の端に、ピックアップトラックとぶつかりそうな子供を助ける男の様子が映っていたらしく、その部分を拡大し、投稿していた。

人が人を縛りあげ、もしくは、人が斧で他者を攻撃する事件があるかと思えば、他方で、人が人の命を救う事件もある。ネット内でも、そういった感慨とともに動画内容が称賛されていた。

動画の男、子供を親に手渡す男の顔が映り、俺は一瞬、息が止まった。

水戸だ。全身が硬直し、喉もなかなか動かず、少ししてからようやく、「あいつは、車で東京に向かっています！」と報告の声を上げられた。

水戸がどこへ行こうとも、自分はそれを発見できる。発見せずにはいられない。目を瞑ったまま、闇雲に指を突き出しても、水戸のいる場所を当てられるような気すらした。


交際してきたこの五年間でうすうす僕も気づいてはいたけれど、ヒナタさんは優秀だった。こちらの事情を詳しく説明していないにもかかわらず、余計なことを穿鑿《せんさく》することなく、すぐに、せつみやこさんの随筆記事を見つけ、メッセージを送ってくれた。

「その女は信用できるのか」中尊寺敦は大雑把な性格に見えたが、ヒナタさんのことはかなり気にした。

「どういう意味ですか」

「おまえと、その女との出会いの話からして、不自然な気がするんだ。ええと、交通事故に遭ったおまえを」

「タクシーがぶつかってきたんです、僕に。たまたま近くにいた彼女が、病院に付き添ってくれて」

「そんなことがあるのかよ。おまえとその女が車に乗っていて、事故に遭ったとかならまだ分かるけれど」

何ですかそれは、と言い返そうとした瞬間、車の助手席に座るヒナタさんの姿が浮かんだ。僕の横にいる。つまり、僕自身は運転席でハンドルをつかんでいるのだ。

僕が運転を？　想像しただけで、背筋がぶるっと震え、足から力が抜ける。

運転、大丈夫？

さすがにもう大丈夫だって。

そのような会話が、どこからか聞こえ、僕はかぶりを振った。いったい何の幻覚なのか。

慌てて、パスカに送信された、記事に意識を戻す。

書かれている内容はほぼ、僕の記憶通りだった。都内のマンションから引っ越しをしたこと、東京から出て地方に住むかどうか悩んでいたところ、たまたま知り合いから紹介された八王子の古民家が気に入り、即決したこと、山だけでなく川も近くにある環境で、不便さはあるものの、非常に心穏やかに暮らせていることなどが、せつみやこさんの装飾の少ない文章で淡々と綴られており、そして、毎日、散歩する道の光景とともに、いつも見かける地蔵のことも記されていた。

「こんなに家の周りのことを文章にして、自宅の場所を見つけてください、と言ってるようなもんだな」記事に目を通した中尊寺敦は呆れ半分に言った。「無防備すぎる」

「熱狂的なファンを抱える歌手や俳優ならまだしも、『アイムマイマイ』の作者の家を必死に探し出そうとする人もいないのかもしれません」あの絵本に思い入れのある僕ですら、実行には移さなかった。

もちろん、事細かに書かれているとはいえ、随筆に地図が載っているわけではない。具体的な場所を見つけるためには、それなりに分析が必要で、地図をパスカに表示させながら方角を確かめつつ、中尊寺敦が昔訪れた時の記憶も参考にする。

随筆中には、「朝、向かいの山の頂から伸びる通信アンテナが、太陽の日差しで影を作り、それが自分を見張る義母のように見えて、いつもどきっとしてしまう」といった文章もあったため、付近の通信アンテナの位置を探し、そのことでエリアがまた絞られた。三十分もすると中尊寺敦が、「だいたい、分かった。ここかここ」と二ヵ所に当たりをつけ、車のルート検索画面を操作した。

未舗装の道を進んだ。ほとんど壊れかけた橋を見つけ、そこを渡ると、小さな山道に入っていく。緩やかな螺旋を描く細道を走り、山を下った。それから、川と並走するように一本道を進む。自動走行するにはあまりに曲がりくねっているため、中尊寺敦が運転をしてくれたのだが、お世辞にも丁寧とは言い難いハンドル捌《さば》きで、もともと車に乗っているだけで卒倒しそうな僕としては、さらに生きた心地がせず、だから、「このへんかもな」

と停車した時には心底、救われた気持ちだった。

しばらくは助手席で呼吸を整えるのが精一杯で、ようやく出られたと思うと、先に降車したはずの中尊寺敦の姿が見当たらず、慌てる。彼と離れた途端、居場所がばれて、警察にわっと囲まれるような恐怖があった。

車を停めたのは山道の端で、そこから木々の中を進み、道なりに下っていくと川の近くに出る。

「おい、見ろよ、本当に着いたぞ」しゃがんで川の水で手を洗っていた中尊寺敦が立ち上がると、声を高くした。

「ここ、ですか？」

「すげえもんだよな。二十年経っても、変わらない」

「はあ」

「俺たちがだらだら生きている間も、この川の水はせっせと働き続けていたわけだな」

川の流れは働いていることになるのかどうか。川だって、だらだらと怠惰に流れているだけ、と見ることもできる。

「あそこを見ろよ」彼が指差した方向には、確かに地蔵があったのだが、そこで後ろから、「あら」と別の声が聞こえてきたものだから、ぎょっとする。

捜査員に見つかったのか。振り返れば銃口が待っているのでは、と恐る恐る見れば、白髪を後ろに束ねた女性が微笑んでいた。

「あら、また溺れに来たの？」

まさかこのようなことがあるとは。僕は和室の座布団の上に正座をし、出されたコーヒーカップを眺めながら、ほとんど夢見心地だった。

あの、『アイムマイマイ』の作者が目の前にいるのだ。何黙ってるんだよ、ファンなんだろ、と中尊寺敦に突かれて、口を開くが、うまく言葉が出てこない。「自宅に、ご自宅に、ご邸宅に上がらせていただいて」と支離滅裂なことしか言えなかった。

「大事な読者なわけね。子供の定番番組になっているから、本当に、ありがたくて」せつみやこさんはそう言った。

公表されている年齢が正しければ、すでに九十歳は超えているはずだが、背筋は伸び、肌の色も良く、若々しかった。アンチエイジングを目的とした手入れをする人は、男女問わず多いため、見た目から実年齢を判断するのは高齢者になるほど難しいのが現実だが、それにしても、彼女の外見は、人工的な皺《しわ》取りや弛《たる》み除きの痕跡が見えず、白髪も顔の皺もごく自然に残っていた。

「本当に、せつみやこさんなんですか？」

「何で疑ってるんだよ。おまえが写真を見て、そうだ！　と言ったんだろうが」

「あまりにも若く見えるので」

それは嬉《うれ》しいなあ、と彼女は照れるでもなく、言った。「昔から中身は変わらないからね。それに、お母さんが、義理のお母さんね、彼女がもう元気だったから、こっちも気を引き締めてないと立ち向かえなくて。年取ってる余裕もなかったのかも」

僕は何と答えたものか分からず、曖昧に首を揺すり、相槌を打つしかなかった。

「あなたたちにはぴんと来ないかもしれないけどね、嫁姑問題ってすごいんだから。昭和のバブル時代のころは、核兵器問題と嫁姑問題と、西武《せいぶ》ライオンズが強すぎる問題の三大難問があって」

「そうなんですか」鵜呑《うの》みにしたわけではないが、尊敬する相手が目の前で喋ってくれている現実が容易には受け止められず、僕はそう言う。

くだらない冗談だと分かっているのか、中尊寺敦は、はん、と鼻で笑う。「おばあちゃんはギャグも古臭い」

「そのおばあちゃんに溺れているところを助けてもらったのは、どこの誰なのか」

中尊寺敦は苦笑し、頭を掻いた。「今日は、熱心なファンを連れてきたから、サインをしてあげてくれよ。こいつのおかげで、この家の場所も分かったんだ」

不気味に付き纏《まと》う男だと思われてはたまらない。僕は昔、ニュースサイトに書かれていた、引っ越しについての文章があまりに事細かだったこと、それを頼りにやってきたたところ本当に辿り着いたこと、そして何より、自分たちは不気味に付き纏うつもりはないこと、を必死に説明した。

彼女は聴こえているのか聴こえていないのか分からない様子だったため、「あの、どうかしましたか」と呼びかけると、「ああ」と目を細めた。

「懐かしいね。あの文。わたしも優しいから、自分がどこに住んでいるのかお母さんに教えてあげたかったのよ。武士の情け」

「お母さん？　武士？」教えてあげる、とはどういう意味なのか。

「義理のお母さんのこと。うちの旦那が亡くなった後、わたしは一人でこっちに越してきたんだけれど」

亡くなった、の言葉を彼女は早口で話した。ゆっくり景色を眺めていると、感情が溢れ出してしまうから、足早に通り過ぎるかのようだ。幼い頃に家族をいっぺんに亡くした僕からすれば、長年一緒に生活した相手がこの世から消えてしまうことの恐ろしさがうまく想像できない。

「お母さんには住所、教えてなくて」

「そういうものなんだなあ」中尊寺敦はカップに口をつける。

「そういうもの？」

「義理の母親ってのは、旦那がいるからこその母親ってことだろ。間をつなぐ旦那がいなくなれば、他人同士だ」

「いちがいにそうは言えない」せつみやこさんはたしなめるような口調の後で、「わたしとお母さんの場合はまた特殊でね」と言う。「まあ、仲は」

「悪くなかった？」

「悪かったんだけど」二十代のように愉快げに笑う。「ただ、そういうのを越えて、どうも近づかないほうが良かったから」

「どういうことですか」そういうのを越えて？

「近くにいると、衝突ばかり。疑心暗鬼というか張り合って、意地悪をしたり、意地悪されたり、疑ったり、疑われたり」

「何ですかその争いは」

「本当に不思議。こんなことを言ったら、絶対に相手がむっとするし、雰囲気が悪くなる、って分かってるのに言っちゃうんだから。理屈や論理じゃなくて、感情で動いちゃう。まさに天敵同士」

天敵、という言葉をつい最近、耳にした、と思ったところ中尊寺敦が、「天敵か。ネズミにとっての猫、カイガラムシにとっての何とかテントウムシ」と言った。

「あなたたち、海族と山族の話って知ってる？」せつみやこさんがさらに言った。

「海の族？　山の？」聞き返す僕とは反対に、中尊寺敦は、「あれか」と言った。「世の中には、海の血を受け継ぐ人間と、山の血の人間とがいる、ってやつか」

「それ。わたしが保険の営業マンに聞いた時は、半信半疑だったけど、その後、二十年くらいするとあちこちでそういう話が伝わっていることが分かってね。瀬戸内海の島がその海族と山族に関係していると言われたり、人気の漫画との関連が取り沙汰されたりして」

「よくある都市伝説だろうに。海の奴と、山の奴とが会うとろくなことが起きないってな。昔の歴史上の事件にも関係しているとか言うんだろ。そんなの信じてるのか？」

「信じたくなるくらい、わたしとお母さんの相性は最悪だった、という話」彼女の言い方はどこまでが冗談なのか分からない。「海と山の争いを見守る審判もいるんだから」

「審判？　レフェリーということですか？」

「眉唾《まゆつば》度、ここに極まれり、だな」中尊寺敦はすでに身を入れて聞いていないが、僕のほうはといえば、頭の中に登場した檜山の姿がみるみる大きくなっていくのを感じていた。

「だから引っ越し先のここの場所も、どうしようか悩んだ末に教えていなかったの、お母さんには。まあ、それでも不自由はないんだから。仕事のことはメッセージのやり取りでも大丈夫なんだし。昔ならいざ知らず、遠く離れていても、会話をする方法はたくさんあるし」

「仕事？」

「絵を描いていたのはお母さんだったからね」

「え」

「絵はお母さんで、文章はわたし。共作でずっとやってきて。あれ、これって、言ってなかったっけ」せつみやこさんがとぼけているのは明らかだ。『アイムマイマイ』が共作によるものだとは、僕は聞いたことがなかった。『アイムマイマイ』とその作者に対する関心を、僕はほかの人よりも数倍、強く持っていたから、その僕が知らないということは、おそらく公開されていない情報に違いない。

「会ったらいけないほど相性の悪い天敵同士が共作、か。なんの冗談だ」

「いい話でしょ。表に出る時はわたしが出ていたから、世間では、わたし一人の作品と思われていたかもしれないけれど」

「完全にそう思っていました」

「争いはなくならない。だけど、折り合いをつけて生きていくしかない。その実践」

あの絵本の台詞を思い出している。マイマイが言う。「争いたくなる気持ちは分かる。だけど、争わないほうが好ましい」と。作者である彼女たちの本音だったとは。「それなら、新刊が出なくなったのは」

「絵はお母さんじゃないと」九十を過ぎた老人がさばさばと、さらに年上の人の話をするのを聞くと、騙し絵の中に取り込まれるような感覚に襲われる。

「どういう気持ちなんだ」中尊寺敦は不躾《ぶしつけ》な言い方をする。

「何が」

「天敵が死んでいなくなった感想は」

せつみやこさんは、ふふ、と優しく息を吐いた。「そりゃあ、寂しいよね」

「寂しそうに見えないが」

「あまりに寂しい時は笑うしかないでしょ。お母さんが昔、生命保険の話をしている時に、『縁起でもない。保険ってのは、死ぬのが前提の話なのよ』と言ってたんだけれど」

「人は死ぬのが前提だ」

「でしょ。だけどお母さん、自分が死なないと思っていた言い方で。なのに、いなくなっちゃった」彼女がまた、ふふっと笑う。「わたしの大事な夫もいなくて、今は一人で、まあ、これはこれで静かでいい生活だけど」

「静かな時間を邪魔して、申し訳ないです」

「いいのいいの、時にはこういうのも悪くないから」せつみやこさんは言う。さらには、「まあ、まったくの予想外のことではなかったし」と事もなげに口にした。

中尊寺敦が眉をぴくっと動かすのが分かる。「どういうことだよ、それは」

「何が？」

「俺たちが来るのが分かってたってことか？」

自分たちの情報が洩れているのではないか、行動を把握する仕組みがあるのではないか、と恐れたのかもしれない。実際、僕もこの家のどこかに捜査員が隠れているのではないか、と警戒した。

「そんなに厳しい顔をしないほうがいいよ。誰かに追われているわけでもないだろうし」と穏やかに言う彼女は、こちらの事情をすべて察しているかのようで、余計に、緊張してしまう。ちょっと待っててね、と彼女が立ち上がり、すっと消えた。九十代には見えない身のこなしに、せつみやこさんの娘か何かではないか、と疑いたくなった。

居間に取り残された僕と中尊寺敦は顔を見合わせる。

「寺島さんはどうしてここに来いと言ったんですかね」「どうだファン冥利に尽きるか？」

二人の言葉が重なった。

「そうだよな、ばたばたしていて忘れかけていたが、俺たちがこんなところまでやってきたのは、あいつの残したメッセージのためだったんだよな」

『オツベルと象』の最後の一行、「川へはいっちゃいけないったら」からの連想で、八王子の奥まで来たのだ。

階段をゆっくりと下りてくる音がした。矍鑠《かくしゃく》とした様子から気にかけなかったものの、あの年齢では階段の上り下り一つ取っても危険が伴うはずだ、と僕は遅ればせながらも立ち上がったが、その時にはすでに、小さな箱を抱えたせつみやこさんが居間に入ってくるところだった。

「これでしょ？　目当ては」よいしょと口にしながら床に置いたのは、保温ポットじみた機械だ。中尊寺敦が這《は》うように近づき、触る。「ずいぶん古いＰＣだな」蓋にも思える部分を開けると、キーボードが出てくる。

「半年くらい前、置いていったの。勝手に」

「置いて？　誰がですか」「寺島か」「あの時、あなたと一緒に来た、真面目そうな」

「寺島さん、ここに来たんですか？」

「そう。急にね。ずいぶん時間をかけて、このあたりを片端からうろついて、見つけ出したみたいよ。わたし、食材の配達をお願いしているから、そこから聞いたって言ってたかな。でも、あれだね、二十年ぶりでも変わらないものね」

「何がだよ」

「あっちは真面目で慎重、こっちは勘と勢い。川で溺れなそうな人と、溺れちゃいそうな人と。二十年前の印象はそのまま。人は変わらない」

「おいおい、おばあちゃんだったら悪口言っていいのか」

「悪口じゃないでしょ。溺れる人というのは事実だし」

「あの、寺島さん、それを置いていったんですか？　パソコンを。何と言って」

「何も」「何も？」

「急に来て。懐かしいので来てみました、みたいなことを言って。わたしの仕事のことも知ってたみたいで、サインをください、とお願いしてきたけれど、わたしからすると、あれは明らかに、嘘をついている態度だったんだよね。ばればれ。どういう目的なのか分からないから、騙されたふりしてたら、わたしがコーヒー作ってる間に、車のカギを締め忘れました、とか言って、家の外と行ったり来たりして。わたしが年寄りで、甘く見たんだろうけど、こっちは、人の不自然な行動には敏感なんだから。二階の押し入れの奥に、これを隠しておいたのだってすぐに分かったよ。たぶん、この歳だから二階になんてめったに上がらないと踏んだのかも」

「黙って置いていったんですか」それでいったいどうするつもりだったのか。

「たぶん俺がここに来たら、何かないか探し回って、自力で見つけると踏んだんだろ。おまえに託した手紙もそうだけどな、とにかく、できるだけヒントを少なくして、それでも俺を導く方法を、あいつなりに考えたんだろうな」

「わたしが死んじゃってたら、どうするつもりだったんだろうね」

「死なないほうに賭《か》けたんだろ。どう見ても、俺より長生きしそうだ」

「あなたも相当だけど。でね、あの人が帰った後、すぐに見つけちゃったのよ、これ。わたしに気づかれないで、事を運ぼうとするなんて、甘すぎる。で、たぶん、今度はこれを取りに、あなたが来るんじゃないかと予想していたんだけれど」

「いい勘してるもんだ」

「そういう組織で働いていたから」

「つまらない冗談」中尊寺敦が嘲る。

僕はそのパソコンを改めて、眺めた。「これに何か隠されている、ってことですか?」

「たぶんな」中尊寺敦は言うと、許可も得ずにプラグの挿し口を探し始めた。

勝手にやってきた上に、ばたばたとこちらの都合で作業をはじめてしまうことを謝ろうと、せつみやこさんの顔を見れば、腕を組んで、微笑んでいる。「現役時代を思い出すね」


「あの、もう、本は出さないんですか?」

「本?」

「『アイムマイマイ』の新作です。ずいぶん長いこと、新しいのは出ていないじゃないですか」僕は言った後で、「ああ」と察した。「さっき言ってましたもんね。お母さんがいなくなったから」

「ああ、そっちの話ね。現役時代って言ったのは、絵本のほうじゃなくて、その前の仕事のこと」

「その前? 何をやってたんですか」

「専業主婦で、さらにその前がスパイ」

せつみやこさんの冗談に、パソコンのキーを叩いている中尊寺敦が、小馬鹿にしたように鼻を鳴らした。いつの間にか勝手に、居間のディスプレイモニターと接続していたようで、画面に何やら文字が表示されている。

中尊寺敦がかちゃかちゃと操作するのを、ぼうっと見ているだけの時間が過ぎた。

せつみやこさんはといえば、ダイニングテーブルの椅子を持ってきて座り、お手並み拝見、と言わんばかりの顔で、中尊寺敦の作業を眺めていたが、「そういえば」と思い出したかのように言った。「さっきニュースで観たんだけれど、都内で物騒な事件が起きてるみたいね」

「物騒な？」

「斧を持った男たちが、家族旅行中の車を襲ったんだって」

「ああ、そのニュース」斧と家族旅行、という組み合わせがいまだに頭の中でうまく受け止められない。

「襲われるのはみんなナンバーが、西側なんでしょ？」

「西側？」

「東西対立なんて、それこそ昭和の時代で終わったはずなのにね。ゴルビーががんばってくれたおかげで」

「何ビー？」

「ちょっと前に、川に細菌が撒かれたとかそういう噂が出たらしいのね。それを、都内の西側の区民がやった、と主張する人がいて。東側の区民の中に」

「二十三区に、西側とか東側とかあるんですか？」

「地理的にはそりゃ。とにかく怒ってる人がいて、復讐《ふくしゅう》に燃えて、斧で車を襲ってる。というお話。絵本にしても売れなそう」

「その事件、本当なんですか？」

「馬鹿げてるでしょ。ただ、対立はいつだってなくならない。平和な状態が続けば、どこからか現れた誰かが地面に線を引いて、こう言うの。『この線よりあっち側の奴らは敵だ。俺たちは、あっちからこっちを守らなくてはいけない』」

「そんなことに意味があるんですか」

「さっきの、海族と山族の話と同じ。あの話を聞いたころに、教えてもらったの。対立が起きることで人は進化しているんだって。無風状態では何も起きない。ぶつかり合ってはじめて、変化が起きる。変化があって、はじめて人は進化する」

対立、という言葉が僕の頭の中を引っ掻く。しつこい瘡蓋《かさぶた》のように、くっついているのは、もちろん、檜山景虎のことだ。

ビーカーの中を攪拌するのと同じことだ。現状維持と縮小こそ悪だ。作って、壊す。作って、壊す。

総合学校の卒業前、校舎の屋上で檜山景虎と交わした会話が思い出された。

「対立させるために、川に誰かが菌を撒いた、なんてデマを誰かが流したんですか？」

「もしかすると、斧で襲った人が本当にいるのかどうかも分からない」

「何ですかそれ。どういうことですか。だって、それはニュースで」

彼女はじっと僕を見ると、「実際に起きた出来事が、ニュースになると思う？」と訊ねた。

「ニュースにならない出来事もあると思いますけど」

「そうじゃなくて、実際には何もなくても、ニュースになったことで、実際に起きたことになるのかも」

「順番が逆じゃないですか」

「別に順番は守らなくてもいいのかも。まあ物騒な事件はいつだってあるんだけど。放っておくと、人はぶつかり合うから。落とした物が自然落下するのと同じで」

「あの、実は」僕はこらえきれず、言った。「僕の知り合いに、どうしても馬が合わない、というか、妙な縁の男がいて」

「あら、もしかすると海と山かもよ」と言った時の彼女は明らかにからかう口調だった。

僕は笑い飛ばせない。

檜山景虎と僕との関係は、その都市伝説的な天敵同士と考えれば納得できる。そうあってほしい、とすら感じた。

これは、僕と彼との個人的な相性ではなく、もっと巨大な、運命じみた斥力《せきりょく》によるもので、どうしようもない、と誰かに言われたかった。「むしろ、そのほうが救われます」

「どういう関係なの」と問われ、それも彼女からすればこちらの愚痴に付き合うような気持ちだったのだろうが、僕が、子供のころの事故のことや総合学校で再会した時のこと、そして今回、新幹線でばったりと会ったばかりか、今まさにその彼が捜査員として自分を追ってきていることを話すと、だんだんと顔つきが変わった。

僕をじっと見つめてくるものだから、照れ臭くなる。

「蒼いね」

「蒼い?」

「目が。わたしもそうでしょ」言われて覗き込むと、確かに、彼女の瞳は、海や空を閉じ込めたかのような色をしていた。「これってね、海側の特徴なんだって。あなたもそう。そして、その相手、檜山君? そっちの彼は耳が大きくなかった?」

「耳?」ようするに、それが山側の特徴なのだろうか。檜山景虎の顔について、その記憶を辿る。「そうだったかも」

せつみやこさんは、「もしかすると、もしかするね」とうなずいている。

「あの、それって、せつみやこさんと僕が親戚同士ということですか？」海族、という血筋があって、その流れの中に存在しているのだとすれば、親戚に近いのでは、と思った。

「親戚ってほど近くはないかもしれないけれど、ずっと遡っていけば、同じ人が先祖にいるのかもよ。原始時代とか」

「はあ」ぴんと来ない。原始時代と言われれば、誰だって、つながるのではないか、とも思えた。

「あなたの近くに審判はいない？」

「審判？」

「さっき言ったでしょ、わたしのそばには保険の外交員がいたの。海と山のことを教えてくれた男でね」

「勝敗のジャッジでもするんですか」

「どっちにも肩入れしないで、観戦しているだけみたいよ」

「そんな審判、いらないじゃないですか」

「もし、あなたとその彼が、海と山との対立に巻き込まれているとすれば、審判が近くにいてもおかしくないと思うんだけれど」

「僕は知り合いが少ないですから」

「そんなに親しくなくても、何だかんだで周辺をうろうろしている人かもしれない。審判役はね、役と言っていいのかどうか分からないけれど、海と山の特徴を両方持っているらしいの。蒼い目と、大きな耳。片目だけ蒼くて、片耳だけ大きい。わたしのところに来ていた保険会社の男は、そうだったんだよね」

うっ、と僕の口から声が洩れ出た。

水戸君、目が蒼いよね。

ヒナタさんに以前、そう言われたことを思い出したのだ。彼女は人差し指をこちらに向けてから、自分の右目を指して、「わたしはこっちだけ蒼い」と言った。人の体は意外に左右対称ではないものだから、僕は特に気にもしていなかった。ヒナタさんが審判？　浮かんだ思いに寒気を感じる。「でも、その保険の人は男だったんですよね？」

「誰か思い当たる人がいた？　男に限らないかもよ」

「え、でも」

「昔から、その時代時代、いろんな場所で、海と山を観ているらしいから、ひょっとすると、年齢や性別は関係ないのかもしれない」

「関係ないと言われましても」

僕とヒナタさんが親しくなった時はいつだったか、と思い出している。あの事故だ。五年前、タクシーが突っ込んできて僕は意識不明で入院した。

「気を付けないといけないのは」せつみやこさんが、付け足すかのように言った。「対立していると、だんだんと対立するために対立しはじめちゃうってこと」

「対立するために対立？」

「事実を歪《ゆが》めて受け止めて、対立しなくてもいいことまでぶつかりはじめる。売り言葉に買い言葉じゃないけど、どんどんエスカレートしていく。わたしが、お母さんを殺人犯だと思い込んじゃったみたいなことも起きる」

「殺人犯？　何ですかそれは」

冗談だろうと思いつつも訊き返した時、せつみやこさんが指を立てた。「静かに」

それまでじっと黙って、ディスプレイモニターを睨んでいた中尊寺敦が、あまりに静かだったため、僕は彼がそこにいることすら忘れそうになったほどだったが、キーボードから指を離し、顔を上げた。

「車が近づいてくる音」

彼女が言ったすぐ後、カーテン越しに、赤い光が、まず間違いなく警察車両のものだろう、その明かりがうっすらと見え始めていた。


ほどなくインターフォンが鳴った。家の中のモニターに映し出されたのは、スーツ姿の男二人で、彼らは警察署の名前を口にした。「北山さん、お話を伺いたいのですが」

せつみやこさんは、「あら、何でしょう。今すぐ行きますね」と急にのんびりとした声になり、答えた。それから棚にあったキーホルダーを僕に投げた。『アイムマイマイ』の主人公の絵が描かれたものだ。「わたしの会話を聞いておいて」

「聞いて？」キーホルダーと会話をしろ？　冗談なのか真剣なのか分からず、おろおろしていると彼女は、察しの悪い部下を見るように僕を見て、「このアクセサリー、マイクになってるの。そのキーホルダーで受信するから。耳を近づけると聞こえる」と自分の胸元の、先ほどまではついていなかったブローチのようなものを指差し、玄関に向かった。

おい水戸、外はどうなってる。

古臭いキーボードを、平成時代を舞台にしたドラマで見たことはあったが、その前時代的キーボードを操作しながら中尊寺敦が言う。

「せつみやこさん、外で、喋ってますね」

僕はキーホルダーから耳を離し、言った。

「相手は警察なのか？」彼はディスプレイをじっと見つめたままだから、後頭部で僕と会話をするかのようだ。

「たぶん、そうですね。僕たちを捜しています」

「どうしてここにいるって分かったんだろうな」

キーホルダーをつかみ、拝むような恰好で、耳を寄せる。

「何かお困りのことはありませんか？」警察官の声がする。

お困りのこと、とはずいぶん漠然としている。

「最近は警察が老人の身の回りも心配してくれるようになったの？」せつみやこさんは先ほどキーホルダーを渡してきた時の、てきぱきさとは打って変わり、ずいぶん年寄りめいた、年相応と呼ぶべきか、そういった態度だ。「強いて言えば雑草が生えてきちゃって、これって抜くのを手伝ってもらえないの」

「そうじゃなくてね、こういう男たちがここに来ていないかな」もう一人の警察官は少し乱暴な物言いだった。

僕と中尊寺敦の顔写真でも見せているのかもしれない。「まずいですね」気づけば言っていた。「どうしましょう」

「どうするも何も、この箱の中からあいつの残していった答えを見つけないことには」彼はキーボードを叩いている。画面には、小さなウィンドウが開かれていた。波打っているかと思えば、細かい文字列が次々と流れていっているようだった。

「ウェレカセリのソースコードだ。どうやって持ち出したのか分からないが」

「人工知能の？　ソースコードって何ですか」

「プログラムだよ、プログラムの文章」

中尊寺敦は画面を睨んでいる。英語の構文にも似た、もしくは数学の関数、計算式めいたものが横書きで並んでいた。恐ろしいほどの速さでスクロールしていくが、これで解読できているのだろうか。

「構造を把握しているだけだ。その後、ヒントを見つける。寺島が何を残しているのか」と答えが返ってくる。こちらの疑問を先回りする彼もまた、人工知能のように感じられる。

この若い人たち、危険なんですか？

せつみやこさんの声が、『アイムマイマイ』のカタツムリを介して、伝えてくる。

写真では素朴な二人に見えるけれど。

「人は見かけによりません。この二人は危険なことを企《たくら》んでいます。追い込まれたら何をするかは分かりません。年寄り相手だとしても」

「それは、あなたたちも同じじゃないですか？」

彼女の対応はずいぶん堂々としたもので、感心せずにはいられない。国民的作品の著者としての経験がそうさせているのか、もしくは積み重ねてきた年齢からくる余裕なのか、それとももともとうろたえることのない性格なのか。僕たちが訪問してきた時といい、警察が来た今といい、動じた様子が皆無だ。

「おばあさん、あの車、あれは誰の？」口の悪いほうの警察官が言う。口調からして、太ったベテランの男を思い浮かべた。

「ああ、あれ、いつの間に」

「レンタカーですね」「ちょっと調べてみろ」「はい」

　警察官二人がやり取りをしている。その状況を、僕は中尊寺敦に説明する。

「あの車、借りるためにレンタカーのデータをいじりはしたけどな、その時のＩＤも偽造だから、すぐに俺たちのものだとはばれないはずだ」彼は、画面を睨みつけたまま、早口で喋る。「ああ」

「どうかしましたか」

「これか」

「なにか、分かったんですか?」目をやれば、先ほどまで画面上を逆流するように動いていた文字列が止まっている。

「自壊ルートがある」

「自壊?」

「自分で自分を削除するようなロジックが組み込まれている。ばれないように、かなり面倒な作りだけどな」キーボードの音が跳ねるように響く。

　頭に浮かんだのは、子供向けアニメーションで見たことのある、ドクロマークの付いたボタンだ。押せばロボットが壊れる、というものだ。「意外に」と言葉が出てしまう。意外に単純なんですね、と。ただ、画面に映る大量の文字列、ほとんどが数字で埋め尽くされた状況を見れば、おそらく、どこにドクロマークボタンが潜んでいるのかを見つけることと自体が、至難のわざなのだろう。

「じゃあそのボタンを押せばいいってことですか」

「ボタンって何だ」「あ、いえ」

「このバカ長いコードを、コンソール画面から流し込んでやれば」

バカ長いコード、の意味が分からず聞き返そうとしたところ、キーホルダーが声を発した。「北山さん、この車、ちょっと怪しいですよ」と警察官の声がする。丁寧な話し方をする男のほうか、乱暴な言葉遣いのほうなのか、もはや判別がつかない。

「あら、怖い」せつみやこさんは心細そうに答えているが、さすがに芝居がかっているからか、警察も、「本当は家にいるんじゃないですか」と踏み出してきた。

「今はもう独身だから、別に間男《まおとこ》がいても許してほしいけれど」彼女が動いたからか砂利が踏まれる音がする。それから少し囁くように、「時間を稼ぐから、家の裏にあるスクーター使って」と早口で言うのが聞こえた。

僕は、『アイムマイマイ』のキーホルダーを見つめる。

「おい、外はどうなってる」中尊寺敦が言う。パスカを取り出しているところだった。

「まずいかもです。裏にスクーターがあるから、それで逃げたほうが」

「写真撮ったらすぐ行く」

「写真?」

「ほら、見てみろ。このコード」

僕は画面を覗き込む。ここから、と中尊寺敦が指差し、ここまで、と二画面分ほどスクロールさせた。この部分がドクロマークのボタンなのか。

「これが、ウェレカセリを止める魔法の呪文ってわけだ。この量だから、暗記するのは無茶だ」

「メモリースティックとかにコピーしたら、どうですか」

「この本体側が古すぎて、差さらない。写真を撮るのが一番賢い」

『アイムマイマイ』のキーホルダーが、「庭側から侵入」と鋭い声を発した。ガラス戸が横に開く、がらっという音がした。あ、と声を出したのは僕だったのか、中尊寺敦だったのか。影がある、と思った時には、部屋の外から入ってきた黒色の制服を着た警察官がそこにいた。

警戒はしていたに違いないが、向こうもぎょっとはしたのだろう、一瞬、ぽかんとした。僕たちも同じだった。パソコンの前で正座くずれの姿勢をしている中尊寺敦と、中腰の恰好の僕、そして直立体勢の警察官が、時間よ止まれ!　の子供遊びをさせられたかのように、ぴたっと止まった。

そこから誰が最初に動いたのか。一番遅かったのは僕で間違いない。

警察官が腰に手をやり、拳銃を取り出した。中尊寺敦は意識したわけではないのだろうが、腰を浮かせ、目の前のパソコン本体をつかんで持ち上げる。

僕をしゃんとさせたのは銃声だ。

悲鳴を上げた。中尊寺敦が部品を飛ばして砕けたものだから、彼は機械仕掛けだったのか、と驚愕《きょうがく》しかけた。破壊されたのはパソコンだ、と遅れて気づく。

あ、という顔で、中尊寺敦が僕を振り返る。

割れてしまった。

ウェレカセリを止めるためのプログラムが。

大事に運ばなくてはならない卵が、世の中のために孵化《ふか》させるはずの卵が、呆気《あっけ》なく割れたような感覚だった。

茫然《ぼうぜん》とする中、警察官が再び銃口を向けてくるのが見えた。ほとんど転びながら、這うように駆けた。「中尊寺さん！」と呼ぶ。キーホルダーが、「早く出て」と言った。

中尊寺敦はパソコンを抱えていた。無残に破壊された、元パソコンとしか言いようのないものだからさすがに、「それはもう駄目です」と僕は口にした。無用の物を持って、逃げる余裕はない。けれど彼は、「いや、こいつがないと」とうわ言のように呟き、パソコンを置こうとはしなかった。

また銃声が鳴った。

剛腕投手が渾身《こんしん》の一球を投げ込んでくるような、重みのある響きがある。

僕は体をびくっと震わせ、両手で頭を守る。

警察官が大声を出す。中尊寺敦も止まる。

彼らは、と僕は気になった。どう指示を出されているのだろうか。生け捕り、という言葉は少々劇画的だが、できる限り怪我を負わせずに捕まえるつもりなのか、それとも危険があれば射殺も止むなしと命じられているのか。常識から考えれば、武器不所持の、仮に犯罪者であったところで知能犯がせいぜいの僕たちに発砲はしないだろうが、前に見える警察官の真剣な表情が、僕を不安にさせる。少なくとも強硬に逃げようとすれば、体のどこかを負傷させる程度のことはするのではないか。

「ゆっくりこっちを向け」警察官が言う。

僕と向き合う中尊寺敦が、恐る恐る身体を反転させた。

「余計な動きをするなよ」

万事休す、もはやこれまで。

両手を挙げ、降参を表明する。中尊寺敦は依然として粉砕されたパソコンを、傷を負った我が子のように、抱いていた。

警察官は右手で銃を構えたまま、左手にスティック状のものをつかんでいる。電気警棒だろう。実物を見るのは初めてだが、スタンガンとほぼ同等の威力があるはずだ。

「余計な動きはしないでね」

張り詰めた雰囲気の室内に、緊張の糸をふっと揺らすような穏やかな声が聞こえた。

警察官の後ろに人影が現れた。せつみやこさんだ。

警察官はとっさのことに驚愕し、同時に身の危険を感じたのだろう、素早く体を捻った。

相手はかなり高齢の女性ですよ！

余裕のある時なら、そう言えただろうが、あっという間のことで、僕は見ているほかない。警察官が後ろを向いた。前に出したのは銃ではなく、電気警棒をつかんだほうの手だった。

「やめてください」僕は後先を考えず、警察官のほうへと床を蹴っていた。彼女を守らなくては、というよりも、今まで自分を救ってくれたカタツムリのヒーローを助けなくては、という一心だった。

何が起きたのか、把握できなかった。

あ、と思った時には、警察官が体をねじりながら、小さく呻いている。電気警棒を持つ手を、せつみやこさんが後ろに引っ張っていた。せつみやこさんは滑らかに動き、洗濯物を畳む手際で、警察官を俯《うつぶ》せに寝かし、押さえつけている。ほとんど力を入れていない動きに見えた。

老女が、警察官をするすると倒す様子には現実味がない。

僕と目が合った彼女は手のひらを振った。早く行け、という合図だ。

部屋から必死に飛び出す。家の裏手を目指したかったが、どこから裏手に行けるのか分からず、とにかく外へ、と目に入った玄関を開けた。もう一人の警察官がいるのでは、と怖くなり、いったん立ち止まったのだが、後ろから中尊寺敦がぶつかってきて、つまずくことになる。

慌てて立ち上がる。

そっと庭の奥を覗くようにすると、離れた場所に警察官がいて、僕たちに気づき、「おまえたち！」と駆け出した。

僕と中尊寺敦は慌てて体を反転させたが、その時、音がする。もう一度、庭に目をやれば、せつみやこさんが家の中から飛び出してきたところだった。体格差からしても、年齢差からしても、明らかに彼女が不利、不利どころか危険に見えた。

が、彼女の動きは速かった。庭に転がるバケツを足で蹴り上げると、空中でつかんで、警察官の頭にぶつけた。警察官はバケツを被る形となる。

さらに、せつみやこさんは警察官に接近したかと思うと、蛇が巻き付くかのように体を絡めた。すると、いったいどういう理屈なのか、警察官は地べたにうつ伏せ姿勢で倒れている。早く行きなさいよ、と言わんばかりに彼女が眼差しを向けてきた。

僕たちは、裏手へと向かう。

「何なんだよ、あのおばあちゃんは」中尊寺敦もさすがにうろたえていた。「絵本の作者ですけど」昔の九十代と今の九十代とは二十歳は違うと言われて久しいものの、それにしてもあの動きは驚異的だった。

手に鈍い痛みを覚える。「中尊寺さん、スクーター、運転できます？」キーホルダーを強く握りしめていた。力が入りすぎ、皮膚にめり込むほどだ。

「さあな。たぶん大丈夫だろ」

もつれる足をどうにか動かし、家屋の裏側へと行く。物置の横に、黒のスクーターがあった。流線形が美しい、ビッグスクータータイプで、型番は古いのかもしれないがほとんど新品に見える。

「それ、使えるんですか？」中尊寺敦が大事に抱えるパソコンを指差す。大丈夫だ、という返事を期待してもいた。

すると彼は、はっとして、乱暴に放り捨てた。「使えるわけないだろ。ぼろぼろだ」

僕は心もとなさで足元に力が入らなくなる。「あ、あの、写真は？　プログラムは撮れたんですか？」画面いっぱいに映っていた大量の文字列こそが必要なものだった。

「撮る前に、粉々だ」

「それって」

「これにておしまいってことだな。哀れオッツベル、象の下敷きに」中尊寺敦は軽口を叩くように言ったが、顔は歪んでいた。

ウェレカセリを壊すためのプログラムは、記録する前に消えたことになる。

新幹線で隣に座った、一度だけ会った寺島テラオを思い出す。彼の必死の思いは、結局、果たされなかった。

「とにかく逃げるぞ」運転席に跨がってから中尊寺敦がスタータースイッチを入れると、車体が目覚めた獣さながらに震えた。

「キーはどうしたんですか」

「試しに押したら動いた。おまえが持っているんじゃねえのか？」

申し訳程度につけられた後部シートに座りながら、持っていないですよ、と答えかけたところで、『アイムマイマイ』のキーホルダーに思い至る。スクーターのセンサーキーでもあるのか。

重く大きな音がした。スクーターが破裂したのかと思うが、違った。背後から撃たれたのだ。倒れた警察官が当てずっぽうで発砲したらしい。幸いなことに外れた、と思った時にはもう一発、僕のすぐ近くを弾がかすめた。

スクーターが発進した。慌てて、中尊寺敦の体に腕を伸ばし、しがみつく。新仙台の青葉山の坂道を自転車で走った時と同じだ。目を閉じ、突進する生き物に身を任せるほかない。獣の咆哮《ほうこう》さながらの、大きな音が体を震わせてくる。

穏やかに暮らしていきたいのに、なぜ、こんな目に。平穏な日々がどうして壊されないといけないんだ。僕がいったい何をしたと。

「かき混ぜなければ、実験にならないだろ」

その言葉がまた頭に浮かんだ。浮かんだ途端に、スクーターの速度に合わせて後ろに吹き飛んでいく。

ビーカーの中を攪拌するのと同じことだ。現状維持と縮小こそ悪だ。作って、壊す。作って、壊す。

前から高速で飛んできたその声が、頭を通り抜け、また後ろへ去る。

スクーターが右に傾き、カーブを曲がる。僕の体も横になり、車道の先から檜山景虎の姿が、頭に飛び込んできた。

争いはなぜなくならないのか。その話の時に、彼が言ったのだ。争うことは天候と同じく、止めたり、なくしたりすることはできない、と。

スクーターは右へ、左へ、と重心を移動しながら、坂道をかなり長いあいだ上り、かと思えば、緩やかに下降した。

「混乱した状態に置かれた時、その人が一番、試されるんだと思うの」

別の声が聞こえてくる。記憶の隅から、ふわっと舞い上がるように蘇ったその言葉を、初めは檜山景虎の発言だと思いかけるが、そうではないと気づく。ヒナタさんだ。

あれは、五年前、事故で入院中の僕が意識を取り戻した後のことだ。意識は戻ったが、記憶がさっぱり蘇らず、「自分はいったい何者なのか」も分からなくて、困惑していた時だ。

彼女は、混乱した今こそが試されているのだ、と言ってくれた。半狂乱状態の僕から距離を取るでもなく、冷静に宥めてくれ、そのおかげで僕は記憶をゆっくりと、切れた線を結びつけるようにし復旧できたのだ。

思考を邪魔するかのように、風の音が耳を乱暴に触っていく。ヘルメットを被っていない、といまさらながらに気づき、ぞっとする。危険もさることながら、ヘルメット未着用の走行は、街に設置された防犯カメラであっという間に捕捉されてしまうはずだ。

山道の終わりかけの十字路で赤信号にぶつかり、ようやく停車したところで、「どこに向かっているんですか」と中尊寺敦に言うことができた。「ヘルメットないから、まずいですよ」とも。

中尊寺敦はハンドルを握り、顔を下へ向けたままだったから、僕の言葉が聞こえていないのかと思い、「中尊寺さん！　これからどこに？　あと、ノーヘルなのでまずいです」と声を大きくしたところで、ジャマーがあるからカメラには映らないのか、とも気付いた。

反応がないものだから怖くなり、シートから降りかけたが、彼が首だけで振り返り、「メッセージが来てる」と言った。

「メッセージ？」

「スクーターの通信機能だよ。このランプ、メッセージ着信の合図だ」

「誰からですか」

僕が訊ねた時には中尊寺敦が操作をしていた。どこがスピーカーになっているのか分からないが、男の声が聞こえてきたのは分かる。よく聞き取れないと思っていると、ひときわ大きな声が鳴った。

「歳を考えろって！」誰なのだ。

東京にようやく辿り着き、捜査本部に戻らされるのかと思いきや、「檜山、おまえはあっちだ」と命じられた。

はい、と返事をするよりも先に、ワゴン車に乗せられる。

車での移動は勘弁してほしかったが、拒否できるわけもない。ぎゅっと目を閉じ、自分が車に揺られていることから意識を逸らすようにし、高速道路でないだけありがたいものだ、と自分に言い聞かせ、ひたすら耐えた。

脂汗をかく思いで辿り着いた場所は、ブックライブラリだった。大昔は紙の本を所蔵する図書館だったものに、デジタルを全面的に導入したタイプの施設だ。巨大なチューブを三つ重ねたような外観は珍しく、情報検索目的だけでなく、観光スポットとしても有名な場所だ。

「ここの職員が、恋人なんだと」

「誰のですか」

「おまえの仲良し同級生のだ」

水戸直正を指しており、もちろん冗談だとも分かったが、俺は余裕を持ってそれを受け止めることができず、表情にそれが出たのだろう、「檜山、怖い顔するなよ」と言われた。

「ほとんど知らないんですよ。あの、あいつのことは」

どう呼ぶのがぴったり来るのか、と悩みかけた。友人とも知人とも言いがたい。他人ではあるが、他人と言えるほど無関係ではなかった。

「どうやって見つけたんですか」施設内に入り、質問した。入り口にはセキュリティ用のゲートがあったが、近くに立つ警備員にカードを掲げると、通してくれる。「その職員のこと」

「水戸の周辺を洗いまくった。ただ、びっくりするくらい孤独な奴だな」

「そうなんですか」俺と同じじゃないですか、とは言わない。

「交友関係も何も出てこねえし、家族もいない。子供のころに両親とも交通事故で死んじまってる。天涯孤独ってのはああいう奴のことかもしれないな」

俺もそうですよ。

「配達屋の依頼相手と、届け先、それ以外とはほとんど接触がないように思えたから、だからこれはもう、どうにもならねえな、と諦めかけた」

「でも、諦めないで済んだわけですか」

「あの男の部屋のメッセンジャーに、着信があったんだ。通話メッセージの。出てみたら女でな、すぐに連絡を取った。話を聞けば、水戸と交際していることを認めた」

「ここの職員ですか。どんな態度でしたか」自分の交際相手が突然、警察に追われているのだから、パニック状態に陥っていてもおかしくはない。もしくは、恋人を守るために、警察を敵と見做《みな》し、冷たい態度を取る場合もある。

「それがまあ、落ち着いたもんでな。日向恭子《ひなたきょうこ》というんだ」

「茫然としているんですかね。協力してくれそうですか?」

「水戸直正は主犯ではないだろう、と説明したからかもしれねえな。巻き込まれているだけ、と話したら、水戸から連絡があったことも教えてくれてな」

「その女には連絡があったんですか?」水戸直正のパスカが使用された履歴はなかったはずだ。

「中尊寺敦の細工で、匿名通話だったらしい。水戸は、彼女に依頼をした。過去のニュース記事を見つけて、送ってくれ、と」

「ニュース記事って何のですか」

「絵本作家のせつみやこが書いた随筆なんだ」

「はあ」

「びっくりだよな」

「絵本の世界にでも逃げたくなったんでしょうか」

「俺もそう思った」

が、そこで日向恭子が、「この作者の自宅に行ったのかもしれません」と言ったのだという。

「作者の家に？　どうしてまた」

「水戸直正にとって、あの絵本は大事なものなんだと。だから、作者に会いに行きたくなったのではないか、と女が推測した。聞いた俺たちはさすがにそんなバカなことがあるか、と聞き流していたんだが、確かにその随筆とやらを読んでみると、住所こそ書いていないけどな、自宅の位置が特定できそうな文章ではあるんだ」

「だからって、それを頼りに絵本作家を訪問しますか？」警察に追われている状況で取る行動ではない。

「その通りだ。ただまあ、可能性はゼロではない。念のため、地元の警察官を派遣しているところだ」

広いチューブ内をまっすぐに進む。検索用端末が左右に並んでおり、座り心地のよさそうなシートに腰かけ、映像を観ている利用者もいた。

「小会議室」とプレートに記された部屋の中に入ると、テーブルの向かい側にその女が、日向恭子が座っていた。

俺が入った瞬間、日向恭子が顔を上げた。目が合うと彼女が笑ったようにも見えたため、俺は居心地が悪く、頭を小さく下げる。知り合いか？　と先輩捜査員が言ってきたのは冗談だったのだろうが、俺は、「いえ、違います」と丁寧に答えた。

「ええと、彼は」先輩捜査員が、俺を指差す。「水戸直正の同級生だ」

「ええ、はい」日向恭子は初めから知っていたかのような言い方をする。

「彼女は、水戸直正の十代のころを知っている人を探してくれ、とご所望でな」ここに至ってようやく、俺が連れてこられた理由が明かされた。「幸いなことに、うちには檜山、おまえがいてくれたから、新たに探す必要もなかった」

「どうして、十代の水戸の話を？」

先輩捜査員がパスカを取り出した。着信があったらしく、腰を上げ、「檜山、話に花を咲かせておいてくれ」と言い残すと部屋から出て行った。

急に部屋が静まり返る。

さほどベテランではなく、むしろ若手に分類される俺でも、証人や事件の関係者と向き合う機会は、今までにたくさんあった。うろたえて支離滅裂な発言を繰り返す者、反抗的で無言を貫く者、迎合するように自分から何から何まで喋る者、たいがいはいずれかに分類できるが、目の前の日向恭子はそのいずれでもなく感じられた。平然としている。関心があるのかないのかも分からない。

「水戸とはいつ知り合ったんですか」

「天秤《てんびん》のこっち側に、少し手を貸してしまいました」

投げたボールが、卵にでもなって投げ返されてきたかのようだ。戸惑いのあまり、受け取りそこなう。机の上に、卵が割れる様子が思い浮かび、手で拭いそうになった。

「こちらの質問に」と俺が再度、訊ねようとしたところ、「ただそうしないと、偏ってしまいそうだったので」とまたしても卵が返ってくる。

ショックか緊張で頭が混乱しているのか、もしくはもともとこういった、ちぐはぐしたやり取りをする女性なのか。

「あなたと水戸さんは、近づくとぶつかり合う関係です。磁石でいえば、反発し合うと言うべきでしょうか。二人の距離が縮まれば、いつだって争いが起きます」

「いったい何の」

そこから日向恭子は、トレーニングジムの入会案内と注意事項を述べるかのように、

「海と山それぞれに属する人がいます」と喋りはじめた。暗記したスピーチではないか、と思えるほど感情なく、すらすらと話す。

彼女が語るのは、世の中には海族の血を引く者と山族の血を引く者がいて、その両者はいつの時代も争う運命にある、とそのような話だった。御伽噺《おとぎばなし》や都市伝説まがいの、与太話《よたばなし》にしか思えなかったにもかかわらず、遮ることができない。話し方のせいもあるだろうが、それ以上に、その海族と山族の衝突が、自分と水戸直正との関係を説明してくれる、という期待があったからかもしれない。

気に入らない相手、相性の悪い相手、苦手な相手、そういった表現とはもっと別の、理不尽なほどの、水戸に対する嫌悪感は、現世ではなく過去の因縁によるものだと言われたほうがしっくり来る。

「わたしは、その海と山との争いを見届ける役割なんです」

「観客か」俺はぶっきらぼうな口調になっていた。

「審判みたいなものでしょうか」

「紅白の旗でも持っているんじゃないだろうな」

「旗はないですが」と言って、日向恭子は自分の目を指差す。目がどうかしたのか、と訝るが、もう一方の瞳と異なりそちら側だけが蒼い色をしているのだと分かった。さらに、髪を少し掻き上げる。片方の耳だけが尖っている。人の顔は左右対称ではない、とは聞くが、あまりに左右のバランスが違うため、戸惑いを覚えた。「海族と山族は近づいたら、争いが起きます。どちらかが勝つ場合もあれば、どちらも負けてしまう場合もあります。近づかず、離れたまま生きていくことももちろん可能ですし、そのほうが多数なのですが、中には、どれほど注意深く、距離を取っているつもりでも否応《いやおう》なく、出会ってしまう者たちもいます。水戸さんとあなたはそちらのほうでしょう」

「そちらの？」

「出会ってしまうほうの。わたしが、水戸さんの近くにいたのもそのためかと」

試合があるから審判が呼ばれるのではなく、審判がいるから試合が起きるかのような言い方だったため、俺はそう指摘した。

「鋭いですね」彼女は無表情のままだった。「そのあたりはわたしも分からないんです。ただ、海と山の争いが起きそうなところに、いつもいることになります」

「ご苦労様、とでも言うべきか」

「警察からわたしのほうに問い合わせがあった際に、絵本作家の件を話したのは、バランス的にはあなたのほうに肩入れしたほうがいいと思ったからです。水戸さんには別の人が今、ついていますから」

「中尊寺のことか？」

「天秤の釣り合いを取るのはやはり難しいです」

何を訳の分からないことを話しているんだ！　俺はそう一喝すべきだったかもしれないが、口から洩れ出たのは、「俺たちはどうなるんだ」という、縋《すが》るような質問だった。

「少なくともまた会うでしょうね」

「時空を超えて再会する男女、だったら良かったけどな」

直後、水戸直正の正面に立ち、銃を構える自分の姿が眼前に浮かんだ。立体映像放送のように、はっきりと見えた。撃て、と俺の中の俺が静かに言っている。決着をつけろ。やっちまえ。あいつにだけは負けるな。

黒い影が自分を担ぎ上げ、囃《はや》しながら大きく揺すり、俺が理性的に考えるのを妨害してくる。

社会の秩序を守るためならば、水戸を撃つことを躊躇《ちゅうちょ》はしない。そう思う自分もいた。ルールからはみ出した、水戸直正がいけないのだから、ためらう必要はない。

しばらくして、先輩捜査員が戻ってきた。俺の肩を叩いた後で、二人で外に出た。

「どうやら本当だったようだ」

「本当？」

「絵本作家の家に、中尊寺と水戸がいた」

そんなことがあるのか、と俺は驚き、今出てきたばかりの部屋を振り返る。あの女の読み通り、というわけか。

「とにかく、二人を捕まえろ、と上のほうから指示が出ている。あいつらが暴動を扇動している」

「暴動を？」

「拳銃使用の許可も出たからな」

「え」

思わず俺は聞き返した。あの男が、そこまでの凶悪犯なのか？　上層部からの指示は、水戸直正たちを一刻も早く消し去りたいような、強い意志が込められているようだった。

もちろん、反対や抵抗をするつもりはなかったものの、疑問符が頭にこびりついている。今先ほど、水戸直正を真正面から撃つ場面を思い浮かべていただけに、生々しい。

二人の距離が縮まれば、いつだって争いが起きます。

先ほどの女の言葉が、耳元で蘇る。

自分の思いとは無関係に歩かされている感覚に襲われた。左右と後方に壁ができ、前にしか進めないかのようだ。


僕たちの前に見えるのは、少しふっくらとした体型の、丸顔の男性だった。背広を着て、背筋が伸びている。おそらく年齢は五十過ぎなのだろうが、良く言えば優しそう、悪く言えば貫禄がない。

通信を介した、立体映像としての姿だ。向こうにも、僕たちの映像が表示されているに違いない。

「さすがに母は九十過ぎですからね、無茶なことはしないと思ったんですけど、時々、スクーターを走らせることもあるみたいだったので。信じられますか？　九十過ぎで、スクーターって」と彼が言う。「だから、使用されたら連絡が来るように細工しておきました」

「あのスクーターに追跡装置もつけていたわけか」中尊寺敦が言いながら、息を荒くする。さすがに足が疲れてきたらしく、「少し休もう」と言ってくる。僕も限界寸前だったため、喜んで同意し、ペダルから靴をどかした。

新八王子市内にある公園内だ。木やロープを使ったアスレチック施設を備え、敷地の半分は池で、僕たちが乗っているのは、そこのスワンボートだった。スワンとはいえ、白鳥だけでなく、スポーツカーやら竜などの形のものもあったが、二人乗りで、ペダルを漕《こ》ぐことで池内を走行できる。

「歳を考えろって！」とスクーターからお叱りのメッセージが聞こえたのが、三十分ほど前だ。困惑しながら会話を交わすと、声の主が、せつみやこさんの一人息子だと判明した。

「せつみやこさんがスクーターを貸してくれて」と話すと彼は、「北山由衣人《ゆいと》」と名乗るのも早々に、「今から言う場所に行ってください」と指示を出してきた。「安全な場所です」

「え」

「母がスクーターを貸したということは、何か特別な事態なんでしょう。今から言う場所を目指してください。そのスクーター、道路上の公的カメラでは捕捉されませんから」

「ステルス化されてるのか」

「古い呼び方をすればそうです」

そんなことが可能なのか？　からかわれている気持ちになる。さらには、彼の指定した場所が公園内の池で、スワンボートに乗れ、と言うのだから、こちらはもちろん怪しんだ。逃走中の僕たちを追い込むための策略、もしくは、必死の人間を笑うための悪戯、と思うのが普通だ。

それでも従ったのは、北山由衣人と名乗る彼の、「その公園のセキュリティは保証します。通常の警察からは逃れられます」という言葉のせいだった。信用したというよりも、中尊寺敦が興味を持ったのだ。

「そんな場所があるのか？　あるんだったら、ぜひ行ってみたい」と技術者としての好奇心に勝てない様子だった。

僕が反対しなかったのは、藁《わら》にも縋る思いだったのと、せつみやこさんの息子さんであれば、信じても問題はない、と思ったからだ。『アイムマイマイ愛』ここに極まれり、妄信もいいところ、だったのかもしれない。

そして、スクーターに表示されるナビゲーションに従い、公園に辿り着き、池のスワンボートに乗り込んだところ、北山由衣人の立体映像が映し出された。

「私たちが管理する、安全に話をするための場所が都内にはいくつかあるんですが、そのあたりだと、その公園しかないので、申し訳ありません。しかも、そんなものに乗ってもらっちゃって」と彼はまず謝罪した。

「何なんだよ、これは」

「ただのボートに見えますが、そこなら傍受はできません。仕事上、どうしても誰にも聴かれたくない話が多いですし、街も道路も通信情報はかなり無防備になりますから」

「あの、由衣人さんのお仕事って」

「奇《く》しくも、母の昔の職場と同じでして」彼は照れ臭そうに頭を掻く。「親のコネを使ったわけではないんです」

「絵本作家の？」

「それをやる前に勤めていたところです。びっくりすることには、父方の祖母も同じ職場だったそうです。うちの話はどうでもいいですね。水戸さんたちはそれどころではない」

「こっちの名前、どうして知ってるんだ」中尊寺敦の声が曇る。

「お二人が公園に到着するまでの間に、ざっと調べておいたんです。母にも連絡を取りましたし」

「あ、せつみやこさんは無事ですか」僕は、浮かび上がる映像に飛び掛かるような言い方になってしまった。

「母は無事です。あの歳でよくもまあ、と呆れてはしまいますが。警察官二人のほうはこちらで対応することにしました」

対応とはいったい何を指すのかも想像できない。

「警察は、お二人のことを躍起になって捜しています」

「へえ、知らなかった」中尊寺敦が皮肉で応じる。

「都内での暴動事件の首謀者として」

中尊寺敦は体を起こした。「何だよ、それは。そっちは本当に知らないぞ」

「暴動事件？」まったく予想していなかった言葉に、僕も彼を見る。

「都内で今、物騒な事件が起きているのをご存じですか。走行中の車を停車させて、乱暴を働いたり、斧を投げつけたり」

「ニュースでやってたな。ありゃ何なんだ」

「はじめは、若いトラブルグループが暴れているのかと思っていたんですが、どうも、もっと根深くて、厄介な状況らしく、うちも情報収集に本腰を入れ始めたところで」

「根深くて厄介、と言いますと」

「都内の東側で、西側の住人に対する憎しみが溜まっている、と。昔流行った言い方を借りれば、ヘイト決壊、というところでしょうか。きっかけは、川に細菌が流されたというデマです。本当に信じたのか、それとも便乗しただけなのかははっきりしませんが、東側住人がそれで、暴動まがいの行動に打って出たそうで」

「その暴動事件の首謀者が俺たちです、なんて言うのか？」

「という情報が入ってきています」

中尊寺敦もさすがに言葉を失った。少ししてようやく、「そんなでまかせ、ニュースに流していいのか」と言う。

「ニュースを広めている人たちは、でまかせだとは思っていないんでしょう」

「勘弁してくれよ。こっちは都内の東西問題とはほど遠い仙台で、のんびり暮らしてただけだ。東京から見たら、北北東だよ、北北東」

「どこにいても、扇動することはできます」

「やるかよ、そんなこと」

「僕たちが追われているのは、ある人のメッセージを受け取ったからで、暴動とは無関係ですよ」

「寺島テラオさんのことですよね。ウェレカセリの開発者の」

「知ってるのか」

「寺島さんはどのようなメッセージを、水戸さんに頼んだんですか」話しぶりからすると、僕が配達人の仕事をしていることも把握しているのだろう。

「あいつが俺にお願いしたかったのは、単純なことだ。シンプルなお願い一個」

「何ですか」

「ウェレカセリを壊してくれ、ってな」

その時、北山由衣人の映像が乱れた。雑音がひどくなる。単に、通信状態の問題だろう、と思ったがその映像の乱れ方と同じく、北山由衣人は心を乱したかのようで、「おかしいな」とぼそっと洩らした。

「何がおかしいんですか」

「ここの通信が揺れることなんて初めてです」

「電波障害だとか、磁気だとかあるだろ、なにか」

「普通の設備とは違いますから。こんなことはあるはずが」

「起きるはずがないことも、いつかは起きる。どんなことにも初めてはある。そういうことだろ」中尊寺敦が言ったところで、北山由衣人の映像が、泡が破裂するかのように完全に消えた。

急にまわりが静まり返り、スワンボートに二人きりとなった。僕はスワンボートの外に首を伸ばし、あたりを窺う。

池の中のボートほど無防備な場所はない。今さらながら怖くなる。逃げ場はなく、周囲から丸見えだ。言われるがままに鳥かごに入ってきたようなものではないか。体の内側に寒々しいものを感じる。

池を警察官が囲んでいる光景を想像し、慌てて立ち上がり、スワンボートのバランスが崩れ、水が跳ねる。特に警察の姿はない。

「ここから出たほうがいいな」中尊寺敦も言う。

僕たちはペダルに先ほどよりも力を込め、焦りのせいで右へ左へと蛇行したが、出発地点に引き返すことにした。

乗り場に戻り、ボートから降りて、ようやくほっとする。文字通り、地に足がついた。

乗り場にいた高齢の男性は興味もなさそうに、「あいよ」とスワンボートのロープを引っ張る。

いったいこれからどうすべきなのか。北山由衣人との連絡は、あれで良かったのだろうか。考えながら歩き、途中で横を見ると中尊寺敦の姿がなかった。

消えた?

怪談話に震えるかの如く震えてしまったが、振り返ると後方にいた。いつの間に立ち止まっていたのか。電池でも切れたかのように動かない。

あの、と呼びかけながら僕は近づいた。

彼は固まったままだ。

怖くなり、体を強く揺すってしまう。

「おい、何だよ」とようやく反応がある。

「ぴくりともしないので、どうしたのかと。どうすべきか、考えていたんですか」

「違う」

「違う？」それを考えないで、何を考えるというのだ。

「さっきあの男が言っていただろ。暴動事件の首謀者だとかなんとか」

確かに、あれは思いもしない話だった。「だから警察は躍起になって、追いかけてきているんでしょうか」

「昔から、集団行動の苦手だった俺が、集団を率いて何かするわけがない。そうだろ？」

「そうだろ、と言われても」中尊寺敦のことはろくに知らない。

「いったい誰がそんな嘘を流してるんだ」

「僕にも分かりませんよ。ただ、それらしい嘘っていうのは、意外に浸透しちゃうので」

「それらしい嘘って何だ。俺が都内の東西戦争を企画しそう、ってことか」

「違います。そうじゃなくて」僕は、飛ばされた透明の矢を払うように手を横に振る。

「警察から逃げている男には何か理由があるに違いない。それは最近、発生している事件と関係しているからだ、と言われれば、なるほどそれなら、と受け入れやすい部分はあると思うんです」

依然として彼が、ぴんと来ない表情をしているため、別の例を出すことにする。「中尊寺さんたちの好きな、γモコもそうだったじゃないですか」

「γモコがどうした」不意打ちを食らったように、彼が怯《ひる》んだため、僕は少し気分が良くなる。

「メンバーの田中カタナさんが亡くなった後、いろんな噂が流れましたよね。音楽理論がプログラムとして残っていて、だからγモコが続いた、とか言われたり。もともと田中カタナさんは、バンド内で孤立していた、とか」

「デマだよ」

「ですよね。あれだって、それらしいから広まったんですよ」

「まあな」と言った後で彼はさらに語る。「音楽ってのは理論があればどうにかなる、ってもんでもない。当時、田中カタナがγモコの中心人物だと言われていた。実際、そうだったのかもしれない。一方で、田中カタナを神格化するあまり、田中カタナがいない状態でγモコが継続することを認められない奴らもいたはずだ。そいつらは、田中カタナが何かを残したからこそバンドが続けられた、という説を信じたかったんだろう。元を辿れば、そういうデマは、γモコを取り巻くビジネスマンたちの知恵かもな。田中カタナが死んだことを最大限売りにするために、でっち上げたってわけだ」

「中尊寺さんもファンだったのに、ずいぶん冷めた意見ですね」

「冷静なファンがいちゃ駄目なのかよ。とにかく噂ってのは、自然に広がることもあるけどな、故意で流した奴がいる場合も多い。スピン・ドクター、スピン・コントローラーがどこにだっている」

「スピン・ドクター？」

「誰かに特定のイメージを持たせるために、情報を操作するのがスピンだ。政治家がよくやる。専門家は昔、スピン・ドクターと呼ばれた」

「それなら」と口にした。「それなら、この、中尊寺さんが暴動の首謀者だというニュースも、そのドクターさんの仕業ってことですか？　でも、誰が得するんですか、そんなことをして。というより、そんなにまでして、僕たちを捕まえる必要ってあるんですかね？」

公園内は静かで、風が吹くたびに落ちている葉が舞いながら立てる音がよく聞こえた。

「確かに、いくら寺島が俺におたよりを寄越したと言っても、それで世界が滅びるわけでもないからな。ムキになって捕まえるほど危険でもない」

「ええ、ちょっと度を越しているような。寺島テラオはよっぽど危険人物だと思われていたんでしょうか」

「あいつが俺に頼もうとしたのは、ウェレカセリを止めろ、ってことだ。褒められることではないだろうが、警察が必死になることとも思えない」

中尊寺敦はまた動かなくなった。風の音だけが聞こえる。平日の日暮れ前だからか、公園内には人の姿がまるでない。これほどがらんとしていていいものか、と不安になるほどだ。

「ああ、なるほど」

「何ですか」

「寺島テラオや俺たちを捕まえるのに必死になるのはどういう奴か。おそらく、一番、困る奴だ。殺人犯は、そいつが死んで一番得する奴で、誰かを邪魔する犯人は、そいつがいると一番困る奴、と昔から相場が決まっている」

「一番困る？」

「寺島テラオの行動、俺の行動を、一番迷惑に思っている奴が、嘘の情報を流している。自分が困るからだ。俺たちを止めたいからだ。そうだろ？」

「でも今回の場合、それって誰ですか」

中尊寺敦は、まだ分からないのか、と言いたげな表情になった。「寺島テラオは、自分の作ったウェレカセリを警戒した。それで俺に、そいつを壊す役割を託した。ってことは、一番焦っているのは、ご本人様しかいないだろ」

「ご本人様？」

「ウェレカセリだよ」

「え」言われてみればもちろんその通りではあるが、ウェレカセリは人工知能、つまりは意思や感情を持たない機械なのだから、「迷惑に思っている」「焦っている」といった感情とは無縁に思え、「奴らは危険だ！　捕まえろ！」と指示を出す黒幕とは思いがたかった。

「俺の予想だと、ウェレカセリは人間とは比べ物にならないくらい、賢くなっている。賢くて力を持った奴は、いつの時代だって、自分の寿命を気にかける。危険は排除する。あの人工知能君は、莫大な数の情報を手に入れて分析した結果、寺島テラオのことを恐れたのかもな。自分を開発した寺島テラオが、自分を抹殺しようとすることを予測して、こいつはまずい、と思ったわけだ」

親に殺される前に、その親を排除する。

そう考えたのか？

人工知能がどのような形をしているのかは知らなかったが、巨大な筐体《きょうたい》が、無慈悲で無感情の角ばった箱が、寺島テラオを押し潰す光景を想像した。哀れオッベル、象の下敷きに。

「じゃあ、そのニュースも、ウェレカセリが流してるってことですか」

「かもな。ニュースこそ、実体がない。ニュースカフェの画面に表示されれば、それが全部、本当にあったことだと思われる。見出しを書けば、事実になる」

「似たようなことを、せつみやこさんも言ってましたね」事件があるからニュースが流れるのではなく、ニュースが流れるから事件があったことになるのでは、と。

「もしかすると、都内の斧の事件だって、実際には起きていないかもしれない。いや、もともとは病気が流行ったことが原因だったよな。工場から菌がばら撒かれている、って噂があるとかで」

また、噂、の話だ。

「それすら捏造《ねつぞう》かもしれない。わざわざ争いが起きるように、ウェレカセリがニュースを発信し続けている。東と西にヘイトを植え付けている」

かき混ぜなければ、実験にならないだろ。檜山景虎が言っていた。だから人は争うのだ、と。ウェレカセリは、人の争いを、対立を扇動しているのか？

「もし、ウェレカセリが僕たちを邪魔しに来てるんだとすれば」

「どうすりゃいいんだろうな。寺島の奥の手も消えた。パソコンの中の、自壊用プログラムはもうない」

駐車場のビッグスクーターが停まっている場所まで戻ってきた。するとちょうど、向かい側の十字路を通り過ぎたグレーのワゴンが近づいてくるところだった。

居場所を発見した警察が来たのだ！　もはやこれまでか、と覚悟した。グレーのワゴンは駐車場内に入ると、くるっと円を描きながら、乱暴に停まった。エアパネル式のスライドドアが開いた瞬間、中から武装警官が出てくるかと思い、僕は抵抗するつもりもないから半ば降参の手を挙げるつもりだったが、そうはならなかった。

「お待たせしました」先ほど立体映像で見た北山由衣人が降りてきた。

運転席は無人で、自動運転で走行している。そのことを聞いただけで僕は卒倒しそうだったが、運転席より後方部分はエアパネルで囲まれているため、設定で外の景色が見えないようにすれば、ただの狭い部屋にいると思えなくもなかった。というよりもそう思い込み、これは車じゃない、車じゃない、部屋だ、と念じ、具合が悪くなるのを必死に抑えた。

新幹線車両の座席にも似たシートが並んでおり、僕と中尊寺敦が並んで進行方向を見て、北山由衣人と向き合う形だった。

どうやら彼は、僕たちを拾うためにすぐに来てくれたらしく、あの池のスワンボートでのやり取りも、この移動中の車内から通話していたのだという。

「このままとりあえず、一度、うちの施設に来てもらいます」

「何の施設なんだよ」

「今回は完全に、非公式、というか私が自己判断で動いているだけなので、大したことはできませんが、それでも母のスクーターでうろうろしているよりは安全です」北山由衣人は言ってから、「ええと、さっきは何の話をしていたんでしたっけ」と丸顔を傾げた。「そうそう、お二人が、都内で起きている暴動の首謀者だという情報について、でしたか」

「そいつはデマだ」中尊寺敦が先ほど推理した内容を語った。「俺たちを手っ取り早く捕まえるために、ウェレカセリがでっち上げている。その事件自体が捏造の可能性もある」

「ウェレカセリが？」

「さっきも言っただろ、開発者の寺島が託してきたんだ。あの人工知能君をどうにか止めろ、って。だから、ウェレカセリがお怒りに。通信状況がおかしくなったのもそのせいかもな」

「止めないとまずいんですか」彼は首尾一貫、丁寧な言葉遣いをするものだから、こちらが年上のような感覚になってしまう。

「ニュースをいじって、俺を物騒な犯人に仕立てることだってできるんだ。何でもやれる」

「ウェレカセリ、って日本の政治とかに関係しているんですよね？」

僕が見ると、北山由衣人は肩をすくめる。イエスの返事に見えたものの、明言するつもりはないのだろう。「人工知能が暴走して、核戦争を起こすという映画が、昔、ありましたね」

「いや、核戦争となると非現実的だ。非合理的と言ったほうがいいか。人工知能にとって、さほどメリットがない」

「もしかすると」僕は言っていた。先ほども思ったことだ。

二人の視線がこちらに向く。

「人と人を争わせはじめているのかもしれません」

変化がなければ、進化はない。変化を起こすためには、かき混ぜる必要がある。欲しい物がなくなった社会は停滞する。だから、持っている物を奪えばいい。

檜山景虎が立っていた。現実にではなく、僕の頭の中で、こちらを見ている。彼の両耳は大きく、尖ったような形をしていることに、初めて気づく。

おまえの目は蒼い。

檜山景虎がそう呟いた直後、スピンする車体の後部座席に、僕はいる。強張った顔で体を硬直させた姉が横に、いた。

あの事故のスピンは、いまだに続いている。

おまえが水戸直正か。総合学校に転校してきた檜山景虎が、ふてぶてしい顔つきで言ってくる。

かと思えば、僕は新東北新幹線の座席に腰かけていた。窓を流れていく景色を横目にぼんやりとしていたところ、「水戸か。こんなところで」と檜山景虎が現れた。

「おい、大丈夫か」隣にいる中尊寺敦が揺すってきたため、僕ははっと我に返った。「急にぼうっとしたと思ったら、呻きやがって。車のトラウマで弱っちまったか?」

「それも少しはあるんですが」と言いながら、僕は、北山由衣人を見た。

「どうかしましたか？」

「いえ、せつみやこさんに聞いたんです。海と山の対立の」檜山景虎が頭から離れない理由はそのせいでもあるだろう。

「あれですか」北山由衣人が苦笑した。「あの人は昔からその話が好きですからね。祖母が山で、母が海だと」

「それ、由衣人さんは信じていないんですか」

「眉唾ではありますよね。いや、祖母と母の仲が悪かったのは確かですけれど。めったに会わなかったというのに、会うとものすごい緊張感が漂ってましたし。嫁と姑の火花バチバチの感じは、すごかったです。父は本当に可哀想でした」彼は、この場にいない父に同情するかのように微笑む。「父を見て、板挟みという言葉の意味を知りました。歩く、板挟みです」

「お祖母《ばあ》さんが山で、お母さん、せつみやこさんが海だったんですよね」と言ってから僕は気づいた。「だったら、由衣人さんは両方の血を受け継いでるってことになりますね？そういうこともあるんですか」

ああ、そのことですか、と北山由衣人がうなずく。専門分野に対する質問を受けたかのようだ。「実は、私の父は、祖母とは血が繋がっていないらしく、ようするに、父は養子だったんですよね。だからこそ、母は父と結婚できたんじゃないでしょうか」

「海と山は結婚できないんですか？」

「母の分析によれば」と北山由衣人は肩をすくめた。「つまり、私は、海か山かで言えば、母の海側の血を引いていることになります」

「同じですね。僕も海なので」冗談めかして言う。

「おいおい」中尊寺敦が口元をゆがめた。「そういう、胡散臭《うさんくさ》い話はせいぜい血液型でやめておいてくれ。何が、同じ海ですね、だ。本気で信じているわけじゃないだろ？　だいたい、仮に、おまえとその警察官が犬猿の仲、海山の仲、だったとしてな、おまえが海側なのか山側なのかはどうやって見分けるんだ。あっちが海って可能性もあるだろ」

喋っている間も、ワゴン車はすいすいと道を進んでいる。これは車ではない、と僕は自分に言い聞かせる。ただの部屋だ。だから怖くない。

車の走行から意識を離すために僕は、中尊寺敦のほうに顔を向けた。目を強調するために指で、瞼の上と下を広げる。「瞳が蒼いと、海なんだそうです」

「瞳が？　何だそれは」

あの家でその話が出た時、中尊寺敦も一緒にいたはずだが、パソコンの中身を解読するのに集中し、聞いていなかったのだろう。

「ほら、見てくださいよ。目が蒼いんです」

僕が見ると北山由衣人も、あっかんべえの仕草をする。「私も目は蒼いです。母譲りで」

仕方ねえな、と中尊寺敦が顔を寄せ、こちらの目を見た。男同士で、見つめ合うような形になり、少々気恥ずかしさもあった。

目を覗き込む目が、見える。

合わせ鏡の如く、目の中の目の中の目が、と続くように思った。

さほど蒼くないじゃねえか、と吐き捨て、中尊寺敦は目を逸らすと想像していたが、予想に反して彼は、なかなか視線を外さなかった。ふざけて嫌がらせでもしているのか、と思うほどだ。

黙ったままじっと睨んでくる。

「どうしたんですか」耐え切れずに僕のほうが、体を動かした。

中尊寺敦は依然として目を見開き、僕を見ている。

「どうしたんですか」ともう一度言うが、彼は答えない。深刻な表情が不気味なものだから、「まさか、自分は山族だった、とか言い出さないですよね」と茶化すようなことを言ってみたが、それでも彼は険しい面持ちのままだ。

自分の顔に変なところでもあるのか、と気になり、手で触れる。

やっと口を開いた中尊寺敦は、北山由衣人に向かって、「悪いが、飲み物が買えるところで停めてくれ。休憩したい」と言った。

「休憩ですか。そんな余裕はないですよ」

「いや、頼む。どこかで停めてくれ」


道路沿いに、パスカマーケットがあり、ワゴン車は、北山由衣人が操作したのだろう、駐車場にすっと入り、停車した。

「おい、水戸、おまえが買ってきてくれ」

「え？」

「飲み物を買ってこいよ」と執事に物を頼むかのように言ってきた。

「別に僕は」と反論しかけたが、「車に乗りっぱなしはつらいだろ」と言われると確かに、外の空気を吸いたいと思った。

北山由衣人は、「リスクが高くなります」と車から降りることに消極的だった。「なるべく早く、安全な場所に入ったほうがいいのは間違いありません」

「ちょっとくらいはいいだろ。この水戸君は、車に乗ってると具合が悪くなる」

「そうなんですか？」

「調べてないのか」中尊寺敦は、どうせそっちで俺たちの身辺調査くらいはしているんだろ、と見透かしているようだった。

「新仙台泉《いずみ》サービスエリア入り口の、事故」北山由衣人はやはり、知っていた。「あとは、新吉祥寺《しんきちじょうじ》での事故も」

「何だよそれは」

「それはあれですよ、五年前の、タクシーにぶつけられた」僕が説明したところで、北山由衣人が、彼の情報も完璧ではないらしく、「水戸さんが運転する車と、タクシーが」と言ったものだから僕は勝ち誇る気持ちになった。「違いますよ、僕は運転できないんで」

「記録には」

「記録はそうかもしれないですが、僕の記憶ではそうじゃありません」

結局、僕は車を降りた。使い走りをさせられることには抵抗がなく、何より僕の普段の仕事も似たようなものだったからだが、やはり外に出て、ひと呼吸置きたかった。

北山由衣人が渡してくれたパスカをポケットに入れ、店舗内に入る。そのカードならば、認証時にダミーの人間になりすませるのだという。中は空いており、ショッピングバッグにパックジュースやパックフードを入れた後でレジに向かった。トレイにバッグを載せると、会計は済むが、そこで店内に映し出されているホロビジョンが目に入る。ニュースが流れていた。

報道ドローンから撮影したのだろうか、上からの映像だった。

国道が映っている。トラックやバスを横に並べ、バリケードが作られ、何台もの車が立ち往生していた。ほどなく、どこからか木材や鉄棒、それこそ斧などの刃物を持った人間が現れて、止まった車に次々と群がる。車内から運転手を引きずり出したかと思えば、一斉に襲い掛かっていた。

野蛮な攻撃者たちのいる光景は、今現在、この日本で起きているものとは思いがたかった。車に乗っていた人間が大勢に担がれて、捕えられた獲物の如く、運ばれていく様子も映っている。

パスカマーケット内にいる、数人の客がやはり、茫然とその画面を見ていた。

さらにぱっと画面が切り替わったかと思うと、中尊寺敦の顔が表示される。この暴動を扇動するメッセージをネット上に流す首謀者、といった説明がある。胃がきゅっと締まるような緊張感に襲われた。

やはり、このでまかせが真実としてまかり通っている。

こんなことが許されるんですか？　誰彼構わず、聞いて回りたくなるのをこらえた。

それから次に、どこかで見た車が表示される。はっと店の外を見た。今まさに僕たちが乗ってきた、北山由衣人のグレーのワゴン車に他ならなかった。

ばれているのだ。

北山由衣人は安全だと言っていたが、敵は、ウェレカセリはそのさらに上を行くということだろうか？

慌てて店から飛び出し、車の中に戻ると、「あ、あの」と言う。焦燥感と恐怖で、声が喉からなかなか出ない。パスカマーケットを指差すが、その指も震えた。

まずいです、この車もばれています。

そう言いたかったが、言葉を発することができない。空気を吸い込むばかりだ。

ただ、こちらが状況を伝えていないにもかかわらず、中尊寺敦が深刻な顔つきになっていることには違和感を覚えた。

車が動きはじめ、車道にまた出る。

北山由衣人の姿がないことに気づいた。

「あいつは前の席だ。運転はしてないけどな、今、調べものをしてもらっていた」エアパネルで仕切られた前方を指差す。

「あの、今、お店のニュースで」

「いいか、水戸、落ち着いて聞け」

僕の発声に、彼の声が重なった。落ち着いて聞いてください、とはこっちの台詞だった。落ち着いて聞いてください、この車はすでにばれています、と伝えたかった。

中尊寺敦は構わず、続ける。「いい知らせと悪い知らせが」と、使い古された表現を口にしかけてから、「違う」と言い直した。「そこそこいい知らせと、おまえの人生にとってショッキングな知らせがある。どっちから言えばいい」

彼なりの冗談かと思ったが、あまりに真面目な顔つきなものだから、戸惑ってしまう。そこそこいい知らせ？　僕の人生にとってショッキングな知らせ？

どちらから、と言われても答えられなかった。いや、「人生にとってショッキングな知らせ」が気になって仕方がない。

彼は、「まずは、そこそこいい知らせだ」と話しはじめる。そちらは簡潔だった。「ウェレカセリを止める方法が、まだ残っているかもしれない」

「え」

「可能性はゼロではない、といったところだが」

「どうやってですか」

「寺島のプログラムを使う」

「でも、消えちゃいましたよね？　そのプログラム」無残に壊れたパソコンを思い出す。

「まだ、残っているかもしれない」

「残って？　どこにですか」

かもしれない、という言い方も気になる。中尊寺敦は息を吸って、少し黙った。

「話したのを覚えてるか？　俺が昔、寺島テラオとやっていた研究のこと」

「人工知能の、でしたっけ」

「その準備みたいなもんだな。人工知能に必要なのは情報だ。莫大な情報を食べて、がんがん太って、人工知能君が賢くなっていくわけだ」

「それ、具体的には何をしたんですか」人をカメラ代わりにしたとは聞いたが、さすがにカメラそのものにしたわけではなかったはずだ。

「人をカメラに」

「比喩ですよね?」

中尊寺敦は一瞬、言葉に詰まるような間を見せた後で、「比喩ではない」とあっさりと否定した。

「人間の目にカメラを埋め込んだんだ」

「え?」そんなことが可能なのか、というよりも、許されるのか、という思いが湧く。

「その人間が行動する限り、さまざまな映像がログとして残る。俺たちはその仕組みを作る研究をしていた」

「待ってください、それって」

「何だよ」

「人道的にどうなんですか」

「どういう意味だ」

「いくら同意を得ていたとしても、その人の見た物を全部記録しておくなんて、常識で考えて、ひどいですよ。被験者のプライバシーがないがしろにされすぎです」

「いいか、最短距離で、要点だけ言うぞ」中尊寺敦が声を強くした。

「何をですか」

「あのせつみやこの家で、おまえはパソコンの画面を見たはずだ。ウェレカセリの自壊コードをな」

「僕が？　そりゃ見ましたけれど」たくさんの文字列が表示されていたのは覗いた。「まさか、僕が暗記しているはずだ、とか言わないですよね？」

あんなにたくさんの量を、あんなに短い時間で覚えられるわけがない。

「暗記できたとは思わない。だけど、もしおまえが一瞬でも見たのなら、ログは残ってる」

「ログ？」

「おまえの右目には、カメラが埋め込まれている」

「え」

頭が空っぽになった。カメラ？

中尊寺敦が眉をひそめているのは、困っているのではなく、罪の意識からだとようやく気づきはじめる。

「何ですかそれ」

「おまえの右目には」

「何ですか」僕は理解できない。

「だから見た内容は全部、データとして保存されているはずだ」

目の前の男は何を言っているのか、と茫然としている。

僕はまだ、返事ができない。

「今、おまえが言っただろ。いくら被験者の同意を得ていたとしても、カメラを埋め込むなんてひどい、とな。違うんだよ。同意は取っていなかった」

「あの」やっと声が出る。「あの、中尊寺さん」

「大きな手術が必要な人間が、契約中の病院に運び込まれてきたから、カメラを埋め込んだ。そういうこともあのプロジェクトでは、行われていた。さっき、おまえの蒼い目を見た時に、気づいた。おまえは子供のころの交通事故で、手術されている。そのタイミングで、カメラを埋め込まれたんだろう」

「何言ってるんですか」

「今、おまえが買い物に行っている間に、あいつに、北山由衣人に調べてもらったんだ。俺たちの研究の被験者データと、そのログの保管場所を」

僕は、手で自分の右目を覆っていた。

「今からその場所に行く。で、おまえが見たはずの、プログラムコードを手に入れる」

車が急停止したのは、その時だった。運転席とこちらを仕切るエアパネルが透明になり、前の席にいる北山由衣人が見えた。こちらを振り返り、「前を塞がれています」と言う。

フロントガラスの向こう側に、防壁を作るみたいに、何台もの車が停まっていた。

おまえは被験者の一人だったんだ。申し訳ない。

中尊寺敦の言葉は、とてつもなく遠くから聞こえてくるかのようだった。


天秤の釣り合いを取るのはやはり難しいです。

その声が頭に残っている。水戸直正の恋人、日向恭子の言葉だ。そもそも彼女は、本当にあの男の恋人なのだろうか。

落ち着き払い、すべてを見渡すような顔つきで、おまけに自らを、審判のようなものだ、と紹介した。何の試合の審判なのか。

「檜山、ちょうど良かった。来い」

横から肩を叩かれて、はっとする。見れば、別部署の先輩捜査員だ。無精ひげがトレードマークで、「丁寧に手入れされた無精ひげ」とはもはや語義矛盾ではないかと思いたくなるのはともかく、その無精ひげが似合う。警察学校時代にお世話になって以来だ。

「どうかしたんですか」お久しぶりです、の挨拶を言うタイミングも見つからないほど、彼は強引に俺を引っ張り、連れて行く。

ブックライブラリから捜査本部に戻ったばかりで、新幹線で仙台に行った後もずっと動き続けていたため、そろそろ一度休憩が必要で、先輩からも、「夜シフトの後、ほとんど寝てないだろ。目が赤い。仮眠してこい」と言われ、まさにその仮眠室へ向かうところだった。

「おまえ、例の水戸って男の知り合いなんだろ」

「ええ、はい」さすがにその情報は、捜査員の中で共有されているらしい。「総合学校時代の」

「知らない仲ではないってことだな。今、空いてるか？」

仮眠を取りたくて、とは言い出せなかった。「進展あったんですか」

「さっきな、一般人から連絡があった。中尊寺と水戸が乗っていると思しきワゴン車が目撃されている」

「どのあたりで」

「新八王子から東に向かっているらしくてな。その少し前に、八王子の民家で中尊寺敦たちが目撃されていたから信憑性《しんぴょうせい》は高い」

「絵本作家の家でしたっけ。捜査員が向かったんですよね。どうなったんですか」

「やられた」無精ひげの先輩は顔の半分をゆがめた。

「やられた？」

「二人病院送り。まあ、大した怪我じゃなかったんだけどな、すごいもんだよ、ちょうど動けなくされて」

「ちょうど動けなく？」

「関節を外されたのと、あとは、顎を打たれて失神だ。意識が朦朧《もうろう》としているんだろうな、そいつらは婆さんにやられたと思ってるらしい」先輩が笑う。

「おばあさんですか」

「その絵本作家だよ。そんなに手ごわい婆さんがいるなら、スカウトするっての」

「ですよね」絵本を書かせている場合ではない。

襲ってくる眠気を振り払いながら通路を進み、いつの間にか外に出ており、気づいた時には、捜査員用の車両の後部座席に乗っていた。疲れてはいた。体のあちこちが重く、何より頭に鈍い痛みを覚える。ただ、従うほかない。従う？　何にだ？　先輩の命令？　違う、もっと大きなものにだ。

先輩は先ほど、「ちょうど良かった」と呼びかけてきた。つまり本当にたまたま、俺が通りかかっただけなのだろう。

偶然以外の力があったように感じてしまう。日向恭子の話を聞いたからか。

いくら避けようとしたところで、俺は引き寄せられる。あの水戸直正のところにだ。

車は高速道路を進んでいる。もともとかなりの速度を出していたが、少しするともう一段階、速くなった。緊急時のサイレンを鳴らしている。

「お」隣にいる先輩が、「どうやら捕まったぞ」と言ってきた。捜査用パスカを見ている。俺のところには通知が来ていなかったから、もう少し上の権限のところにだけ連絡があったのか。

「逮捕されたわけですか？」水戸がついに。

「逮捕はまだだ。ニュースで流れている情報から、親切な一般人が見つけて、足止めしてくれているんだと」

「ワゴン車を？」

「管轄署の刑事が駆けつけるまで時間を稼いでほしい、と頼んだところ、頑張ってくれたんだな。強引に道を塞いだようだ。ありがたいもんだ、善良な市民は」

それはそれで犯罪行為ではないか、と俺は言いかけた。規則を守るために別の規則を破っては本末転倒ではないか、と。ただ、俺が言ったところで嫌な顔をされるだけだ。「あの男、そんなに危険なんですか？」

先輩がちらと、少し小馬鹿にしたような顔を向けてきた。「知り合いだけに信じられないだろうが」

「そういうわけではないんです」俺は思わず、強い語調で答えていた。あの、水戸直正を擁護する気持ちは微塵《みじん》もない。旧友を庇《かば》っていると勘違いされることは心外、心外を超えて屈辱だった。「むしろ、そんな器ではないかと」

「月日は人間を変えるし、自分の器の大きさを知らずに、はみ出すことをやる人間も多いんだよ」

無精ひげの先輩の、さも気の利いた台詞を吐くかのような言葉を聞き流す。走行する車によって湧き上がる恐怖を必死に抑えていた。目を閉じ、寝てしまいたかった。睡魔はごく近くをうろうろしているのだから、招き入れればすぐ眠れるだろうが、先輩に叱責される可能性はあった。

目は開けながらにして、意識は遠くにあった。脳に蓋する気持ちで、俺はただ揺られている。

「おい、寝てるんじゃないだろうな」横から言われ、到着に気づいた。

眠っていたのかもしれない。肉体には限界がある。疲労や眠気を根性や気合い、集中力でやり過ごすことは難しい。睡魔が背中から、抱きかかえてくるのが分かる。そろそろ限界だ、と思いながら俺は、先輩に押されるがままに車両から降りた。

想像以上の、ものものしい状況だった。国道の片側、中央分離帯よりも向こう側、東京方面行きの三車線に何台もの車が並び、バリケードのようになっている。大勢の人が取り囲んでもいた。

「一般の方々のご協力に感謝」無精ひげ先輩は小さく笑う。

「驚くくらい協力的ですね」

「中尊寺敦たちの身柄を確保した者、もしくは、警察に引き渡した者には、報奨金が出る」

「そうなんですか?」

「という噂がネット上に流れているらしい」

「誰が流したんですか」俺は反射的に言ったが、海の水を掬《すく》って、「これはどこの川の上流から来たんですか」と質問するようなものだとは分かっている。ネット上の情報の源流など、辿れるわけがない。

「東京の西と東で、いがみ合いが起きてるって話もあるだろ。たぶん、ちょうどこのあたりがその、東西の境目なんだろうな」

「だったらどうなんですか」

「この辺の奴らはぴりぴりしてるってことだよ。どんな争いでも、緊張感があるのは、境界線だ。過度の緊張は、人間を派手に動かす。ワゴン車を見つけて、道を塞げ、と誰かが言い出したらお祭り騒ぎでみなが参加した。そんなところじゃねえかな。報奨金のデマは、それを少し後押ししただけだ」

俺たちは信号の切り替わりで、対向車線側に移動すると、パスカを掲げ、警察であることを伝えながら人だかりを掻き分けた。車と車の隙間を進んでいく。

すでに到着済みの捜査員が数人いて、銃を構えていた。銃口の先には、グレーのワゴン車両が停車している。

無精ひげ先輩が、「どうだ」と声をかけると制服姿の一人が、「私たちも、さっき着きまして」と説明してくる。「あの車が動かないように大勢で囲んでいたので、それを後ろへ下がらせたところです」

グレーのワゴン車に動きはない。警戒し、じっと体を静止させた動物のようだ。猛獣なのか、草食動物なのか。どちらにせよ、急に反撃してくる可能性はある。

「車両情報は出たのか？」

「それが、よく分からないみたいで」

よく分からないとはどういう意味か、と俺は手元のパスカを取り出し、捜査班内で共有されているデータベースを表示させる。各捜査員の入手した情報が管理されており、権限内で許諾されたものであれば、閲覧ができる。

グレーのワゴン車両のデータは確かに存在していた。盗難記録はなく、所有者は都内の博物館、つまり一般人の車とは違った。ただ、博物館への照会によれば、ワゴン車両に心当たりがないようだ。

「もしかすると面倒な車かもしれねえな」

「面倒?」

「それなりの組織が偽装登録した車の可能性がある」

組織と言われても、ぴんと来ない。犯罪グループなのだろうか?

その場にいる捜査員は、俺と先輩を入れて五人ほどだった。パスカの、各捜査員の位置情報マップによれば、大半の警察車両が今、向かっているところだ。

「どうしましょうか」俺が訊ねると先輩は、「昔ながらのやり方しかねえんだよな」と後ろに向かって歩き出した。

どうするのかと思えば、背後に停車していた別の警察車両のドアを開けた。走行させるためではなく、車内電子機器を使うためなのだろう、エンジンをかけた。スティックマイクを持ってくると、前方のワゴン車両に向かって喋り出す。

「早く出てこい。包囲されている」と二度繰り返した。

マイクをオフにした後で、「ずっとあのままか。状況は」と訊ねると、前にいた捜査員から「私たちが到着してからは」と返事があった。「十分くらいですか」

こちらの状況は、複数の捜査員のかけたグラスから捜査本部に届いている。耳に差したインターカムから、「出てこないようだったら、ワゴンへの発砲を許可する」と本部からの指示が聞こえた。

それを受け、無精ひげ先輩がマイクを使う。「十数える。出てこなければ、発砲することになる」

淡々とカウントダウンを口にする先輩だったが、それが残り三、といったあたりで、ワゴン車のドアが動いた。後ろから野次馬たち、善良なる一般人と呼ぶべきだろうか、彼らの声がざわざわと湧いた。

銃を構えた捜査員の体が強張るのが分かる。

中から出てきたのは、二人だ。

一人は、見知らぬ男、少しふっくらとした顔立ちの中年男性で背広を着ている。両手を挙げ、ぼんやりとした面持ちだった。本部ではさっそく顔のスキャンを行い、住民登録データベースに検索をかけているはずだ。後ろからゆっくりと降りてきたのが水戸であるのは、全身や顔が見える前に分かった。照会は不要だ。心臓を、どん、と小突かれるような感覚に襲われた。

どれほど注意深く、距離を取っているつもりでも否応なく、出会ってしまう者たちもいます。

日向恭子の言葉が頭の中で響く。どんなに離れようとしても、水戸はついてくる。

「中尊寺敦は降りてこないのか」インターカムから確認が来る。

それを受けてか先輩はマイクを使い、「中尊寺敦は降りてこないのか」と問い質した。

前方で、降参の姿勢で立つだけの二人からは返事がない。

「そのまま前へ歩いてこい。ゆっくりとだ」

指示は聞こえているらしく、水戸直正ともう一人の小太り男性は恐る恐るといった様子で前に歩み出てきた。

「そこで止まれ」

あとは中尊寺敦が出てきたタイミングで、捜査員が取り押さえる形になるのだろう。今の時点では、車内の様子が把握できないため、危険だ。フライカメラを飛ばして、車の隙間から進入させ、中を映す手もあったが、準備する時間がない。

「発砲を許可する」インターカムからのその指示には驚かなかった。この状況で彼らが抵抗したり、危険な行動に出ることは想定でき、その際に威嚇や自衛のために銃を使う必要はある。ただ、その後すぐに、先輩が近くに来て、俺に顔を寄せると、「檜山、水戸を撃て」と言ってきたのは予想外だった。

「え」と聞き返している。

「今、上から指示が出た。水戸直正については即刻、射殺しろ、と。さもないと、甚大な被害が出る可能性があるんだと」

「射殺？」

「発砲許可ではない。これは指示、命令だ」

俺のインターカムからはその指示は聞こえてこなかったことを考えると、これは先輩に直接、伝えられたのかもしれない。

「どうして私なんですか」先輩や上司に、反発口調で質問することは御法度《ごはっと》だ。にもかかわらず、言わずにはいられなかったのだが、当の先輩は特に気にした様子はなく、「おまえだけじゃない。ほかの奴らにも指示を出すところだ」と言う。何をムキになっているのだ、と鼻で笑う気配もあった。「別に、わざわざ同級生に射殺させたいってわけでもない」

「いえ、別にそれは」

気後れしていると思われたくなかったからか、俺は拳銃を取り出した。拳銃を構え、改めて水戸直正を見る。

表情ははっきり把握できない。視界には入っており、目の焦点は合っているはずだが、頭が受け入れられずに、ぼかしているかのようだ。

撃て。水戸直正を射殺しろ。その声が耳の奥で響く。

乱暴で直接的な指示に戸惑ったが、すぐに、これは自分の声ではないか？　と感じる。

銃を握る手に力がこもっている。

撃たなくてはいけない、という思いとともに、うっすらと疑問も重なる。水戸直正は緊急で射殺しなくてはならないほどの、危険人物なのか？

捜査本部では、水戸直正は巻き込まれただけ、という考えが大勢ではなかったのか。

誰が出しているのだ、この指示を。

撃て。

規則を守るのならば、撃たなくてはならない。けれど、もっと大きな規則から逸脱するようにも思えた。

引き金に指をかけたところで、後ろで爆発が起きた。爆発ではなく音、大音量の音楽、と気づくのは少ししてからだ。背後で噴火が、見えない噴火が起きたかのようだ。

体が跳ね、両肩が持ち上がる。直後、固まった。反射的に、引き金を引かなかったのはたまたまだっただろうか。いったい何事かと振り返るのに数秒かかった。

耳を塞ぎながら、いったいどこから音楽が流れているのか、と思えば、警察車両だった。先ほど、無精ひげ先輩がマイクを使うために、電子装置をオンにしたが、そのステレオから音楽が流れている。そこだけではない。バリケードがわりに駐められた車の何台かから、同じように、同じ曲が流れているのだ。再生装置の最大音量で曲が流れている。

何が起きているのか。

タイヤが鳴る音がしたため、前に向き直れば、水戸直正たちのワゴン車が中央分離帯を乗り越え、対向車線に移動し、発進しているところだった。後ろの音楽にみなが気を取られている隙を突かれた。

先輩が舌打ちをしている。手で耳を押さえながら、くそ、と洩らした。「γモコかよ。好きな曲なんだけどな」と吐き捨てる。

ぎりぎりだった、と中尊寺敦は僕の隣で言った。膝の上には、タブレットパソコンが置かれている。

治安維持に目覚めた一般の方たちが車を並べ、道が塞がれていることにおろおろしているうちに、警察車両のサイレンが近づいてきたのは十分ほど前だ。そうしたところ彼は、「時間を稼げ。その間にどうにかしてみる」と言った。北山由衣人に、「通信できるパソコンはあるか」と訊ね、タブレット型のをひったくるとすぐさま指を動かしたのだ。

「どうするつもりですか」と訊ねたのは北山由衣人だった。

「みんなの注意を逸らす。その隙に、Uターンして逃げるぞ」

警察から、「降りないと発砲する」と脅され、僕と北山由衣人が降車した時も、「もう少しだ。時間を稼いでくれ。それに大音量で鳴るから、覚悟しておいてくれよ。チャンスはほんのわずかだしな。相手がパニックになった一瞬、その時だけだ。すぐに車に戻ってこい。発進させる」と言った。

そしてその通りのことが起きた。

銃口を向けられる中、どうにか足を踏ん張り立っていると、爆発するかのような、大きな音量で音楽が流れたのだ。びくっと体が震え、竦んでしまうが、北山由衣人が、「早く!」と鋭く言うのを合図に、車に飛び乗る。

運転席に座る中尊寺敦が乱暴に車を発進させた。強引なUターンは、自動走行では到底無理で、衝突物を知らせるブザーがしつこく鳴ったがそれも無視し、対向車線に飛び出す。北山由衣人は一度、後ろに倒れかけた後ですぐに起き上がり、「代わります」と運転席のほうへ、座席を跨ぐようにして移動した。運転姿勢をゆっくりと崩しながら、それでもここで事故が起きたら一巻の終わりなのは間違いないため、かなり神経質にバトンの受け渡しならぬ、ハンドルとアクセルの受け渡しをしたに違いない。中尊寺敦は後部座席に戻ってくると、ほっとしたように息を吐き出した。

「あの音楽は」

「知らないのか?　♪モコの」

「いえ、どうやって」

「車のステレオシステムに侵入したんだよ。どんなシステムもネットワークで繋がっている。企業のサーバと違って、カーステレオなんてのはさほど警戒されていないからな。電源さえ入っていれば、つなげて、いじくれる。あのへんの、電源入ってるシステムに片端から細工した。♪モコの曲なら、余裕で引っ張ってこられるしな」

引っ張ってこられる、の意味合いが理解できなかったところ、「言わなかったか。昔、

γモコの作品を無料で楽しめるサイトを作ったことがあるんだよ」と彼は言う。

「公式の？」

「なわけないだろ」

駄目じゃないですか、と僕は言いたくなる。

「そういうのは難しいことじゃない。思えば、大学にいた時は、研究の合間にそんなことばかりやってた。寺島は寺島で、γモコのライブプログラムを独自に作ったりな」

ライブ中に、音楽に合わせて展開する映像プログラムのことだ。ジュロクというジャンルと、ライブプログラムは分けて語ることができないが、γモコはそのライブプログラムの独創性でも有名だった。

ワゴン車が激しく揺れた。そのままひっくり返るかと感じるほどで、途端に僕は、自分が走行中の車の中にいることを実感し、母の、「あら、割り込んできた」の声が遠くで聞こえかけた。

緊急車両のサイレンが聞こえる。

「どこかで乗り換えないと、まずいです」運転席の北山由衣人が、振り返って言ってくる。

「当てはあるのか？」

北山由衣人は特別な機関に勤めている。であれば、乗り換え用の別車両も手配できるかもしれない、と僕も期待した。けれど彼は、残念そうに首を左右に振り、「今回は、独断で動いているだけに限界がありまして」と言う。そして車に搭載されたナビゲーションシステムを指で触りながら、「大きな交差点は封鎖されているので、細道へ逸れます。そこまでは役に立てるかもしれませんが、あとは、この車から降りたほうがいいかと。もう少し行ったところに、バスの停留所があります。そこからなら、例のデータセンターに着きますので」と言う。

「データセンター」僕は深い意味もなく、その言葉を繰り返した。

目の前の中尊寺敦が息を吐くので、視線を上げると、彼は目を逸らした。その意味に気づき、僕ははっと、自分の右目を手で押さえる。

おまえの目には、カメラが埋め込まれている。

中尊寺敦はそう言ったのだ。あの子供の頃の事故の後、手術のどさくさで、目にカメラが付けられた。

承諾もなしに。ログを取るために。

僕が見たものが全て、記録されている。

実感が湧かなかった。

たちの悪い冗談としか思えなかったものの、中尊寺敦はあまりにも真顔だ。

「データセンターは、民間のデータを長期保管するための施設だ。おまえの目のカメラのログもそこに」

その瞬間、頭の中が光り、熱くなった。

僕は、中尊寺敦に飛び掛かっていた。

彼の抱えていたタブレット端末が後ろに転がる。僕は両手を伸ばし、襟首をつかんでいる。中尊寺敦はのけぞる。やめろ、だとか、おい、だとか何か呻くように苦しい声を出した。何てことをしてくれたんだ。

相手の首元を絞めるのを、止められない。

見たもののログが取られている？　そんなことがあるのか？　許されるのか？　プライバシーはどこにあるのだ。

「水戸さん、やめてください」北山由衣人が運転席側からこちらに出てきて、僕を引き剝がした。

自動走行に戻っているのか。いつの間にか、国道から外れていたようだった。信号は赤で、車は停車している。

中尊寺敦は喉を触り、げほげほと顔を歪めたが、僕を罵ったり、怒ったりはしなかった。さらに、「悪かった」と言った。

謝られたところで。

血が頭に昇る。視界が崩れる。

右腕を強くつかまれた。

「やめておけ」と中尊寺敦が言う。いったい何のことかと思った。僕が、自分の右目を手でつかもうとしていたのだ、とは遅れて分かる。

こんなもの、と引きずり出して、潰したかった。

中尊寺敦の手に込められた強い力が、僕の目に施された仕掛けが本物であることを証明している。

叫び声を上げかけた。それを止めたのは、北山由衣人の、「着きます。すぐにバスが来るので、乗ってください」という声だ。

バスにどうやって乗ったのか。北山由衣人にほとんど引きずられる形で到着したばかりの都営バスに乗る間、僕は自分の体の輪郭がぼんやりとし、視界や思考のすべてに膜がかかったかのようだった。突発的な興奮から醒《さ》め、今度はぼうっとしている。

バスは空《す》いており、僕たちは後方の二人掛けシートに並んで座った。通路を挟んで左隣には、ワイヤレスヘッドフォンで音楽を聴く高齢の男が、座ったまま体を揺すっている。最近流行のダンス英会話でも聴いているのか。

「今」落ち着きを取り戻したというよりも、自分を落ち着かせるために、僕は声を出す。

「今、こうして見てるものも、全部、録られてるわけですか」

自分の目、そのカメラを通じ、どこかにその映像が発信されているなど、受け入れられるわけがなかった。私生活のすべてを自ら、世界中に暴露しているかのような感覚に襲われ、あまりの無防備さに鳥肌が立つ。

「ネット上に公開されて、誰もかれもが閲覧しているような状況ではない。あくまでもログだ。ログなんてのは残してはいても、実際に見る奴なんてほとんどいない。何かをチェックする時だけだ」

中尊寺敦は前を向いたまま、バスの運転席の背中側に表示される、立体ディスプレイに目をやりながら、言った。

「そんな気休め」「まあ、気休めにしかならないだろうけどな」

僕と中尊寺敦の言葉はほとんど同時だ。

目を閉じる。

考えるべきことが多すぎた。どうしてこんなことに。ウェレカセリをどうにかしないと。カメラが目に？　撃たれるところだった。さまざまな思いが、幾方向にも伸びる分類できない感情とともに、頭の中をぐるぐる走り回る。その渦に巻き込まれ、途方に暮れる僕がいる。

中尊寺敦はほとんど喋らなかった。

バス内には防犯カメラとともに、パスカ情報を自動で読み取る端末が設置されているはずだが、中尊寺敦の持つジャマーのおかげだろう、正体を察知された気配はない。

中尊寺敦は目を閉じ、寝息を立てていた。何を暢気に。呆れていたが、僕も同じように寝ていたのは起こされた時に分かった。

揺すられ、「次で降りるぞ」と中尊寺敦に言われる。停留所で降りた後、僕は寝起きのせいか、頭に痛みを覚えながら、「あの」と言っていた。

「何だ」

「眠っている間の夢は、さすがに僕だけのものですよね」カメラで記録されることもないだろう。

中尊寺敦が舌打ちしたのは、面倒臭かったからなのか、それとも後ろめたさからなのか。

「おまえの見たものは、どんなものであれ、おまえのものだ。それは間違いない」と彼は、静かながらしっかりとした口ぶりで言い切った。

データセンターは巨大な集合住宅のような建物だった。中尊寺敦の説明によれば、数十年前まではマンションだったのを、全面的に改築したらしい。

ヒナタさんの働くブックライブラリを思い出したが、あちらが公的な施設であるのに比べ、こちらは民間経営だというから、似て非なるものではあるのだろう。

「こんな風に堂々と来て、平気なんですか?」

正面入り口を目指して歩きながら、僕は不安になる。

「堂々も何も、俺たちがここに用事があるとは、警察も知らないからな。警戒はしていねえよ」

「ここって、誰でも利用できるんですか?」

「法人契約が主だ。あとは、俺たちの時みたいに大学だとか、そういう公的なところだ」

契約により端末を割り振られ、その端末内のハードディスクを好きなように使える。サーバ機能を持たせたり、複雑なプログラムを設定することはできないが、データは相当な容量を保存できるという。「置き場に困ったデータを預かってもらうトランクルームみたいなもんだよ。現在進行形のプロジェクトなら、ネット経由で簡単に閲覧できるんだろうけどな、俺たちのは」

「頓挫した計画ですからね」そのくせ、後始末をしていないものだから、僕のログは残り続けている。

「直接、端末のコンソールからコマンド打たないと、たぶん、データが見られない」

言っている意味は分からなかったが、とにかくデータの溜まった端末を直接、操作するつもりなのだとは理解できる。

データを扱う施設だけあって、入り口はセキュリティ設備が整っており、いくつかのセンサーを通り抜ける必要があったのだが、僕たちは苦労なく、入れた。

北山由衣人が事前にセンターへ連絡を入れておいてくれたのも効いた。中尊寺敦たちが過去に携わった研究所の名前を調べ、そこの責任者に成りすまし、データ閲覧に僕たちが来ることを予告しておいてくれたのだ。

「このカードを持って、エレベーターで五階に」とあっさりと通してもらえた。

新しい建物ではなかったが、人の出入りが少ないせいか通路も綺麗で、歩くたびに進行方向の床が光る仕組みも、スムーズに機能していた。渡されたカードの情報により、経路を案内してくれるシステムなのだ。

中尊寺敦は無言だったから、当然、僕も何も話さなかった。たぶん彼は、ウェレカセリを自壊させるコードについて考えていたのだろうし、僕は僕で、当然ながら自分の目のことを考えていた。

どこも見たくなかったが、見ずには歩けない。

エレベーターをいつ降りたのかも分からず、足元の感触もなくなっており、気づけば部屋の中にいた。壁自体が薄いパネル型ハードディスクになっているようだ。

「被験者の数は」中尊寺敦は言った後で人数らしき数字を口にしたが、僕の耳には入ってこない。「そのログが人数分、あれ以降ずっとここに蓄積されているけどな、ここ一部屋あれば、余裕はある」

接続された小さなタブレットを引っ張り出し、正座の姿勢で操作しはじめた。

僕はただ茫然と立ち、四方の壁を眺めるほかなかった。

ここに？

ここに僕の観たものが保管されている？

それを言うなら、今この部屋を見ている映像自体も、ここに保管されているのだ。不思議な感覚に襲われ、そのことが余計に僕に眩暈《めまい》を起こさせる。

がたっと壁に触る。倒れ掛かっていたのだ。

「大丈夫か」端末から目を離さず、中尊寺敦は言ってきた。

返事もできない。ふらふらと中尊寺敦に近づき、その触っている画面を後ろから眺めていた。

「さっきのあの絵本作家の家での映像を探すぞ」と彼は説明してきた。「おまえが見たコードを映す」

「これ、本当なんですか？」と言ったのは、疑っていたというよりも、自分を落ち着かせるためだったが、中尊寺敦は依然として僕が半信半疑だと思ったからか、研究者が自らの研究成果に疑念を抱かれて意地になった様子で、「どれも、見覚えのある映像のはずだ」と画面をタッチした。特定の場面を検索するのではなく、ランダムに再生させるのは容易なのだろう。「そっちにも映るぞ」

言われて横の、無造作に置かれたディスプレイに目をやる。

こちらの心構えなど関係なく、映像が表示された。

自分の鼓動が速くなっている。

怖かった。一方で、目が逸らせない。

目の前に机があった。

椅子も、だ。

教室だと分かる。教室の中、同型の机と椅子がいくつも並んでいた。位置からすると、僕はしゃがんでいるのだろうか。

自分の手が前に伸びている。机の中の物を触っていた。僕の視点からの光景が、そこにはあった。

映像が揺れる。

立ち上がったのだろう。視線の先では、教室の前方の出入り口が開いており、人が立っている。画面が揺れたため、瞬間しか見えなかったが、息が一瞬、止まった。

ドアを開けて入ってきたのは、檜山景虎に他ならなかった。学校の制服姿だ。

場面は慌ただしく、動いていた。教室を飛び出し、廊下を走っているのだ。

過去に体験した出来事だとはなかなか受け止められなかったが、次第に、記憶が刺激された。

この場面を知っている。つい最近も思い出したばかりだ。僕が教室に入ろうとしたところ、檜山景虎が僕の机を覗き込んでいた。いったい何を、と訝るのと同時に、彼が逃げるように去った。彼は、持ち物を同級生に奪われ、それを必死に捜していたらしかった。

と思ったところで、僕は困惑する。

今の映像は、僕の目から見たものだ。教室に入ってきた檜山景虎と、そこから立ち去る自分が映っていたではないか。

逆だ。

僕の記憶によれば、机の中を覗き込んでいたのが檜山景虎だったはずだ。教室に来た僕を見て、彼がみっともないくらいに狼狽し、逃げたのだ。

「これ違います」僕はそう言った。あまりにも必死の声だったために、自分で驚く。「違う？」中尊寺敦が顔を上げた。「何が」

これは自分が知っている場面とは異なっている。まったく違うというよりは、役柄を交換したかのように、逆転しているのだ、と説明した。

中尊寺敦は冷静だった。冷淡だったと言ってもいい。僕をちらと見ると、「間違っているのはたぶん、おまえだ」と言い切った。

僕の表情はたぶん、かなり強張っていたはずだ。自分でも、彼を睨みつけている感覚はあった。

間違っている？　「だって、実際に見たのは僕自身ですよ」

その僕が言っているのだから、間違いも何もない。

「記憶はだいたい歪む」中尊寺敦は静かに言った。

「歪む？」

「記憶なんてものは不正確この上ないんだよ。感情を伴えば、それに応じて、修整される。思い出すたびに、加工される。それに比べて、カメラでの録画は純然たる事実の記録だ。間違えようがない」

「だけど」

「考えてみろ。誰かの記憶と、映像記録が食い違っていたら、どっちを信用する？」

それはもちろん、と僕は答えかける。人の記憶は信用できない。

だけど自分の記憶なら。

「人は、自分にとってつらい経験や、なかったことにしたい出来事は、自然と修整するもんだ。俺にだってそういうことはある。だから、おまえのその記憶も」

自分が捏造したというのか。

誰もいなくなった教室で、机の中を覗き込む僕と、その現場に現れた僕、二つのうち片方は偽者だ。

足に力が入らない。体が折れ、その場に座り込んでしまいそうになる。

しっかりしろ。そう言ってくれたのは中尊寺敦だったのか、僕自身だったのか。

総合学校時代の記憶が、頭の中に弾《はじ》ける。街中で、恋人らしき女を連れている檜山景虎と遭遇したことや、卒業間近の屋上の対話、もしかするとそれらがすべて、記憶が誤っているということはないだろうか。

「おまえが水戸直正か」

総合学校に転校してきた檜山景虎に、侮辱とも憎悪ともつかない、暗い感情とともに、そう言われたのを思い出す。本当にそうなのか？

おまえが檜山か。

むっとした声で言ったのは、僕のほうではなかったか。

僕は髪の毛をこすっている。脳の中から記憶を両手で引っ張り出して、ミニチュア模型の出来を確認するかのごとく、詳細を確認したくなった。ゆがみやひずみがあるのか。あるとしたらどうして？

あの、中尊寺さん。僕は縋る思いで呼びかけたかったが、声が出ない。

自分の記憶を信じられないのなら、どうしたらいいのか。

僕は本当に水戸直正なのか？　ここにいるのは僕なのか。今までの僕は、僕が、今までこう生きてきたと知っている僕は、実際は違っているのか。

その間も中尊寺敦はパネルを眺めながら、映像検索の経過を見ていた。

急に、視界が明るくなった。オレンジ色に、染まる。

はじめは、画面に映る映像、つまり僕の見た景色のログだと思った。

違った。頭の中だ。自分の記憶が、暴走したビデオよろしく、流れ出したのだ。

座席があった。

僕の前には、運転席と助手席の背もたれがあって、その隙間から前方が見えた。横のガラスには流れていく景色が、過ぎていく道路のフェンスがあった。

高速道路だ。あの事故だ。

お気に入りの絵本を膝の上で開いていた。

まただ。あの時の、恐ろしい状況が蘇る。

母が、「あら、割り込んできた」と言う。と思ったがそうはならない。

絵本を投げていた。僕が、だ。隣の姉に対してふざけていたのかもしれないが、手から本が飛び、父の手に当たり、跳ね返る。音が鳴った。車の操作パネルが反応した。コンピューターの声が、「解除します」と告げる。何を解除するのか。

運転席の父が泡を食ったように、何かを叫び、ハンドルにしがみつく。

目を見開いた僕を中心に、車が回転をはじめる。

悲鳴を上げかけたところで、データセンターの室内に、意識が戻った。

手が震えていた。手だけではない。体全体が、だ。中尊寺敦に、「あの」と声をかけようとしたら、顎が振動し、喋れなくなった。

「あったぞ」中尊寺敦が立ち上がった。

彼は、僕の狼狽に気づいていない。それどころではない、と僕は叫びかけた。中尊寺敦は構うことなく、「映像を見つけた」とパネルをこちらに向けた。

画面の中に、ディスプレイ画面が表示されているのが、目に飛び込んできた。

せつみやこさんの自宅で、僕が目にした内容だ。ソースコードがぎっしりと並んでいる。

中尊寺敦はそれを、自らのパスカで撮影した。再生したと思えば、すぐに停止し、また撮っている。

「よし、出るぞ」中尊寺敦が部屋を出て行こうとする。反射的に僕は後を追うが、足がもつれて転びかけた。踏ん張ろうとしたところでまた、足がもつれる。体中のネジが緩んだかのようで、恐ろしくてならない。

前を行く中尊寺敦に離されないように、必死についていく。頭の整理がついていない。

あの事故は？　あの事故の原因は僕なのか？

データセンターを出ると中尊寺敦は、「とりあえず移動するか」と辺りを見渡した。

はい。

僕は自身の存在に関するショックに朦朧としていたものだから、彼の言葉に抵抗する余裕もない。ずんずんと進んでいく中尊寺敦にただついていく。

いつの間にか、カーゴの中に入っている。

江戸時代あたりまで使われていたらしい駕籠《かご》をモチーフに作られた、移動手段だ。

駕籠は長い棒を二人で担ぎ、その台の部分に乗客が座る形態だが、もちろん実際に人が担ぐような非効率的な仕組みは採用されておらず、人を模したマシンが前後に立ち、まさに人が歩行するかのような速度でゆっくりと前進する。四名まで乗ることができるが、座席部分は小さな個室となっているため、ゆっくりと狭い空間を恋人同士で楽しむこともできれば、密室での相談もできる。目的地までのんびりと向かいながらの会議室として使われることも多いと聞いたことがある。ヒナタさんと利用したことがあるが、人力で担ぐような揺れは新鮮だったものの、一度乗れば十分に感じた。乗るのは、それ以来だ。

「さあ、問題はこれからだな」中尊寺敦は、僕の向かいに腰かけ、パスカに表示されたソースコードを眺めている。ゴールに近づいている高揚感からなのか、それとも研究者魂が疼《うず》くのか、彼の目は輝いている。

問題?

問題も何も、今の僕にはすべてが、自身の存在自体が問題にしか思えない。叫ぶことも頭を掻きむしることもできないほどに、僕の内側では嵐が起きている。

パスカに着信があった。

誰かと思えばヒナタさんで、縋るように耳に当てた。

「水戸君、大丈夫？」

いったいヒナタさんは今どこから連絡をしてきているのか。警察にマークされているのではないか。この電話は安全なのか。

思うところはあったが、僕の口から飛び出したのは、「大丈夫じゃないんだ」という情けない、震えた声だ。

どうしたのか、と彼女は問いかけてはこない。

「もしかすると」ほとんど子供のようだった。「僕のせいかもしれないんだ」

中尊寺敦がちらっと視線を上げた。

「僕の記憶は、事実と全然違うのかもしれない。それが分かった。自分が体験したと思って、疑いもしていなかったことが全部、嘘だったのかもしれなくて」

「嘘？」

「自分の都合の悪いこと、自分だと認めたくないものを全部、捻《ね》じ曲げて記憶していた可能性が」

パスカに齧《かじ》りつき、懺悔《ざんげ》や告解《こっかい》をする思いだった。唇が震え、奥歯が小刻みに音を立てる。

「嘘ではないよ」ヒナタさんはそう言った。

どうして言い切れるのだ。

「現実自体が曖昧なものなんだから。事実が、水戸君の記憶と違っていたとしても、それで全部が否定されるわけではないから。水戸君の記憶通りの世界もあれば、そうじゃない世界もある。どちらが正しくて、どちらが間違いということもないんだよね」

「どちらも正しくないってこと？」

「海側が勝つ歴史もあれば、山側が勝つ世界もある。どっちも両方あるんだよ」

海と山、またその話だ。いったいどこで聞いたのだったか、と思い返せば、せつみやこさんが教えてくれたのだ。どうしてヒナタさんが？

「未来も過去もひとつではなくて、全部一緒に存在しているんだよ。未来で赤ん坊が生まれれば、それは過去の時代でも、同時に生まれている。全部が同時に存在して、繋がってもいる」

おおる、おおる、と奇妙な産声を上げる赤ん坊の声が頭を通り過ぎていく。

「ヒナタさん、何を言ってるのかさっぱり分からない。さっきも言ったけれど、僕のせいだったんだ。あの事故は」

家族を失うことになった自動車事故は、新型ミューズの破滅的なスピンは、僕が原因だった。そうに違いない。檜山景虎の姿が浮かぶ。机のそばでしゃがみ、隠れるようにしているあの男と、それを目撃した僕、もしくは、隠れる僕と、向き合うあの男だ。

全部が逆なのだ。

そのことを僕は理解していた。自分の記憶は加工されている。あのログ映像でそのことを突き付けられた僕は、自分が脳の奥にしまい込んでいた、一番隠したがっていた事実を思い出してしまったのだ。

耳からパスカを離し、両手をばたばたと振っている。自分の記憶を剝がしてしまいたい。全部、手で掻き消したかった。

「水戸君のせいじゃないよ。あの時は、向こうが悪かっただけだから。水戸君は信号で停まっていて、タクシーが衝突してきただけでしょ。助手席にいたわたしは、ちゃんと覚えてるから」

何の話をされているのか受け止められず、返事に困る。

タクシー？

子供のころの大事故のことを話したつもりだったが、彼女は明らかに、違う時の話をしていた。タクシーがぶつかったといえば、僕が意識を失った、五年前の事故のことだろうが、「助手席」という言葉が引っかかった。

「水戸君の運転は問題なかったんだから」

「僕が車を運転？」

「あの時、ライブに行くのにレンタカーを借りてくれたでしょ。車に対する恐怖は克服した、と言って。実際、運転は上手だったのに、タクシーが」
意味が分からない、とむっとしかけた。が、ほぼ同じタイミングで、僕は思い出してい
た。自分がヒナタさんに向かって、「子供時代の事故をいつまでも怖がってはいられない
よ。もう大丈夫。教習所では大丈夫だったんだ。車を運転してみせる」と宣言したところ
を、だ。
強がった部分もあったものの、想像以上に、落ち着いて車の運転はできた。自動走行へ
切り替えた瞬間、運を天に任せるような心もとなさは覚えたが、取り乱すほどではなかっ
た。停車中のこちらの車に向かって、タクシーがするすると接近し、衝突する直前まで、
慌てるほどのことではない、と思っていた。
「あの記憶も？」僕は悲鳴まじりに言った。「あれも違うのか」
五年前、意識不明となり長期入院し、記憶をいったん失った。その後、リハビリを続け
る中で、僕は徐々に記憶を取り戻したと思っていたが、もしかするとあれも、僕は都合の
良いように記憶を加工していたのではないか。過去の、檜山景虎との場面も、自分が好感
を抱けるように、立場を逆にし、塗り替えたのではないか。運転免許はもともと持ってい
なかったのだ、と思い込んだのかもしれない。
「今の僕は、昔の僕とは違う？」ヒナタさんに訊ねている。
「どういう意味？」

「事故の前の僕と、後の僕は、一緒だったのか」

「事故の前の水戸君はよく知らないから」ヒナタさんの言葉は冷たく聞こえた。

「水戸君が、わたしを誘って、あれが初めてのデートだったでしょ」

頭の中が、掻き混ぜられている。いったい何がどうなっているのか。

「おい」さすがに中尊寺敦も不安になったのだろう。声をかけてきた。

いつの間にかヒナタさんとの通話は切れている。僕が通信を切っていたのか、彼女が手に負えないと判断したのか。

「自分が覚えていることを信じていれば大丈夫」

その声が、頭に残っていた。ヒナタさんがそう言ってくれたのか、自分が想像しただけなのか分からない。

覚えていることが信じられないのだ。

ただ、ヒナタさんの言葉を何度も唱え、深呼吸を繰り返し、気持ちを整えた。

「自壊コードは取り出せた。大きな前進だな。あとはこのプログラムをどこから流し込むか」中尊寺敦は、パニック状態を必死に抑える僕などお構いなしで、言った。

流し込む？　プログラムコードの命令を送信する場所、という意味だろうか。「ネットワークの使える端末があればいいんですか」と僕は茫然とした中でも、策を考えた。

仙台のニュースカフェでのことが思い出された。中尊寺敦は、ウェレカセリのサーバに侵入しようとしたが、できなかったのだ。企業の使用するデータベースとは訳が違うだろうから、セキュリティの厳しさは想像以上に違いない。

それから中尊寺敦が舌打ちをする。どうかしたのか、と思えば、「ニュースだよ」と言った。ニュース速報がパスカに表示されたらしく、僕も自分のパスカを取り出す。

都内での暴動は鎮静化の目処《めど》が立たない。

その見出しのニュースとは別にもう一つ、「山手《やまのて》線、埼京《さいきょう》線跡地に壁建設か？」という文字も表示されていた。「これは」

荒川《あらかわ》を北端にし、そこから多摩川まで南北に走る壁を作る計画が進んでいることが判明した、と記事にある。

「壁が？というか壁なんて何のために必要なんですか。不便になるだけですよね」

「都内を分断したいんだろ」

「分断？　誰が何のためにですか」

中尊寺敦が物分かりの悪い生徒を見る顔になるものだから、僕もどうにか答えを引っ張り出す。「ウェレカセリですか」

「あの婆さんも言ってただろ。変化があって、はじめて人は進化するってな」

檜山景虎の言葉がまた頭を過る。かき混ぜなければ、実験にならないだろ、と。総合学校の卒業間際、屋上での会話だ。

もしかすると、あれも？　不安に襲われる。あれだって、記憶が正しい保証はない。あれを語ったのは僕のほうだった、という可能性はないのか。

「ウェレカセリは無数の情報を手に入れて、分析した結果、分かったのかもしれないな」

「何をですか」

「争いが起きないことには何も進まない、ってことを」

「だからそれをやろうとしているんですか」

「動物のことは知らねえけど、人間同士を争わせるのに必要なのは」

「何ですか」

「陣地を決めることだよ。領土ができたら争いが起きる。どの時代、どの場所でもな、国境が近い国同士ではトラブルが起きる。仲の良い隣国なんて存在しない。あの絵本作家が言っていた通りだ。一番手っ取り早いのは」中尊寺敦が人差し指を出し、上から下へと空気を切るような動きを見せた。「線を引くことだ」

「線を」

「ここから向こうは敵だ、ってな。そのための壁だろ」

パスカに目を戻す。東京を分断する壁ができる。そう言われても、簡単には理解できない。壁ができたくらいで、対立が起きるものなのだろうか？

実感の湧かない僕に比べ、中尊寺敦は深刻な顔つきだった。

無言になったかと思うと、またパスカを操作しはじめた。

「中尊寺さんに、案はないんですか?」

ウェレカセリを止めるソースコードは手に入ったのだから、それを実行すればいいだけ。ただその実行ができない。

彼も忸怩《じくじ》たる思いはあるのだろうか、歯ぎしりをするかのような悔しさを滲ませた。

「思いつくことを期待していたんだ」

「名案を?」

カーゴはぎくしゃくと上下に揺れながら、それ自体もプログラムに則《のっと》った、律動的なものなのだろうが、ゆっくり進んでいく。

「いつだってそうだったんだよ」中尊寺敦はうなずく。「どうしても実現できないことがあってもな、考えれば突破口が見つかった。これはできないだろう、と思っていても、アイディアが生まれた。俺はずっとそうだったんだ」自らに言い聞かせるような物言いだった。「だけど、今回は駄目だ。何も思い浮かばない」落胆し、肩を落とす彼の姿は見ていられない。だからというわけではないが僕は、「何かありますよ」と言っていた。「たぶん、閃きます」

彼を勇気づけたかったからというよりは、記憶の問題のことから頭を引き離したかっただけだ。黙っていると自然と、僕の頭は僕のことについて考えはじめる。自分の記憶、思い出のどこまでが真実で、どこからが虚偽なのか、それを知りたくなってしまう。別のことに意識を向けていたくて、だから熱心に訴えた。「中尊寺さんならきっと」

「閃くか？」

まっすぐに確認されると、言葉に詰まる。子供に、将来ぼくはスポーツ選手になれますかねと質された気分だ。無理だろう、と答える選択肢はなかった。「ええ」

ふん、と彼は鼻息を洩らした。僕を小馬鹿にしたようにも、照れ隠しのようにも思える。沈黙したくないという理由で僕は、思い浮かんだことを片端から、投げていくことにした。

「きっと何かヒントがあるはずです」ヒント？　と自分でも首をひねりたくなった。

「ヒントって何だ。誰がヒントを」

「それは」一人しかいない。「寺島さんです。もともとは寺島テラオさんが、中尊寺さんに託そうとしたんです。『オツベルと象』というメッセージで」

「川へはいっちゃいけないったら、か」

「寺島さんは、中尊寺さんならウェレカセリを止めてくれると信じていたわけですよね。実際、ここまで来ました」

「だけど、ここまで、だ」

「いったい寺島さんは、どうするつもりだったんでしょうか」ウェレカセリを破壊するプログラムを用意し、中尊寺敦に託した。それは分かる。「どうやってそのプログラムを、実行させるつもりだったのか」

「たぶん」中尊寺敦は苦しげに言った。「あの、八王子の家に置かれていたパソコン、あれからなら接続できたのかもしれない。あれには、ウェレカセリのセキュリティをかいくぐれるような設定がされていたんじゃないか」

「ちょっと待ってください」

「何だよ」

「それだったら、寺島さんがその設定をした時に、破壊するプログラムを実行すれば良かったじゃないですか。何も、せつみやこさんのおうちに隠しておかなくても」

「まだ破壊する必要は感じていなかったんだろ。いざとなったら、の気持ちだったんじゃないか。火災報知器もスプリンクラーも設置する時は、火事が起きる前だ」

「それとこれとは。それに、もしそうだとしたら、スプリンクラーが壊れた今は、手が打てないってことですか」せつみやこさんの家の中、中尊寺敦の抱えるパソコンが銃弾によって破壊されたのを思い出す。粉々に砕かれた筐体《きょうたい》の様子が浮かぶ。

「打つ手なし」

「そんな」僕は言う。足元の床が崩れていくのを感じる。必死に踏ん張る思いで、「でも」と言った。「次善の策みたいなのもあるかもしれません」

「何だよそりゃ」

「セカンドプランですよ。最初の予定がだめになった時の、補助的な」

「そんなのがあると思うのか？」

「寺島さんが何かヒントを残しているかもしれません」

「ゲームじゃないんだ。行き詰まったらヒントをもらえます、なんてことはないだろうが。それに、あいつはもう死んじまってるんだから」

「セカンドプランだとすれば、事前に用意していたはずです」喋ってからその意味について考えるようなものだった。

カーゴの窓の外を、ブラインドを上げ、眺める。カーゴは広い歩道のみ運行が許されているため、横の車道を車が通り過ぎていくのが見えた。

「事前に？　どんなヒントだよ」

「そりゃ、もちろん」もちろん、何なのだ。

「もちろん？　何だよ」

「二人の共通点です」と言った瞬間、ぱっと頭に明かりが灯る。「γモコ」

そうだ、γモコ、それだ。

中尊寺敦と寺島テラオは、γモコがいなければ親しくならなかったはずだ。そうなれば彼らの生き方は変わり、寺島テラオはウェレカセリを作ることもなかったかもしれない。

僕の眼球に、おぞましいカメラが、埋め込まれることもなかったのではないか。

　中尊寺敦は顔面に物を投げつけられたかのように、きょとんとした。てんで見当はずれのことを言ってしまったかと不安になったのも束の間、彼はパスカを一心不乱に、とは言いすぎだが、必死に触りはじめた。その通りだ、俺が辿り着くとしたらγモコしかないな、寺島もそう考えるはずだ。ぶつぶつと唱えながら、パスカを見つめ、少しして、「これか？」と神妙に言った。「これかもしれないな」

「何かあったんですか」

「今日だよ。今日、γモコがライブをやる。追悼ライブだ。杏アントの死を悼み、都内のライブハウスで」

「大規模なんですか？」

「シークレットだ。場所は公表されていない。限定関係者だけを呼んだライブハウスで、その様子をネットで公開するんだってよ」

　γモコの作品は、音楽と映像が合わさり、独自のものとなっている。ライブ会場での生の鑑賞もさることながら、それをデジタルデバイスを介して楽しむことも考慮されている。

「γモコの活動自体が久しぶりだからな、すでに大きな話題だ」中尊寺敦はどこか不本意そうだった。自分としたことがこの大きなニュースを今頃知るとは、と嘆くが、自分たちが巻き込まれている騒動からすれば、致し方がないと思えた。γモコのニュースに気を回す余裕などあるわけがなかった。

「それで？　ライブがあるからどうなんですか」

「今、見つけた」

「何をですか」

「追悼ライブの発表のタイミングで、メンバーのコメントが出ている」

パスカを寄越されたので確認すると、立体画像でそのコメントが読めた。ニュースサイト上のもののようだ。

淡々とした、事実と予定だけを述べる、追悼イベントに込める感傷や意気込みが皆無の言葉だった。最後に、「ネットワークの新システムが手に入ったことで、最高の映像を届けることができる」と書かれていた。

「これが？」

「システムが手に入った、とあるだろ。自分たちで開発したわけじゃなく、どこからか提供されたのかもしれない」

「そうですかね」

「寺島が事前に用意していた」中尊寺敦は片眉を上げた。「そう考えられないか？」

「事前に？」

「そうだ。γモコがライブで使いたくなるような、垂涎《すいぜん》もののプログラムとシステムを用意して、送り付けた。単に送り付けたところで怪しまれるだろうから、それなりに信用を得られる方法を取って」

それなりに信用を得られる方法？　漠然としている。垂涎どころか眉唾、と思うが、彼は僕には見えない通り道が見えているらしく、確信した口調だった。

「だとしたら、どうなるんですか」

「そのシステムを使って、接続できるんじゃないか」

隠しているものの、彼の内側がずいぶん興奮しているのは見て取れた。

「ウェレカセリに？」

そうだ、とばかりに中尊寺敦がうなずく。「あいつは用意していた。俺が、八王子の婆さんのところでコードを手にして、その後で、γモコのライブのことを知れば、ぴんとくるのを分かっていた」

「ということは」

「ライブ会場に行って、そこのシステムを使ってウェレカセリに接続しろってことじゃないか」

ウェレカセリへの接続は困難だが、産みの親の寺島テラオなら、セキュリティについて熟知している。

中尊寺敦は急に活き活きとし、目を輝かせた。長い髪が艶々《つやつや》しはじめたようにも思えた。

「でも、ライブ会場はシークレットなんですよね？」

「ウェレカセリにまつわる情報に比べれば、そんな情報を手に入れるのは、今日の曜日を調べるくらいに簡単なことだ」とうとうと述べる彼は心強い。

彼はカーゴ車内にある指示パネルを操作した。担いでいた人間がゆっくりと腰を下ろすかのような揺れがあった後、停止した。この演出は必要なのだろうか。

僕が思うのと同時に中尊寺敦が、「これ、無駄な演出だよな」と言うものだから、愉快に感じた。自分の記憶のことや、警察に追われていることなど、深刻な問題に侵食されている僕だったが、少しだけ表情が緩み、気持ちが明るくなった。ほんのわずか、それこそ、ろうそくの火の最後、のようだった。


ライブ会場は、下北沢《しもきたざわ》の一角にあった。十八時を過ぎ、すでに外は暗い。新ではなく旧、旧下北沢のエリアは昔、音楽好きの若者たちで、古い俗称でいえばバンドマンたち、もしくは演劇好きな者たち、こちらはシアターマンとでも呼んでいたのかもしれないが、そういった者たちで賑わっていたと聞いたことがある。駅の建て替えにより雑多な雰囲気が、無味乾燥の綺麗な出で立ちに変わったらしいが、それでも旧来の街並みにこだわる人間たちの反発もあり、結局は、洗練化は中途半端に終わったという。十年ほど前、その北部に新下北沢ができ、上《かみ》下北沢、北下北沢などと紛らわしい呼称を付けられながらも発展し、今は、新と旧とが共存している形だ。

「旧下北沢に住んでるのは、よっぽどの物好きだけになったけれどね」

タクシー運転手は饒舌《じょうぜつ》で、僕たちを乗せてからというものずっと喋っていた。間違いなく僕たちの情報は、危険人物として各交通機関や施設には撒かれているはずだったが、無事に乗ることができた。顔認証にしろ、ＤＮＡ照合にしろ、パスカでの確認にしろ、結局、元データと突き合わせるだけだからな、そっちのほうを細工しておけば、ばれない。中尊寺敦はそううそぶいた。「見た目でどんなにそっくりだと思っても、機械が、一致しました！　と騒がなければばれないんだよ。人間の目や勘のほうが正しいこともあるってのにな」

一理ある。けれど一方で、あの男なら、檜山景虎であれば、そのような機械による照合なしで、僕を発見するだろうとも思った。

僕とあの男とはそういう関係なのだ。

自動走行にもかかわらず、規則通りにハンドルをしっかり握る運転手は、下北沢の歴史について語り続けていた。こちらが合いの手を入れる余裕もないほど区切りがなく、般若《はんにゃ》心経《しんぎょう》のようだ。

「着いたら、どうすればいいんですか」僕は隣に座る中尊寺敦に訊ねた。彼は車中でもずっとパスカを操作し、情報を仕入れているのかもしくは、どこかのデータを改竄しているのか。

「ライブ会場の関係者を装って、中に入る。二十一時開演ってことは、そろそろシステムのセッティングは済んでいる。スタッフのふりして触ることができれば」

その端末からウェレカセリに接続する、と続ける。

中尊寺敦が顔を上げ、僕をじっと見る。

「どうかしましたか？」目に仕掛けられたカメラのように、またしてもショッキングな発見が報告されるのではないか、と怖くなった。

「いや」彼はぼそっと洩らした。「平気になったのか？」

「え」

「車に乗っているってのに、ずいぶん落ち着いているじゃないか」

「あ」

その通りだ。車に乗るたび脂汗が滲み、卒倒するほどの恐怖に震える。それが僕だった。なのに今は、まっすぐに腰掛けており、窓の外を見ても、眩暈も起きない。視界もしっかりしている。運転手の話がずいぶん珍しいものに思えたのは、車内で誰かの話を落ち着いて耳にすることなど今までなかったからかもしれない。

「言われてみれば」

としか言いようがなかった。理由は不明だが、平気なのは事実だ。

「事故のことを整理できてきたのかもしれねえな」中尊寺敦が言う。

違う。逆だ。整理できるどころか、僕はあの事故の原因が自分にあるのでは、と疑い始め、混乱している。記憶を掘り進めなくてはいけない義務感と、そこに触れたくない思いとが交錯している。

ヒナタさんの言葉によれば、五年前、僕は車を運転したらしい。その時は、恐怖を克服しつつあったわけだ。運の悪いことに、タクシーからのもらい事故で、重体となり、結局、僕は車を忌避することになった。いや、それは本当に、運が悪かったで済ましていいものなのか。そうなるように決まっていたのではないか、と疑いたくなる。

タクシーが停まった。疑問を抱き続けている余裕もない。

看板も目印もなかったが、どこが目的地かはすぐに判断できた。人が群がっていたからだ。シークレットとはいえ、情報とはどこからかは洩れるものだ。

円筒形の細長いビルの前に、人だかりができており、それに警備スーツを着た人間が数人で対応している。簡易バリケードを設置しはじめるスタッフもいた。

中尊寺敦が先へ行く。そのあとを僕が追う。

仙台で会ってから、ずっとこうだ。いったいなんと長い一日なのか。次々と予期せぬ出来事が起き、背中を突き飛ばされるかのように移動してきたが、あまりにも長く感じる。彼は前進しつづけ、僕は生まれたばかりの雛《ひな》のようについていく。実際、僕は生まれたばかりみたいなものだった。

通してください。通して。通せよ。

中尊寺敦は人を掻き分けて進んでいく。関係者です、関係者です、と堂々と説明をしながら、だ。誰が、誰の、どういった関係にあるのかは明言していない。γモコのライブと僕たちは、まったくの無関係ともいえない。関係はある、といえばあるはずだから嘘ではない、と後ろめたさを消した。

入り口前に立つスタッフは、僕たちを見ると警戒し、止まるように命じた。「ライブ施設の点検に」中尊寺敦はパスカを掲げる。「じゃあ、急いでるんで」と行こうとしたが、「いや、待ってください」と呼び止められた。

ぴたっと僕は停止する。少し離れた位置で、中尊寺敦も足を止めた。

撃たれる、と思った。背中から、胸か腹に穴が開き、痛みとともに全部おしまいになる。自分の消える恐ろしさに体中の毛穴が開く。

息を止めていた。消える、ついに消える、と怯えていた割には、なかなか意識は消えない。

ゆっくり振り返ると、スタッフがすぐそこにおり、「点検って何のですか」と訊ねられた。所持しているのは拳銃ではなく、ペットボトルだ。

「あ、システムの」僕はとりあえず頭に浮かんだ言葉を口にした。

「システム、って何ですか」

「映像システムだよ」中尊寺敦が引き返してきて僕とスタッフの間に入る。ここが重要な一里塚と思ったのかもしれない。

「映像システム？」スタッフは優秀だった。曖昧な、それらしい説明にうなずいておけば良いものを納得せず、「ちょっと待ってください。確認します」と連絡を取り始めた。

その真面目な仕事ぶりは評価せざるを得ない。

急な用件だからどこまで話が通っているのか俺たちも分かってはいないんだ、などと中尊寺敦は弱々しく言い訳を並べながら、僕の脇を指で突いた。このまま先に行くぞと促している。

ここに留まっていることは得策ではない。子供のやる「タルトマンが転んだ」の遊びを彷彿《ほうふつ》とさせるように、体の動きを悟られぬようにじわじわゆっくりと移動をはじめる。

あ、はい、分かりました。そこで、スタッフの声がする。

「今、確認しましたが、確かにシステム点検が必要のようですね。失礼しました。入ってください」

「分かればいいんだ」中尊寺敦は言う。

二人で進みながら僕は、「たまたま、本当に点検が入っていたんですね」と呟く。

「ついてるな」

ここに来て、幸運が。

ビルの中は暗かった。壁に張られたディスプレイパネルには何も映っていない。まっすぐに進むしかなく、途中で何人かのスタッフらしき人間とすれ違ったが、僕たちに特に注意を払ってはこなかった。

「どこへ」

「たぶんもうステージにセッティングされてるだろう」

通路が左右に分岐する。中尊寺敦はきょろきょろと見まわし、電光案内表示を見つけ、「こっちだ」と左へと向かう。

開けた場所に出た、と思えば、そこがステージだった。

明かりの乏しい、がらんとした空間は静かで、神聖な洞窟に入り込んだかのような気分になった。ステージ上には楽器もマイクスタンドもない。

ふらふらとうろつきまわれば、観客席が前に広がっている。外観からは想像できなかったが、円形の観客席が三階分ほど設置された、かなり高さ、深さ、のある会場だった。古い映画で観た、オペラ劇場そのものだ。旧下北沢にこんな場所があったとは。

等間隔で光る橙色の小さな照明が、会場に厳粛さを振り撒く。

圧倒される美しさがあった。

粛然としたこの場所に、罪の告白をしにきたような錯覚を覚えていたのだろう、僕は気づけば、ステージの中央に立っており、無言の、目に見えぬ観客たちに対し、跪《ひざまず》いて謝罪をしたくなった。

僕が全部いけなかったのです。

都合の悪いことは記憶を書き換えて、なかったことにしていました。

事故の原因は僕にあったのかもしれません。

総合学校時代の、檜山景虎の姿も思い出す。

無愛想で、粋がっていた、みっともない言動のあの男は、たぶん僕だった。

立っているのもやっとだった。

僕はいったい誰なのか。僕の体験はいったい誰のものだったのか。

僕は僕が思っていたほど良い人間ではなかったのかもしれません。

くずおれなかったのは、中尊寺敦に呼ばれたからだ。「おい、こっちだ」

囁き声であったにもかかわらず、会場全体どころか全世界に発信されたようで、びくっと跳ね上がりかけた。

彼はステージ横の、黒い一本脚テーブルのそばに立っていた。上に置かれた小さな箱が、システムを担うコンピューターなのだろう。付属のバーチャルキーボードで、中尊寺敦は指を動かしている。「もう少し時間がかかる。誰か来たら、教えてくれ」

彼の目は真剣で、広いとは言い難いテーブルの隅にパスカを置き、その画面を見ながらタイピングを行っている。

不審な者が現れないか、と僕は警戒したが、飛び入りの不審者は自分たちだとも気づく。

γモコのメンバーは控室にいるのだろうか。

追悼ライブがどのようなものになるのか、想像もできない。

振り返り、もう一度、神聖さが漂う観客席を見る。しばらくすれば観客でぎっしりと埋まるのだろう。高揚の熱と歓声がふんだんに飛び交うに違いない。

その前に作業を終えられるのかどうか。

中尊寺敦の背後に回る。

「どうかしたか」

「いえ、無事を祈っているだけです」とっさに口から洩れた。「あ、あと、頑張ってる中尊寺さんの雄姿を、僕の目のカメラで記録しておきますから」

自虐的とも言える冗談に、彼は鼻息で答えた。

「ウェレカセリに接続するルートは分かりそうだ。あとは」

「それで止まるんですね」

「たぶん」

「でも、本当に止めていいんですか？」と疑問を口にした。

「どういう意味だ」

「いえ、人工知能がなくなることがいいことなのかどうか」

今さら何を言っているのだ、と彼も思ったのだろう。僕も思った。けれど気になったのだから仕方がない。

「いいに決まってるだろ。ウェレカセリの産みの親の寺島が、そうすべきだと判断したんだからな」

「親がいつだって正しいとは限らないです」

「俺たちについて間違ったニュースが流れていたのを見ただろ？　都内で東西戦争が起きるように煽《あお》られているのも。あれが正しいと思うか？」中尊寺敦はぶっきらぼうに言いながら、タイピングを続けている。

確かにそうだ。

「わざと争いを起こす仕組みが正しいわけがない」いいか、と彼はさらに続けた。「私利私欲に走る企業や政治家なら、放っておいても滅びる。なぜなら、欲望や怠慢で破滅するからだ。けれど、ウェレカセリは簡単にはいかない。欲もなければ、怠けることもない。

私利私欲がない。放っておいても、やることをちゃんとやろうとする。だから」

「だから？」

「誰かが強引に止めるしかないってことだ」

人工知能は人間や組織と異なり、目的に向かって黙々と計算を続けていく。その目的が、多くの人にとって不利益だろうがお構いなしだろう。

ただ、それならば、その方針に従うべきなのではないか？　その思いも浮かんだ。私利私欲に走らない、勤勉な人工知能が敷いた道ならば、その通りに進むのが正しいことではないか。政治家と人工知能のどちらが怖い？

けれど、そのために戦争が起きるのはごめんだ、と別の自分が意見を口にする。

「よし、これでおしまいだ」中尊寺敦は指の動きを止めた。

あとはキーを一つ叩けば、プログラムが実行される。

寺島テラオの望みは叶《かな》う。危惧は杞憂《きゆう》で終わるわけだ。

しんとした会場をもう一度、見渡す。幸いなことにスタッフの姿はなかった。

ライブ前となれば、会場設営や設備調整のために人が右へ左へと忙しく動いているものだと思ったが、凪《なぎ》のようなタイミングがあるのかもしれない。

助かった。ここに来てついている。

安堵《あんど》交じりにそう思ったところで、似たようなことをさっきも感じたことを思い出した。

入り口のスタッフに呼び止められたものの、システム点検の嘘が、ばれずに済んだ時だ。

「運が味方してくれるもんだな」中尊寺敦が言うのが、後ろからステージの床を這うようにして聞こえてきた。「昔の音楽に、『神が味方』ってのがあるけどな。運も神様も似たようなもんだろ。『偶然は神様のペンネームだ』って言った詩人もいる」

莫大な情報を手に入れて、巨大な計算を瞬時にやるウェレカセリにも、偶然や運までは把握できなかったのかもしれない。

すぐに別の声が聞こえた。本当に？　と訊ねてくる。

その瞬間、体に寒気が走り、ぶるっと震えてしまった。冷たい水を浴びせられ、毛穴が閉じるかのようだ。

人工知能がそんなにのろまなわけがあるのだろうか。

そもそも、寺島テラオはどうしてこんなに手間のかかることをさせるのだ。

「あの」僕は恐る恐る、中尊寺敦を見やった。

すると彼も、ちょうど同じことに思い至っていたのだろう、暗い中で暗い表情をしていた。体が一回り縮んだかのようだ。「やっちまったかもな」

「あ、はい」

血の気が引くとはこのことだろう。どうして気づかなかったのか。

ライブ前の会場がこれほどまでに無人のわけがないのだ。

こちらが、システム点検のふりをして侵入しようとした時に、偶然、システム点検業者が呼ばれているなんて都合の良いことが起きているはずがなかった。

なぜ、偶然や幸運といった言葉で済ませてしまったのか。

「最後の最後で、俺らしくなかった」

「どういうことですか」と言いつつも、彼が何を考えているのか分かっていた。

「飛びついちまった。寺島は何か策を残していたはずだ。俺とあいつの共通点といえば、γモコしかない。そのγモコが今日、追悼ライブをやる。それなら、そこが突破口になるはずだ。そう閃いた俺は、正解に辿り着いたと興奮しちまった」中尊寺敦は自分のパスカをすでにポケットにしまっている。プログラムを実行することをやめたのだ。「人間ってのは、自分が発見した！　ってものにこだわりがちなんだ」

「発見、ですか」

「自分の手柄が誤りだったなんて受け入れにくい。それがお膳立てされた手柄だったなんて、認めたくないものだ。さっきの俺がそうだ。γモコが関係していると確信して、疑おうともしなかった」

もっと検討すべきだった。

偽のニュースを流すのはウェレカセリの十八番《おはこ》だったではないか。

「寺島はセカンドプランなんて用意していなかった。そういうことだ」

つまり、あの八王子の家でパソコンが砕けた時点で、寺島テラオの思惑は、旧友に託した作戦は終わっていたのだ。γモコのライブ会場に来れば、と期待した僕たちは、ウェレカセリに誘導されただけだった。

「やられたな」

その言葉が合図だったわけではないだろうが、会場のあちらこちらでドアの開く音が、一斉に響いた。

照明がつき、眼前に、光が満ちる。閉じていた目がようやく開いたかのように、場面が変わる。

一階の観客スペースに、制服警官たちが大勢いた。僕自身の頭が緊急停止したため、状況を把握できていなかったからだろう、忽然《こつぜん》と彼らが出現したとしか思えない。ほとんど全員が銃を構えている。

誰かが何かを叫んだ。

中尊寺敦の溜め息が、背後の空気を小さく揺らす。

「ライブ自体がデマだったんですかね」僕は口にしたが、どこまで声として外に出ていたのか分からない。

どこからどこまでが偽のニュースだったのか。

少なくとも、ネットワークの新システムが手に入り最高の映像を届けることができる云々《うんぬん》、というネット上のコメントはフェイクだったのだろう。γモコのメンバーがそう発言したかのように、情報を流すことなど訳ないはずだ。

追悼ライブは？

それは事実なのか。

そもそも、と僕は怖くなる。γモコのメンバーが亡くなったということ自体が、嘘だった可能性もある。

疑い始めたらきりがない。

銃を持った警察官たちのどこからか声が聞こえる。オペラ歌手の歌声のような厳かさで、反響した。あまりに響くため具体的には聞き取れなかったが、抵抗するな、おとなしくしろ、観念しろ、といったメッセージを発しているのだとは想像できる。

両手を挙げた。もはやここまでか。

同時に、あの新幹線車両で寺島テラオに会ってから、何度も感じたその思いがまた湧き上がる。巻き込まれただけなのに。どうしてこんな目に。僕は巻き込まれた。

いったい何に？

寺島テラオと中尊寺敦の約束からはじまる、ごたごたに。

いや、そうじゃない。

対立を繰り返す者たちの因縁に、だ。

僕の中の別の僕が、諦めに満ちた声で答えを口にする。「対立するための乗り物に過ぎない」

「乗り物？」

「生き物は、遺伝子が生きながらえるための乗り物に過ぎないとは、昔から言われているだろ。それと同じように、僕は、対立を繰り返すための乗り物だったんだ」

警察官たちが少しずつ、ステージに近づいてきた。獲物を取り押さえるため、半円の陣形を少しずつ狭めてくるかのようだ。

大人しく捕まるつもりだった。抵抗する理由も、使命もなかった。

これでこの騒動から解放される、という気持ちすらあった。

けれど僕は、大人しくしていなかった。

警察の集団の中に、あの男、檜山景虎の姿を見つけたからだ。

僕はいっぱいいっぱいだったのだ。ウェレカセリとの対決や逃走、自分の眼球に内蔵されたカメラや、過去の記憶の改竄、いくつものショックと、そのストレスのせいだ。

足元に拳銃が転がってくると、考えるより先にそれを拾っていた。

そうなることに決まっていたのだ、と受け入れた。

こちらを取り巻く警察官たちが、ぐっと迫ってくる。直後、視界がぱっと光る。

当惑する僕がもう一度、目を凝らせば、ステージの下、前方に檜山景虎がいた。彼以外に、人は見えなかった。二人きりで、まっすぐに向き合っている。

あちらが銃を構えているものだから、僕も銃口を向けるほかなかった。

音は聞こえない。檜山景虎から目を離すことができない。

記憶の逆転のことを思い出した。檜山景虎だと思っていた人物が僕で、僕であったはずの人間が檜山だった。

表と裏だ。

表はどっちだ？ 僕と檜山景虎のどちらかが正しくて、どちらかが間違っている。自分の記憶と、カメラの記録のどちらが真実なのか。

コピーバンド、のことが頭を過る。オリジナルを模倣したコピーに、価値はあるのか。ほとんど完全にコピーできれば、オリジナルと変わりない、と僕は主張した。そして、もしオリジナルがいなくなったら？ とも考えた。

残ったほうが、オリジナルになるのではないか。

片方が生き残る。

一方が消える。

僕は初めて持つ拳銃を前に向けた。引き金に指をかけた。

自分が硬貨の表側であるためには、檜山景虎を撃たなくてはいけない。

僕が残れば、僕の記憶こそが事実として残る。

巨大な、重いブーツで床が勢いよく踏み抜かれたような、どん、という響きがあったのは、その時だ。自分の頭が吹き飛ぶのを感じた。火を噴くかのような熱さを覚えながら、後方にひっくり返っている。

視界が真っ暗になる直前に見えたのは、ステージの隅にいる数人の男たちで、それがγモコのメンバーだとは結局、気づかなかった。

あの時、水戸直正の足元に拳銃が滑ってこなければ、と俺は何度も思い返した。ステージ上の中尊寺敦を捕まえようとした捜査員にも油断があったのだろう。暴れられ、慌てた。ぶつかられた時に体勢を崩し、拳銃が転がってしまった。

水戸直正がそれをつかみ、構えた理由は不明だ。

ただ、最初から決まっていたかのように、滑らかな動作だった。

そして俺も、なぜほかの捜査員をどかすようにし、前に出ていたのか、自分でも分からなかった。疲労と睡眠不足で、何しろ仮眠を取る直前でまた引っ張って行かれたくらいであるから、頭が朦朧としていたのは事実だ。こらえた欠伸で脳がいっぱいになるほどだった。

深さのあるオペラ劇場の底のような場所に、俺と、水戸直正の二人しかいないような感覚で、向き合った。

先に拳銃を構えたのは水戸直正で、だからこそ俺は銃口を向けた。

らしかった。

ほとんど記憶に残っていない。あとで防犯カメラの録画映像を確認し、自分の行動を知った。興奮していたわけではなかったが、混乱はあった。

どこをどう歩いて、どう避けようとしたところで、水戸直正とはぶつかることになっているのだ、と諦観に似た思いが自分を満たしていた。

不思議でならなかった。水戸直正たちは大した罪を犯したわけではなかったのだ。都内の暴動を扇動した首謀者、とされていた中尊寺敦にしたところで、逮捕後、その件に関しては無関係だと判明した。結局、彼らがやったことは、不正ネット接続や公務執行妨害、電波法違反といった程度だったのだから、あそこまで必死に逃亡する理由はなく、ましてや警察に包囲された状態で発砲する必要もなかったはずだ。

規則は守らなくてはならず、秩序は保たれなくてはいけない。

ずっとそう信じてきた。今も信じてはいる。けれど、水戸直正の罪の程度を考えれば、あの時、自分をはじめ捜査員が、あそこまで追い込む必要があったのかどうか。

どうしてこんなことになったのか。

水戸直正は正気を失っていた。すべてはそれで説明された。

彼は配達人の仕事を遂行しようとしただけだったはずだ。それが、中尊寺敦に連れまわされる羽目になり、挙句、警察に囲まれたのだから、疲弊と混乱で、まともな精神状態ではなかっただろう、と結論付けられた。


俺は新東北新幹線の車窓に顔を向けた。

通り過ぎていく田園風景の、実った稲穂が柔らかい絨毯《じゅうたん》のようだ。

寺島テラオを追っていた際、新幹線の中で偶然再会した時のことを思い出した。

水戸直正が座っていたのも、このあたりの座席ではなかったか。

あれがはじまりだった。正確にはずっと前からはじまっていたのか。

急に横に人が腰掛けた。俺は驚き、身構えた。車内は混んではおらず、座ろうと思えば席はいくらでもあるのだ。非番だったために銃は携帯していなかったが、反射的にベルトに手をやってしまう。

「見覚えのある顔だったから、挨拶をしておこうと思っただけだって」

何者か気づくまでに少し時間がかかった。長髪に、やせた顔、中尊寺敦だ。緊張に襲われるものの、彼の口調が軽やかだったからか、恐怖はない。

「東北旅行か？」

「奥入瀬《おいらせ》にでも」答えなくても良かったのだろうが、隠す気にもなれなかった。

「友達を射殺しちまったショックを癒やしにか？」言葉はきつかったが、彼自身もつらそうだった。

「友達とかでは」わざわざ否定しなくても、と感じながらも、否定せずにはいられなかった。「それに、死んではいないですよ」

「らしいな」

俺の撃った弾は、水戸直正の頭に当たった。当たり所が良かったというべきなのか、悪かったというべきなのか、彼は命を失うことはなかったものの、都内の施設で、寝たきり状態だった。昏睡《こんすい》状態とは異なり、目を開き、宙をぼんやりと眺めている気配はある。けれど、体は動かない。意識がどの程度あるのかも曖昧だった。

「ちゃんと見舞いに行ってるか？」

「ええ、まあ」

彼は冗談のつもりだったらしく、噴き出した。「本当に行ってるのか」

「一応」

「罪悪感か？　でもしょうがないだろ、おまえは、職務を果たしただけだ」

「優しいですね」俺は答える。「罪悪感というわけでもないんですけど」

ベッドで横になる水戸直正にどうして会いに行っているのか、自分でも理解できていなかった。付き添っている日向恭子は、俺が訪れるたび、無言で姿を消し、俺は数分、水戸直正を眺めて帰る。不定期ながら、それを繰り返していた。「ずいぶん簡単に釈放されましたよね？」

「知ってると思うけどな、俺は大したことはやってないんだよ。ニュースは嘘ばっかりだったし」

「それにしても、ほとんど無罪放免じゃないですか」

「ああ、そうだな」中尊寺敦がそこで顔をゆがめた。

「何でつらそうなんですか」

「俺にも不思議なんだよ。もっと重い罰が下ると思っていたからな。何しろ、国を動かす存在を破壊しようとしたんだから」

「国を動かす存在？」誰のことを指しているのか。「政治家？」

はん、と中尊寺敦は息を吐くだけで、答えてはくれなかった。冗談なのだろう。彼の犯した罪に、そんな大それたことは含まれていなかった。報道で流れた記憶もない。

「結局、俺はそいつを止められなかった」

「それは何より」

「ってことは、俺が簡単に社会復帰できたのにも、あいつの思惑が絡んでいるんじゃねえか、って不安になる」

「だからあいつって誰なんですか」

「俺を利用するつもりなのかもしれない。もしかすると、俺がこうして、おたくに話しかけていること自体、見越されている可能性はある。俺はこれから何をやるにしても、その思いから自由になれないだろうな。自分の行動は、ウェレカセリの敷いたレールの上じゃねえかって」

「何カセリ？　何なんですかそれは」

「人工知能ってのは、人には理解できない一手を打ってくる」

新幹線は、揺れもなく、まっすぐに進んでいく。中尊寺敦は無言だったが、立ち去ろうともしない。そろそろ別の席に移ったらどうか、と言おうとしたところで、「壁」と彼が呟いた。

「何ですか？」

「都内に壁ができるってニュース、知ってるか」

「ああ、あれ」山手線などが地下化され、その跡地に壁を建設するというニュースが流れたが、その後すぐに真偽不明の噂に過ぎない、と訂正された。「分割統治の亡霊、とも言われてますよね」

第二次世界大戦の際、日本をアメリカやソ連、中国やイギリスによって分割統治するという構想があったという。実現していれば、ドイツのベルリンよろしく国内に壁がいくつもできていた可能性はある。それと関連付けて、東京に壁ができる、という話が出ているとも聞いた。

「噂ではない。たぶん本当に建設される」

「どういう予言ですか」

「壁を作って、人と人との対立を煽る。そういう方向に持っていきたいはずだ」

「誰が？」

「境界線ができれば、対立が起きる。対立しはじめれば、後はどんなことでも対立する原因になる。絵本作家が言ってたように、対立するために対立していく」

「何ですかそれは」

俺の質問に、やはり中尊寺敦は答えなかった。かわりに、「ただまあ、青写真通りには行かないかもしれないけどな」と続けた。

「さっきから、いったい何の話なんですか」

中尊寺敦がそこで、自分のパスカをこちらに向けた。ふわっと浮かび上がる立体映像で、ニュースが表示されている。

γモコの新作、無料で世界同時配信、とあった。

「これは？」

「あの時」中尊寺敦は嚙み締めるように言った。

どの時？ とは聞き返さなかった。俺と水戸直正が、真正面から向き合ったあの時をおいてほかにない。

「あの時、目の前で恐ろしいことが起きた。追悼ライブの準備中に、だ」

それは中尊寺敦の言葉ではなく、ニュース映像に差し込まれたコメント、γモコのメンバーの独白だった。

警察が犯人を撃った、と言ってしまえばそれまでだが、自分たちは、人と人が争う恐ろしさと、それを傍観するしかない無力さに襲われたんだ。撃たれた彼が何を思っていたのかは分からない。どんな人物だったのかも知らない。ただ、二度とこういうことはごめんだ。その思いから、新作ができた。

そう話している。

「これがいったい」

「コンピューターは情報を集め、計算して予測する。ニュースを操作して、目的とする未来に誘導することだってできる。俺たちをあのライブハウスに誘い出したようにな」

「何の話を」

「ただ、人の感情までは完璧にコントロールできねえんだよ」彼は、それがとっておきの答えであるかのように言う。「恐ろしい事件や感動的な出来事が起きれば、人の心は動く。

むかし、無差別爆撃にショックを受けた芸術家が絵を描いた。その絵を観た人間の心がまた動く。未来を創るのは、情報と事実だけじゃない。むしろ、人の感情だ」中尊寺敦は、スポーツ解説をするような、無責任な口ぶりだったが、その裏に熱がこもっているのは感じられた。「人が何を表現して、その表現から人が何を感じるのか。それは、完全には計算できない。そもそも、人間の感情は論理的ではないしな。たとえば」

「たとえば？」

「そんなことを言ったら喧嘩になる、と分かっているのに、感情を抑えられずに、言ってしまうことがある。そうだろ？　人の感情は、計算通りにはいかない」

「だから何なんですか」

「ｙモコの新作で人の心が動く。たぶん、壁の建設計画は止まらないだろう。公共事業ってのはそういうものだからな。だけど、予定していたようなことにはならないかもしれない。人の感情によって、少しずれれば、最終的には大きく変わる」

「なんでそんなに、予定通りになってほしくないんですか」運動会が憎くて、雨が降るのを待ち望むかのようだ。

「おまえたちは、海と山なんだろ」

返事はできなかった。日向恭子の姿が頭に浮かぶ。

「ぶつかり合うだけじゃなくて、その中でいろんなものを生み出しているのかもしれないな」

「生み出す？」疑問しか口にしていない。

対立するaとbが、cを生み出すかもしれない、と彼は呟くように言った。「α《アルファ》とβ《ベータ》じゃなく、γ《ガンマ》とかな」

「何を言ってるのかさっぱり」

「おまえは、水戸を見舞いに行って、何をやってるんだよ」

「そばにいるだけで、後は絵本を読んでますよ」

「絵本？　カタツムリのか」

「ええ。置いてあったんで。水戸が好きだったというから、どんなものかと思って」

中尊寺敦が笑った。「それは大事だな」

「大事ですかね？　大したことじゃないですよ」

「対立する者同士でも、相手のことを知ろうとすることはできる。いや、相手のことを知ろうとすることは大事なことだ。対立していると、相手のことは歪んでしか見えなくなるらしいからな。知ろうとしなければ、敵はいつまでも敵のままだ。あの、おばあさんが言ってたように」

だから、どこのおばあさんの話なのだ。

「相手のお気に入りの絵本を読んで、相手のことを知ろうとするのはいいことだ」

「馬鹿にしているんですか」

「違うよ。次に行った時は、読み聞かせてやってくれ」

「読み聞かせ？　絵本を？」やはり馬鹿にしているのか、と俺はむっとするが、絵本を読んで聞かせている自分が思い浮かんだ。

さて、と中尊寺敦はようやく腰を上げた。

早くいなくなってほしい、という思いと、もう少し喋っていたい気持ちが半々だった。呼び止める気にはなれず、外の景色に視線を戻そうとしたが、そこで彼が振り返り、「また、あいつの見舞いに行くことがあるか？」と言った。

「たぶん」

イエスなのかノーなのかを確認せずに、「もし今度行ったら、ちゃんと目を見てやれ」と言った。

「目を？」目を見て話せ、とは親から言われた教えのように聞こえる。

「そうだ。おまえがちゃんと来た、ってことを教えてやるために。目は開いてるんだろ」

「開いてはいますが、あいつには見えていない」

中尊寺敦は肩をすくめた。「今は見えていなかったとしてもな、意識が戻った後で、おまえが見舞いに来ていたことを知って驚くかもしれない」

「知ることなんてありますかね」自分から、「見舞いに行っていたのだ」と言うわけもない。

「ログが、記録が残っている」

何の記録ですか？

訊ねようとした時には、彼はいない。前方車両に移動したのだろうが、ホロ映像が消えただけにも見えた。

見つけた水辺でひとしきり遊んだ少年が、男のところに戻ってきた。

「これ、カタツムリ。ひさしぶりに見たよ」

葉の裏にいたのだという。殻の渦巻を指でなぞってしまう。

「生まれた時から螺旋を背負ってるんだよな」

「へえ」少年は関心なさそうに答えた。シャツから垂れる水があちこちから滴っている。

男は視線を上げる。二十メートルほど離れた場所に、女たちがいた。

乗ってきたエアスクーターがいよいよ燃料切れで、そこから乾き切った土地を何日も歩き、ここに辿り着いた。ほぼ同じ時に、彼女たちも、反対の方角からやって来たのだ。少女と犬と一緒だった。トーキョー跡地から来たのだろうか。

「どうして、仲良くしないの?」少年が言ってくる。


ほかの人に会うのは久しぶりだった。最初、男は驚きつつも興奮し、挨拶を交わした。自分たちの帰る街はすでになく、高層のビル群もことごとくが崩れ、半壊しており、ともに暮らすべき人もいなかった。一緒に行動するのも悪くない、という思いも頭をよぎった。女のほうも笑顔を見せた。少女は、少年に近寄ると、その昔、クジラが大量の水を噴き出し、数十万冊の本をまき散らした話を、おとぎ話を語るように話した。トーキョーがあった時の物語だろう。

しばらく子供たちと犬は、水遊びをしていた。

ぎくしゃくしたのは、男の目が青く、女の耳は先がとがり大きいことにお互いが気づいたからだ。

二人は表情を強張らせ、挨拶を交わした時とはうってかわり、警戒するように離れた。

「海と山だから」男は、少年に言った。古くから伝わる都市伝説で、前世紀には、科学的な根拠も見つかった。トーキョーがなくなった一因が、海と山の血筋にあるとも聞いた。

「一緒にはいないほうがいい」

「何で」

「ぶつかり合うからだ」

「いい人そうだよ」

男は答えなかった。

「出発しよう。水、できるだけ持っていく」男は、少年に言う。もう一度、視線を上げれば、女たちがこちらを見ていた。

「もっとここで休んでいたかったけれど」

一緒にいないほうが、近くにいないほうがいいんだ。男は自らに言い聞かせるようにし、歩きはじめる。

おおる。おおる。おおる。

どこからか奇妙な赤ん坊の泣き声が聞こえた。どこで？　とあたりを見渡してしまう。

「どこかで生まれたのかな。子供」

「ほかに人がいるようには思えない」

男は、少し前に、海と山のあいだで子供が生まれた、という話を思い出した。

そんなこともあるのだろうか。

少年が、少女に向かって、手を振っている。はじめは遠慮がちに、そのうち大きく。「これくらいはいいでしょ？」と男を見た。

男は、ふっと笑みを浮かべて、大きくうなずく。ぶつかり合う決まりだとしても、やり方はある。

少女も手を振り返していた。

――海と山の伝承「螺旋」より

あとがきにかえて

■「螺旋」について

『シーソーモンスター』は、「螺旋」と名前のついた企画から生まれました。

はじまりは、今から十年ほど前です。(僕の住む)仙台にやってきた編集者が、「今度創刊する期間限定の雑誌があり、そこで、複数の作家が異なる時代を舞台に、小説を連載する企画を考えている」という話をしてくれました。その時は、「年表企画」と呼ばれていたかもしれません。

僕自身はその企画に参加する立場というよりも、読者側の気持ちでしたので、「せっかくそういったことをやるのならば、もう少ししっかりした枠組みがあったほうが楽しいかもしれない」と感想を伝えました。

手塚治虫さんの「火の鳥」を複数の作家で書くような「年表企画」は確かに面白

そうではありますが、「それぞれがばらばらの時代を舞台にする」「共通のアイテムや共通の登場人物が出てくる」程度では、読者からすると新鮮ではないかもしれない、と思ったからです。

はじめに思い浮かんだのは、「全員が同じあらすじで書いたらどうだろう」というアイディアでした。複数の画家が同じ題材を描いたとしても、その画家の作風や技術により、できあがる作品はまったく違うものになります。誰もが知るスタンダード曲も、演奏するジャズミュージシャンによって、その人の作品になりますし、小説でも同じような試みをしてもいいのではないかな、と昔から思っていました。ただ、さすがに、あらすじを全部統一してしまうのはやりすぎかもしれない、という気持ちもありました。各作家の自由度を奪ってしまってはもったいないですし、読者の中には、何よりもストーリー展開を楽しみにしている人もいるはずです。

できるだけシンプルで、かつ読者にも分かりやすい約束事を決めたほうがいい、と考え、辿り着いたのが、次の二つでした。

①どの時代（どの作品）にも、Aという家系（血筋）と、Bという家系（血筋）に属する人物が出てくる。
②AとBの家系の人物はどの時代（どの作品）でも対立する。

異なる時代を舞台にした小説で同じ血筋を引いた人物が出てくれば、「この作品のこの人は、あの作品のあの人の子孫なのか」と楽しむことができますし、「仲良くできない運命」を負わされる話は古今東西、いくつもあります。それならばどの時代設定であっても、ストーリーが組み立てられるのではないか、と考えたのです。何より、雑誌創刊から、その約束事を守った（時代設定の異なる）物語が一斉にスタートするのは、非常にわくわくするように感じました。

気づけば僕も、「昭和後期」と「近未来」という二つの時代を舞台にした中編小説を書くことになっていました。果たして、こういった企画に興味を持ってくれる作家がいるのだろうか、と心配ではありましたが、結果的に僕以外に七組の作家が参加してくれることになり、ありがたかったです。

■企画ものについて

「企画」という言葉を、広辞苑で調べてみると、「計画を立てること。また、その計画。もくろみ。くわだて」といった説明が出てきました。そう考えると、自分で書く小説のすべてが「企画」「企画物」となるような気もします。

ただ、「企画」と言われると、どこかマイナスの感情を抱いてしまう自分がいます。

どうしてなのか、と少しその理由について考えを巡らせてみたところ、「企画」という言葉に対し、「話題性重視」「コンセプトありき」「普遍的なものよりは、その時限りの一過性のもの」といった印象を（僕が！）持っているからかもしれない、と思い至りました。

簡単に言ってしまうと、「企画優先で本領を発揮できていないのではないか」「全力投球の小説となっていないのではないか」と思われることが怖いのかもしれません。

僕はこれまで、ミュージシャンや映画監督、漫画家といった人たちと「競作」「共作」と呼ばれる形で、仕事をしてきたことがあるからか、インタビューなどの際に、「他の創作者との企画に積極的ですよね」と言われることがあります。そのたび、「そういうわけではないんです」と説明しなくてはいけません。僕自身は、自分の小説を書くこと以外はあまり（ほとんど）興味がないからです。

それでも「企画」を引き受ける理由は、主に、尊敬する人たちと一緒に仕事をする機会を逃したくなかったからで、自分が書く小説に関しては、「ほかの作品とまったく変わらない」「いつも通りに、自分の面白いと思ったものを書いた」つもりでいます（特殊なケースが、阿部和重さんと合作した『キャプテンサンダーボルト』です。この小説は阿部さんと一緒にアイディアを練り、お互いの文章に手を入れ合いながら完成させた、自分一人では書けなかった合作作品でありながら、自分の代表作の一つと思っています）。

ですので、この『シーソーモンスター』に関しても、「企画」は関係なく、僕の新作として読者には受け止めてもらいたいという気持ちがあるのですが、一方で、「螺旋企画」はあまりこれまでに例のない試みでもありますので、その企画についてよく知ってもらいたいなあ、という相反する思いも抱いているのでした。

■収録作「シーソーモンスター」について

この『シーソーモンスター』には、中編を二つ収録しています。一つ目の「シーソーモンスター」は昭和後期の、俗に言うバブル時代（一九九〇年前後）を舞台にしたものです。バブル時代は、僕の十代半ばから後半のころにあたり、自分自身には、「バブルならではの景気のいい体験」などありません。インターネットの情報やバブルを取り上げた雑誌を読んだり、当時の有名ディスコのことを知っている方に話を聞いたりして、雰囲気を想像し、書きました。

昔、タクシーに乗った際、「バブル時代、いかに景気が良かったか」について教えてくれる運転手さんがいました。「あの時、もっと預金していればなあ」と言っていたので、「していなかったんですか？」と訊ねたところ、「だって、永遠にあの状況が続くと思っていたからね」と笑って答えてくれたのですが、「なるほど。だからこそのバブル時代だったのだな」と妙に感心したのを、執筆中、思い出しました。「昭和時代の対立」というキーワードから、なぜか、「嫁と姑の争い」が頭に浮かび、その設定で小説を書くことにしたのですが、いざその様子を書こうとすると、戯画化されたドラマで観るような場面（姑が、埃を指でなぞりながら、「ちゃんと掃除できていないですよ」と嫌味を言うようなシーン）しか思い浮かばず、自分の発想力、想像力のなさに恥ずかしい気持ちにもなりました。

■収録作「スピンモンスター」について

フィクションで未来のことを書くのは、とても難しいです。SF的な想像力が豊かな作家ならば、誰も想像しなかった、現実がそれをお手本にできるような世界を描けるのでしょうが、僕にはそういった能力がありません。自分なりに未来を予想しようとしたところで、中途半端なものになってしまうのは明らかで、そうなるとあっという間に現実に追い抜かれ、少し間の抜けたことになる恐怖もあります。ですので、なるべく、「絶対にこうはならないだろう」といった世界や、「テクノロジーが進化しすぎた結果、一周まわって、現代とそれほど変わらない未来」を書くことが多かったりします。「スピンモンスター」の場合も、「デジタル化が行きすぎて、郵便が重宝される」という要素から話を考えていきました。

この小説の序盤では、登場人物の寺島テラオが、旧友に連絡を取ろうとします。きっかけとなるのは、音楽グループ「γ《ガンマ》モコ」のメンバーが亡くなったニュースですが、これは、仙台在住の知人、小林直之さんの思い出話を参考にさせてもらいました。小林さんには高校時代、一緒によくビートルズの曲を聴いていた友達がいたらしく、「すでにジョン・レノンはいないけれど、ビートルズのメンバーが亡くなる時が来たら、その時はまた会って、曲を聴こう」と約束していたというのです。ジョージ・ハリスンが亡くなった時、小林さんはその友達と会うことはありませんでしたが、「彼もどこかで、聴いてるかな」と思いを馳せたらしく、その話が印象的でずっと覚えていました。「スピンモンスター」を書く際に、そのエピソードを使わせてもらいたいな、と思い、連絡を取ろうと考えたその日、たまたま僕がいた喫茶店にその小林さんがふらっとやってきたので、びっくりしました。お願いをしたところ、快諾してくれ、非常にありがたかったです。

個人的にはこの、「スピンモンスター」を書いている時は、主人公が移動に使う乗り物のことばかり考えていた気がします。自動車、新幹線ではじまり、自転車にスクーター、スワンボートなど思いついたものを次々、書いていきました。連載中、編集者に、「これは乗り物の話なんですよ」と説明したところ、「個体は遺伝子の乗り物に過ぎない、という有名な言葉がありますし、この『螺旋』企画にも繋がりますね」と言われ、もちろんそんなことはまったく考えていなかったものの、さも初めからそう考えていたかのように、小説の中にも「遺伝子」の話を盛り込んでみました。

■ふたたび「螺旋」について

八組の作家が集まり、それぞれのストーリーにまたがる共通の設定を決めたり、お互いの書く小説の内容について、話し合うのは貴重な体験でした。

二年近い打ち合わせの中で、最初に掲げた二つの家系は、「海族」「山族」という呼び方になり、目の色や耳の形に特徴を与えることも決まり、どの時代にも、その対立を見守る、行司や審判のような役回りをする存在を登場させることにもなりました。

ストーリーは「対立」を軸に進めることになりましたが、その対立の内容や決着のつけ方、そもそも、「対立の捉え方」自体が各作家により違うものだな、とつくづく思いましたし、作品が出来上がってみれば、やはりそれぞれの個性が強く出ているものになっていました。

大きな約束事以外にも、作品同士のつながりはたくさんあります。たとえば、僕の「スピンモンスター」で登場する人工知能の名前は、大森兄弟さんの作品『ウナノハテノガタ』の人物名と同じですし、絵本や、終盤で建設が噂される「壁」は、別の時代の物語にも出てきます。どうして、その名前が引き継がれたのか、別の作品との間に何があったのか、など小説の中に描かれていない部分についても、想像を巡らせてもらえると嬉しいです。ちなみに、八王子が登場するのは、吉田篤弘さんの、「八組の作家が参加しているから、『八』王子」という閃きからです。

また連載の半分を過ぎたあたりで、同じ号に載る螺旋作品全てで、「同じ場面」を描く、といった趣向も凝らしました。時代の異なる物語の中で、似たような場面がシンクロするような、そういった感覚を（雑誌を読む読者に）味わってもらいたい、という思いからです。

八つの作品は時代設定も違いますから、共通の要素を決めるのは、思ったよりも簡単ではありませんでしたが、「主要な人物が二人で、『対立』について語り合う」

「夕暮れの情景が描かれる」「物が割れたり、飲み物がこぼれたりする」「渦巻のようなもの、螺旋の形状のイメージが入る」といった約束事を共有し、物語の一シーンとして挿入することになりました。連載中、そういった部分を楽しめた人がいたのかどうか、僕には分からないのですが、もし、今回の文庫化により、複数の作品を読む方がいましたら、その場面に注目するのも面白いかもしれません。

とはいえもちろん、各作家の作品はそれぞれ単独のものとして楽しめるものです。先述しましたように、「企画」と名前がついているとはいえ、下駄を履かせたり、色眼鏡をかけたりすることなく、読んでいただければいいな、とも思っています。

二〇二二年七月

伊坂幸太郎

参考文献

『本当は怖いバブル時代』鉄人社
『バブルの歴史――チューリップ恐慌からインターネット投機へ』
エドワード・チャンセラー著　山岡洋一訳　日経BP社

初出　「シーソーモンスター」『小説ＢＯＣ』創刊号〜
五号（二〇一六年四月〜二〇一七年四月）
「スピンモンスター」『小説ＢＯＣ』六号〜十号
（二〇一七年七月〜二〇一八年七月）
単行本　『シーソーモンスター』二〇一九年四月
中央公論新社

中公文庫

シーソーモンスター

2022年10月25日　初版発行

著　者　伊《い》坂《さか》幸《こう》太《た》郎《ろう》

発行者　安 部 順 一

発行所　中央公論新社
〒100-8152　東京都千代田区大手町1-7-1
電話　販売 03-5299-1730　編集 03-5299-1890
URL https://www.chuko.co.jp/

DTP　平面惑星
印　刷　大日本印刷
製　本　大日本印刷

Published by CHUOKORON-SHINSHA, INC.
Printed in Japan　ISBN978-4-12-207268-8 C1193

各書目の下段の数字はISBNコードです。978－4－12が省略してあります。

中公文庫既刊より

い-117-1
SOSの猿
伊坂幸太郎
株誤発注事件の真相を探る男と、悪魔祓いでひきこもりを治そうとする男。二人の男の間を孫悟空が飛び回り、壮大な「救済」の物語が生まれる！〈解説〉栗原裕一郎
205717-3

あ-92-1
夜ふかしの本棚
朝井リョウ／円城塔
窪美澄／佐川光晴
中村文則／山崎ナオコーラ
六人の作家が心を震わせた五十九冊をご紹介。腹が立つほど面白い名作、なぜか苦手なあの文豪……夜ふかしを誘う魔法の読書案内。〈本にまつわるQ&A付き〉
206972-5

あ-88-1
幕末疾風伝
天野純希
時は幕末。男は攘夷だ勤皇だ佐幕だと意識の高い周囲に疲れ、酒浸りの日々を送っていたが、ある人物との出会いが彼の運命を変える！〈解説〉佐藤賢一
206646-5

い-124-1
向かい風で飛べ！
乾ルカ
スキージャンプの天才美少女・理子に誘われて競技を始めたさつきは、青空を飛ぶことにどんどん魅入られていく。青春スポーツ小説。〈解説〉小路幸也
206300-6

さ-74-1
夢も定かに
澤田瞳子
翔べ、平城京のワーキングガール！　聖武天皇の御世、後宮の同室に暮らす若子、笠女、春世の日常は恋と友情と政争に彩られ……。〈宮廷青春小説〉開幕！
206298-6

さ-74-2
落花
澤田瞳子
仁和寺僧・寛朝が東国で出会った、荒ぶる地の化身のようなもののふ。それはのちの謀反人・平将門だった。武士の世の胎動を描く傑作長篇！〈解説〉新井弘順
207153-7

よ-39-1
それからはスープのことばかり考えて暮らした
吉田篤弘
路面電車が走る町に越して来た青年が出会う、愛すべき人々。いくつもの人生がとけあった「名前のないスープ」をめぐる、ささやかであたたかい物語。
205198-0

よ-39-2
水晶萬年筆
吉田篤弘
アルファベットのSと〈水読み〉に導かれ、物語を探す物書き。繁茂する道草に迷い込んだ師匠と助手――人々がすれ違う十字路で物語がはじまる。きらめく六篇の物語。
205339-7

よ-39-3
小さな男＊静かな声
吉田篤弘
百貨店に勤めながら百科事典の執筆に勤しむ〈小さな男〉。ラジオのパーソナリティの〈静香〉。ささやかな日々のいとおしさが伝わる物語。〈解説〉重松　清
205564-3

よ-39-4
針がとぶ　Goodbye Porkpie Hat
吉田篤弘
伯母が遺したLPの小さなキズ。針がとぶ一瞬の空白に、どこかで出会ったなつかしい人の記憶が降りてくる。響き合う七つのストーリー。〈解説〉小川洋子
205871-2

よ-39-5
モナ・リザの背中
吉田篤弘
美術館に出かけた曇天先生。ダ・ヴィンチの『受胎告知』の前に立つや、画面右隅の暗がりへ引き込まれ……。さぁ、絵の中をさすらう摩訶不思議な冒険へ！
206350-1

よ-39-6
レインコートを着た犬
吉田篤弘
〈月舟シネマ〉の看板犬ジャンゴは、「犬だって笑いたい」と密かに期している。小さな映画館と、十字路に立つ食堂を舞台に繰り広げられる雨と希望の物語。
206587-1

よ-39-7
金曜日の本
吉田篤弘
子どもの頃の僕は「無口で」「いつも本を読んでいた」と周りの大人は口を揃える――忘れがたい本を巡る断章と、彼方から甦る少年時代。〈解説〉岸本佐知子
207009-7

よ-39-8
ソラシド
吉田篤弘
幻のレコード、行方不明のダブルベース。「冬の音楽」を奏でるデュオ〈ソラシド〉。失われた音楽を探し、もつれあう記憶と心をときほぐす、兄と妹の物語。
207119-3

く-20-1
猫
クラフト・エヴィング商會
井伏鱒二／谷崎潤一郎他
猫と暮らし、猫を愛した作家たちが思い思いに綴った珠玉の短篇集が、半世紀ぶりに生まれかわる。ゆったり流れる時間のなかで、人と動物のふれあいが浮かび上がる、贅沢な一冊。
205228-4

各書目の下段の数字はISBNコードです。978－4－12が省略してあります。

く-20-2
犬
クラフト・エヴィング商會
川端康成／
幸田文 他
ときに人に寄り添い、あるときは深い印象を残して通り過ぎていった名犬、番犬、野良犬たち。彼らと出会い、心動かされた作家たちの幻の随筆集。
205244-4

い-35-18
にほん語観察ノート
井上ひさし
ふだんの言葉の中に隠れている日本語のひみつとは？「言葉の貯金がなにより楽しみ」という筆者のとっておき。持ち出し厳禁、言葉の見本帳。
204351-0

い-35-19
イソップ株式会社
井上ひさし
和田誠 絵
夏休み。いなかですごす二人の姉弟のもとに、毎日届く父からの手紙には、一日一話の小さな「お話」が書かれていた。物語が生み出す、新しい家族の姿。
204985-7

い-35-20
十二人の手紙
井上ひさし
転落した修道女の身も心もボロボロの手紙や家出少女の手紙など、手紙だけが物語る笑いと哀しみがいっぱいの迫真の人生ドラマ。新装改版。〈解説〉扇田昭彦
205103-4

い-35-23
井上ひさしの読書眼鏡
井上ひさし
面白くて、恐ろしい本の数々。足かけ四年にわたり新聞連載された表題コラム34編。そして、藤沢周平、米原万里の本を論じる、最後の書評集。〈解説〉松山巖
206180-4

い-35-24
完本 小林一茶
井上ひさし
何重にも施された仕掛けによって、おかしく哀しく敬虔に俳人一茶の半生を描き出す、読売文学賞受賞の傑作戯曲。エッセイ、対談、「一茶百句」などを増補。
206847-6

い-35-25
四捨五入殺人事件
井上ひさし
大雨で孤立状態となった山間の温泉宿。そこに足止めされた二人の作家の前で、密室殺人が起こる。演劇的仕掛けに富んだミステリーの逸品。〈解説〉松田哲夫
206905-3

い-35-26
犯罪調書
井上ひさし
犯罪はその時代の意匠である。古今東西の犯罪から、著者が興味を引かれた二十件を選び、鋭い人間観察と心理描写で、その暗部・背景を洞察。〈解説〉吉岡忍
206932-9

い-35-27
さそりたち
井上ひさし
狙った獲物は逃がさない！　外資系事務用機械販売会社のセールスチーム四人組。「さそり」の異名をとる彼らの破天荒な奮闘を描く連作長篇。〈解説〉池上冬樹
207084-4

お-51-1
シュガータイム
小川洋子
わたしは奇妙な日記をつけ始めた――とめどない食欲に憑かれた女子学生のスタティックな日常、青春最後の日々を流れる透明な時間をデリケートに描く。
202086-3

お-51-2
寡黙な死骸 みだらな弔い
小川洋子
鞄職人は心臓を採寸し、内科医の白衣から秘密がこぼれ落ちる…時計塔のある街で紡がれる密やかで残酷な弔いの儀式。清冽な迷宮へと誘う連作短篇集。
204178-3

お-51-3
余白の愛
小川洋子
耳を病んだわたしの前に現れた速記者Y、その特別な指に惹かれたわたしが彼に求めたものは。記憶と現実の危ういはざまを行き来する、美しく幻想的な長編。
204379-4

お-51-4
完璧な病室
小川洋子
病に冒された弟と姉との最後の日々を描く表題作、海燕新人文学賞受賞のデビュー作「揚羽蝶が壊れる時」ほか、透きとおるほどに繊細な最初期の四短篇収録。
204443-2

お-51-5
ミーナの行進
小川洋子
美しくて、かよわくて、本を愛したミーナ。あなたとの思い出は、損なわれることがない――懐かしい時代に育まれた、ふたりの少女と、家族の物語。谷崎潤一郎賞受賞作。
205158-4

お-51-6
人質の朗読会
小川洋子
慎み深い拍手で始まる朗読会。耳を澄ませるのは人質たちと見張り役の犯人、そして……。しみじみと深く胸を打つ、祈りにも似た小説世界。〈解説〉佐藤隆太
205912-2

お-51-7
あとは切手を、一枚貼るだけ
小川洋子
堀江敏幸
交わす言葉、愛し合った記憶、離ればなれの二人の哀しい秘密――互いの声に耳を澄まして編み上げたのは、純水のように豊かな小説世界。著者特別対談収録。
207215-2

各書目の下段の数字はISBNコードです。978－4－12が省略してあります。

か-61-1
愛してるなんていうわけないだろ　角田光代
時間を気にせず靴を履き、いつでも自由な夜の中に飛び出していけるよう…好きな人のもとへ、タクシーをぶっ飛ばすのだ！　エッセイデビュー作の復刊。
203611-6

か-61-2
夜をゆく飛行機　角田光代
谷島酒店の四女里々子には「ぴょん吉」と名付けた弟がいて……うとましいけれど憎めない、古ぼけてるから懐かしい家族の日々を温かに描く長篇小説。
205146-1

か-61-3
八日目の蟬《せみ》　角田光代
逃げて、逃げて、逃げのびたら、私はあなたの母になれるだろうか……。心ゆさぶるラストまで息もつがせぬ傑作長編。第二回中央公論文芸賞受賞作。〈解説〉池澤夏樹
205425-7

か-61-4
月と雷　角田光代
幼い頃暮らしをともにした見知らぬ女と男の子。再び現れたふたりを前に、泰子の今のしあわせが揺らいで……偶然がもたらす人生の変転を描く長編小説。
206120-0

か-61-5
世界は終わりそうにない　角田光代
恋なんて、世間で言われているほど、いいものではない。それでも……愛おしい人生の凸凹を味わうエッセイ集。三浦しをん、吉本ばなな他との爆笑対談も収録。
206512-3

し-53-1
ストレンジャー・イン・パラダイス　小路幸也
名物も娯楽もない限界集落〈晴太多〉。故郷を再生するため、土方あゆみは移住希望者を募集する。だけどやってきたのは、ワケありなはぐれ者たちで……？
206709-7

し-53-2
駐在日記　小路幸也
昭和五十年。雉子宮駐在所に赴任した元刑事・周平と、元医者・花の若夫婦。平和なはずの田舎町で巻き起こるのは、日誌に書けないワケあり事件⁉
206833-9

し-53-3
あの日に帰りたい　駐在日記　小路幸也
昭和五十一年。周平と花夫婦の駐在所暮らしはのんびり平和とはいかないようで⁉　優しさとほんの少しの厳しさで謎を解く、連作短編シリーズ第二弾。
207068-4

中公文庫

螺旋プロジェクト

大森兄弟 〈原始〉 『ウナノハテノガタ』

澤田瞳子 〈古代〉 『月人壮士《つきひとおとこ》』

天野純希 〈中世・近世〉 『もののふの国』

薬丸岳 〈明治〉 『蒼色《そうしょく》の大地』

乾ルカ 〈昭和前期〉 『コイコワレ』

伊坂幸太郎 〈昭和後期・近未来〉 『シーソーモンスター』

朝井リョウ 〈平成〉 『死にがいを求めて生きているの』

吉田篤弘 〈未来〉 『天使も怪物も眠る夜』

特報

螺旋プロジェクト 第2弾
始動

参加作家

伊坂幸太郎

武田綾乃

月村了衛

凪良ゆう

町田そのこ ほか